NARRATIVA

814

Alina Adams

LA SCELTA DI NATAŠA

Romanzo

TRADUZIONE DI
GIUSEPPE MAUGERI

Titolo originale
Nesting Dolls

ISBN 978-88-429-3341-0

In copertina: foto © ClassicStock/Alamy Stock Photo;
foto © Tomas Rodriguez/Getty Images;
foto © Sergey Kucherov/Getty Images;
foto © Mindstyle/iStock
Grafica: pepe *nymi*

LA SCELTA DI NATAŠA

In memoria di Igor Khait (1963-2016)
Era il migliore di noi...

PROLOGO

« L'amore non è una patata. » Alisa, la bisnonna, lo va dicendo a Zoe da prima ancora che la nipote fosse abbastanza grande per afferrare il significato di entrambe le parole.

Zoe sperava che la confusione dipendesse soltanto da una barriera linguistica. La bisnonna parlava il russo e un po' di tedesco. Lei parlava l'inglese e un po' di russo. Nessuna delle due parlava lo yiddish. Cosa di cui la bisnonna era molto orgogliosa.

« Perché quando l'amore va a male non puoi buttarlo dalla finestra », spiega la bisnonna. In russo, per l'appunto, *okoška* (« finestra ») fa rima con *kartoška* (« patata »).

« Quello che intende dire Balisa... » interviene Julia, la madre di Zoe, usando il soprannome con cui la figlia si rivolgeva alla bisnonna da bambina. Ecco cosa accade quando tre generazioni di donne – e un uomo così affabile da sembrare invisibile – condividono un appartamento con tre camere da letto a Brighton Beach, Brooklyn. Non esiste nulla di simile a una conversazione privata. *È per questo che abbiamo lasciato l'Unione Sovietica?*

Un cartello di metallo sbiadito, subito fuori dalla metropolitana sopraelevata, ti dà il BENVENUTO A BRIGHTON BEACH: TUTTO UN ALTRO MONDO! benché la maggior parte dei residenti faccia del proprio meglio per ricreare il vecchio. Vuoi prendere qualcosa in un ristorante o in un negozio e non parli il russo? Buona fortuna! D'altra parte, l'imposta sulle vendite che roba è? Per parafrasare Leona Helmsley, a Brighton paga le tasse solo chi parla l'inglese.

Sareste portati a pensare che, essendo entrambe nate in America, Zoe e sua madre parlino la stessa lingua. E avreste torto. A Julia piace ripetere, per scherzo, di non sapersi decidere tra le lingue; comincia a dimenticare il russo, ma non ha ancora imparato l'inglese. In genere comunica in russo, a casa e al lavoro, usando di tanto in tanto qualche parola inglese come « OK », « parking » (o, piuttosto, l'ibrido *za*-PARK-*ovat*) e « mobil phone » (ovvero MOBIL-*ney*).

« Quello che intende dire Balisa è che non c'è nulla di più importante dello scegliere bene la persona con cui trascorrere la vita. » Le labbra della mamma si appiattiscono l'una contro l'altra, increspandosi. Sembra un ornitorinco in grembiule rosa, con tutti quegli aghi infilati nel bavero, pronti per ogni emergenza sartoriale.

« Ha ragione. »

Oh, bene, ci mancava solo lei. È la prima cosa che dice sua nonna da quando Zoe è arrivata ad aiutare a organizzare la festa per il suo quarantacinquesimo anniversario di matrimonio.

Baba Nataša si trascina irritata dal soggiorno alla cucina. Una volta lì, fa scivolare in silenzio una pila di *pirožki* alle ciliegie delle dimensioni di una mano sul tavolino laccato, disponendola accanto a marmellate variopinte. D'altronde, non c'è scritto da nessuna parte che l'irritazione impedisca di mangiare.

Già da settimane, cioè da quando sono iniziati i preparativi per il grande giorno, Zoe chiede alla mamma perché mai Baba sia così contraria a una festa in suo onore. Di solito le piace sentirsi riverita. Non ci vuole molto per indurla a raccontare di quella volta che avrebbe ricevuto una medaglia d'oro, a scuola, se un docente vendicativo non avesse deciso di darle una lezione. C'era di mezzo anche l'antisemitismo. C'è sempre di mezzo l'antisemitismo, nelle storie di Baba. Allo stesso modo, le piace vantarsi di come ha aggirato il sistema fiscale americano rivoltandogli contro le sue stesse regole. « È semplicissimo! Perché non lo fanno tutti? » I problemi cominciano quando sente che la famiglia non la ricopre di tutte quelle lodi che invece, a suo parere, meriterebbe. Alla laurea di Zoe, alla New York University, non ha potuto fare a meno di ribadire a tutti che lei non era una povera nonna ignorante solo perché immigrata. « Ho anche una laurea in Matematica! » E che Dio aiuti chiunque dimentichi di chiamarla, inviarle una e-mail o mandarle un mazzo di fiori l'8 marzo, per la Giornata internazionale della donna. E per la Festa della mamma.

« Mi spettano in entrambi i casi! » dice.

Zoe vive nel terrore che Baba venga a sapere che esiste pure la Giornata dei nonni.

I compleanni di Baba si festeggiano in grande, con ancora più fiori, con un regalo (mai privo di scontrino; perché così può cambiarlo, spiega, anche se Zoe sospetta voglia semplicemente sapere quanto è costato), con una cena in suo onore (dove lei afferra sempre il conto; lo fa – a suo dire – per accertarsi che le voci di spesa siano corrette e che non abbiano gonfiato la mancia. Ma il vero motivo – pensa Zoe – è che in questo modo i presenti possono insistere sul fatto che non può essere lei a pagare, per favore, lascia fare a noi, sarebbe un onore), e con diversi brindisi a celebrare l'incomparabile meraviglia della sua persona.

Dunque, questa evidente avversione per la festa di anniversario non è da lei.

D'altra parte Zoe non ha bisogno di chiedere alla mamma come mai, di fronte alla resistenza di Baba, lei invece sia così irremovibile nell'andare sino in fondo. Quando i tuoi litigiosi genitori stanno per superare i quarantacinque anni di matrimonio alla stessa maniera in cui li hanno iniziati - lei in vena di paternali e lui sempre pronto a un'amichevole resa - metti su un po' di bisboccia per loro in un ristorante russo sul lungomare di Brighton Beach, con un complesso, con una pista da ballo a specchio, con fritture ricoperte di aspic, con una varietà colorata di cavoli sminuzzati e con un profluvio di brindisi conditi da dediche ispirate dall'alcol, metà delle quali obbligatoriamente in rima. Ecco che cosa fai.

La mamma dice di non avere idea del motivo per cui Baba abbia un atteggiamento così negativo. Non lo sanno nemmeno Deda e Balisa, se per questo.

O almeno continuano a sostenerlo fino alla sera della festa.

Alla fine, perciò, Zoe si presenta lì e interpreta il proprio ruolo, come d'altronde un altro centinaio di persone che non aveva scelta. Quando i tuoi litigiosi amici raggiungono i quarantacinque anni di matrimonio, ti presenti e interpreti il tuo ruolo. Ecco che cosa fai.

Zoe arriva con un accompagnatore che, in qualsiasi altra occasione, sarebbe stato il pettegolezzo di tutta la spiaggia, e potrebbe esserlo ancora, a condizione che tutti sopravvivano ai festeggiamenti in programma. Al momento, però, al centro dell'attenzione di ogni tavolo c'è Baba. Baba e il suo immobile cipiglio. La musica festosa e indiavolata non la scalfisce. Nemmeno le lusinghe di Julia e di Deda hanno effetto. La mamma passa perciò alle minacce sibilate. Deda è tutto un gesticolare di mani, sul viso un sorriso largo il doppio, a compensare la serietà di Baba.

Ed è a questo punto che la serata prende una svolta così surreale che nemmeno Zoe, col suo cinismo da millennial, avrebbe potuto prevedere. La nonna riceve in regalo una specie di targa in una cornice elegante.

Il cipiglio di Baba svanisce, sciogliendosi come una corazza aggredita da un acido invisibile. Al suo posto, uno sconcerto quasi ebbro. Proprio lei, che ama vantarsi della propria capacità di mantenere il controllo in qualsiasi situazione, sembra all'improvviso impotente, smarrita.

Si gira verso Zoe e sussurra: « Perché lo hai fatto? »

Zoe non sa cosa rispondere. Perché non ha idea di cosa intenda dire Baba. Perché aveva fatto... cosa?

Mentre la confusione di Zoe aumenta, quella di Baba sembra dissiparsi. È lei stessa a dissiparla.

Senza aspettare una risposta, proprio lì, davanti a tutti gli ospiti, solleva la cornice sopra la testa.

Poi la scaglia sul pavimento perché vada in mille pezzi.

LIBRO PRIMO

DARIA

(1931-1941)

1

Odessa, Unione Sovietica

Firmando il contratto di matrimonio stilato in maniera così sbrigativa, Daria mancò di cogliere il momento esatto in cui cessò di essere una ragazza nubile di diciassette anni per ritrovarsi nei panni di una donna sposata. L'attimo prima era tra sua madre e suo marito nello squallido ufficio dello ZAGS, di fronte a un funzionario incaricato di convalidare le unioni a suon di timbri, e l'attimo dopo stava baciando Edward per poi ricevere il bacio di sua madre e l'abbraccio del suocero. Punto. Mentre Isaak Israelevič si dichiarava felice di accoglierla come una figlia, sua madre si prese la briga di esaminare il certificato che aveva strappato dalle mani del funzionario, per assicurarsi che Daria avesse fatto come le era stato detto, apponendo in calce il suo nuovo nome legale, Daria Gordon, a discapito di quello con cui era stata registrata alla nascita, ovvero Dvora Kaganovič.

« Vieni a casa nostra. Passeranno alcuni amici a festeggiare », disse con trasporto Edward alla neosuocera mentre venivano accompagnati alla porta, oltre la fila di coppie in attesa di sposarsi.

« *Neyn. Net* », balbettò la madre di Daria, esordendo istintivamente in yiddish per poi costringersi a passare al russo.

Quando avevano modificato la legge, sette anni prima, rendendo obbligatorio che tutti i bambini sovietici frequentassero una scuola laica, lei aveva scavalcato l'editto con cui il marito imponeva alle bambine di stare a casa. Nel loro sgangherato *shtetl* di Valta, i vecchi barbuti lamentavano il fatto che la scuola mista in cui s'insegnava l'ideologia comunista in yiddish avesse soppiantato gli *heder* diretti da rabbini e frequentati esclusivamente dai maschi. Ma questo, per la madre di Daria, non era stato abbastanza: strappando la figlia a quella cerchia di amicizie per lei troppo provinciale, l'aveva iscritta alla scuola del villaggio vicino. Che gli altri limitassero il proprio futuro rimanendo aggrappati allo yiddish. La sua unica figlia avrebbe imparato il russo e un giorno avrebbe avuto il mondo intero ai propri piedi. Poco importava che i compagni di scuola di Daria fossero gli stessi luridi teppisti ucraini che ogni anno, a Pasqua, venivano a Valta per lanciare sassi accusando gli *zhid* di ammazzare i bambini cristiani e usare il loro sangue per cuocere la *matzah*. Vivevano tempi moderni e Daria sarebbe stata una donna moderna. *Smettila di frignare e fa' ciò che ti dice tua madre!*

Non appena Daria ebbe assimilato una quantità accettabile di russo, sua madre le aveva dettato una lettera indirizzata al compagno Stalin, perché la traducesse e la trascrivesse, al fine di ringraziarlo per l'opportunità che aveva concesso loro. Il passo successivo era stato quello di spingerla a parlare il russo senza tutte quelle R arrotate, davanti alle quali la sua insegnante aveva incoraggiato le risate degli altri bambini, fino a esorcizzare e a estirpare ogni minimo aspetto che rivelasse la sua *yiddishkeit*. Lo stesso discorso, tuttavia, non valeva per lei. Il russo della mamma era rimasto a uno stadio infantile. Nonostante ciò, si rifiutava di parlare in yiddish davanti a persone di mondo come i Gordon.

Invitata a unirsi alla cena di festeggiamento, la madre di

Daria si mostrò riluttante. « Non voglio creare problemi. Non intendo mettervi in imbarazzo di fronte ai vostri amici. » Chinò il capo, come se il suo provincialismo potesse in qualche modo infangarli.

« Non ci metteresti in imbarazzo, mamma! » Daria rivolse un'occhiata a Edward e a suo padre in cerca di sostegno, ottenendo una doverosa conferma a quella smentita, benché i loro sguardi furtivi comunicassero il contrario.

Ma la madre di Daria recise le briglie con cui aveva tenuto stretta la figlia per diciassette anni. « Fa' quello che ti dice tuo marito, mia piccola Daria, e tutto andrà bene. »

Tanta era l'urgenza con cui desiderava che Daria iniziasse la sua nuova vita, che la madre aveva insistito perché la figlia si presentasse all'ufficio con la sua borsa da viaggio.

Fu Isaak Israelevič a prenderla in consegna. « Edward deve stare attento alle dita », spiegò senza motivo, visto che tutt'intorno a loro c'erano manifesti che annunciavano l'imminente serie di concerti per pianoforte di Edward Gordon al Teatro dell'Opera di Odessa.

Erano stati quei manifesti, ancora umidi di colla, a suggerire alla donna un incontro fra la sua voluttuosa ragazza dai capelli corvini e dagli occhi d'ebano e l'affermato - nonché bello, scuro e slanciato - Edward Gordon. Erano andate a Odessa da Valta proprio per abbordare un compagno degno del gioiello della mamma.

Dopo l'abrogazione della NEP, la nuova politica economica che consentiva ai singoli di gestire una piccola impresa, la madre di Daria aveva decretato che i commercianti erano senza futuro. Lo stesso valeva per gli impiegati e gli amministratori locali che avevano espresso il loro interesse per la ragazza. Sapeva che quello era il massimo, in politica, cui poteva aspirare un ebreo, a prescindere da quanto fosse sveglio, ambizioso, intraprendente o dinamico. Soprattutto se era sveglio, ambizioso, intraprendente e dinamico.

« Agli uomini va dato il tormento », aveva spiegato alla figlia una sera tardi di fine marzo, mentre si trovavano davanti al Teatro dell'Opera, all'incrocio tra la Lastočkina e la Lenina, di fronte alla torreggiante arcata sormontata da un balcone dorato ai cui lati si ergevano due paia di colonne romane. Più in alto ancora c'era un ultimo livello decorativo, incorniciato da statue d'oro, la più in vista delle quali raffigurava una donna che, a seno nudo su un mezzo guscio, una mano sollevata in segno di saluto e l'altra impegnata a sorreggere una torcia, tentava di cavalcare tre pantere pronte a scattare in tre direzioni diverse. Altre due statue, questa volta in marmo, fiancheggiavano le scale da cui si accedeva all'ingresso principale, con l'intento di rappresentare la commedia, la tragedia, le muse, l'opera e il balletto. Mentre la donna in cima alla facciata era seminuda, le figure sottostanti erano avvolte in un turbinio di vesti marmoree. Daria continuava a chiedersi se non sentissero lo stesso freddo che aveva lei. A marzo, Odessa poteva essere ventosa e inospitale, se gironzolavi per strada, a mezzanotte, con un virginale abito bianco che, pur coprendoti pudicamente dal mento alle caviglie, era così aderente che i brividi erano assicurati.

Alla fine, era esplosa: « Non possiamo dare il tormento a Edward Gordon, mamma, se nemmeno ci vede. Lui è lì dentro e noi siamo qui fuori ».

« Non vive certo sul palco. Prima o poi dovrà uscire. »

I melomani lasciavano il Teatro dell'Opera, abbottonandosi il cappotto, avvolgendosi sciarpe intorno al collo e indossando guanti che Daria invidiava loro da lontano. Arpionandole il braccio col gomito, sua madre l'aveva trascinata lungo il perimetro a mezzaluna del Teatro dell'Opera, verso l'uscita posteriore che dava sulla Teatralny.

Ed eccolo là! Edward Gordon! In carne e ossa!

Era più magro di quanto Daria si aspettasse. Tutto spigoli e linee, dal taglio stretto delle spalle alla sporgenza dei gomiti. Le sopracciglia scure sembravano disegnate, così come i baffi rifiniti sotto il naso e gli zigomi simmetrici. Rivolto a metà verso Daria, si era intrattenuto per qualche tempo con un gruppetto di ammiratori. I loro occhi avevano finito per incontrarsi sopra la testa bionda di una donna che, in qualche modo, continuava a toccarlo, prima sull'avambraccio, poi sulla spalla, quindi sulla guancia, come per spazzolare via una pagliuzza inesistente. Daria aveva intuito che, a differenza dei capelli, delle sopracciglia e dei baffi neri, gli occhi di Edward erano verdi, in contrasto evidente col pallore del volto. Aveva mosso un passo verso di lui.

Edward se n'era accorto e le aveva sorriso. Daria l'aveva ricambiato.

Era stato in quel preciso istante che sua madre l'aveva strattonata con decisione, reindirizzandone la traiettoria in modo che si allontanasse da Edward. Invece di fermarsi, erano passate allegramente accanto a lui e al suo seguito, la mamma con lo sguardo fisso davanti a sé, a significare che la figlia avrebbe fatto meglio a imitarla. Avevano proseguito fino a svoltare l'angolo per tornare all'ingresso principale e confondersi con la folla di gente che usciva dal teatro.

Daria aveva lasciato cadere le braccia lungo i fianchi, al diavolo il vestito. «Pensavo fossimo qui per conoscere Edward Gordon. Adesso cosa facciamo?»

«Adesso ce ne torniamo a casa», aveva risposto sua madre.

Casa era alla Moldavanka. In parte sobborgo, in parte ghetto che si estendeva lungo il margine settentrionale della città, la zona era stata una colonia moldava che, sul finire del secolo, si era allargata per ospitare quasi settantamila degli ebrei più poveri di Odessa. Erano venuti a lavorare nelle fabbriche come operai o come sarti, oppure per il commercio di abiti usati. Ed erano rimasti perché lavorare nelle fabbriche o come sarti, così come vendere abiti usati, non rendeva granché. La madre di Daria aveva chiarito che loro erano solo di passaggio. Non aveva nessuna intenzione di mettere radici in un contesto così desolato da indurre a pensare che un incendio avesse da poco sbriciolato interi isolati. Avevano preso in affitto una stanza all'ultimo piano di una casa abitata da un ebreo barbuto, ancora saldamente aggrappato alle assurdità del Vecchio Mondo, e dalla moglie, che impiegava le giornate a sforzarsi di mascherarlo. Nella stanza c'era spazio a malapena per il letto singolo che ospitava. L'avevano trascinato contro la parete in modo da ricavare un cantuccio per la cassettiera, in cima alla quale c'era un catino in cui lavarsi. L'altezza del letto non permetteva di aprire il cassetto centrale. Per raggiungere quello in basso bisognava contorcersi sul pavimento fino a ritrovarsi faccia a faccia col vaso da notte. A detta del padrone di casa, non c'era spazio per una stufa a carbone. Perciò, come se stesse concedendo un gran favore, aveva venduto loro un paio di tappeti logori da appendere alle pareti per attutire il freddo.

Quella sera, mentre lei e sua madre si spogliavano al buio per infilarsi di corsa sotto le coperte, Daria aveva sussurrato: «Se volevi farmi conoscere Edward Isaakovič, perché non mi hai lasciato parlare con lui? Si vedeva lontano un miglio che gli andava ».

« Gli uomini disdegnano le donne facili. Lo faremo sudare, così capirà quanto sei preziosa. »

C'erano voluti diversi giorni. Giorni avvilenti, snervanti e senza fine, durante i quali Daria aveva assillato sua madre per convincerla a riprovare, a passare di nuovo davanti al Teatro dell'Opera, questa volta più lentamente, fermandosi magari a scambiare due chiacchiere col loro uomo.

Ma sua madre era stata irremovibile. « No. Se non c'è fatica nell'inseguimento, non c'è trionfo nella vittoria. »

Neanche una settimana dopo la loro passeggiata, le aveva raggiunte la voce – riferita da una vicina che l'aveva sentita da un cliente del marito, cui a sua volta si era rivolto l'amico del padre del ragazzo che consegnava il carbone ai Gordon – che i Gordon cercavano qualcuno che conoscesse l'identità di una certa ragazza corrispondente a una certa descrizione. Edward desiderava incontrarla. Aveva lasciato un biglietto per la sua esibizione serale, insieme con un invito a fargli visita in camerino subito dopo.

Daria era stata sul punto di esclamare: *Ditegli di sì!* ma la madre l'aveva anticipata: « Per favore, informate Edward Isaakovič che mia figlia verrà con un'accompagnatrice. Ci servono due biglietti ».

2

Quella sera, sedute in poltrona, avevano ammirato Edward sul palco dall'alto della tribuna. Daria aveva avuto l'impressione che l'artista sollevasse lo sguardo verso di loro molte più volte di quanto non fosse necessario. Ma cosa poteva saperne lei? Non aveva mai assistito a un concerto di pianoforte. Di certo non era mai stata in un luogo sontuoso come il Teatro dell'Opera. Ogni poltrona era più larga del letto che spartiva con la madre; anche più soffice e calda, se per quello. E i tappeti erano sui pavimenti, non alle pareti, che invece erano ricoperte da rivestimenti dorati, scintillanti sotto il bagliore dei lampadari. Daria era così impegnata a trafficare col suo minuscolo binocolo di seconda mano per guardare le luci sopra di lei e, in basso, il pubblico elegante delle prime file, da trovare a stento il tempo di prestare attenzione alla musica e, tantomeno, all'uomo che la stava suonando.

Dopo quattro bis innescati da applausi entusiastici e da mazzi di rose lanciati sul palco da adolescenti in vena di risolini e da vedove benestanti rosse in viso, Edward aveva concesso un inchino finale. La madre di Daria aveva levato gli occhi al cielo. *Quelle povere anime: possibile non avessero nessuno che insegnasse loro l'educazione?* Poi aveva fatto attendere la figlia fino a quando l'ultimo spettatore non aveva lasciato il teatro.

Venti minuti dopo l'ora fissata per l'appuntamento, Daria aveva alzato la mano per bussare alla porta del camerino di Edward. La madre gliel'aveva tirata giù con uno schiaffo e le si era parata davanti, così che, aprendo la porta, Edward vedesse lei e non la figlia.

Edward ci aveva messo un istante a passare da un'espressione di sorpresa a un atteggiamento cortese e accogliente. Le aveva invitate a entrare, esprimendo tutta la propria gioia nel rivederle... entrambe. Su un tavolo apparecchiato vicino alla finestra troneggiava un samovar d'argento. Era lungo quanto il braccio di Daria, e a quest'ultima aveva fatto venire in mente una lampada su cui erano sbocciati germogli di patata. A giudicare dallo sguardo raggiante della madre, aveva immaginato fosse l'ultima moda. Accanto al samovar c'era un piatto bianco di ceramica con una dozzina di fette di pane di segale, una tazzina di burro e un'altra di caviale nero.

« Posso offrirvi del tè? » aveva chiesto Edward.

Daria aveva atteso che la madre parlasse per prima. Vedendola esitare, però, dopo averle lanciato un'occhiata stranita, aveva fatto da sola: « Sì. Per favore. Grazie ».

Edward lo aveva versato, consentendo così a Daria di potergli ammirare le mani da vicino. Lei aveva già notato, benché a distanza, con quanta fluidità quelle si muovessero sui tasti del pianoforte, ma adesso ciascun dito sembrava possedere un'articolazione in più, tanto erano agili i suoi movimenti. Ogni gesto si manifestava come un preciso frammento di un insieme perfetto, accarezzando l'aria e liberando nella stanza una specie di corrente elettrica che, trapassando Daria, la faceva rabbrividire senza un motivo apparente. Benché il sorriso di Edward suggerisse che lui lo conosceva esattamente, quel motivo.

In segno di rispetto, il pianista aveva consegnato la prima tazza alla madre di Daria. «*Möchten Sie Zitrone oder Zucker?*»

Daria era scoppiata a ridere. «Dove ha imparato a parlare lo yiddish così male?»

«Non è yiddish!» Se non fossero state in pubblico, Daria ne era sicura, la mamma le avrebbe tirato uno schiaffo. E non sulla mano. «Tedesco! Edward Isaakovič parla un ottimo tedesco.» Poi aveva farfugliato goffamente: «*No ja gavarju po russki*». Ma io parlo il russo.

Solo allora Daria aveva capito ciò che per Edward era già evidente. L'insolito silenzio di sua madre era dovuto all'imbarazzo per l'accento pesante e la grammatica traballante del suo russo. Per chiederle se volesse un po' di limone o di zucchero, Edward aveva usato il tedesco proprio in virtù dell'affinità linguistica con lo yiddish.

Dopo di che era passato dal tedesco al russo con la stessa facilità con cui, un attimo prima, aveva modificato l'espressione facciale. «Certo, naturalmente. La prego di perdonarmi.»

Cosa che, nella sua magnanimità, la madre di Daria non aveva tardato a fare. Gli avrebbe perdonato anche il fraintendimento successivo, quando cioè Edward aveva ipotizzato che avrebbe rivisto Daria da solo.

La donna aveva insistito per accompagnarli ovunque andassero. Al cinema avevano visto insieme *La terra*, un film di Aleksandr Dovženko incentrato sulla tragedia abbattutasi su una fattoria collettiva a causa di un *kulak* che non voleva rinunciare ai propri possedimenti privati per il bene della comunità. La madre di Daria era rimasta rapita dal racconto scandaloso di come Edward avesse visto una versione precedente del film a Mosca, prima che i censori rimuovessero una sequenza con un nudo femminile. Non per una sorta di puritanesimo borghese, ovvio: non erano quelli i modi sovietici. Più semplicemente, per motivi politici. Il grande Sergej Ejzenštejn era dell'idea che un corpo nudo fosse troppo sensuale e troppo astratto. Era controrivoluzionario perché difettava di realismo sociale. Quelle chiacchiere avevano affascinato la madre di Daria a tal punto che non si era accorta di come, mentre parlava con lei, seduta alla sua sinistra, Edward avesse fatto scivolare la mano destra sotto la gonna di Daria e lungo il suo interno coscia, approfittando dell'oscurità. In cambio, Daria gli aveva infilato le dita sotto la manica della camicia per un'allettante deflagrazione pelle contro pelle.

Poco dopo, resasi conto di aver dimenticato gli occhiali in sala, la donna li aveva lasciati da soli abbastanza a lungo perché Edward potesse rubare alla figlia un bacio in un angolo buio, sfiorandole il seno con la mano per una nuova scarica di corrente elettrica, la stessa che aveva attraversato Daria nell'intravedere le sue dita sensuali per la prima volta.

Per quanto ne sapeva Edward, ogni contatto di labbra tra lui e Daria, ogni carezza sul suo corpetto o lungo la sua coscia avvenivano al di fuori della visuale, della conoscenza o anche solo del sospetto della madre.

La quale, dal canto suo, liquidava così l'argomento: « Lascia che il ragazzo creda di avere il controllo. Che male ci fa? »

L'unica cosa che infastidiva Edward era la propria incapacità di spingersi oltre i baci furtivi e le carezze dettate dall'occasione. Daria poteva sentire tutta la sua frustrazione ma, come diceva la madre, la soluzione dipendeva da lui. « Sa quello che deve fare. »

« Non avrebbe già dovuto farlo, a quest'ora? »

Dopotutto, Daria si era attenuta alle istruzioni materne. Erano ormai sei mesi che lo faceva aspettare, dandogli buca regolarmente e limitandosi a un sorriso criptico mentre giurava, in risposta al geloso indagare del pianista, che non c'era nessun altro. Sei mesi che lasciava campo libero alle sue mani solo per allontanarsi sul più bello.

La madre non sembrava preoccupata del fatto che i loro sforzi non avessero ancora dato i frutti sperati.

Eppure, una notte di settembre, Daria si era svegliata udendola borbottare qualcosa di vagamente familiare nella fessura tra il letto e la parete. Al mattino, mentre le preparava la colazione, la mamma aveva dichiarato di non avere fame. Daria l'aveva affrontata solo dopo che il padrone di casa le aveva abbaiato contro per avere osato mangiare nel più sacro dei giorni. «Stai digiunando per lo Yom Kippur? L'anno scorso hai detto che è soltanto una sciocca superstizione. Che ormai non ce n'è più bisogno. E stanotte stavi pregando?»

«Lascia che il ragazzo creda di avere il controllo», aveva risposto sua madre. «Ma nel caso in cui ce l'abbia qualcun altro...»

Quella sera, Edward le aveva chiesto di sposarlo.

Dopo aver salutato la madre alla stazione ferroviaria, Daria, Edward e Isaak (i primi due mano nella mano, il terzo con la borsa da viaggio) si diressero all'appartamento dei Gordon sulla Karl Marx. Mentre Edward le accarezzava il dorso della mano col pollice, Daria sentì l'anello nuziale tra le loro dita intrecciate. Rabbrividì al pensiero di essere quasi a casa di Edward. La loro casa.

Isaak si scusò con Daria per averla fatta passare dal cortile, ma era un ingresso più diretto rispetto a quello della strada sulla parte opposta.

«Prima della Rivoluzione, io, la mia compianta moglie e

Edward vivevamo nell'appartamento di fronte, al terzo piano, quello con la finestra grande. In seguito, come dimostrazione di stima per il talento di Edward e per il suo fondamentale operato nel mostrare la gloria sovietica al resto del mondo, ci hanno permesso di mantenere due delle stanze sul retro. Quelle che si affacciano sul cortile. Era il massimo che potessero concedere. Che effetto avrebbe fatto se a noi sfruttatori borghesi avessero dato spazi abitativi migliori rispetto a quelli accordati alla famiglia di un operaio? Ma siamo stati fortunati, non scambiare la mia gratitudine per un lamento. Quando hanno diviso l'appartamento, ci hanno permesso di condividere il bagno e la cucina delle stanze davanti con le nuove famiglie. Vita comunitaria, come dovrebbe essere. Giustizia per tutti. Non come certi posti con le latrine esterne e senza acqua corrente. Anche noi abbiamo un fornello. Va a cherosene. Perciò, se qualcun altro sta utilizzando il bagno o la cucina, possiamo comunque riscaldare l'acqua e tenerci al caldo. »

Il tunnel da cui si accedeva al cortile era così buio che Daria poté solo sentire, senza vederle, le frotte di piccioni che nidificavano sopra le loro teste. Gli schizzi di guano che punteggiavano le pareti e il pavimento in calcestruzzo confermavano la sua deduzione. Erano appena riemersi alla luce quando una sagoma massiccia si parò loro davanti, oscurando il sole e ostruendo il passaggio.

« Adam Semënovič. » La voce di Isaak rivelava al tempo stesso cordialità, circospezione, spossatezza e allarme. Anche se Daria non sapeva bene a chi fosse rivolto l'ultimo. « Le presento quella che è appena diventata mia nuora. »

Daria si spostò cortesemente per fare largo a un uomo che in effetti, ora che lo vedeva bene, non era un gigante. Era a malapena più alto di Edward. Ma, mentre la struttura longilinea di suo marito suggeriva una delicatezza colta e poetica, come uno stelo di grano disegnato da un artista sensibile, l'uomo che aveva davanti era di corporatura più massiccia. Daria si chiese se fosse largo di spalle quanto lei era alta. I muscoli degli avambracci si tendevano contro una camicia cui mancavano due o tre lavaggi per strapparsi. Era già stata rattoppata sui gomiti, con una cura sorprendente. La testa era un ammasso di capelli rossi che scivolavano nella barba, mentre ciuffi vaganti di peli gli spuntavano dal colletto e dal dorso delle mani. Le sue dita, a differenza di quelle di Edward, sembravano forgiate nell'acciaio da un martello.

« Molto lieta. » Daria ricordò la teoria della madre secondo cui si poteva stabilire com'era stata educata una persona dal modo in cui non perdeva mai le buone maniere, a prescindere dalle circostanze.

Nessuna risposta. Nessun indizio del fatto che l'uomo avesse anche solo sentito.

« Adam Semënovič è il nostro *dvornik* », proseguì Isaak.

Ecco che cordialità, circospezione, spossatezza e allarme avevano finalmente un senso. Benché sulla carta fosse una combinazione tra portinaio e inserviente, negli ultimi dieci anni la posizione di *dvornik* aveva assunto un'importanza molto maggiore. Un *dvornik* non si limitava a spazzare il marciapiede, a svuotare il bidone della spazzatura, a lavare i corridoi e a chiudere il portone d'ingresso la sera. Proprio perché faceva quelle cose, teneva anche traccia di ogni volta che i residenti - e i loro ospiti - entravano e uscivano, per non parlare della familiarità che aveva col contenuto dei loro rifiuti e con tutti quegli elementi che magari cercavano di strappare o bruciare, come lettere personali, giornali, opuscoli e libri. Sapeva quali cibi razionati mangiavano e prendeva nota di coloro che dovevano esserseli procurati illegalmente. Poteva anche decidere di chiudere il portone prima del previsto e fingere di non sentire il campanello che suonava freneticamente, costringendo i residenti a trascorrere la notte fuori casa. E, per puro sfizio, poteva condividere tutto ciò che sapeva con le autorità locali.

Non c'era da stupirsi che Isaak si fingesse felice di vedere Adam, benché il suo tono tradisse quanto gli costasse compiacere quel tiranno domestico che, in teoria, lavorava al suo servizio. Ma in Unione Sovietica tutti gli uomini erano uguali. Nessuno lavorava per nessun altro. L'allarme di Isaak, capì Daria, era causato da lei.

« Spero accolga di buon grado mia moglie. » Il tono di Edward denotava la stessa affabilità, con un tocco supplichevole e, al tempo stesso, un pizzico di arroganza. Indipendentemente dall'autorità di cui godeva Adam, lui era pur sempre Edward Gordon, musicista di fama internazionale.

« Benvenuta. » La voce di Adam suonò come se la sua gola fosse rivestita da uno strato di frantumi di vetro imbevuti di vodka e poi impastati nel fango. Daria ebbe come l'impressione che la stesse facendo a fette.

Edward la prese per un gomito e la guidò oltre Adam, nel cortile. Al centro, all'interno di un cerchio di vegetazione circondato da una recinzione in ghisa alta fino alla vita, i denti di leone faticavano a sopravvivere tra le erbacce soffocanti. Su tre lati, il cortile era sovrastato da edifici grigi a cinque piani, con le facciate di mattoni fatiscenti e coi balconi pericolanti. Venivano utilizzati come deposito. In molti temevano di mettere piede in quelle strutture traballanti. Più si addentravano, più l'aria puzzava di urina di gatto, acqua saponata stagnante, pesce in decomposizione e sottaceti fermentati.

Fu solo quando presero le scale per arrivare al terzo piano – Isaak si scusò di nuovo: l'ascensore era riservato a quelli che vivevano nella parte anteriore – che Edward abbassò la voce e, guardandosi intorno per assicurarsi che nessuno potesse sentire, le disse: « Adam ha avuto quel posto per aver denunciato la madre. È morta in prigione. Per le torture, dicono. Il posto di *dvornik* è stato la sua ricompensa ».

3

La prima figlia di Daria e Edward, Alisa, nacque l'anno successivo, seguita due anni dopo, nel 1934, da Anja. Entrambe coi lussuosi capelli d'ebano della madre, avevano ereditato dal padre gli occhi di un verde scintillante e la figura snella, fino alle dita aristocratiche. Nessuna delle due sembrava aver preso il naso adunco e compromettente che la nonna materna si era tanto prodigata per scacciare dal loro lignaggio. Comunque, lei avrebbe preferito che Daria si fosse mostrata più paziente, distanziando maggiormente la nascita della seconda figlia da quella della prima, come in uso presso i ceti più elevati. Di fatto, l'accusava di sfornare figli come una contadina. Le donne distinte, a suo dire, partorivano solo una volta.

« Non sei una cavalla da riproduzione. Sei una regina, una leonessa », ripeteva in tono di rimprovero.

Daria si mordeva la lingua per non farle notare che i leoni erano gatti. E che sfornavano intere cucciolate.

Inoltre, non sentiva il bisogno di spiegarle che era difficile distanziare le gravidanze quando tuo marito trascorreva ogni momento in cui non era al pianoforte a guardarti come se fossi la cosa più invitante che avesse mai visto. Edward riusciva a stento ad aspettare che la porta della stanza che suo padre aveva gentilmente concesso agli sposi si chiudesse prima di toglierle i vestiti di dosso e fare in modo, sin dalla prima notte insieme, che il godimento di lei incontrasse il suo, istruendola su ciò che gli piaceva e incoraggiandola a esplorarlo e a dirigerlo. In simili circostanze, due gravidanze in tre anni non erano poi quella gran cifra.

Edward viaggiava di continuo. All'inizio Daria lo seguiva ma, una volta nata Alisa, la cosa divenne difficile, per farsi impossibile dopo l'arrivo di Anja. Il dispiegarsi della battaglia del compagno Stalin contro i nemici intenzionati a distruggere lo Stato socialista attraverso l'infiltrazione di elementi stranieri, e la conseguente limitazione ai viaggi internazionali, vennero in soccorso di Daria, anche se quest'ultima si aspettava che Edward fosse infuriato. Di certo lo era suo padre. Un giorno, assicuratosi che nessuno potesse sentirlo, Isaak contestò in tono di sfida, benché sussurrando, le ridicole decisioni prese dai ridicoli membri di quei ridicoli comitati. Edward si rifiutava di dare in escandescenze come il padre e come molti dei suoi colleghi. Impossibilitato a suonare all'estero, rivelò un pragmatismo inaspettato, evitando di fare storie solo perché doveva circoscrivere spostamenti ed esibizioni all'interno delle repubbliche sovietiche. « È come con la musica, papà. Bisogna lasciarla fluire dove vuole. Non puoi forzarla. Tutto ciò che puoi fare è regolare la tonalità e trovare il tuo ritmo al suo interno. »

Edward insisteva nel voler vedere il lato positivo della cosa e sosteneva che la limitazione ai viaggi gli lasciava più tempo per esercitarsi, attività cui si dedicava per diverse ore al giorno, accarezzando i tasti con le dita delicate e precise in un modo non dissimile da quello che scatenava gli acuti di Daria. Invece che stancarlo, suonare caricava Edward di nuova energia. Se altri musicisti sembravano lottare coi propri pezzi, finendo spesso per uscirne sconfitti, Edward seguiva le orme di Bach e Rachmaninov verso l'inevitabile trionfo. Daria osservava quell'elettricità familiare scorrergli dalle mani al cervello, per irradiarsi poi dagli occhi sotto forma di una luce che per lei era una sorta di dipendenza.

« Era così anche da ragazzino. Non ho mai dovuto costringerlo a esercitarsi. Il problema era convincerlo a smettere! Se non lo avessi fatto, si sarebbe dimenticato di mangiare e di dormire. Lo svitato una volta mi ha detto che pensava di poter vivere solo con la musica! » si vantava il suocero.

La madre di Daria approvò il fatto che non vi fossero state più gravidanze dopo che Anja ebbe compiuto prima due anni e poi tre. Era convinta che Daria avesse riconosciuto la ragionevolezza del suo consiglio. Il punto, invece, era che entrambe le bambine condividevano la camera da letto dei genitori. Benché l'ardore e l'entusiasmo non si fossero attenuati né in Daria né in Edward, le tempistiche si erano fatte sempre più complicate.

I due correvano il rischio di amarsi dopo essersi costretti ad aspettare che le figlie dormissero, nella speranza che nessuna delle due si svegliasse all'improvviso. Una notte, dopo che Daria ebbe dato piacere a Edward alla maniera « francese » che le aveva insegnato, si ritrovarono entrambi a reprimere un accesso di risa, immaginando che una delle bambine li sorprendesse nell'atto, con gli occhi velati dal sonno, e li denunciasse per aver commesso il crimine di dedicarsi ad attività cosmopolite ed esotiche di stampo antisovietico.

Scherzavano, naturalmente; era ridicolo anche solo contemplare l'idea. Non fosse stato che, qualche anno prima, un ragazzino di tredici anni di nome Pavlik Morozov aveva denunciato il padre, capo del Soviet del villaggio, per aver falsificato documenti e averli poi venduti ai nemici dello Stato. Il padre di Pavlik era stato processato, deportato in un campo di lavoro e infine giustiziato. Per vendetta, l'eroico ragazzino e il suo fratellino erano stati uccisi dallo zio, dai nonni e dal cugino. Ora Pavlik era un martire e un modello per tutti i bravi bambini sovietici. Alla scuola materna, Alisa e Anja intonavano il *Canto dell'eroico pioniere*: « *Il nostro compagno è un eroe / Non ha permesso a suo padre / Di rubare la proprietà del popolo... Morozov è un esempio per noi bambini / Siamo una squadra di eroi / Morozov ci è tanto caro / Noi Pionieri non lo dimenticheremo* ».

Daria aveva perso il conto di quante volte aveva sentito le bambine esibirsi durante i concerti per la festa del Primo maggio, per il Giorno dell'Armata Rossa e persino a Capodanno. La cosa acquisiva una sfumatura ancora più grottesca quando declamavano a pieni polmoni i dettagli cruenti dell'esecuzione di Pavlik, accanto a un gioioso Nonno Gelo vestito di rosso e con la barba bianca, sotto una *jolka* carica di decorazioni e orpelli. Edward si faceva piccolo piccolo ogni volta che sentiva quel canto. Sperava che la gente pensasse fosse colpa del piano orrendamente accordato su cui l'insegnante della scuola materna strimpellava l'accompagnamento, e non di un qualcosa che potesse essere etichettato come « disapprovazione politica ». Nulla era da escludere.

Giusto il mese prima, nel loro cortile c'era stata una certa agitazione. Due famiglie che condividevano un appartamento al quinto piano dell'edificio di fronte avevano avuto un alterco. In base a quanto Daria era riuscita a ricostruire dalle urla che fuoriuscivano dalla loro finestra per rimbalzare contro qualsiasi cosa fosse a portata di udito, una delle mogli aveva allungato lo stendino nella cucina in comune, lasciando che calzini e mutande sgocciolassero sopra la zuppa che l'altra stava preparando sul fornello sottostante per il pranzo del marito. Quest'ultima aveva reagito tirando giù il bucato, definendolo lurido e disgustoso, per gettarlo fuori dalla finestra sulla fanghiglia ghiacciata. Per rappresaglia, la prima aveva afferrato la pentola e ne aveva scaricato il contenuto sullo stesso punto, ovvero sopra il proprio bucato. Quello era stato il preciso momento in cui uno dei due mariti era intervenuto. Trovando la sua cena o i suoi indumenti intimi in un mucchio fradicio sui gradini e sentendo le urla provenienti dall'alto, aveva deciso di entrare in scena.

Gettando la testa all'indietro, infatti, aveva ululato: « 'Fanculo il vostro compagno Stalin, e anche il vostro compagno Lenin, razza di zingari che non siete altro! Mi avete rubato la casa e adesso non riesco a sbattervi fuori dalla mia cucina! Io ho dovuto lavorare per averla, me la sono sudata! Poi arrivate voi, dalla vostra fetida Romania, e ve ne appropriate come se fosse vostra! Georgiani dei miei coglioni! Non siete altro che zingari! »

« Chiudi la finestra! » Sorprendendola a sbirciare, il padre di Edward aveva tirato Daria da parte per serrare gli infissi. « Non devono sapere che abbiamo sentito e non abbiamo detto nulla! »

L'ultima tornata d'improperi aveva fatto emergere Adam dal suo stanzino sotterraneo accanto al portone. Con l'aria annoiata, aveva spinto il marito urlante verso la strada, ignorando il fatto che i vari « 'Fanculo, Stalin » e « 'Fanculo, zingari » si stessero trasformando in « 'Fanculo anche a te, lurida spia che non sei altro ».

A quel punto, una delle mogli era scesa giù dalle scale, inciampando sul soprabito che aveva avuto appena il tempo d'indossare, non di abbottonare. « No, la prego, Adam Semënovič, lo lasci stare! Non intendeva dire quello che ha detto! Va tutto bene, adesso. »

« Non va bene un bel niente! Fin quando hai intenzione di sopportare che questi bastardi rossi continuino a derubarci? Prima la casa, poi il cibo, ora persino l'onore! » aveva ruggito il marito.

« Chiudi quella boccaccia da alcolizzato e piantala di blaterare sul tuo dannato onore! » aveva urlato lei di rimando, mentre si voltava per supplicare Adam, trattenendolo per l'avambraccio con la stessa efficacia che avrebbe avuto se avesse cercato d'impedire la caduta di un albero abbattuto. « Non sa ciò che dice! È stato male. Dev'essergli tornata la febbre. La prego, Adam Semënovič, lasci che lo porti di sopra! La risolveremo tra noi. Non ci saranno più problemi, ha la mia parola! La prego, compagno! »

L'appello non aveva sortito effetto. Scrollandosi via dal braccio la donna ormai isterica come fosse neve sciolta, Adam aveva trascinato l'uomo attraverso il tunnel per chiuderlo fuori dal portone. Dopo di che ne aveva ignorato le suppliche provenienti dalla strada, la rinnovata promessa di darsi una regolata, le ripetute rassicurazioni sul fatto che non avesse voluto intendere quello che aveva detto: era uno scherzo tra vecchi amici, visto che ormai tutti i popoli sovietici lo erano, inclusi quei ladruncoli di zingari...

La limousine era arrivata tre giorni dopo. Al mattino presto, come sempre. Le quattro, per la precisione. Questo, così si bisbigliava, per sorprendere gli accusati in pieno sonno e impedire che reagissero con prontezza. La famiglia era stata colta alla sprovvista. Essendo passate più di settantadue ore dall'incidente, si credevano forse al sicuro. Pensavano che la sfuriata, come sperava il suocero di Daria, fosse passata inosservata. Che nessuno li avesse segnalati. Pensavano di averla fatta franca.

Così non era stato.

Avevano preso marito e moglie. Li avevano caricati in macchina con addosso le vestaglie in cui li avevano trovati. Niente cappotti, niente cappelli, nemmeno uno scialle in due. Sarebbero stati bene, per un po'. In macchina faceva meno freddo. Dopo, comunque, non ci sarebbero stati scialli che tenessero di fronte al gelo del carcere d'isolamento sulla Marazly, dove i prigionieri politici erano tenuti separati dai criminali comuni. A meno che, ovviamente, non fossero abbastanza importanti da meritare il processo per direttissima a Kiev. O, peggio ancora, a Mosca.

Avevano prelevato anche i bambini. Nessuno poteva dire con certezza che fine avrebbero fatto. Possibile che due gemellini di appena dieci anni, un maschio e una femmina, venissero considerati nemici dello Stato? Tuttavia, era pur vero che, benché avessero sentito ciò che avevano detto i genitori, a differenza di Pavlik Morozov non li avevano denunciati. E ciò non giocava certo a loro favore.

Quella volta, il resto degli inquilini era stato risparmiato. Daria sospettava che il suocero avesse trattenuto il respiro durante l'intera operazione, guardandosi intorno e speculando su quanto gli avrebbero consentito di portare con sé in esilio.

Una volta conclusosi il dramma, dieci minuti dopo che la limousine aveva lasciato il cortile, i coinquilini avevano preso possesso dello spazio abbandonato, frugando tra gli effetti personali dei deportati per tenersi ciò che preferivano e gettare il resto in strada, perché gli altri se lo contendessero. Attraverso la finestra, Daria aveva notato un filo da bucato serpeggiare lungo la cucina.

Dopo l'episodio, anche gli abitanti più coraggiosi del complesso avevano smesso di guardare Adam negli occhi. Quanti, come suo suocero, avevano azzardato in passato qualche battuta, pensando di poter contagiare con uno sprazzo di buonumore il gigante scontroso, o un educato: « Buongiorno, Adam Semënovič », « Buonasera, Adam Semënovič », « Meno male che ha smesso di piovere, Adam

Semënovič », adesso lo evitavano, il capo chino, le spalle incurvate, praticamente strisciando a terra nel duplice tentativo di ottenere i suoi favori e sottrarsi alla sua attenzione.

Un atteggiamento, quello, che faceva imbestialire Daria. Perché le ricordava la madre. La sua scaltra, coraggiosa madre, che aveva disobbedito al marito per mandarla a scuola, che aveva ignorato i predicozzi dei vicini sui pericoli della città, che aveva legato la sua sorte al luogo in cui la figlia aveva prospettive migliori di matrimonio e che era rimasta fedele alle proprie convinzioni anche quand'era parso che tutti i suoi progetti potessero risolversi in nulla, per rivolgersi a Dio solo come estrema risorsa. E poi Daria era stata costretta a ricordare anche come avesse agito di fronte a Edward e a suo padre. Come se li temesse, come se non ne fosse all'altezza, come se dovesse loro delle scuse per non avere avuto i loro privilegi, come se non meritasse di essere trattata come una persona.

Daria si era convinta a perdonare Edward e Isaak per aver fatto sentire la madre in quel modo. Non era possibile fargliene una colpa, aveva concluso: il problema era tutto nella mente della madre, e loro avevano mostrato la cortesia richiesta dalle circostanze. Ma si sarebbe fatta ammazzare prima di concedere a Adam la soddisfazione di far sentire *lei* in quel modo.

Perciò, mentre tutti gli altri strisciavano, Daria faceva attenzione a raddrizzare la schiena. Mentre tutti gli altri fingevano un interesse incredibile per i propri orologi o badavano a non scivolare su una chiazza insidiosa di ghiaccio tenendo gli occhi puntati a terra, Daria non si lasciava scappare mai l'occasione di guardare Adam dritto in faccia. Diceva alle bambine di augurargli il buongiorno e la buonasera in russo e, una volta in cui c'era anche sua madre, in yiddish. Con un patronimico come Semënovič, Adam non era affatto migliore di loro, sotto quell'aspetto. Era ebreo, anche lui. Non poteva certo rivendicare una discendenza più patriottica e Daria voleva fargli capire che ne era consapevole. Lì per lì, sua madre si fece piccola per la vergogna, salvo poi darle una bella lavata di capo una volta sole. Come osava gettare discredito sulla sua nuova famiglia con tanta sfacciataggine? Voleva farsi sbattere fuori di casa? Voleva finire peggio di come stava prima? E dopo tutta la fatica che lei aveva fatto per evitare che qualcuno potesse considerare la figlia un rifiuto provinciale? Parlare in yiddish, niente di meno! Sarebbe stata la rovina di tutti loro!

Daria si prodigò in mille scuse. Poi, andata via la madre, continuò a comportarsi come al solito. Un giorno, Adam venne a rimproverarla perché Alisa, giocando davanti al palazzo con un topo morto che teneva avvolto in vecchi giornali quasi fosse una bambola nella sua coperta, rischiava di far ammalare tutti i condomini di peste. Ringraziandolo, Daria portò via la bambina recalcitrante, ma fece in modo che il disgusto nella sua voce risultasse chiaramente rivolto a lui, piuttosto che all'idea poco convenzionale di giocattolo della figlia.

Per quanto la cosa terrorizzasse il suocero, Edward non si scompose. « Che c'è di male a salutare il *dvornik*, papà? Proprio niente. Nessuno di noi sta facendo niente di male, quindi non c'è nulla da temere. »

Edward credeva a quello che diceva.

Ci credeva anche la mattina in cui si presentarono per loro.

4

Non si chiamavano più OGPU, ovvero Direttorato statale politico unificato. A partire dal 1934, erano entrati a far parte dell'NKVD, il Commissariato del popolo per gli affari interni. Benché l'orario fosse familiare - quasi le quattro in punto del mattino - non c'era la limousine. Daria e Edward furono svegliati da due ufficiali che indossavano cappotti grigi abbinati, lunghi fino al polpaccio, con le spalline rosse sul colletto aperto e coi bottoni dorati disposti in parallelo sul davanti, sopra pantaloni larghi che sarebbero stati più appropriati per ballerini di danze popolari russe. I cappotti erano allacciati in vita, e in entrambe le fondine ai fianchi c'era una pistola. Dissero a Daria e a Edward che avevano quindici minuti per vestirsi, radunare i figli e qualunque cosa pensassero di portarsi dietro e raggiungerli dabbasso. Il vecchio non era incluso nell'ordinanza. Doveva rimanere dentro e non causare problemi.

« C'è stato un errore. Non abbiamo fatto nulla di male », esordì Edward.

Senza bisogno di leggere il foglio di carta che brandiva, l'ufficiale di grado più alto ribatté: « I membri della razza germanica nazionalista che minacciano la stabilità e l'unità del Soviet sono nemici del popolo e devono essere rimossi per ordine di Nikita Chruščëv, Viačeslav Molotov e Genrich Jagoda ».

« Razza germanica... Oh! Capisco! È un equivoco, appunto.

Non siamo tedeschi. Lasciate che ve lo dimostri.» Edward sorrise, felice di poterli aiutare a rimediare al malinteso. Poi si precipitò verso la scatola di legno lucido sullo scaffale sopra il letto, dove tenevano i passaporti interni introdotti alla fine del 1932. «Ecco, vedete? Il mio passaporto e quello di mia moglie. Guardate qui, quinta riga. 'Nazionalità: ebraica.' Siamo ebrei, non tedeschi.»

«E cittadini leali!» urlò il padre di Edward dalla stanza in cui era stato confinato. Era febbraio, la porta dell'ingresso era aperta. Isaak indossava la vestaglia sopra il pigiama. Nondimeno, il suo spasmodico tremore non era giustificato dalla temperatura.

La sedicente scorta guardò a malapena i documenti. «Vi hanno sentito parlare in tedesco.»

«Era mia madre. Parla in yiddish: siamo ebrei», si affrettò a spiegare Daria, puntando un dito sul passaporto. «Lo yiddish è simile al tedesco.»

«Quindici minuti», ripeté l'ufficiale prima di uscire col collega.

A quel punto, le bambine si erano svegliate e sedevano sui loro letti. Be', non erano proprio letti, a dirla tutta. Negli ultimi anni non era stato possibile acquistarne uno: una carenza di produzione, come riportava la *Pravda*, da addebitare ai sabotatori che rallentavano il lavoro in fabbrica per privare il popolo sovietico delle necessità di base. Così, Alisa e Anja dormivano su un paio di sedie rivolte l'una verso l'altra, usando un cuscino e coprendosi con un lenzuolo e con una coperta. Edward e Daria erano d'accordo sul fatto che fosse la soluzione migliore per tutti. Non solo i mobili servivano a due scopi diversi – da bravi cittadini, non promuovevano sprechi e non dirottavano risorse di cui c'era maggiore necessità altrove –, ma l'espediente assicurava più libertà di movimento durante il giorno: i letti avrebbero occupato spazio prezioso.

«In piedi», ordinò loro Daria. Sapendo in cuor suo che, benché non fosse in grado di dire perché, il tempo degli appelli era finito. Sentiva sua madre pervaderle la mente, dirigere le sue azioni dicendole che l'unica possibilità di tornare a casa consisteva nel fare quello che veniva detto loro, nell'affrontare ogni nuovo aspetto della situazione man mano che si presentava. Qualsiasi altro comportamento avrebbe peggiorato le cose. Per il momento, bisognava sopravvivere. Per tutto il resto ci sarebbe stato tempo.

Daria si affrettò a vestire le bambine col maggior numero possibile di strati, alla maniera in cui lei e la madre erano arrivate a Odessa, perché non rimanesse molta roba da trasportare. Mutandine e magliette, calzamaglie di lana e i pantaloni più pesanti che avevano. Un maglione dolcevita a maniche lunghe e sopra abiti caldi e cappotti invernali che si abbottonavano a stento. Ordinò di tenerli chiusi con entrambe le mani. Quindi fece loro indossare un paio di calzettoni pesanti sopra le calzamaglie e poi un paio di stivali, felice del fatto che, nel momento in cui c'era stata disponibilità di scarpe per bambini, a Odessa, fosse riuscita a procurarsene solo due paia più grandi di due taglie. L'idea era che ci crescessero, con quegli stivali, ma adesso la cosa sarebbe tornata ancora più comoda. Alisa e Anja si lamentavano, piagnucolando perché sentivano caldo, avevano fastidio ai piedi e non riuscivano a muoversi.

«Vi porteremo io e il papà», tagliò corto Daria, prima di vestirsi alla stessa maniera.

Fermo al centro della stanza, Edward fissava a turno prima lei, poi le bambine e infine suo padre, accorso tra i singhiozzi, senza sapere come rendersi utile o come arginare quell'agitazione.

« Tieni. » Daria gli cacciò in mano un paio di mutandoni, uno di pantaloni, una camicia, un maglione e un cappotto, oltre a due paia di calze e guanti. « E vedi di sbrigarti! »

« Dovremmo portarci qualche soldo », disse Edward, come se il suo metabolismo si fosse bloccato e dar forma a un pensiero, per poi trasformarlo in parole, richiedesse tutta la sua concentrazione. « Per corrompere la gente. Mi tornano sempre utili, quando viaggio. »

Daria decise che non era il momento di fargli sapere che non stavano partendo per un viaggio. E che dubitava che il luogo di soggiorno sarebbe stato all'altezza dei suoi soliti standard. Perché spaventare lui o le bambine se non era strettamente necessario? Sarebbe stata lei a caricarsi di tutte le angosce. E a tenersi pronta.

« Meglio i gioielli. » Tornò verso la scatola da cui avevano preso i passaporti e afferrò la collana di perle della defunta suocera, la spilla rosso rubino a forma di rosa che Edward aveva portato da un viaggio in Francia l'anno in cui si erano sposati e gli orecchini d'oro a cerchio che, secondo lui, le davano l'aria esotica di una zigana. Ogni volta che lei li indossava, Edward si precipitava al pianoforte per intonare il ritornello trascinante di *Oči čërnye,* Occhi neri. C'erano anche le fedi nuziali e gli orologi. « È più semplice barattare i gioielli. »

Daria si guardò intorno, consapevole del ticchettio dell'orologio, cercando di pensare a cos'altro poteva tornare utile là dove dovevano andare e per tutto il tempo in cui sarebbero stati via. Medicine? Cibo? Acqua? Un giocattolo per distrarre le bambine? Lanciò un'occhiata a Edward sperando potesse avere qualche idea dettata dall'esperienza. Ne seguì lo sguardo fino all'oggetto che lui stava fissando con la massima sofferenza, incapace com'era di distaccarsene.

Il pianoforte. Non c'era modo di portarselo dietro.

«Andiamo», gli ordinò. Non voleva contravvenire alle disposizioni sforando i quindici minuti. Chi poteva dire quali conseguenze avrebbe comportato? «Addio, Isaak Israelevič. Torneremo il prima possibile. Salutate il nonno, bambine. *Do svidanija.*» Arrivederci.

«*Do svidanija, Deda*», cantilenarono loro, assonnate e confuse, ma anche eccitate da quell'inattesa avventura.

«*Proščaj*», rispose il suocero di Daria, scrutando a fondo le nipoti, poi lei e infine Edward. *Proščaj* significava «addio» e insieme «perdono». Era così che diceva la gente ai funerali.

Furono i soli a essere prelevati dal loro palazzo, quella notte. Non si vedeva nessun altro, benché Daria sapesse che i vicini erano tutti svegli. Nessuno avrebbe osato accendere la luce e farsi sorprendere a guardare. Si chiese chi sarebbero stati i primi a rivendicare i loro averi e se Isaak avrebbe avuto la forza - e il coraggio - per impedire che lo derubassero. In quanto parente di nemici del popolo, qualsiasi cosa possedesse Isaak era da considerarsi per definizione un bene di contrabbando e, quindi, facile bersaglio di saccheggio.

Quando l'oscurità cedette il passo all'alba, Daria scoprì che non erano, tuttavia, le sole vittime del rastrellamento. Quello spiegava l'assenza di un'auto e la marcia forzata verso la stazione ferroviaria. Mentre si avvicinavano alla destinazione, coi soldati su entrambi i lati come un maligno picchetto d'onore, Daria osservò di sottecchi altri uomini, donne e bambini accalcati in gruppetti irregolari, in cerca di calore e protezione o per mera familiarità. Qualcuno parlava in tedesco, in effetti, ma perlopiù era russo, quello che le giungeva alle orecchie. Con qualche spruzzata di yiddish.

Pochi istanti dopo il loro arrivo, le famiglie vennero separate, alcuni gruppi da un paio di mani e da un comando abbaiato, altri dalle canne lunghe e sottili dei fucili, branditi da soldati dislocati nei punti chiave della stazione per impedire la fuga ai prigionieri. Daria si chiese dove potevano fuggire. Sugli stessi passaporti in cui lei e Edward risultavano di nazionalità ebraica - cosa che non era stata di grande aiuto - c'era anche il timbro che certificava il loro matrimonio e la loro residenza legalmente approvata. Cercare una sistemazione in un altro quartiere o tentare di lasciare la città avrebbe portato a una denuncia penale per trasferimento non autorizzato.

Li fecero allineare l'uno di fianco all'altro e poi ordinarono loro d'inginocchiarsi accanto ai binari, con le mani dietro la testa, con la schiena piegata e col mento abbassato. Daria era così impegnata ad aiutare Alisa e Anja ad assumere la posizione richiesta tra lei e Edward - manovra complicata dagli strati di vestiti - che non notò la figura oscura subito accanto al marito fino a quando il suo volto non fu rischiarato dal rapido passaggio di una torcia in perlustrazione.

Adam.

« Lei cosa... » sbottò a voce alta, prima che l'espressione assassina dell'uomo la riducesse a un sussurro. Non aveva nessun senso. « È stato lei a denunciarci! » Chi altri ne aveva i mezzi e il motivo?

Adam la corresse: « Sono stato denunciato per non avervi denunciato. Per non essermi accorto che sotto il mio naso viveva una famiglia di tedeschi ».

Incoraggiato dalla conferma di Adam al fatto che si trovassero là per un'accusa priva di fondamento, Edward si raddrizzò tra loro e tentò di attirare l'attenzione di una guardia. « Chiedo scusa, compagno, ma credo sia stato commesso un errore... »

Da dietro la testa, Adam lasciò scivolare il braccio come

un peso morto e centrò Edward con un pugno allo stomaco che lo piegò in due, lasciandolo senza fiato. Prima che finisse faccia a terra, Daria riuscì ad afferrarlo sotto il petto con entrambe le mani, facendo il possibile per tenerlo in ginocchio.

Una frazione di secondo dopo, una guardia si avvicinò a loro, oscillando la canna sottile del suo fucile Mosin per assicurarsi che tutte le teste fossero allo stesso livello. Se Adam non lo avesse colpito, Edward sarebbe stato punito. Invece, dopo aver superato Adam, Edward, le bambine e Daria, l'arma spaccò il cranio di un uomo poco più in là. Dal punto in cui fino a un attimo prima c'era il suo occhio, prese a sgorgare un fiotto di sangue, raccogliendosi intorno alla testa che intanto si apriva contro il binario. Quando agli altri fu ordinato di alzarsi e di mettersi a marciare in maniera disciplinata verso i carri bestiame in attesa, l'uomo non si mosse. Fingendo di non notarlo, tutti ne scavalcarono cautamente la sagoma contratta, quasi fosse una pozza da evitare.

Adam fece alzare Edward strattonandolo dal retro della giacca; poi lo spinse verso la giusta direzione, con Daria alle calcagna. « Il grano più alto viene mietuto per primo », ammonì.

5

Le bambine giocavano. Mentre il loro viaggio di più giorni – o settimane? Con così poca luce, era impossibile tenere traccia del trascorrere del tempo – dalle rive del mar Nero alle profondità della Siberia sbiadiva in un unico, pressante, nauseabondo dolore, l'unica cosa che non mancava di sorprendere puntualmente Daria era il fatto che le bambine giocassero.

Oltre ad Alisa e ad Anja, nel vagone c'erano altri bambini. Venticinque famiglie o più, costrette a spintonarsi per un po' di spazio in cui sedere o, quantomeno, per appoggiarsi alla parete più lontana dal buco sul pianale che serviva da latrina. L'aria gelida, insieme con qualche raggio di sole, si faceva strada tra le fessure in alto. Stando in punta di piedi, con un certo sforzo, Edward riusciva a raschiar via qualche manciata di neve che gli si scioglieva tra le dita, per darla da bere ad Alisa e ad Anja quando le loro educate richieste si trasformavano in lacrime. Altri genitori spezzavano i ghiaccioli che si formavano all'interno della vettura per farli sorbire ai figli. Quando i pianti per la sete si trasformarono in pianti di fame, Daria sfilò la cintura di cuoio di Edward, la inzuppò il più a lungo possibile in una delle sue scarpe piene di acqua e disse alle bambine di succhiarla, dopo aver consumato la razione di pane che ogni passeggero riceveva una volta al giorno.

Le bambine piagnucolavano, le bambine frignavano, le

bambine si lamentavano di avere fame e freddo, del pavimento troppo duro per dormirci sopra, di quanto fosse spaventoso essere tenute sui binari del treno in corsa per liberarsi: e se fossero sfuggite alla presa dei genitori per finire sotto quelle ruote massicce e implacabili? Benché nutrisse le stesse paure, Daria insisteva nell'incollarsi sul viso un sorriso e dare il buon esempio, tirandosi su la gonna e la sottoveste per poi abbassare la calzamaglia e tentare di conservare la dignità pur barcollando rischiosamente. Edward le si parava davanti, cercando di proteggerla da occhi lascivi o disgustati, ma era il massimo che potesse fare.

Eppure, quello non impediva ad Alisa e ad Anja di giocare. Batti batti le manine e Venti domande e, quando gli adulti riuscivano a liberare un po' di spazio per tutti i bambini al centro del vagone, Oca ochetta. Un bambino, fermo di fronte agli altri, cantava: «*Oca, ochetta, ta, ta, ta / Sei affamata? / Sì, mi sa! / Vola, vola, ma fai in fretta, ché c'è un lupo che ti aspetta!*» Quindi dava loro le spalle. A quel punto, gli altri tentavano di avanzare prima che tornasse a girarsi. Daria non poteva fare a meno di chiedersi se non fossero tutti impegnati in una sorta di versione perversa e contorta dello stesso gioco.

Ogni giorno ringraziava l'istinto che l'aveva spinta a vestirli a strati. In tanti non lo avevano fatto, e la loro tosse secca, bronchiale, echeggiava a disturbare i pochi minuti di sonno che il resto del gruppo riusciva a ritagliarsi, i bambini rannicchiati in grembo ai genitori, gli adulti che si appoggiavano a turno sulle spalle del vicino, con le gambe piegate, con le teste che urtavano contro le pareti di legno grezzo, coi beni preziosi infilati dietro la schiena o dietro i bottoni sul petto per prevenire i furti che, nonostante le decine di potenziali testimoni, erano già dilaganti. Da quando la prima accusa era sfociata in una rissa, che i soldati avevano sedato gettando entrambi i contendenti fuori dal treno per poi crivellarli di proiettili prima ancora che si fossero alzati sulle gambe malferme, nessuno si azzardava più a rischiare di ammettere di aver visto qualcosa.

« Finirà presto », ripeteva Edward, mantenendo il suo ottimismo anche quando molti altri avevano ormai ceduto a crisi isteriche di disperazione. Mentre quelli piangevano, imprecavano o recriminavano, Edward cantava. Lunghi brani di *Patience*, l'operetta di Gilbert e Sullivan, che traduceva dall'inglese al russo. Dall'italiano tradusse invece gli spezzoni di *Madama Butterfly* che illustravano la vita di paziente attesa della protagonista, così come i versi più rilevanti della *Turandot*, in cui s'inneggiava alla speranza e alla sopportazione. Cogliendo il filo conduttore di quelle esibizioni improvvisate, Daria si sforzava di nascondere la propria irritazione. Raramente nella vita le cose erano così semplici come lo erano sul palco. Ma il canto aveva almeno il pregio di distrarre Alisa e Anja. Edward cercava di calmare le acque: « Arrivati a destinazione, parlerò col responsabile e chiariremo tutto. Si accorgeranno di aver commesso un errore. Non siamo tedeschi, non c'entriamo con loro ». L'ultima parte della frase veniva abitualmente sussurrata, perché le persone che aveva accanto non potessero sentire. Persone verso le quali provava una grande empatia, da uomo compassionevole qual era. Gli dispiaceva sapere che non se la sarebbero cavata con altrettanta facilità.

« Vedi, te l'avevo detto, eccoci qui », annunciò Edward, comportandosi come se l'intero viaggio non fosse stato altro che un malinteso di cui si sarebbe occupato il suo agente, ora che erano arrivati. Dopo una lunga attesa, il treno entrò cigolando in una stazione desolata dopo la quale sembrava non ci fosse più modo di procedere. I soldati aprirono le porte, gridando a tutti di alzarsi. I prigionieri si affrettarono a eseguire gli ordini, facendo pressione sui muscoli irrigiditi da quegli spazi ristretti perché tornassero a svolgere la loro funzione. Sentendo cedere le ginocchia, Daria si appoggiò alla parete per ritrovare stabilità. Sollevò un braccio sopra la testa e lo agitò su e giù, a scatti, ripristinando il flusso sanguigno fino alle dita. Così facendo, si rese conto che c'era più spazio di manovra di quanto non ce ne fosse stato all'inizio del viaggio. Oltre ai due uomini cui avevano sparato, i soldati si erano disfatti anche di tre donne anziane e del cadavere di un neonato. Proprio in quel momento, la madre del bambino veniva rimessa in piedi dal marito. Ma poi, scendendo dal treno, inciampò senza nemmeno portare le mani in avanti per proteggersi dalla caduta. L'uomo la raccolse da terra, col viso insanguinato, e la trascinò in fila con gli altri.

Quanti erano? Code di uomini, donne e bambini sfiniti si allungavano in entrambe le direzioni attraverso il paesaggio altrimenti spoglio. Uscita dal treno, a tre vagoni di distanza, Daria vide Adam: difficile non notarlo, alto com'era e con quella zazzera di capelli rossi. Lui scoccò un'occhiata verso di lei e, scorgendo Edward ancora intento a cercare di richiamare l'attenzione di qualche autorità, scosse la testa con disgusto. Benché avesse immaginato di non poter provare nient'altro che fame, freddo e spossatezza, Daria scoprì che, in effetti, aveva ancora spazio per la rabbia.

Ricevettero l'ordine di allontanarsi dai treni. Marciarono in massa per diversi chilometri, verso un bosco di pini, cedri e abeti così fitto da non lasciar trapelare la luce del sole. Seguirono quella che doveva essere stata una strada; il fango ghiacciato sotto i piedi era più compatto di quello che portava all'ingresso delle capanne, delle baracche e delle cabine improvvisate che sorgevano su entrambi i lati. C'erano anche alcune case tradizionali, coi vetri alle finestre e con le lampade a cherosene che brillavano all'interno. Non si vedeva però anima viva.

Quella parvenza di strada s'interruppe bruscamente come i binari della ferrovia. Rimasero ad attendere in una radura tra gli alberi. Davanti a loro si profilavano baracche di legno non così diverse dai carri bestiame da cui erano usciti. Benché ce ne fossero a decine, non erano certo sufficienti a ospitarli tutti.

« Forza, andate! » Uno dei soldati che li aveva accolti alla stazione e li aveva portati fin là indicò gli alloggi. « Conquistate il vostro spazio. » Il *prima che lo faccia qualcun altro* rimase implicito.

Per un istante nessuno si mosse, non capendo l'ordine o non riuscendo a credere che fosse reale. Adam fu il primo a darsi da fare, spingendo da parte quanti lo precedevano e dirigendosi verso l'alloggio più vicino. Spalancò la porta, fece capolino all'interno e poi si ritrasse con altrettanta rapidità. Daria ne intuì il motivo. Era già stipato fino al soffitto.

Adam si addentrò nell'insediamento. Quando, dopo avergli visto esaminare diverse altre opzioni, non lo vide uscire dall'ultima, Daria afferrò entrambe le bambine per mano e le tirò verso la stessa direzione, sapendo che Edward le avrebbe seguite. Ma solo a stento fu in grado di superare chi aveva avuto la stessa idea. Si buttò sulla prima branda disponibile, quella centrale delle tre che sporgevano dalla parete, a pochi metri dal terzetto sul lato opposto. La stanza aveva file e file di brandine in legno, a malapena sufficienti per una persona, figurarsi per quattro (Daria si accorse che Adam era riuscito a recuperarne una tutta per sé, benché sotto le assi marce del soffitto che perdeva). C'erano poi una stufa nell'angolo, qualche sottile frammento di legno che brillava e spruzzava scintille a ogni colpo di vento, e un secchio che puzzava più di qualsiasi latrina Daria avesse mai sperimentato.

Mi dispiace, mamma. Hai lavorato così tanto e adesso sto peggio di quanto siamo mai state... E dire che mi avevi messo in guardia! non poté fare a meno di pensare. Perché non le aveva prestato ascolto. E aveva provocato Adam. Quando lui aveva negato di averli denunciati, infatti, Daria non gli aveva creduto. E il fatto che nella retata fosse finito anche lui le era di scarso conforto.

I volti segnati di uomini, donne e (cosa inquietante) pochissimi bambini scrutavano i nuovi arrivati dal fondo delle brande già occupate. Non sembravano curiosi. Non sembravano solidali. Non sembravano sprezzanti. Non sembravano niente di niente.

« Domani », promise Edward alle bambine, togliendo loro i cappotti e improvvisando un giaciglio ai piedi della branda, mentre lui e Daria cercavano di stringersi l'uno all'altra all'estremità opposta. « Domani si sistemerà tutto. »

Niente di più sbagliato.

Daria non era nemmeno sicura che fosse già il giorno dopo quando i soldati si ripresentarono, due alla volta, afferrando la gente per le braccia, le gambe, il collo e sbattendola a terra. Strapparono via cappotti e scarpe e, mentre li infilavano in sacchi di tela, fecero loro segno di togliersi il resto. Rimasta solo con gli indumenti intimi, Daria comprese che con « il resto » intendevano proprio tutto. E che la cosa non riguardava soltanto lei, ma anche le bambine.

« No, per favore », disse stringendo a sé le figlie tremanti, che intanto le si aggrappavano, affondando il viso contro le sue cosce. Poi strofinò la pelle accapponata delle loro spalle con le mani gelide. « Hanno tanto freddo! »

Per tutta risposta, la guardia le tirò giù il reggipetto. Il seno parve come sbocciare prima di ricaderle contro la gabbia toracica. Svestito al suo fianco, con la mano tesa a mostrare i passaporti aperti, Edward fissò quell'esplosione di nudità, poi la guardia e infine il volto stupefatto della moglie. Il braccio franò insieme con ogni speranza. Daria spinse le bambine verso Edward, così da potersi coprire coi palmi ora liberi. Ma, proprio come in precedenza non era stata in grado di seguire i consigli sensati di sua madre astenendosi dal provocare Adam, ancora una volta si rifiutò di comportarsi secondo le aspettative. Invece di rannicchiarsi, sganciò il reggiseno con aria altezzosa e lasciò scivolare nel sacco teso dalla guardia quanto le rimaneva addosso.

Edward seguì il suo esempio, anche se con un atteggiamento molto più docile. Fu soltanto dopo - troppo tardi - che Daria si ricordò dei gioielli nascosti nelle tasche. Non aveva pensato di toglierli e nasconderli... Già, ma dove? Non avevano altro che la loro branda. E non le era mai passato per la testa che avrebbero potuto lasciarli senza vestiti. E dire che si era sentita così fiera dell'idea di vestirsi a strati... ma ora tutti i gioielli che si era portata dietro nella speranza di poterci corrompere qualcuno erano spariti.

Daria suppose che il suo imbarazzo sarebbe stato maggiore se tutte le persone che aveva intorno non avessero subito la stessa umiliazione. E se non avesse fatto talmente freddo da non poter pensare a nient'altro. Una seconda guardia si spinse lungo la stretta corsia tra le brande. Reggeva un sacco pieno di un'accozzaglia di divise dell'esercito in eccedenza, uniformi da prigioniero e vestiti che Daria immaginò fossero stati sottratti a quanti li avevano preceduti - vivi o morti che fossero - e che nessun altro voleva. La guardia infilava una mano nel sacco per poi distribuire in maniera indiscriminata, tanto che a Edward toccò un paio di pantaloni troppo largo in vita e troppo corto di gamba, mentre Daria si vide lanciare addosso una giacca che a malapena le stava abbottonata. Le bambine ricevettero due camicie da uomo che strusciavano sul pavimento. Quanto alla misura delle scarpe, nemmeno a parlarne.

La guardia si strinse nelle spalle. «Sta a voi barattare. Niente effetti personali, qui. Niente più moda borghese. Vi è stato concesso il privilegio di guadagnarvi da vivere. Non sarete più persone inutili. Siate riconoscenti. Non fateci pentire della nostra indulgenza.»

Così abbigliati per le loro nuove esistenze produttive, tutti gli adulti vennero fatti marciare all'esterno, mentre ai bambini fu ordinato di rimanere nella baracca, senza nessun accenno a chi si sarebbe preso cura di loro o li avrebbe nutriti. Alisa e Anja si aggrapparono alle gambe di Daria e poi, quando lei le staccò, a quelle di Edward. Lui le accarezzò entrambe sulla testa con fare rassicurante, ma con lo sguardo rivolto alla moglie, in cerca d'istruzioni.

Lei tirò Alisa per un braccio e Anja per l'altro, benché ambedue tenessero una mano ancora incollata alle cosce del padre.

«In questo posto ci sono delle regole, proprio come a casa e a scuola. Se le seguite, andrà tutto bene», disse loro.

«Non voglio seguire nessuna regola!» La frustrazione di Anja, tenuta a lungo repressa, esplose in un fiume di lacrime, facendo da preavviso a una scenata con tutti i crismi.

La loro squadra di lavoro si stava allontanando. Daria si guardò disperatamente alle spalle, chiedendosi quanto tempo avesse per calmare Anja prima che le guardie tornassero per trascinarli fuori.

Con sua sorpresa, Alisa intervenne per allontanare la sorella dai genitori, tenendola per entrambe le spalle. «Se segui le regole, andrà tutto bene. Lo ha detto la mamma», ripeté con aria severa.

6

Il sole stava sorgendo, benché non fosse ancora in grado di penetrare nella foresta. Oltre ai prigionieri e alle guardie, Daria vide uomini e donne che immaginò provenire dal villaggio appena oltrepassato. Erano vestiti meglio: scarpe più robuste, calze, cappelli, sciarpe, muffole.

« Erano come voi, una volta. Traditori. Parassiti. Nemici dello Stato. Questa non è una prigione », stava dicendo la guardia, indicando verso la foresta. « Lì, dall'altra parte, potete vedere com'è una vera prigione. Il nostro è l'insediamento siberiano di Kyril. Siamo qui per domare la terra, per costruire strade e per coltivare i campi, così da mostrare al mondo i frutti di cui è capace il lavoro sovietico. Conquisteremo la tundra anche se altri dicono che non è possibile. Voi non siete prigionieri. Siete pionieri che dimostreranno quanto valgono lavorando onestamente. Costruirete case in cui crescere i vostri figli, costruirete scuole in cui dare un'istruzione a tutti i bambini. Diverrete eroi della Patria! »

Daria batteva i denti, mentre il vento sferzava come una lama contro il petto. Il fiato che espelleva sembrava più freddo dell'aria che inspirava. Aveva i polmoni contratti e la pianta dei piedi ustionata. Non riusciva più a piegare le dita. Ogni volta che apriva la bocca era come se le guance ormai rigide le si squarciassero. Lanciò un'occhiata di sottecchi a Edward: teneva lo sguardo dritto davanti a sé, quasi non avesse il coraggio di distoglierlo dall'uomo che stava parlando. Respirava a boccate nervose, frammentate. Il tremore alle gambe lo spingeva a spostare continuamente il peso da un piede all'altro. Le braccia pendevano inerti, ma le dita si contraevano, come impegnate in una composizione virtuale. Era il meccanismo cui Edward ricorreva sin dall'infanzia per calmarsi, le aveva confidato suo suocero. Per fortuna non lo aveva perso.

« Tu! » La guardia ce l'aveva proprio con suo marito.

Edward indietreggiò. Parve sul punto di correre via, ma per andare dove? La guardia lo afferrò per una spalla e lo spinse in avanti, facendolo ruotare perché si trovasse di fronte al gruppo. Edward inciampò, sentendo cedere le ginocchia mentre le caviglie ruotavano sotto il suo peso. Lo rimisero in piedi di malagrazia.

« Confessa! » ordinò la guardia.

Edward lo fissò inebetito.

« I tuoi crimini », suggerì la guardia.

« Io... » balbettò Edward, guardandosi intorno impotente, prima di fermare gli occhi su Daria, come per supplicarla di spiegargli cosa volessero da lui. « Io... non ho fatto niente. »

« Se così fosse, non saresti qui », ribatté la guardia, spingendolo giù. Edward si ritrovò a quattro zampe: dopo aver sfondato la crosta gelata coi palmi, affondò nel fango fino ai polsi, mentre le irregolarità del ghiaccio gli laceravano la carne.

La guardia indicò una donna che, accanto a Daria, non aveva fatto altro che annuire tutto il tempo. « Per favore, dai una dimostrazione a beneficio del compagno. » Così dicendo, ruotò il tacco dello stivale sulla schiena di Edward, costringendo quest'ultimo a inarcare la colonna vertebrale. « Mostragli come un cittadino sovietico virtuoso s'impegna nella *samokritika*, ovvero nell'autocritica. »

La donna, evidentemente in attesa di un'occasione per

dimostrare la propria obbedienza, si lanciò allegramente in una litania preconfezionata: « Ho messo a repentaglio il lavoro del Partito. Ho fatto scorta di cibo. Ho cospirato con elementi stranieri. Ho rubato al popolo. Ho elevato l'individuo al di sopra della collettività. Ho diffuso propaganda antisovietica. Ho rallentato la produttività sul posto di lavoro ». E così per oltre dieci minuti. Se le fosse stato permesso di continuare, Daria era sicura che la donna avrebbe confessato pure di essere stata in combutta con Lev Trockij, prima della sua espulsione, e questo benché nel 1927 fosse soltanto una scolaretta.

Quella tiritera recitata senza intonazione infastidì persino la guardia, che la riportò in fila con una pedata e che, così facendo, tolse lo stivale dalla schiena di Edward, consentendogli di rimettersi faticosamente in piedi. « Ora tocca a te, compagno. Confessa. »

Edward sgranò gli occhi, ma le sue labbra rimasero sigillate.

Vedendolo disorientato, Daria si fece avanti. « Ha accompagnato l'opera antiproletaria *Lady Macbeth del distretto di Mcensk*! »

La guardia la scrutò con aria confusa. A quanto pareva, non aveva letto l'attacco della *Pravda* di gennaio alla musica di Dmitrij Šostakovič, che aveva spinto il compagno Stalin ad abbandonare il Bol'šoj nel bel mezzo della rappresentazione e a denunciare lo spettacolo come un guazzabuglio borghese che rifuggiva da un linguaggio musicale semplice e accessibile per ricorrere agli starnazzi, ai fischi, agli ansimi e ai rantoli. L'opera era stata messa immediatamente al bando. Il padre di Edward era andato in giro per giorni a bofonchiare quanto fosse stato sciocco Šostakovič a correre un rischio simile, mettendo a repentaglio non solo il suo futuro professionale ma anche la sua stessa vita.

La guardia, d'altra parte, non avrebbe agito in maniera altrettanto sconsiderata. Pur essendo del tutto evidente che non sapeva minimamente a cosa si riferisse Daria, palesare la propria ignoranza si sarebbe potuto benissimo rivelare un passo falso altrettanto fatale. C'era davvero qualcuno che osava ignorare i sentimenti del compagno Stalin? Di conseguenza, l'uomo considerò la confessione di Daria per conto di Edward un inizio adeguato.

« Adesso voteremo », annunciò. « Nonostante i tuoi maliziosi tentativi di ostacolarlo, il compagno Stalin offre ancora un vero governo dalla parte del popolo. Anche qui. Anche per te. Alzi la mano chi ha trovato la *samokritika* di questo criminale sufficiente e sincera. »

I nuovi arrivati si mossero impacciati, per nulla sicuri di sapere che cosa ci si aspettasse da loro. Erano chiamati a concordare sul fatto che la confessione di Daria per conto di Edward fosse adeguata, visto che in un primo momento anche la guardia era parsa di quell'avviso, o dovevano piuttosto giudicarla insincera? Una risposta sbagliata avrebbe potuto far sì che uno di loro venisse chiamato a fornire un ulteriore esempio. O peggio.

Incerti, si scambiavano occhiate nervose.

« Andiamo! Questa è democrazia! Votate! Siete cittadini sovietici, sapete come funziona. Alzate le mani in segno di approvazione! »

Così sembrava un po' più chiaro. Una manciata di mani si sollevò timidamente. Non essendovi indizi che lasciassero presagire una punizione imminente, altre mani seguirono l'esempio, prima della corsa precipitosa per evitare di essere gli ultimi.

« D'accordo all'unanimità. Il popolo si è espresso e tutte le opinioni sono state ascoltate, rispettate e onorate nello spirito autentico del comunismo », decantò la guardia.

Dopo di che, perso ogni interesse per Edward e Daria, urlò ai prigionieri di dividersi in due gruppi, gli uomini a sinistra, le donne a destra.

Se la distribuzione dei vestiti era stata condotta a casaccio – benché Daria avesse visto più di un articolo di qualità migliore sparire non nell'apposito sacco, ma nella tasca del cappotto o nello stivale di una guardia –, la procedura di assegnazione degli incarichi di lavoro si rivelò di un'efficienza brutale. Gli uomini vennero indirizzati nel folto della foresta. Daria cercò di attirare l'attenzione di Edward per rivolgergli un sorriso o una strizzatina d'occhio, a dispetto del viso congelato. «Segui le regole», sussurrò, come aveva fatto per le bambine.

Che cos'aveva detto proprio lui, una volta, riguardo ai capricci arbitrari della Storia e della vita? *È come con la musica, papà. Bisogna lasciarla fluire dove vuole. Non puoi forzarla. Tutto ciò che puoi fare è regolare la tonalità e trovare il tuo ritmo al suo interno.*

Sarebbe bastato a far sì che rimanesse sano di mente, in quel posto? Sarebbe bastato a salvarlo?

Le donne, invece, furono condotte un chilometro a ovest della caserma, in un campo aperto e ghiacciato. Dopo aver ricevuto vanghe e semi, vennero disposte in file. Dovevano piantare cetrioli, carote, pomodori e cavoli. Ortaggi freschi! In Siberia! Chi se non il compagno Stalin poteva essere così visionario da elaborare un programma tanto progressista? Sarebbero stati autosufficienti e, coltivando il cibo di cui avevano bisogno, avrebbero ridotto la propria dipendenza dalle importazioni, in modo da risparmiare risorse. Se non ci fosse stato da mangiare a sufficienza, non avrebbero avuto con chi prendersela se non con se stessi: ecco in cosa consisteva la giustizia sociale senza precedenti del comunismo.

Molte delle donne erano di estrazione contadina. Mogli di *kulaki*, ipotizzò Daria. Proprietari terrieri che, dopo la Grande Rivoluzione d'Ottobre, si erano rifiutati di accettare la collettivizzazione causando così l'*Holodomor*, la carestia. Tutto spiegato in quel film che aveva visto con Edward e con la mamma. Come punizione per il loro tradimento, il compagno Stalin aveva deportato milioni di *kulaki*, per distribuire le loro terre a quanti avrebbero coltivato in maniera disinteressata il grano con cui sostenere l'Unione Sovietica. Ma il compagno Stalin non era un uomo vendicativo. Piuttosto, era un leader che incoraggiava i trasgressori fuorviati a imparare dai propri errori. Ecco perché adesso stava consentendo loro di farsi una nuova vita comunitaria e di esercitare i loro commerci per il bene di tutti, condividendo l'inevitabile premio, nonostante l'ostinazione mostrata in precedenza. Solo che le donne stavano cercando di spiegare, a quanti erano incaricati di supervisionare la produzione, che quella era la stagione sbagliata e che quelli erano gli ortaggi sbagliati per quel tipo di terreno, a quelle profondità. A giudicare da come aveva reagito la guardia quando le aveva chiesto di poter tenere almeno la biancheria intima, non appena vide il sorvegliante alzare il braccio, Daria si aspettò che mollasse uno schiaffo alla donna che più si era infervorata nell'esprimere le proprie obiezioni. Ma l'uomo si limitò a indicare il campo, commentando in tono annoiato: « Fa' come ti è stato detto ».

« Non crescerà nulla. Moriremo di fame », protestò la donna. Poi, disperata, aggiunse: « Se la prenderanno con te ».

« Io faccio come mi è stato detto », ribadì lui, suggerendo con modi non scortesi che era nel loro interesse seguire il suo esempio.

Così si misero a scavare e a seminare, mentre la pelle dei palmi si crepava per il gelo e si appiccicava di fango tanto che i semi scappavano loro dalle dita intorpidite, spargendosi in mucchietti casuali lungo il terreno. Le distanze irregolari, tra l'altro, garantivano che, se anche qualcosa fosse riuscito a germogliare, contro ogni previsione, sarebbe stato soffocato prima di giungere alla piena fioritura. Mentre lavorava, Daria capì che tutta quella fatica era inutile: l'unico scopo che aveva era piegarle nell'animo. Ne ebbe la conferma quando una donna le confidò che poche settimane addietro le era stato ordinato di scavare un fossato « partendo dalla recinzione e andando avanti fino all'ora di cena ».

Non venne concesso loro di tornare agli alloggi se non dopo il tramonto. Alisa e Anja corsero subito tra le braccia della madre, le labbra superiori screpolate e di un rosso acceso per tutto il muco che avevano continuato ad asciugarsi col dorso dei polsi.

« Ho fatto la brava, mamma. E ho badato ad Anja, perciò si è comportata bene anche lei. Abbiamo seguito tutte le nuove regole, adesso possiamo tornare a casa? » chiese Alisa. Quindi aggiunse la formula che - così le assicuravano da una vita intera - aveva veri e propri poteri magici. « Per favore... »

Gli uomini rientrarono più tardi. Daria ebbe difficoltà a individuare Edward tra la folla di gente che si trascinava all'interno, vestita di stracci identici, con le facce coperte di sudore, sudiciume e brina, finché suo marito non rovinò sulla branda, rannicchiandosi in posizione fetale, premendo la fronte contro la parete. Intorno a lui, gli altri uomini si lamentavano, imprecavano, piagnucolavano. Edward non faceva nessuna di queste cose. Edward canticchiava a bocca chiusa.

Daria allontanò le bambine inorridite, promettendo loro che si sarebbe presa cura del papà. Poi strisciò accanto a Edward e gli accarezzò la fronte. Sotto le sue dita, le guance del marito sembravano percorse da un fremito sordo. Non ottenendo nessuna reazione - Edward se ne stava sdraiato nella propria cadaverica immobilità, senza smettere di canticchiare in maniera ostinata una melodia irriconoscibile -, Daria gli prese le mani tra le sue, scostando con tenerezza i ritagli di stoffa in cui le aveva fasciate. Le mani di Edward, quelle sue mani così affascinanti, così incantevoli, talmente preziose da impedirgli di sollevare la valigia della moglie nel giorno del loro matrimonio, erano maciullate quasi fino all'osso.

7

Quella era la loro vita, adesso. Sveglia all'alba, le donne nei campi, gli uomini impegnati nel taglio e nel trasporto del legname, i bambini lasciati a se stessi. La colazione era una fetta di pane duro, la cena una brodaglia acquosa che a Daria ricordava il risciacquo di una pentola in cui fosse stato bollito qualche ortaggio. Ogni mattina, una squadra entrava nelle baracche per sbarazzarsi dei morti. Ogni sera, c'era qualcuno che non faceva ritorno. All'inizio i bambini piangevano per la fame ma poi, a un certo punto, smisero di farlo. Gli uomini davano in escandescenze, tramavano vendette e minacciavano di fuggire, salvo poi fare puntualmente ritorno nella foresta. Di notte bevevano vodka, che in qualche modo riusciva a materializzarsi persino nella tundra più fitta. Giocavano a carte e litigavano. Ripensavano alla vita di un tempo, agli uomini che erano stati e, per trattenerne le poche vestigia rimaste, scopavano rumorosamente le mogli, le fidanzate o qualsiasi donna su cui riuscissero a mettere le mani, mescolando i loro gemiti ai lamenti, ai singhiozzi e al perenne ululare del vento.

Lavori forzati a parte, Edward non condivideva nessuna di quelle attività. E presto Daria si ritrovò a desiderare che lo facesse. Persino un Edward rabbioso, ubriaco e brutale sarebbe stato meglio del fantasma che si trascinava da un'estremità all'altra della baracca. O che sedeva sul bordo della branda, canticchiando piano con gli occhi bassi. Daria cercava di coinvolgerlo in qualche conversazione, se non altro. Pure lei trascorreva le giornate quasi in assoluto silenzio. Anche quando non era troppo spossata per scambiare qualche parola con le vicine di fila, aprire le labbra screpolate o muovere le guance spaccate erano un'agonia da rischiare solo nelle circostanze più terribili. In ogni caso dubitava potessero sentirla, con quel vento.

Un ingorgo di parole le si congestionava dentro. Ogni sera, di ritorno nell'alloggio, le percepiva esplodere, tanta era l'ansia di dover vomitare tutto quello che si era tenuta per sé durante il giorno, affamata com'era di contatto umano. Daria tentava di rendere le sue storie divertenti per le bambine, trasformando un brutto incidente in un episodio buffo, filtrando i momenti difficili per recuperare anche solo un secondo di bellezza, gentilezza e speranza. Non voleva turbare Alisa e Anja più di quanto non lo fossero già, e non voleva che stessero in pensiero per lei durante la sua assenza. Così, invece di raccontare loro della guardia che aveva mandato a monte giornate intere di lavoro calciando «per errore» le file appena seminate, Daria si concentrava su quella che, a suo rischio e pericolo, aveva tirato fuori un thermos di tè tiepido da condividere con le lavoratrici. Nel riportare la storia ad Alisa e ad Anja, descriveva la scena come se si fosse trattato di un ricevimento in piena regola.

Dopo che le bambine si erano addormentate, però, a Daria veniva voglia di confidare a Edward i momenti più bui della giornata. Voleva sfogarsi. Voleva lamentarsi. Voleva piagnucolare, maledizione. Era troppo desiderare un briciolo di empatia? E sarebbe stata felice di fare lo stesso per lui. Sfortunatamente, però, bastava uno sguardo al marito per polverizzare le parole che aveva in gola. Edward sobbalzava al minimo suono. I rumori più forti lo facevano rabbrividire e quelli inattesi lo inducevano a confinarsi nell'oscurità della branda. Daria immaginò che, se avesse aperto la bocca per scatenare il flusso di parole represse per giorni, settimane, mesi, sarebbe stato come tormentarlo con una raffica di frecce appena affilate.

Così teneva per sé i suoi pensieri e i suoi sentimenti, accumulandoli nello stesso modo in cui lei e le altre donne accumulavano le razioni per i figli. Mentre gli uomini si accapigliavano, rumorosi e impotenti, le donne si scambiavano i vestiti in un silenzio efficiente. Rubavano lische dagli scarti di pesce essiccato concessi loro a ogni morte di papa per ricavarne aghi con cui disfare una sciarpa tarmata e riciclare il filo per confezionare un paio di calze o un berretto. Rovistavano in cerca di radici e bacche, per poi preparare rimedi popolari che, in caso di malanni, ficcavano in gole irritate o spalmavano su petti in affanno.

Ma, quando la cura venne somministrata ad Anja, la piccola, che aveva appena tre anni, rimase febbricitante e in preda ai deliri, col respiro troncato in penosi e disperati sussulti dopo interminabili istanti di un silenzio funereo. Durante i primi giorni di malattia, riusciva persino a sorridere tra un accesso di tosse e l'altro mentre Edward, riavutosi dal proprio torpore, l'avvolgeva tra le braccia per infondere un po' di calore in quelle braccine e in quelle gambette pelle e ossa. Proprio come aveva fatto nel vagone merci, Edward trascorse diverse notti a distrarre Anja con storie che parlavano di flauti magici e di una focosa seduttrice spagnola divisa tra un ufficiale sconsiderato e un impetuoso torero. Ben presto, però, nemmeno la promessa di un'altra storia esotica raccontata dal papà fu sufficiente a scuotere la bambina.

« Polmonite », diagnosticò una donna che alloggiava due baracche più in là, posando l'orecchio sul petto di Anja per auscultare i polmoni che, pieni di liquido, annaspavano. Medico di professione, la donna era stata bandita dopo che il marito, un professore di Geologia all'Università di Leningrado, aveva condiviso con la propria classe un frammento di scisto ricevuto da un collega australiano. Qualsiasi contatto con entità straniere era immancabilmente sospetto.

« Che cosa possiamo fare? » chiese Daria, sapendo che non disponevano né di attrezzature né di farmaci. Seduto accanto a lei, Edward teneva Anja in braccio.

« Vaccino antipneumococcico. »

Edward sollevò la testa, e l'espressione sconvolta e arrendevole che ormai indossava sempre - tranne quando cercava di distrarre Anja o canticchiava tra sé - s'incrinò per il tempo sufficiente a suggerire docilmente alla moglie: « Potremmo chiedere... a Adam ».

Benché fosse arrivato a Kyril insieme con loro, due mesi prima, l'esperienza di Adam aveva subito una brusca svolta. Anche lui era stato spedito nella foresta insieme col resto degli uomini. Daria era stata così presa con Edward - versandogli quella sbobba liquida che lui puntualmente vomitava, spalmandogli un unguento di fortuna sulle mani per evitare i geloni - che non aveva avuto né il tempo né l'interesse per farsi un'idea di come se la passasse Adam. Finché, a un certo punto, non si era accorta della sua assenza. I prigionieri - ehm, i pionieri, cioè - sparivano per due motivi. Perché morivano o perché...

« Lo hanno trasferito. Personale di ufficio », le aveva comunicato l'uomo che aveva dormito sotto la branda di Adam, affrettandosi a reclamarne il possesso.

Un insediamento delle dimensioni di Kyril richiedeva enormi quantità di scartoffie. C'erano rapporti sul raccolto e sulla quantità di legname ordinati per giorno, mese e stagione, richieste di approvvigionamento, buste paga per il personale locale e, naturalmente, le risorse da distribuire, voce che includeva ogni cosa, dai minuscoli semi che Daria piantava al materiale per la costruzione di nuovi alloggi. C'erano prigionieri che venivano utilizzati per i compiti amministrativi, ma era un privilegio che dovevano guadagnarsi. Cinque mesi non sembravano sufficienti perché Adam salisse di livello. Il trasferimento dai campi andava meritato con la buona condotta. Più spesso, però, ci si arrivava a suon di bustarelle. Non ci volle molto perché Daria si accorgesse che molte delle donne con cui lavorava accantonavano semi nelle pieghe dei loro abiti logori per poi scambiarli con coloro che erano già stati liberati dalle baracche e avevano avuto il permesso di costruirsi una casa (niente di più che una semplice tettoia) con qualsiasi tipo di legname riuscissero a rimediare. Quelle famiglie, a loro volta, avrebbero usato i semi per coltivarsi in segreto il proprio orticello. Persino alcuni dei più alti funzionari di Partito si erano dati da fare. Pur godendo di abitazioni più solide - con tanto di porte, finestre, tetti, pavimenti e altri lussi simili - la loro dieta si limitava alle derrate che spedivano (quando se ne ricordavano) da Mosca. Ammesso, sempre, che non marcissero per strada. Di conseguenza, i superiori provavano a far crescere le proprie scorte o, non riuscendoci, trafficavano con chi in qualche modo era riuscito a ricavare un raccolto dalla tundra gelata.

Ma Adam non aveva vissuto a Kyril tanto a lungo per accumulare oggetti di valore da poter scambiare, giusto? si chiese Daria, visto che non solo era stato dispensato dal lavoro più massacrante, ma gli era stata assegnata anche una delle case più grandi, costruita dai prigionieri, e non doveva nemmeno condividerla.

«Questa volta avrà consegnato la madre di chi?» aveva domandato a Edward, non appena ricevuta la notizia.

Adesso, però, suo marito le stava suggerendo che forse il

loro ex *dvornik* era diventato abbastanza influente da poter procurare loro il farmaco necessario ad Anja.

«Mi scriva quello che mi serve. Vado a chiederglielo», disse Daria alla dottoressa.

Dovette aspettare che facesse completamente buio. Benché, come si sentivano ripetere spesso, non fossero in prigione e potessero andarsene in qualsiasi momento avessero voluto – ammesso che fossero stati in grado di affrontare le condizioni ambientali estreme, piuttosto che approfittare della generosità del compagno Stalin – i movimenti non autorizzati erano sempre un rischio. Soprattutto per le donne che giravano da sole. Guardie annoiate, coloni irrequieti, esiliati in cerca di vendetta... Poteva succedere qualsiasi cosa. Ciò, però, non bastava a fermare un certo tipo di donne. Semi e cibo non erano l'unica merce di scambio.

Ma Daria non era pronta a passare per una di quelle. Non ancora. Scivolò ai margini dell'insediamento, nascondendosi nell'ombra e prendendo la strada più lunga che dal loro alloggio portava all'edificio a un piano che Adam rivendicava come proprio. Intercettando un filo di luce che scaturiva dall'interno, si affrettò a bussare, prima di poter cambiare idea. Adam fu talmente lesto ad aprire che per poco Daria non cadde oltre la soglia.

Avevano perso tutti peso da quand'erano arrivati. Edward era così scheletrico che Daria riusciva a vedere il punto in cui le ossa dell'anca incontravano le gambe. Persino Adam era dimagrito. Le clavicole erano più sporgenti, le guance un po' più infossate sotto la barba rossastra. Ma le mutate proporzioni lo avevano reso ancora più imponente. A Daria tornò in mente il personaggio di un libro per bambini, Stepan Stepanov, un gigante soprannominato «Torre del Fuoco » per via dell'altezza. Lo zio Stëpa girava l'Unione Sovietica compiendo opere di carità. Aveva salvato alcuni ragazzini in procinto di annegare, aveva salvato alcuni piccioni intrappolati in un edificio in fiamme e poi si era arruolato nella marina, dando l'esempio ai suoi concittadini. Solo che lo zio Stëpa era « il migliore amico di tutti i bambini ». Mentre Adam faceva paura.

Il primo impulso di Daria fu quello di ritrarsi come ormai Edward faceva davanti a ogni situazione. Ma la determinazione originaria prese il sopravvento e la spinse a guardare Adam negli occhi, allungando il collo. Con un tono imperioso, come se lui lavorasse ancora per lei - cosa del resto mai avvenuta -, gli disse: « Ho bisogno di parlarle ». Entrò senza essere invitata e si chiuse la porta alle spalle.

La casa di Adam si componeva di tre stanze, senza contare il minuscolo ingresso in cui si trovava Daria. Alla sua sinistra c'era una zona notte che ospitava un letto: le lenzuola, usurate e anonime, erano però in ordine. La stanza più grande, al centro, conteneva una scrivania, le cui gambe di colori diversi suggerivano che fossero state sostituite nel corso degli anni e, tra le altre cose, un pianoforte che, essendo sprovvisto della parte superiore, lasciava esposte le corde, non tutte al loro posto. Daria ipotizzò che fosse stata la casa di un amministratore e della sua famiglia, prima che si trasferissero o... - be', inutile pensare ad altre eventualità - e che Adam l'avesse ereditata con tutto il mobilio. A spiegare come ci fosse riuscito era l'ambiente sulla destra: completamente spoglio, eccezion fatta per il trio di alambicchi per la distillazione della vodka che sbuffavano al centro.

« Oh », disse Daria. Ora tutto aveva perfettamente senso.

Adam non aveva ancora pronunciato una parola.

« Quanto riesce a produrre al giorno? » gli chiese.

« Abbastanza. »

« Non c'è da stupirsi che lei sia così popolare. »

« Abbastanza », ripeté lui.

« Può avere tutto quello che vuole, da loro. Una casa, vestiti, da mangiare. »

« Cosa vuole? » Il tono con cui glielo domandò significava che non si era fatto nessuna illusione sul motivo della sua visita.

« Questo. » Gli mostrò il pezzo di carta coi nomi e con la quantità dei farmaci che le servivano.

Adam corrugò la fronte. « Sta cercando di resuscitare un cadavere? »

« Mia figlia, Anja. La piccola. Si ricorda? La dottoressa dice che è polmonite. Abbiamo provato di tutto. Lei pensa che questo potrebbe aiutarla. La prego. » Daria gli si avvicinò di un passo. Era così vicina, adesso: troppo vicina, pericolosamente vicina. « Ti prego, aiutami, Adam Semënovič. »

8

Si aspettava che le chiedesse come. Che le chiedesse perché avrebbe dovuto. Che le chiedesse qualcosa in cambio. Era preparata a ogni eventualità.

Tutto si aspettava tranne che Adam, dopo un'altra lunga occhiata alla lista dei farmaci, ripiegasse il foglio in quattro e, infilandolo nella tasca della camicia, l'accompagnasse alla porta per poi chiudergliela sonoramente alle spalle.

Non sapeva che cosa fosse successo. Non sapeva su che cosa si fossero messi d'accordo né come Adam intendesse procedere. Tutto quello che sapeva era che, la sera dopo, mentre lei e Edward, distesi sulla branda con Anja in mezzo, cercavano di tenerla al caldo, osservando con quanta forza dovesse lottare per ogni respiro, tanto che il viso le diventava prima di un rosso acceso, poi di un bianco mortale che sbiadiva quasi nel blu prima che il processo ricominciasse, la dottoressa era scivolata loro accanto mostrando il sacchetto che le era stato passato da... be', preferiva non dirlo. Come insegnava il compagno Stalin: meno sai, più dormi tranquillo. Ma era per Anja.

Le somministrarono la prima dose all'istante. La seconda a mezzanotte. Loro cinque erano gli unici ancora svegli; seduta in un angolo, Alisa si tirava ciuffi di capelli e s'infilava le ciocche diradate in bocca, masticando e deglutendo. Nessuno cercava più di fermarla, ormai, nemmeno la dottoressa che, in un primo momento, aveva tentato di spiegarle che in quel modo rischiava di ostruire l'intestino. Ma tutti si rendevano conto di quanto fosse affamata e, se la cosa poteva darle un sollievo anche solo momentaneo, be'... allora al diavolo le conseguenze a lungo termine.

Somministrarono una terza dose alle quattro del mattino, l'ora del diavolo. Ne rimase abbastanza per una quarta all'alba, prima che le guardie arrivassero per radunarli in vista della giornata di lavoro. Ma a quel punto Anja era già morta.

Non si trattò di un evento spettacolare. Fu, semmai, appena percettibile. Gli intervalli tra un respiro e l'altro continuarono ad allungarsi fino a quando, semplicemente, non vi fu più nessun respiro. Per qualche minuto, dopo, Daria e Edward poterono persino convincersi che Anja avesse svoltato un angolo, che avesse smesso di lottare per godersi, finalmente, un po' di riposo.

Attraverso le assi delle pareti, Daria intravide il sorgere del sole. Con mani svelte, sfilò i vestiti dal corpo di Anja e li passò ad Alisa. « Mettili tu. A lei non servono più. »

La camicia era troppo piccola. Alisa vi si costrinse comunque, strappando le cuciture di una manica. Poi si mise in testa il copricapo di Anja e infilò le mani nelle calze, come fossero muffole. Trattenevano ancora il tepore della pelle di sua sorella.

Daria si tolse lo scialle che aveva acquistato una settimana prima in cambio di una manciata di semi di grano, e iniziò ad avvolgerci Anja, anche se dovette prima strapparla dalle braccia di Edward. Dopo aver chiuso le palpebre della figlia, infatti, lui era ancora intento ad accarezzarle il viso e a lisciarle i capelli.

« Dobbiamo seppellirla prima che arrivino. »

Alisa indicò lo scialle. « Mamma. Avrai freddo. » Coi vestiti troppo piccoli di Anja addosso, sembrava voler ricordare alla madre che nulla andava sprecato.

Daria esitò. Alisa aveva ragione, anche gli scarti di poco conto potevano tornare utili, e uno scialle a maglia non era certo da buttar via. D'altro canto, l'idea di consegnare la figlia completamente nuda alla terra...

Evitando lo sguardo di Edward, Daria disfece i nodi appena stretti e si rimise addosso lo scialle, dicendosi che, se si fosse ammalata, per suo marito e per l'unica figlia loro rimasta non ci sarebbe stato più nulla da fare. Daria si alzò, cullando il corpo senza peso che un tempo era stato Anja. Si diresse verso l'uscio, sibilando ad Alisa: « Porta il papà ».

Accettando la mano che le porgeva, Edward lasciò che Alisa lo guidasse. Alcuni, intanto, si erano svegliati e osservavano la scena. Ci fu qualche sporadico guizzo di empatia, ma la maggior parte di loro non parve minimamente sorpresa.

Una donna sussurrò a Daria: « La radura sulla sinistra, accanto ai pini più giovani. Sono troppo piccoli per essere abbattuti, non mettono il naso da quelle parti ».

« Grazie », rispose Daria, ma la donna si era già allontanata. Aveva rischiato abbastanza.

Seppellirono Anja insieme con altri le cui famiglie non avevano potuto tollerare la massa ufficiale di tombe erette sul versante opposto dell'insediamento. Volevano che i loro cari riposassero nelle vicinanze. E non volevano che trascorressero l'eternità sotto l'autorità di coloro che li avevano portati fin là.

Daria, Edward e Alisa scavarono a mani nude, cercando di anticipare il sole e l'immancabile appello. Edward aveva ripreso a canticchiare e Alisa si unì a lui. Cominciarono persino ad armonizzarsi.

Daria si girò di scatto per dire loro che non era né il momento né il luogo adatto, che dovevano smettere di trastullarsi, di sprecare energie preziose che potevano destinare a un uso migliore, invece di attirare pericolosamente l'attenzione, col rischio che li prendessero. E che così la facevano impazzire.

Ma, prima ancora che le parole le uscissero di bocca, vide Edward e Alisa, la testa dell'uno chinata su quella dell'altra. Suo marito sorrideva - era proprio un sorriso - mentre guardava la figlia con aria di approvazione e le diceva: « Sì, ricordati: la musica che hai dentro, non possono portartela via, a meno che tu non glielo permetta ».

« Non glielo permetterò, papà », promise Alisa.

Fecero ritorno agli alloggi in tempo per presentarsi al lavoro.

« È morta », disse Daria a Adam. Per ragioni che non riusciva a spiegare né a Edward né a se stessa, si era sentita in dovere di tornare da lui per fargli sapere com'era andata. « Grazie per averle procurato il farmaco. Ma era troppo tardi. »

« Le mie condoglianze », rispose Adam. Con sua grande sorpresa, Daria capì che erano sincere.

« Ti sono grata per averci provato. »

Adam sembrava quasi in imbarazzo. « Il farmaco. Potrebbe non essere stato utile. Lo spediscono da Mosca e, lungo il tragitto, ci mettono tutti le mani. Quand'è arrivato qui, magari non era che gesso, segatura e acqua colorata. »

« Ti ringrazio in ogni caso, Adam Semënovič. » Questa volta, Daria non aspettò che le mostrasse la porta. Dopo una breve pausa, gli chiese: « Considerata l'influenza di cui godi ormai in questo posto, non li hai ancora convinti a rimandarti a casa? »

« Che cosa mi aspetterebbe a casa? » Adam mimò il gesto di spazzare un cortile.

Daria aveva un'ultima domanda. « Perché mi hai aiutato? »

« Perché sei l'unica ad avermi mai guardato negli occhi. »

A maggio la temperatura salì sopra lo zero. A luglio fu possibile girare senza stracci infilati nelle scarpe o avvolti sul viso e sulla testa. Tutto si sciolse. Tentarono di mettere in salvo il poco di commestibile che era riuscito ad attecchire prima che venisse spazzato via, schiacciato o rubato. Alle donne che si erano prese cura dei campi non permisero di tenere per sé nemmeno la minima parte di quella magra resa. Tutto venne raccolto per essere ridistribuito: i membri del Partito ricevettero i prodotti di prima scelta, quindi fu il turno dei burocrati, dei dipendenti e via dicendo. Agli esiliati fu ricordato quanto fossero fortunati a non occupare il fondo della catena alimentare. Quel posto spettava ai prigionieri che non avevano mai visto, ma le cui file rischiavano continuamente d'ingrossarsi.

Ad agosto il termometro tornò in picchiata e, a ottobre, nessuno ricordava più come fossero state quelle poche, fatate settimane di grazia. La loro esistenza quotidiana non mutò. L'unico cambiamento giunse la sera in cui, di ritorno all'alloggio, Daria trovò Edward già sdraiato sulla branda, con gli occhi vuoti, fissi sulle assi di legno sopra di lui, e con le dita contratte. Alisa, che gli girava intorno, le indicò la gamba destra del padre. Un grosso pezzo di carne gli era stato strappato dalla coscia, adesso fasciata con qualche giro di garza ormai intrisa di sangue.

« La dottoressa Čolodenko dice che siamo stati fortunati: se avesse colpito le arterie principali, sarebbe morto dissanguato. Ci ha messo su qualcosa per evitare che s'infettasse », spiegò Alisa.

« Che cos'è successo? »

Daria lo chiese a Edward, ma fu Alisa a rispondere, ripetendo ciò che le era stato riferito. « Un carico di tronchi si è allentato e ha preso a rotolare. Hanno urlato di togliersi di mezzo, ma il papà non è stato abbastanza svelto. È rimasto là. Come se volesse essere colpito, hanno detto. »

Daria, che aveva lasciato Alisa a vegliare sul padre, si rivolse a Adam, in tono di sfida: « Hai detto che potresti andare a casa, ma che non vuoi ».

Tutto concentrato sui suoi alambicchi, Adam andava regolando i tubi di vetro e i secchi di legno, stillando fino all'ultima goccia di quell'elisir magico che era il *pervach*, ovvero « il primo », e al quale doveva la relativa agiatezza in cui viveva.

« Significa che potresti comunque tirar fuori da qui qualcun altro? » Benché Adam non si fosse fermato, Daria pensò di avergli visto scrollare le spalle. Decise perciò d'insistere: « Potresti! Mio marito, Edward. Non può vivere così. Lui non è come te ».

Adam si girò a guardarla e Daria pensò che forse, finalmente, le avrebbe risposto in qualche maniera. Ma, dopo un'occhiata che non fu in grado di decifrare, e che la indusse a sospettare di aver detto qualcosa di catastroficamente sbagliato, Adam tornò alle sue faccende.

Non potendo rimangiarsi le parole, e non sapendo in che modo avessero potuto offenderlo, Daria tentò di scacciarle dalla mente di Adam affrettandosi ad aggiungere: « Conosci persone importanti, ti devono dei favori. Siamo qui per errore. Potresti far cadere le accuse contro di noi. Per favore. Per favore, io... farò qualsiasi cosa». Daria pronunciò la sua offerta senza pensare a cosa potesse comportare in concreto. Tuttavia, così come si sentì scandire quelle parole, si vide anche avanzare di un passo e posare timidamente la mano sulla spalla di Adam.

La sua mano. Era uno shock ogni volta che la vedeva. La pelle liscia come un giglio, che la madre usava immergere nel latticello (lo stesso che poi utilizzava in cucina, non che qualcuno dovesse saperlo), era coperta da abrasioni mezze guarite e piene di pus; le unghie erano state strappate; coaguli di sangue punteggiavano le cuticole e la carne pendeva inerte da ogni giuntura. Se quello era l'aspetto della sua mano, poteva soltanto immaginare il resto. Sentiva i capelli unti e radi e, quando le cadevano in ciuffi aggrovigliati, non era infrequente che vi scorgesse striature di grigio. Le guance le si erano incavate proprio nel punto in cui era difficile non graffiarle coi denti dondolanti quando muoveva di fretta le mascelle per impedire che le si congelasse il viso. Le labbra e il naso erano sempre screpolati, arrossati e desquamati. Quando veniva mandata a lavorare vicino a un qualsiasi specchio d'acqua, faceva attenzione a evitare il proprio riflesso; anche così, però, le capitava di darsi un'occhiata di sfuggita, qua e là. Cerchi violacei intorno agli occhi. *Oči čërnye,* altroché. Come poteva sperare di attrarre un uomo ridotta in quel modo?

Eppure, doveva riuscirci. Ignorando ciò che vedeva davanti a sé e ciò che sentiva dentro, fece appello alla ragazza che era stata sette anni prima, quando si era ritrovata accanto al Teatro dell'Opera di Odessa. E a sua madre, capace di convincerla del fatto che fosse così desiderabile che una semplice passeggiata sarebbe bastata a lanciare l'amo. Avrebbero accalappiato l'uomo dei loro sogni, facendo persino in modo che penasse per un sì. Che penasse per lei.

Daria ebbe l'impulso di gettarsi su Adam, per quanto si sentisse ripugnante. Di togliersi i vestiti e pararglisi di fronte, perché fosse chiaro che poteva farle qualsiasi cosa, come voleva e per tutto il tempo che voleva; purché le promettesse che avrebbe tirato fuori da quell'inferno la sua famiglia.

Ma l'educazione della madre aveva messo radici in profondità. Daria respinse i propri istinti. Nel momento in cui Adam si girò per guardare la sua mano sulla propria spalla, e poi posarle lo sguardo sul braccio e infine sul viso, nei suoi occhi Daria scorse un interesse che era certa non fosse mai esistito prima. E a quel punto, ostentando un sorriso evasivo, fece un passo indietro.

Il cuore le batteva con tanta violenza da indurla a pensare che Adam potesse sentirne ogni singolo impatto sul fiacco costato. Era fuori di testa? Davvero stava giocando al gatto col topo usando come posta la vita dei suoi familiari? Chi si credeva di essere?

Continuò a camminare verso la porta, allontanandosi dalla stanza con gli alambicchi per avvicinarsi alla camera da letto. Che cosa avrebbe fatto una volta là? Non ne aveva idea. Non sapeva nemmeno se Adam l'avrebbe seguita.

Ma lui la seguì.

Da che era inginocchiato, Adam si alzò, si pulì le mani dalla polvere sfregando i palmi l'uno contro l'altro, poi sul davanti della camicia e dei pantaloni, e la seguì. In camera da letto.

Lei si fermò: non vicino al letto, ma accanto alla finestra, per rivolgere lo sguardo all'esterno, su una strada così desolata da non meritare nemmeno un marciapiede o una luce. La guardò come se fosse la più affascinante delle vedute, dando le spalle a Adam con l'intento di spingerlo a fare la mossa successiva.

Puzzava di vodka, Adam, e il tanfo si acuì quando le si

avvicinò. Mentre udiva i passi dietro di sé, Daria sentì quel suo respiro irregolare avvilupparle la sommità del capo. Ecco, le stava sfiorando i capelli con le dita e poi giù, sul collo: palmi ruvidi e callosi sulla sua carne viva, riarsa dal vento. Tuttavia, Daria non si voltò. Non gliel'avrebbe resa così facile.

Sua madre sarebbe stata orgogliosa.

Poi Adam si fermò. Proprio quando lei era certa che avrebbe proseguito fino ad afferrarle il seno allo stesso modo in cui ogni guardia credeva di avere il diritto di fare con ogni donna, Adam si fermò. E lei si sentì assalire dal panico.

Si girò di scatto, convinta di aver sbagliato tutto. Com'era stata stupida a pensare che i consigli della madre potessero avere una qualche validità anche in quella situazione! Era pronta a chiedere un'altra possibilità, a cedere, a fare qualsiasi cosa, senza più tattiche. Ma Adam si era già ritratto nell'angolo più lontano della stanza, con le mani - le stesse mani che l'avevano accarezzata - nascoste dietro la schiena.

« Torna domani », abbaiò, senza nemmeno lasciarle il tempo di assorbire le implicazioni di quel suo ordine. « E porta tuo marito. »

9

Edward non ne chiese il motivo. Il che fu un bene, perché Daria non avrebbe saputo rispondere. Ventiquattr'ore dopo, non aveva un'idea più precisa della ragione per cui Adam avesse chiesto la presenza di Edward rispetto a quella che si era fatta mentre, confusa e umiliata, usciva da casa sua. Il futuro le avrebbe detto di più. Per il momento, però, si sforzò di rendersi quanto più possibile presentabile. Con le dita, appianò i nodi più fitti tra i capelli, che poi raccolse in trecce partendo dalla cima del capo. Infine raccolse le trecce in un'acconciatura che un tempo aveva messo in risalto la sua delicata struttura ossea. Per mascherare il pallore mortale, grattò le abrasioni parzialmente sanate della pelle, spremendone fuori abbastanza sangue da spalmare sulle guance, perché assumessero quella che sperava sembrasse una luce rosea e sana.

Diede una ripulita anche a Edward. Mentre alcuni uomini si prendevano ancora la briga di radersi, usando pietre affilate o passandosi un filo su e giù per il viso, Edward aveva lasciato che la barba gli crescesse a ciuffi irregolari. Daria la lisciò come meglio poté. Edward non oppose resistenza alle sue cure, ma non le offrì nemmeno un aiuto. In ogni caso, Daria voleva che anche suo marito fosse presentabile, che avesse un'aria dignitosa, indipendentemente da ciò che Adam aveva in mente per entrambi.

« Grazie. Il farmaco per Anja. Grazie mille », disse Edward a Adam.

Insieme, erano più parole di quante Daria non gli avesse sentito pronunciare nelle ultime settimane. Gli sorrise come una madre orgogliosa del figlio che accetta un meritato riconoscimento scolastico. Non poté fare a meno di sentirsi grata nei confronti di Adam per avergliele cavate di bocca.

Si trovavano tutti e tre nella stanza centrale della casa di Adam. C'erano il macilento scrittoio che Daria aveva già notato in precedenza, un'unica lampada a cherosene, la cui luce non raggiungeva gli angoli più reconditi e ammuffiti, e il pianoforte, che attrasse all'istante lo sguardo di Edward. I suoi occhi vi rimasero incollati sopra anche mentre ringraziava.

« Vuoi suonare? » Adam tirò su il coperchio, rivelando una tastiera macchiata d'acqua cui mancavano un tasto nero e uno bianco. « Suona. »

Edward si avvicinò con cautela, come se avesse di fronte un tranello o un miraggio. Nel frattempo, girando la testa tremante, teneva d'occhio Adam, quasi temesse di vedersi revocato il permesso da un momento all'altro, con conseguente punizione.

Adam afferrò la sedia di legno accanto alla scrivania e la trascinò sul pavimento fino al pianoforte, sbattendola contro l'incavo delle ginocchia di Edward, che vi si lasciò cadere sopra. Adam lo spinse poi più vicino alla tastiera. « Suona! »

« Suonare... che cosa? »

Daria avvertì un tuffo al cuore. Il suo brillante marito era ormai talmente abituato a fare ciò che gli veniva ordinato – né più, né meno – che la sua mente, un tempo capace d'immergersi nel flusso di ogni singola nota di qualsiasi sinfonia e opera mai scritta, adesso non riusciva a pensare autonomamente. O forse era troppo terrorizzato dall'eventualità di scegliere l'opzione sbagliata e dalle conseguenze che tale scelta avrebbe comportato.

Daria fu tentata di esortarlo a suonare la melodia che canticchiava senza posa, la stessa cui Alisa gli aveva fatto eco mentre seppellivano Anja. No, quella melodia era sacra. Non voleva rovinargliela.

Lo stesso Adam, pur con tutta la sua bellicosa spavalderia, sembrava in imbarazzo. « Suona un... Un valzer. » La risposta emerse con un certo sforzo e un disinteresse spazientito.

Daria sperò con tutta se stessa che Edward non chiedesse quale valzer. Aveva come l'impressione che un ulteriore scambio sarebbe stato insostenibile per entrambi.

Ma lui non chiese alcunché. Piuttosto, fece aleggiare con riverenza le mani sopra la tastiera, flettendo per tre volte (secondo il rituale di un tempo) le dita martoriate e rigide prima di abbassarle e lanciarsi nelle prime note di quello che Daria riconobbe come *Sul bel Danubio blu*.

Era un pezzo relativamente semplice. I bambini lo suonavano ai saggi. Non appena Edward iniziò a suonare, tuttavia, Daria lo vide trasformarsi. Corresse la postura, allentando le spalle e raddrizzando il collo – col mento all'insù – mentre appoggiava le spalle allo schienale e uniformava il respiro. Vedendo la sua fronte distendersi, Daria capì quanta tensione avesse trattenuto sul volto.

La mano di Adam le afferrò il gomito. Lei ebbe un sussulto. Si era dimenticata della sua presenza.

« Balla con me. » Non era una richiesta.

Daria si girò per controllare se Edward avesse sentito. Ma il marito era perso nella musica.

Adam la trascinò al centro della stanza e la costrinse a stargli di fronte. Le prese una mano e le adagiò la sua sulla schiena. Poi le piantò gli occhi addosso. Non le rimase scelta se non quella di appoggiargli il palmo della mano libera sulla spalla mentre lui, alla battuta successiva, cominciò a farla girare ai quattro angoli della stanza, passando così radente al pianoforte da farle sfiorare Edward con l'anca.

Quand'era stata l'ultima volta che aveva ballato? A una festa di Capodanno, molto probabilmente. Ma di quale anno? In che anno erano, adesso? Benché sua madre avesse insistito perché lei imparasse a ballare bene il valzer, c'erano state poche occasioni per farlo con Edward. Di solito, mentre tutti gli altri danzavano, lui era impegnato a suonare, affidandola alle cure di gentiluomini troppo cortesi per lasciarla sola in disparte. Di conseguenza, aveva appreso abbastanza bene ad assecondare una varietà di partner. In ogni caso, per uno della sua corporatura, Adam si muoveva con grazia inaspettata. Presto, alla foga iniziale subentrò il pieno controllo. Dopo aver abbassato prima gli occhi ai piedi, prestando attenzione a non farsi calpestare, nel momento in cui aveva capito che, inaspettatamente, Adam sapeva quel che faceva, Daria alzò la testa e rimase a fissare l'ampiezza del suo torace. Tutti quei bottoni che le ondeggiavano davanti al viso erano disorientanti. Quando il senso di vertigine diventò intollerabile, si arrese e assunse la posizione corretta per il valzer, guardando finalmente Adam negli occhi.

Quei suoi occhi di fiamma.

Occhi che osservavano, soppesavano, apprezzavano. Occhi che volevano... più del semplice cibo, più del semplice calore. Più che sopravvivere ancora un altro giorno.

Gli occhi di Adam volevano lei.

Daria ricordava quello sguardo.

E ricordava il modo in cui l'aveva fatta sentire.

Bellissima. Potente. Giubilante. Fiduciosa.

Infedele.

Quando Adam la fece girare per l'ennesima volta, Daria approfittò dello slancio per liberarsi e andare a inciampare di proposito su Edward, il quale, a metà di un accordo, fu quasi sul punto di cadere dalla sedia. Lei si aggrappò al marito, usandolo come scudo da frapporre tra sé e Adam. Edward alzò lo sguardo e la fissò con l'aria stordita di chi si era appena svegliato da un incubo per ritrovarsi nella realtà. O viceversa.

« Il piano ha bisogno di essere accordato. Po... Potrei farlo io », propose, disperato. Benché ormai in piedi, continuava a tenere una mano sulla tastiera, incapace di recidere quel legame.

E, soltanto per una brevissima e oscura frazione di secondo, Daria sentì di odiarlo. Odiava suo marito perché aveva ancora qualcosa che riusciva a tirarlo fuori da quell'inferno, dal quale nessun altro trovava invece sollievo. Perché credeva, come aveva detto ad Alisa, che nessuno avrebbe potuto portargli via la musica, a meno che non fosse stato lui a permetterglielo. E sentì di amarlo perché, anche all'inferno, in qualche modo riusciva a conservare un briciolo dell'uomo che era stato un tempo. Mentre suonava, si era ritrasformato nel vecchio Edward. Daria sapeva, d'altro canto, che lei non sarebbe mai più stata la ragazza di una volta.

Adam non guardava Edward. Stava guardando lei: entrambi avevano ancora il respiro affannato per lo sforzo e le vertigini e... nient'altro.

« Vuoi tornare a Odessa? » ringhiò.

Daria non si fidava della propria voce. Annuì.

« Posso provvedere. »

Lei ansimò, coprendosi la bocca con la mano. Si girò verso Edward, chiedendosi se avesse sentito, se avesse compreso, se avesse capito cosa significava.

« Posso tirarlo fuori », continuò Adam. « Lui e la bambina. Ma tu... » Adesso era a Daria che stava parlando; a Daria e a nessun altro. « Tu rimani. Qui. Con me. »

10

Daria si girò verso Edward, frastornata. Ma lui non aveva mosso un muscolo. Nessuna reazione: né davanti alla proposta di Adam, né al prezzo da pagare. Proprio come il primo giorno, quando la guardia le aveva strappato di dosso il reggiseno e Edward, non sapendo che cosa fare, non aveva fatto nulla, se non lasciare semplicemente che quell'attimo scorresse al rallentatore, come la musica che - così diceva - non si poteva forzare, perché doveva essere libera di fluire ovunque volesse. Guardò di nuovo Daria, aspettando che fosse lei a decidere per entrambi.

La sua mano indugiava ancora sul piano. Gli serviva per tenersi in equilibrio. La ferita sulla coscia gli si era riaperta, quando Adam gli aveva sbattuto la sedia contro le gambe, forse, o quando Daria gli si era lanciata addosso per sfuggire alla presa dell'uomo. Il sangue filtrava attraverso la benda provvisoria, costringendolo a spostare quasi tutto il peso sull'altra gamba. Per mantenersi in piedi, Edward era costretto a barcollare, a vacillare. La scintilla che Daria aveva visto mentre lui suonava si era affievolita a tal punto, ormai, che un solo respiro fuori posto rischiava di spegnerla per sempre.

Daria gli prese il braccio e, appoggiandolo sopra la sua spalla, lo sollevò in modo tale che potesse zoppicare verso l'uscita. Mentre lasciava che la moglie lo guidasse, Edward tenne a lungo lo sguardo fisso sul pianoforte. Giunta sulla soglia, Daria guardò di nuovo Adam, dritto negli occhi come aveva sempre fatto.

Poi annuì in maniera quasi impercettibile.

«No!» urlò Alisa, dimenandosi per non lasciarsi issare sul primo gradino del treno. «No! Viene anche la mamma!» strillava mentre scalciava e agitava le braccia.

Daria cercò innanzitutto di ammansirla con parole dolci e carezze. Quindi, in preda alla frustrazione e a corto di tempo, si decise a bloccarle i gomiti sui fianchi, stringendola in una morsa finché, rendendosi conto che tutto quel dibattersi era inutile, la bambina non si calmò.

Daria si chinò per ritrovarsi a faccia a faccia con Alisa. Le prese le guance tra le mani, pensò a come si assomigliassero le sue bambine e a come, da quel momento in avanti, avrebbe usato Alisa per immaginare l'aspetto che avrebbe potuto avere Anja. Sempre che un giorno avesse avuto modo di rivederla, Alisa.

Al momento, però, non aveva tempo da perdere con certi pensieri.

Si rivolse alla bimba chiamandola col suo diminutivo. Non ricordava nemmeno quand'era stata l'ultima volta che lo aveva fatto. «Alja. Conto sul tuo aiuto. Dovrai prenderti cura del papà.»

«Ma perché non puoi venire anche tu?» chiese Alisa, supplicante. Il suo volto, già arrossato e gonfio per il gelo, stava diventando paonazzo a furia di piangere.

Daria le fornì una motivazione che sperava suonasse sensata. Anche perché, in qualche modo, era la verità. «Devo restare qui. Con Anja.»

Poi sentì che il corpicino di Alisa stava abbandonando ogni resistenza. Il fatto che la sorellina riposasse nella terra fredda, così lontana da loro, l'aveva messa in agitazione. E adesso capiva che lasciarla là, da sola, non era concepibile.

« Prenditi cura del papà per me », ribadì Daria, sollevando Alisa dalla banchina per posarla sui gradini del treno e abbracciarla con tutta la forza che aveva in corpo, più a lungo che poté, fin quando non temette di spezzare in due quelle fragili ossa.

« Qui ci sono i vostri documenti. » Daria se li era tenuti stretti fino all'ultimo, in parte per l'ansia che potessero revocarli, in parte perché temeva che Edward li avrebbe smarriti. Il motivo principale, però, era che, finché aveva con sé i loro documenti, aveva con sé anche loro in carne e ossa.

Li mise nelle mani di Edward; poi, spinta da un ripensamento, glieli infilò nella tasca interna del cappotto, che aveva rimediato barattando ogni altro loro bene. Quando la donna con cui stava trattando le aveva chiesto cos'avesse in progetto di fare il giorno dopo, sprovvista di tutto, Daria le aveva risposto che non gliene fregava niente.

« Appena arrivi a Odessa, prova a rintracciare tuo padre. Se abita ancora nel vecchio appartamento, non dovresti avere problemi. Altrimenti, vai all'ufficio centrale, mostra questi documenti e ti verrà assegnato un nuovo alloggio. Non posso sapere dove, ma di sicuro sarà meglio di questo, va bene? »

Azzardò un sorriso carico di speranza. Quello che le restituì Edward era tutto fuorché speranzoso.

Gli prese il viso tra le mani come aveva fatto poco prima con Alisa e lo baciò, più con affetto che con passione. La scialba risposta che ricevette la trattenne dall'andare oltre.

« Ve la caverete. E sapere che tu e Alisa state bene farà star bene anche me », promise.

« Lui... si prenderà cura di te? »

« Sì. Sai che può farlo. Questi documenti dimostrano di quanta influenza goda. »

« Mi dispiace. Mi dispiace di non aver saputo... » iniziò Edward.

« Abbi cura di Alisa. È l'unica cosa che conta. »

« Quando tornerai a casa? »

« Appena posso », giurò Daria.

Doveva tornare alla baracca? Si era ormai allontanata dal deposito dei treni, dove aveva indugiato a osservare le facce di Alisa e di Edward al finestrino finché non erano spariti alla vista persino gli sbuffi della locomotiva. Non aveva idea di cosa fare. Gli ultimi giorni erano girati intorno alla preoccupazione di assicurarsi che Adam mantenesse la sua promessa e che Alisa e Edward salissero su un treno prima che qualcuno decretasse che c'era un errore. Non aveva rivolto nessun pensiero ai momenti – e ai giorni, alle settimane, ai mesi e agli anni – che le si paravano davanti.

Cominciò ad arrancare verso i campi. Poi si fermò. Non aveva mai perso un giorno di lavoro, prima di allora, e non aveva idea di quali potessero essere le conseguenze. Si ritrovò a gironzolare, oltrepassando guardie e altre autorità che avevano tutto il diritto di chiederle che cosa diamine stesse facendo; in ogni caso, evidentemente, qualcosa nella sua condizione suggerì loro di mantenere le distanze. Possibile che l'avessero scambiata per una delle pazze. Succedeva di continuo. La donna cui era morto il bambino nel carro bestiame aveva resistito un paio di settimane prima di strisciare fuori dall'alloggio mentre il marito dormiva e, una volta nel bosco, picchiare la testa contro un albero fino a perdere i sensi. Avevano ritrovato il cadavere congelato la mattina dopo. Non era stata la prima, e adesso Daria aveva tutta l'aria di poter essere la prossima.

Se non fosse stato per due cose: aveva promesso a Edward e ad Alisa che li avrebbe raggiunti a casa. E non avrebbe concesso a Adam la soddisfazione di vederla venir meno alla parola data.

Per quanto avesse provato a fingere di vagabondare senza una direzione precisa in mente, fu costretta ad abbandonare quell'illusione quando si ritrovò di fronte alla casa di Adam. Il quale, essendo circa mezzogiorno, era evidentemente fuori; il massiccio lucchetto alla porta le impediva di entrare. Colta da una nuova determinazione, Daria si diresse verso il complesso amministrativo al centro di quello che spacciavano per villaggio, una collezione di tuguri in legno costruiti a diversi anni di distanza e interessati da diversi livelli di degrado. Solo che, in quei particolari tuguri, c'erano stufe, lampade, scrivanie e archivi funzionanti. E, soprattutto, c'erano uomini e donne che non si vestivano di stracci, la cui pelle non pendeva dagli scheletri come flosce foglie autunnali senza colore, e cui venivano concessi tre pasti al giorno oltre alla zuppa annacquata con dentro pezzi di pane raffermo.

Daria entrò nell'ufficio in cui lavorava Adam, oltrepassando i colleghi che volevano sapere che cosa lei ci facesse là. Non si fermò finché non raggiunse il retro dell'ufficio, dove Adam, in piedi, teneva una risma di carte, circondato da una dozzina di casse che una squadra di uomini era intenta ad aprire servendosi di levachiodi. Stavano facendo l'inventario di tutto ciò che era rimasto dell'ultima spedizione di derrate e medicine, dopo che era stata saccheggiata a ogni tappa del viaggio.

«Se ne sono andati», gli disse.

«Hai un nuovo lavoro», replicò lui.

Daria attese ulteriori istruzioni.

«Sai leggere e scrivere?»

Credeva forse di poterla insultare? Dopo tutti i sacrifici

di sua madre per farla studiare alla scuola ucraina? « Grazie al compagno Stalin. »

« Trova Marija Ivanova. » Adam mimò un seno prosperoso con entrambe le mani, suscitando risatine d'intesa tra gli uomini della squadra. « Le ho detto che saresti arrivata oggi. Sarà lei a darti i dettagli del lavoro. »

Aveva detto a quella Marija Ivanova che sarebbe arrivata? Come diavolo faceva a saperlo? Ma poi, a pensarci bene, dove altro sarebbe potuta andare? La sua arroganza riuscì in qualche modo a irritarla in una maniera del tutto nuova. D'altronde, sarebbe stato estremamente stupido da parte sua rifiutare un lavoro al chiuso. Così, per il resto del pomeriggio seguì gli ordini di Marija Ivanova e copiò a mano le richieste scritte da far firmare ai superiori. Difficilmente la carta carbone arrivava fin là, all'estremo Nord, e le macchine per scrivere erano riservate ai quadri superiori. Un tempo, Daria avrebbe trovato quel lavoro meccanico di una noia mortale. Adesso, invece, avrebbe voluto che non finisse mai.

Solo che, ovviamente, finì. Anche gli orologi erano un bene prezioso, perciò Daria non aveva idea di quante ore fossero passate dopo il tramonto quando Marija Ivanova dichiarò conclusa la giornata di lavoro e iniziò a sputacchiare per spegnere le lampade. Daria era stata esiliata in una scrivania nell'angolo da condividere con altre tre donne alle prese con documenti a non finire. Il trio ciarliero se ne andò di corsa. Daria sedeva ancora tutta sola quando Adam si materializzò davanti a lei. « Andiamo », le disse.

La riportò a casa sua, togliendole così ogni dubbio sul fatto che dovesse continuare a vivere nella baracca (ma senza rispondere ad altro). Aprì il lucchetto con una sola chiave, inducendo Daria a domandarsi se avrebbe dovuto chiedergli ogni volta il permesso di entrare e uscire. Appena entrati, Adam l'abbandonò per dedicarsi ai propri alambicchi. Per quanto ne sapeva lei, sembravano in funzione a ciclo continuo. Non c'era da meravigliarsi del pesante lucchetto alla serratura e delle sbarre alla finestra. Senza quelle, avrebbe incoraggiato effrazioni a non finire. Non che Daria potesse immaginare qualcuno abbastanza sconsiderato da accollarsi una scazzottata con Adam. Ma la disperazione spingeva le persone a intraprendere iniziative di ogni tipo.

Persone come lei, per esempio.

Non Adam, però. L'aveva scaricata all'ingresso, senza nemmeno preoccuparsi di accendere le luci. Rimasta sola, Daria entrò nella stanza principale. Tutto era come ricordava. Adam non aveva nemmeno abbassato il coperchio del pianoforte. Se ne occupò lei, immaginando di poter avvertire ancora l'energia di Edward irradiarsi dai tasti. Ricordò come avesse ripreso vita mentre suonava, e ciò le diede la forza per raggiungere la camera da letto, dove si spogliò per infilarsi sotto le lenzuola.

Inviò scuse silenziose a sua madre. Aveva ormai superato da un pezzo l'idea di fare la preziosa. Era decisa a rispettare i patti, per timore che anche una minima violazione potesse indurre Adam ad annullare l'intero accordo. In quali punizioni sarebbe potuta incorrere? Per non parlare di Edward e Alisa. Era un rischio che non poteva permettersi di correre.

Così, aspettò che Adam la raggiungesse per rivendicare ciò che gli spettava. Ma lui sembrava non avere nessuna fretta, mentre armeggiava coi tubi e coi secchi di ghisa, versando poi il distillato in barattoli di vetro e di latta etichettati coi nomi dei destinatari. Doveva essere un'attività molto dispendiosa, in termini di tempo, perché Daria, sdraiatasi per la prima volta in un anno su un letto imbottito di paglia e con tanto di lenzuolo (benché sottile), coperta e cuscino riempito di crine di cavallo, piuttosto che su una brandina di legno nudo, pieno di solchi e schegge, a un certo punto scivolò nel sonno.

Si ridestò poco dopo di soprassalto, sentendo Adam entrare nella stanza. Un'abitudine, dormire in costante allerta, che aveva acquisito quando le bambine erano piccole. E che le era tornata utile quando si era ritrovata nella situazione in cui, mentre dormiva, qualcuno poteva cercare di rubarle le scarpe o il maglione o le razioni di cibo accumulate. Era per quello che aveva spinto Edward e le bambine verso la parete, con lei sul bordo della branda, vigile come un cane da guardia.

Mentre Adam le scivolava accanto, si tenne pronta. Nell'oscurità più completa, gli sentì sollevare la coperta e intuì - più che vederlo - che la stava osservando da capo a piedi. Si era accorto che era nuda? Aveva capito che significava che era pronta a tener fede alla sua parte dell'accordo? Quando Adam si distese, lei si girò arrendevolmente su un fianco, verso di lui.

Con sua grande sorpresa, però, l'uomo le voltò le spalle, addormentandosi prima ancora che lei avesse modo di riprendersi dallo shock.

11

La mattina dopo, si svegliò prima di lui. A dispetto della comodità del giaciglio, aveva avuto difficoltà a riprendere sonno. Non tanto per il fatto che Adam russasse. Daria aveva dormito in condizioni molto peggiori nel carro bestiame e nella baracca, per non parlare di quando condivideva una stanza singola coi genitori. Piuttosto, era la certezza del fatto che da un momento all'altro Adam si sarebbe svegliato e...

Forse la sera prima era troppo stanco? O forse gli era soltanto sfuggito di mente? Di sicuro, al mattino...

Daria era pronta. Pronta per lui. Pronta a qualsiasi cosa. Tranne al grugnito con cui Adam la salutò, prima di alzarsi dal letto con addosso un pigiama un po' troppo simile a una divisa da prigionieri, una probabile eccedenza o, forse, l'ennesimo caso di rifornimenti intercettati lungo il percorso verso la destinazione designata. Si diresse verso la latrina esterna che Daria aveva adocchiato in precedenza e di cui si era già servita. Quando lo rivide, indossava gli abiti civili e la stava aspettando accanto alla porta per accompagnarla al lavoro.

Cominciarono a comparire vestiti. Indumenti intimi. Calze di lana. Persino stivali. Nemmeno lontanamente nuovi, certo. Ma puliti e adatti alle sue misure, più o meno. Le rilasciarono una tessera annonaria per il negozio a distribuzione chiusa e la caffetteria aperta ai dipendenti. Ciò le consentiva di acquistare - a credito, non avendo ancora ricevuto nessuna paga per il nuovo incarico di lavoro, benché nessuno dubitasse delle sue capacità di svolgerlo bene - pane, tè, salsiccia, uova, burro e patate. Quando c'erano, naturalmente. Sull'elenco figurava anche la birra, che però non era mai disponibile, cosa che rendeva la vodka fatta in casa di Adam ancora più popolare.

« Dove hai imparato a mettere insieme un alambicco? » gli chiese Daria, ben consapevole del fatto che doveva essere lei ad avviare qualsiasi conversazione andasse oltre lo stretto necessario. Diversamente, lei e Adam potevano trascorrere giorni lavorando nello stesso edificio, vivendo fianco a fianco, dormendo nello stesso letto, per la miseria, senza mai scambiare una parola. Era peggio del silenzio di Edward. Quello, perlomeno, era causato da un trauma. Con Adam, invece, la situazione era più equivoca. Daria conosceva altre donne che avevano preso un « marito da campo ». Legandosi a un uomo che aveva il potere di vendicarsi, si sottraevano al pericolo di subire violenza da tutta una serie di guardie, supervisori e compagni di prigionia. O, per meglio dire, sceglievano preventivamente il proprio stupratore. Daria pensava di aver fatto la stessa cosa. Tranne che per un dettaglio non così secondario. Per le prime settimane, aveva vissuto ogni momento nel terrore dell'inevitabile. Adesso, invece, viveva semplicemente nel terrore. E non sapeva nemmeno più di cosa.

« Mia madre », rispose Adam.

« Quella che hai consegnato alle autorità? » Daria si disse che le parole le erano scivolate di bocca prima che avesse avuto il tempo di pensare alla forma che avrebbero preso. Ma sapeva che non era così. L'indole taciturna di Adam, giunta sulla scia dei silenzi di Edward, l'aveva portata a uno stato di ansia tale da non riuscire a pensare a nulla di più soddisfacente che sfondare quella sua riserva esasperante, facendogli patire un po' della stessa agitazione, per non dire della rabbia, che lui le suscitava ogni giorno. Non poteva permettersi di arrabbiarsi con Edward. E, se anche le fosse stato concesso, non aveva il diritto di esprimere tale rabbia, non dopo quanto aveva fatto. Nei confronti di Adam, però, non aveva nessuna riserva. La sua domanda, dunque, non fu casuale. Benché rimanesse ancora da capire se fosse stata un errore.

«La maggior parte delle persone ha soltanto una madre», osservò Adam.

«La maggior parte delle persone non la denuncia all'NKVD.» Daria non sapeva nemmeno se fosse vero. Di certo, lo sperava.

«Mio padre se n'è andato quand'ero solo un ragazzino. Ci manteneva distillando vodka.»

Daria pensò alla missione che si era data la sua, di madre, ovvero assicurarle la migliore delle posizioni possibili. E a come i suoi sogni si fossero disintegrati. *La mamma meritava di meglio di una figlia ridotta a prostituirsi.* Anche se il suo tentativo di prostituzione non era andato a buon fine, e persino quello le sembrava un insulto nei confronti della madre. Perché lei le aveva dato tutto ciò di cui aveva bisogno. E Daria, invece, aveva deluso entrambe, oltre che Edward e le bambine. Non avendo altro modo per sfogare la propria furia impotente, sbottò: «Come hai potuto fare una cosa del genere a tua madre?»

«È stata lei a chiedermi di farlo.»

Daria sbuffò.

«Mia madre lavava i pavimenti nel vecchio ospedale ebraico. Tutt'intorno, i dottori parlavano come se non fosse un essere umano dotato di orecchie. Perciò sentiva cose. E imparava. Quando i medici le hanno detto che soffriva di anemia, ha capito che le stavano mentendo. Si trattava di leucemia. Era spacciata. Non aveva niente da lasciarmi. Niente soldi, nessuna posizione. Perciò mi ha detto di denunciarla. Di dire che rubava i farmaci per poi rivenderli. Sapeva che sarei stato ricompensato. È stata la sua eredità. »

Stava dicendo la verità.

Daria sarebbe potuta andare avanti a fare domande, a tentare di trovare incongruenze nella sua storia, a cercare di confutarla perché troppo terribile. Ma sapeva che Adam le stava dicendo la verità. E che lei era l'unica cui l'avesse mai detta.

Quello che non sapeva era come reagire alla sua confessione. Considerate le circostanze, le condoglianze erano quasi inadeguate. Così come non era opportuno fingere che quanto aveva appena sentito non avesse avuto effetto su di lei.

Adam non sembrava attendersi nessuna reazione da parte sua. Eppure, Daria sentì l'urgenza assoluta di offrirgliene una. Per il bene di entrambi. Pensò di prendergli la mano e stringerla in un gesto di pura umanità. Ma, quando fu abbastanza vicina, con sua stessa sorpresa, si ritrovò a sollevarsi sulla punta dei piedi, cosa di cui non ci sarebbe stato bisogno se l'intento fosse rimasto quello originario.

E infatti lo baciò.

Adam non parve sorpreso. Dopotutto, era difficile che si lasciasse sorprendere da qualcosa. Le restituì il bacio come se fosse il gesto più naturale del mondo, benché probabilmente non avessero mai avuto una conversazione tanto lunga come quella. D'altra parte, non poteva fare a meno di pensare Daria, quanto tempo aveva dovuto tenerle gli occhi addosso Edward stesso prima di decidere che valeva la pena andarle dietro?

Solo che il bacio di Adam fu tutt'altro che breve. Non le posò addosso una mano. Eppure, Daria si sentì trascinare verso di lui, come se la stesse inalando. Le sue labbra erano calde. Dopo tutto il freddo lancinante dentro e fuori, quello – più di tutto – le diede una scossa. Adam non esercitava pressione: semmai, attirava. E, alla fine, fu lui a fermarsi.

E poi fece un'altra cosa sorprendente: sorrise.

Un sorriso che non era minaccioso, né condiscendente, né stanco. Era un sorriso, e basta.

Dopo, ogni cosa cambiò.

Non tutto in una volta, certo.

Non è che Adam divenne d'un tratto un loquace oratore. Ma cominciò a darle il buongiorno mentre lei teneva tra le dita una tazza di stagno e si affrettava a sorseggiare il proprio tè prima che gelasse, come ogni cosa che avevano intorno. Lungo il tragitto verso gli uffici amministrativi, cominciò a presentare Daria agli abitanti dell'insediamento in cui s'imbattevano, persone andate a vivere là prima che vi edificassero il campo d'internamento ed esiliati che erano riusciti a costruirsi una nuova vita. Ipotizzando che fossero clienti di Adam, Daria faceva di tutto per risultare loro simpatica. Adam riuscì persino a farla ridere, raccontandole diversi segreti sui loro ex vicini di Odessa, come i due – marito e moglie – che si tradivano a vicenda, a volte nello stesso momento e letteralmente a distanza di una porta, mentre si ergevano a modello di fedeltà e incitavano un'altra coppia, che sospettavano portare avanti relazioni extraconiugali, a seguire il loro esempio. Il garbuglio era così arzigogolato che, ascoltando il racconto di Adam, Daria rise finché non le venne da piangere: non si era resa conto di ricordare ancora come si faceva.

Anche Daria parlava con Adam. Quando lei si scusò per il modo in cui lo aveva trattato a Odessa, lui sottolineò che non era stata la sola. Quando lei si scusò per il modo in cui lo aveva trattato là, in Siberia, lui sottolineò che avevano avuto preoccupazioni maggiori che quella di pensare alle buone maniere. Quando lei si scusò per aver pensato che avesse tradito la madre per mero opportunismo, lui disse: «Sarebbe felice di sapere che il suo piano ha funzionato».

Daria gli chiese di parlarle della madre. Prima, però, cominciò a raccontargli della sua. Conclusero che non sarebbero andate d'accordo. La madre di Daria avrebbe trovato Adam volgare, la madre di Adam avrebbe giudicato Daria pretenziosa.

Parlarono anche delle figlie di Daria, e lei si rese conto del fatto che Adam era una delle poche persone che le conosceva per com'erano state. Adam le riferì un sacco di cose che non sapeva, come del tempo in cui Alisa, con Anja che le si accodava obbedientemente, frugava nei bidoni della spazzatura. E di come entrambe lo implorassero per avere qualche scarto da usare come tesoro sepolto. Lui aveva dato loro una vecchia scatola di aringhe e il frammento di un piatto rotto, che avevano seppellito in un buco poco profondo in cortile, facendogli giurare di mantenere il segreto. Visto che ormai non aveva altro che ricordi, per Daria quei racconti si rivelarono preziosi quanto il bottino una volta accumulato dalle figlie.

Daria non si stancava mai di parlare di loro. Invitò persino Adam a visitare la tomba di Anja. Erano così tanti gli esiliati che avevano seppellito là i loro cari che il luogo si era trasformato di fatto in un cimitero. Alcuni di quelli che parlavano tedesco avevano tentato di erigere croci di fortuna, usando due bastoncini legati con lo spago, ma Daria non aveva voluto farlo. Non aveva idea di cosa potesse rivelarsi appropriato. Fu Adam a ripescare una pietra incuneata nelle fondamenta di casa sua, giurando di poterla sostituire. Poi, con un chiodo appuntito, incise il nome di Anja e gli anni della sua esistenza spezzata. Dopo che una guardia, senza preavviso, ebbe falciato via le croci illegali, gli altri seguirono il loro esempio, incidendo le proprie pietre, questa volta con simboli approvati dai comunisti.

«La mia Anja ha fatto tendenza», ridacchiò Daria.

L'unico argomento che lei e Adam evitavano di affrontare era Edward.

Edward era diventato, come tanti altri nell'Unione Sovietica, una non-persona. Era come se parlare di Alisa, e persino di Anja, desse vita a una loro versione felice e prospera, tanto che Daria poteva fingere di averle nella stanza accanto, intente a sghignazzare e ad architettare qualche marachella, in attesa di vederla arrivare. Edward viveva soltanto nella testa di Daria. Lei non tentava d'immaginare la sua vita a Odessa o d'immaginarlo invecchiare, come faceva invece con le bambine. L'Edward di cui Daria si era innamorata esisteva nel passato e nel presente, soppiantando qualsiasi altra versione, compresa quella che aveva visto per l'ultima volta guidare Alisa su per i gradini del treno in partenza. Edward era una chimera. Adam era reale.

Ed era ovunque: la sua presenza indugiava nell'aria, non proprio come una visione, né come un suono e nemmeno come un odore. Era piuttosto un'aura densa che lei inspirava ed espirava ogni volta che Adam usciva da una stanza. Daria si ritrovò a guardarlo spesso, sempre con la coda dell'occhio. Gli passava accanto più di quanto le servisse. Gli poneva domande di cui conosceva già le risposte. All'inizio, si era detta che era il suo modo di farsi conoscere, il suo modo di combattere l'invisibilità, il suo modo di ricordare che, nonostante le umiliazioni quotidiane, era ancora viva, esisteva ancora, non era stata cancellata come tanti altri. Alla fine, però, fu costretta ad ammettere che lo stava facendo perché il prolungato rifiuto sessuale di Adam la frustrava e la confondeva come non mai.

Daria non era abituata a essere trascurata. Per lei, era stato più facile comprendere la guardia che l'aveva spogliata, quella prima mattina, che non Adam adesso. Ricordava come la mamma le avesse insegnato che agli uomini andava dato il tormento, che bisognava lasciarli macerare nel desiderio. Alla fine, aveva capito che cosa intendeva. E perché la cosa risultava così efficace. Daria aveva l'impressione che Adam la torturasse ogni giorno. Ogni volta che ignorava il tocco presumibilmente accidentale della sua mano lungo il braccio, ogni volta che sembrava non accorgersi che gli si avvicinava come quando si erano baciati, ogni volta che lei si metteva a letto e lui le girava le spalle, Daria ribolliva di una sensazione che rifiutava di chiamare desiderio, ma che suscitava una fame ancora più forte del bisogno di cibo, calore o sicurezza. Forse perché Adam era il nesso che univa tutti e tre gli elementi. O forse per qualcos'altro.

Non poteva più aspettarlo. Non poteva passare un'altra notte a osservare la sua schiena fare su e giù, ad ascoltare il suo respiro, a percepire il calore che emanava il suo corpo e a mantenersi a distanza.

Bisbigliò il suo nome. Non era mai successo, prima. Adam sussultò tanto da far tremare anche il letto. Ma quella fu l'unica sua risposta: di fatto, non rispose. Non si mosse. Daria si domandò se l'avesse sentita e, in tal caso, avesse deciso d'ignorarla, o se la sua reazione non fosse stata soltanto una coincidenza.

Adam si girò lentamente, spostando il proprio peso così

che Daria quasi gli scivolasse addosso. Giacevano faccia a faccia nell'oscurità, tanto che i lineamenti di Adam prendevano gradualmente forma. Prima la barba ispida, poi la sporgenza del naso, il crinale delle sopracciglia e, infine, il dubbio negli occhi.

Daria sollevò il braccio e accarezzò con delicatezza la barba di Adam col dorso delle dita. Quando gli sfiorò la bocca, lui le diede un bacio fugace sulla mano, provocandole un brivido che non avrebbe potuto negare nemmeno se avesse voluto. Ma non voleva.

Lui le baciò tutte le dita, la baciò sul palmo, sul polso, sull'incavo del gomito e poi ancora su, fino al collo. Lei gemette e lui si fermò di colpo, terrorizzato al pensiero di averla ferita.

Daria, però, gli posò la mano libera sulla nuca, accarezzandogli i capelli e invitandolo a continuare.

12

Loro figlio nacque meno di un anno dopo, nella primavera del 1939. Daria non ci aveva creduto. L'idea che il suo corpo devastato fosse in grado di generare vita le sembrava inverosimile come il ricordo di un'altra esistenza al di fuori dello squallore di Kyril; o come la speranza di poterla avere di nuovo, un giorno. Quella era la sua vita, adesso. Ed era venuta a patti col pensiero che non sarebbe cambiata mai più. Meglio così. I servi della gleba avevano un detto: « Non chiedere mai uno zar migliore ». Il demone che conosceva era preferibile a quello sconosciuto. Si sarebbe accontentata del fatto che le cose rimanessero com'erano, pur di non sperimentare altri sconvolgimenti.

Perciò aveva ignorato il gonfiore all'addome, dicendosi che la fame cronica produceva una varietà di cambiamenti imprevedibili e proseguendo nella routine quotidiana con un fervore quasi ritualistico allo scopo di mantenere lo status quo. Alla fine – durante una cena a base di carne di orso in umido, che Daria era riuscita ad ammorbidire e, così sperava, a raffinare, facendola bollire per diversi giorni –, Adam inclinò la sua ciotola di latta e versò metà della propria porzione in quella di Daria. Poi disse: « Posso scavare un tronco per ricavarne una culla. Sotto ci metterò dei pattini, così oscillerà. Dovremmo tenerla nella stanza centrale, vicino al fuoco. C'è più caldo, là ».

Il suo sguardo era così speranzoso che a Daria non rimase altra scelta che annuire.

A quel punto, come se fosse stata risolta una questione fondamentale, Adam si rilassò.

Continuarono a mangiare in silenzio, un'abitudine che avevano perso negli ultimi mesi, ma alla quale fecero istintivamente ritorno. Alla fine del pasto, Adam si alzò per primo. Raccolse le ciotole e i cucchiai e li portò verso la pompa a mano che Daria usava per lavare i piatti. Nel bacino sottostante, l'acqua si era congelata. Utilizzando lo stesso coltello con cui aveva scuoiato l'orso, Adam procedette a spaccare la superficie ghiacciata. « So che questo mio figlio non potrà sostituire quella che hai perso. »

« No », confermò Daria.

Eppure, una parte di lei era terrorizzata dall'idea che potesse riuscirci. Ecco perché, quando la dottoressa che aveva fatto il possibile per aiutare Anja le consegnò il suo bambino ripulito, fu felice di constatare per prima cosa che era un maschio e, in secondo luogo, che non assomigliava affatto alle sorelline perdute. Alisa e Anja avevano capelli e occhi scuri. Quel bambino era pallido, con le pupille torbide come una palude estiva e con una spolverata di peluria color zenzero sul cuoio capelluto. Era più piccolo di quanto non fossero state loro. Tuttavia, mentre Alisa e Anja le erano sempre parse eteree, come se una lieve brezza potesse soffiargliele via dalle braccia, quel bambino sembrava consistente, refrattario. Le ossa delle sue figlie erano piene di acqua di seltz. Quelle di suo figlio contenevano cemento.

Per vedere Daria e il bambino, Adam attese che lei si fosse riposata, sebbene l'aria puzzasse ancora di sangue. Lui aveva fornito alla dottoressa l'alcol con cui sterilizzarsi le mani - non era disponibile nessuna attrezzatura medica, anche nel caso in cui avesse voluto usarne - e insieme avevano bollito le lenzuola per il parto, così come un ricambio pulito da usare subito dopo. Tuttavia, non era possibile scongiurare del tutto la minaccia di un'infezione, ovvero della febbre puerperale. Adam era restio ad avvicinarsi troppo a Daria o al bambino, per non metterli in pericolo.

Perciò era stata lei a rivolgere il figlio addormentato verso il padre, sospeso sopra di loro, e a domandare, quasi in tono canzonatorio: « Be'? Che te ne pare? »

L'indole taciturna di Adam non significava che lui fosse a corto di parole, come invece sembrava in quel momento. « Così... piccolo. »

« Crescerà », rispose Daria, ostentando una fiducia che una donna che aveva già seppellito una figlia, e che aveva visto altri, accanto a lei, finire sottoterra a decine, non aveva il diritto di covare. Tuttavia, l'assoluta solidità di quel neonato suscitava in lei un'euforia che non riusciva a ricordare d'aver provato dopo la nascita di entrambe le figlie.

Adam annuì, poco convinto.

« Dovremmo dargli un nome. » Un altro voto di fiducia. Diversi bambini nati a Kyril negli ultimi mesi non avevano un nome perché, tanto per cominciare, i genitori aspettavano di vedere se sarebbero sopravvissuti.

« Sì », convenne Adam, rifiutandosi però di offrire un qualsiasi suggerimento.

Quanto ai bambini sopravvissuti abbastanza da ricevere un nome, per cautela erano state scelte le opzioni più prudenti. Due maschi si chiamavano Vladimir, come il compagno Lenin; una bambina Stalina. Un uomo e una donna avevano pensato di chiamare il figlio Josef, sperando che ripiegare sul nome del compagno Stalin li mettesse al sicuro. Però, al momento di registrarlo, si erano sentiti dire che suonava tedesco, e perciò avevano subito deviato verso il più patriottico Ruslan.

« Come si chiamava tua madre? » chiese Daria a Adam.

La domanda lo colse di sorpresa. Il nome saltò fuori come una bolla. « Ita. »

« Allora dovremmo scegliere un nome che inizi con la stessa lettera. » Era una delle poche superstizioni ebraiche che la madre di Daria aveva dovuto digerire, dal momento che entrambe le nipoti avevano ricevuto un nome con la stessa iniziale di quello della defunta madre di Edward (Ada) e, per pura coincidenza, del padre di Daria (Abraham).

« Israel », propose Adam, facendo ridere entrambi. Sarebbe stato ridicolo per più di un motivo. « Ivan », concesse dopo, anche se con meno entusiasmo. Era una scelta politica. Nessuno avrebbe potuto obiettare che Ivan non fosse un nome russo o sovietico.

« Come l'idiota del villaggio? » domandò Daria, riferendosi al racconto per bambini di Tolstoj. « No. »

Adam emise un sospiro di sollievo.

Poi lei suggerì: « Igor ».

Abbastanza russo, ma non tanto da dar loro l'impressione di crescere un cosacco. *Il principe Igor'* era un'opera di Aleksandr Borodin. Basata su eventi storici non purgati, benché vaghi, non era stata ancora dichiarata fuorilegge.

« Igor », ripeté Adam, e Daria lo prese per un sì.

Il bambino, forte e vigoroso, si faceva bastare il poco latte che Daria era in grado di produrre e quello - vaccino - che Adam riusciva a procurargli. Col ricordo di Anja sempre presente, Daria viveva nel terrore che Igor si potesse ammalare, ma, fedele alla parola data, Adam mantenne il fuoco vicino alla culla acceso ventiquattr'ore al giorno. Grazie a quell'accorgimento, e alla stamigna di pelliccia in cui lo tenevano avvolto, il bambino rimase al calduccio e riuscì a sopravvivere al primo anno della sua vita giusto con qualche raffreddore, nulla di più. Resisi conto del fatto che Igor era un nome troppo da adulto per un bambino così piccolo, nel giro di poche settimane si ritrovarono a chiamarlo Goša.

Grazie a Goša, Adam e Daria avevano molti più argomenti di conversazione. Parlavano di lui o attraverso di lui, usandolo come tramite per comunicare sentimenti altrimenti inespressi.

« Dai un bacio alla mamma », diceva Adam, sollevando il bimbetto (che intanto si dimenava) fino alla guancia di Daria. « Dille quanto è bella. » (Ovviamente, il piccolo non era ancora in grado di parlare.)

« Hai un papà splendido », disse Daria a Goša dopo che Adam rientrò a casa con un'anatra giocattolo. La vernice sul becco era un po' scheggiata e una delle ruote cigolava sul suo asse, ma Goša, che non aveva mai visto nulla di simile, ne rimase incantato, tanto che rideva e batteva le mani ogni volta che riusciva a farla muovere sul pavimento irregolare di legno. « Il miglior papà al mondo! Devi amarlo tanto! »

Fu solo un guizzo – il modo in cui Adam sussultò –, ma Daria lo vide comunque. Sapevano entrambi che era la prima volta che lei pronunciava quella parola riferendosi a lui o a Goša.

Perché Daria amava suo figlio, certo che lo amava. Ma non era l'amore senza paura che aveva provato per le bambine. Il suo amore per Goša era prudente, misurato, temperato dal fatalismo: sapeva che poteva bastare un battito di ciglia e lo avrebbe perso. Che c'erano forze su cui non esercitava nessun controllo. E poi c'era il sospetto che ogni goccia d'amore risparmiata per lui fosse una briciola sottratta ad Alisa e Anja. E, se da un lato capiva che la più piccola non poteva farsene più nulla, e la maggiore non aveva modo di sapere cosa si stesse perdendo, a ogni fremito di cuore suscitato da quel suo bel bambino, così sano e così prezioso, seguiva uno spasmo di colpa nei confronti delle sorelline.

Con Adam era diverso. Adam non era come Goša. Goša era figlio di Daria quanto lo erano Anja e Alisa. Ma Adam non era suo marito. Suo marito era Edward. E lei amava Edward, non Adam: non poteva esserci confusione al riguardo. Ciò che provava nei confronti di Adam era riconoscenza: aveva salvato lei e la sua famiglia. E, se non sempre era caloroso, almeno la trattava con gentilezza. Tuttavia, gli anni trascorsi in Siberia le avevano insegnato che il calore che si poteva attingere da un focolare o da un paio di stivali aveva più valore di quello sporadicamente emesso da un qualsiasi altro essere umano. E, da quel punto di vista, Adam aveva provveduto a lei e a Goša. Era quello che avevano concordato; niente di meno e, sicuramente, niente di più.

Non avrebbe dovuto parlare di amore. Ci aveva fatto attenzione per tutto il tempo. Pesare ogni parola era ormai una seconda natura, per lei. Le conseguenze derivanti dal pronunciare quelle sbagliate erano troppo pesanti per agire diversamente. Eppure, era scivolata. Certo, non era così disastroso come se avesse criticato il Partito, l'Unione Sovietica o il compagno Stalin. Non era così grave come se avesse espresso empatia per i prigionieri del gulag vicino o messo in dubbio la semina di colture inadatte al clima. Come mai, allora, aveva la sensazione che si sarebbe potuto rivelare ancora più catastrofico?

Fu solo un guizzo, l'ombra di un istante. Forse se l'era persino immaginato. Forse Adam non ci aveva nemmeno badato. In effetti, non aveva detto nulla. Ma, del resto, quando mai diceva qualcosa?

Daria si ripeté che sarebbe andato tutto bene. Che il suo

abbaglio non avrebbe scatenato conseguenze negative. Continuò a ripetersello per diversi giorni. Finché non venne convocata per incontrare l'amministratore del villaggio.

L'ordine arrivò a metà giornata, mentre entrambi svolgevano i propri compiti quotidiani. Daria era tornata al lavoro pochi giorni dopo la nascita di Goša per dimostrare di essere una cittadina produttiva e non una parassita che viveva delle fatiche altrui. Chiese a una donna del villaggio, madre di sette figli, di tenerle Goša durante il giorno. La casa di Adam era più grande e più calda della sua, perciò la donna era riconoscente per la possibilità di sottrarre al freddo la propria prole. Adam era consapevole del fatto che la tata si servisse in autonomia degli alambicchi di distillazione, riempiendosi una o due bottiglie, ma sapeva pure che non l'avrebbe venduto: era per tenere buono il marito, e perciò Adam chiudeva un occhio.

« Il direttore amministrativo desidera vederti. Adesso. »

Daria saltò su dalla scrivania, poi si bloccò, terrorizzata dalle implicazioni di quell'annuncio. Si guardò intorno, alla disperata ricerca di un qualsiasi indizio su ciò che stava per succederle. Di certo, qualcuno doveva saperlo. Non facevano che elaborare documenti. A Kyril, non accadeva nulla che non venisse accompagnato da un'adeguata documentazione. Eppure, della ventina di lavoratori stipati in quell'ufficio, nessuno osò lanciarle un solo sguardo. Tenevano gli occhi fissi sui documenti davanti a sé. Perfino il loro respiro, per non parlare del costante ronzio del chiacchiericcio, si era fermato.

Adam! Adam di certo sapeva! Adam aveva rapporti con tutti! Adam sapeva tutto!

Quando si girò a guardarlo, però, l'unica cosa che vide fu

un'espressione di sconcerto e terrore, specchio della sua. Se nemmeno Adam sapeva qualcosa...

Le ginocchia le si piegavano mentre si costringeva a obbedire all'ordine. Il capo dell'insediamento abitava in una baracca di legno messa insieme alla bell'e meglio e non molto diversa da quella in cui lei trascorreva le sue giornate, anche se a occuparla c'erano soltanto lui e un assistente. E anche se dalla sua finestra si vedevano i boschi, certamente incantevoli, non le latrine accanto cui il resto di loro lavorava sodo, per di più sottovento. Inoltre, aveva una stufetta a petrolio, su cui era adagiato il bollitore per il tè.

Daria intratteneva volutamente pochi contatti col direttore. Il suo status di donna di Adam la teneva al riparo da quelle guardie che non si facevano scrupoli a ghermire chiunque, dalle scolarette alle nonne, per abbatterle col calcio del fucile e violentarle, spesso davanti alle famiglie impotenti, come diritto dovuto alla loro posizione. Ma il direttore era un altro paio di maniche. Il direttore non era nelle condizioni di dover temere Adam. Benché fosse uno dei suoi più affezionati clienti, come evidenziavano le vene sporgenti e rubizze che gli oscuravano il naso e le guance; una tintarella da ubriaco, pure nella terra senza sole.

Ben piantato dietro la scrivania, il direttore alzò gli occhi su Daria, li riabbassò sul fascicolo di carte davanti a sé e infine li risollevò di nuovo. « Credi di avere amici importanti? »

Daria non sapeva quale potesse essere la risposta giusta. Di una cosa soltanto era sicura, e cioè del fatto che, indipendentemente dalla risposta che sarebbe stata in grado di produrre, il suo destino era già stato deciso.

« Tuo marito e tua figlia sono stati rimandati a casa, vero? »

Daria annuì.

« Ti piacerebbe raggiungerli? »

Un'altra domanda inutile. « Sì. »

« Allora sei fortunata. » Il direttore si alzò, girò intorno alla scrivania e si avvicinò. Daria si preparò, tentando di mascherare il disgusto e insieme la rassegnazione. Ricordò un altro degli ammonimenti di sua madre: « Per quanto tu possa giudicare cattiva una situazione, potrà sempre peggiorare ».

Il direttore sorrise e allungò la mano, solo che, invece di posargliela sul volto, sul seno o anche sull'inguine, come Daria si aspettava e come gli aveva visto fare con altre impiegate, le consegnò diversi fogli di carta e, traendo godimento dal suo terrore e dalla sua confusione, annunciò in pompa magna: « C'è stato un cambiamento. La tua sentenza è stata commutata. Sei stata riabilitata. Puoi tornare a Odessa ».

13

«È tutto vero?» Daria attese che fossero a casa – le porte chiuse, le luci smorzate – prima di mostrare a Adam le carte che le erano state consegnate. Aveva lasciato l'ufficio del direttore in stato confusionale, costringendo il viso in un'espressione d'innocua neutralità in modo tale che, al suo rientro in ufficio, nessuno potesse sospettare che cos'era appena successo. Non aveva osato incontrare lo sguardo di nessuno. Il che non era un problema di per sé, visto che nessuno moriva dalla voglia d'incrociare il suo, per timore che potesse bastare a coinvolgerlo nel crimine di cui era stata accusata, qualunque esso fosse. Non aveva guardato nemmeno Adam, temendo di poter lasciare intuire qualcosa. Lui l'aveva assecondata, mentre il sollievo per averla vista tornare in buone condizioni – non era mai così scontato – veniva rimpiazzato dalla paura di ciò che era accaduto e delle conseguenze future.

Ora stava studiando i documenti che Daria gli aveva sparso davanti, sballottando Goša su un ginocchio per impedirgli di afferrarli. Le mani di Daria tremavano così tanto da farle temere che il piccolo potesse caderle a terra se avesse cercato di prenderlo.

«Sembrano autentici», disse Adam.

Daria franò su una sedia, incapace di spiegarsi perché quella conferma dovesse suonarle così bella e così terribile allo stesso tempo.

« Com'è successo? » chiese Adam.

« Mio suocero. » Daria si rifiutava ancora di nominare Edward. Preferiva aggrapparsi a qualcosa di più indiretto. Indicò la firma del funzionario del KGB che aveva autorizzato la sua liberazione. « È un amante della musica. Isaak Israelevič era solito regalargli i biglietti per i concerti, anche per spettacoli col tutto esaurito. »

Adam poteva immaginare il resto. Dopotutto, *po blatu*, uno scambio di favori, era stato il modo in cui aveva tirato fuori Edward e Alisa. Era così che funzionava l'intero sistema sovietico.

« Quando parti? » chiese Adam. Non *Partirai?* ma *Quando?* Daria non poteva fargliene una colpa. Adam era l'unica persona che avesse mai espresso la volontà di rimanere in Siberia. Naturalmente, però, si aspettava che lei cogliesse l'occasione per andarsene. Chi non lo avrebbe fatto? Tuttavia, Daria non poté evitare di provare una lieve fitta di delusione nel vederlo così indifferente alla cosa.

« Non appena potrò comprare un biglietto. »

Lui annuì pensieroso.

Daria avrebbe voluto afferrarlo per quelle spalle larghe e scuoterlo fino a fargli battere i denti, per poi gridargli in faccia come potesse lasciarla andare in quel modo dopo... tutto?

Rimanere con Adam era stato il gesto più doloroso, devastante ed epocale della sua esistenza, e adesso lui si comportava come se non significasse nulla. Daria suppose che fosse così, in effetti, a differenza di ciò che significava per lei. Se gli avesse detto di no, due anni prima, Adam avrebbe continuato la propria vita, senza niente da perdere. Era stata Daria a rinunciare a tutto. E adesso lui si aspettava che lo facesse di nuovo.

Quel pensiero definitivo, spontaneo, si propagò fino ai confini della coscienza di Daria che, inorridita dalle sue implicazioni, lo respinse. L'intero processo durò meno di un secondo. Lei non esitò e non si domandò se la cosa meritasse una più attenta considerazione.

Ma quell'istante bastò pure a Adam che, nel tono misurato e sicuro con cui si rivolgeva ai clienti ostinati e convinti di poter contrattare, le disse: «Puoi andartene quando vuoi. Goša rimane con me».

Erano due anni che Daria vedeva Adam fare orecchie da mercante con chi lo supplicava per abbassare i prezzi o gli chiedeva di accettare, come merce di scambio, qualcosa che lui aveva già dichiarato di trovare inutile. Adesso si ritrovava nella loro stessa posizione. Destinata a ricevere la medesima risposta.

Cercò di ragionare con lui, lo supplicò, scoppiò persino in lacrime (cosa che un tempo aveva giurato a se stessa non gli avrebbe mai concesso di vederle fare né, tantomeno, d'indurla a fare). Nella disperazione, lo minacciò. Solo per sentirsi rispondere a tono.

Adam infatti le ricordò: «Hai visto le donne cui hanno portato via i figli, mandati poi in orfanotrofi statali perché le loro madri non erano state giudicate capaci di farne veri e propri cittadini sovietici. Ho impedito loro di farlo anche a noi. Prova a rapire Goša e farò in modo che ci ripensino».

«Non rischieresti una cosa del genere», gli rispose con aria di sfida.

«E, una volta dichiarata inadatta a crescere lui, cosa pensi che succederà all'altra figlia? Ne hai già persa una, quanti altri bambini sei disposta a sacrificare?»

«Figlio di puttana! Bastardo!» Daria gli si scagliò contro con tutto il corpo, determinata a sferrare ogni colpo trattenuto in passato.

« Hai ragione in entrambi i casi. » Adam afferrò Daria per le spalle e la tenne a distanza.

« Mi stai costringendo a scegliere! »

« Hai già scelto. Ti sto costringendo ad ammetterlo. »

Poteva smascherare il suo bluff. Poteva restare. Il documento le dava il permesso di lasciare la Siberia e di trasferirsi a Odessa. Non la obbligava a farlo. Ma in quel modo la porta si sarebbe chiusa definitivamente, e Daria non avrebbe mai più rivisto Edward e Alisa. A un certo punto, si era rassegnata a quel fatto. Però era successo quando credeva di non avere altra scelta. Adesso che stringeva quella possibilità tra le mani, come poteva rifiutarla? Che cosa avrebbe fatto di lei? Aveva promesso ad Alisa che sarebbe tornata a casa appena possibile. Anche Goša era suo figlio, ma non gli aveva promesso niente. E, per quanto riguardava il padre, il loro accordo era già stato onorato: non aveva mai promesso di restare con Adam per sempre. Perciò lui non si aspettava che lo facesse.

« Ti prenderai cura della tomba di Anja? » Come per preservare la propria dignità, Daria tentò almeno di forzare una richiesta, ma le sue parole sembrarono una supplica.

Adam stava per sollevare il figlio e metterselo sulle spalle. « Certamente. »

« Di' a Goša che ha due sorelle. Una qui con lui, l'altra con sua madre. »

Adam annuì, e lei non ebbe altra scelta che fidarsi della sua parola.

Daria sapeva che l'orgoglio e la sollecitudine nei confronti di Edward avrebbero dovuto dissuaderla dal portarsi dietro i vestiti e gli altri oggetti personali che Adam le aveva procurato nel corso degli anni. Ma non aveva idea delle condizioni in cui viveva Edward al momento. Non poteva permettersi di sacrificare nessuno degli articoli che sarebbero potuti tornare utili. Quindi mise in valigia il vestito di ricambio e le calze di lana e indossò gli abiti rimanenti insieme col cappotto, col cappello, coi guanti, con la sciarpa e con gli stivali. Ecco, quello era il peso della sua presenza nella vita di Adam. Non fosse stato, ovviamente, per Goša.

Gli disse addio tra le mura di casa. Non aveva nessun senso portarsi dietro un bambino con quel freddo gelido. Anche se Goša avesse visto il suo treno allontanarsi, non avrebbe colto le implicazioni. E non si sarebbe ricordato di lei, in ogni caso. Daria rimpianse di non essersi fatta scattare almeno una foto. Due copie: una da lasciare al bambino, l'altra da portare con sé. C'era una macchina fotografica. Benché fosse destinata a scopi ufficiali, con una bustarella si poteva ottenere un ritratto per uso personale. Ma Daria non aveva mai avuto la necessità di documentare una vita che si stava trattenendo dal vivere.

Non aveva nessun ricordo di sé da lasciare a Goša. Niente che lui potesse rievocare al calar della sera, tantomeno da adulto. Così, s'inginocchiò davanti al figlio, lo abbracciò tanto da indurlo a dimenarsi e poi gli pizzicò il nasino per strappargli un risolino prima di restituirlo al padre, cosa che lo fece ridere ancora di più.

Non aveva niente da dire a Adam. O meglio: aveva tanto da dire, solo che non c'erano parole con cui dirlo. Le aveva salvato la vita solo per mutilargliela. E, in entrambi i casi, lei non aveva idea del perché. Voleva chiederglielo. Eppure, allo stesso tempo, non le andava di saperlo. Perché lo sapeva già.

Adam l'accompagnò alla porta. Daria si voltò per un'ultima occhiata. L'ambiente non sembrava molto diverso da com'era la prima volta, la notte in cui era venuta a implorare Adam perché aiutasse Anja. La casa era la stessa. Era lei a essere cambiata.

Una volta aveva paura di Adam. Adesso, alzò una mano come per salutarlo.

E lo colpì in faccia con tutta la forza che aveva.

Lui aveva appena avuto il tempo di elaborare l'accaduto quando, al respiro seguente, Daria si allungò sulle dita dei piedi e con le labbra sfiorò il segno rosso lasciato dal suo palmo sulla guancia di Adam.

Poi uscì.

Raggiunse la stazione che era ancora presto, anche se il treno diretto a ovest che passava a distanza di settimane era inevitabilmente in ritardo, a volte di ore, altre di giorni. Veniva utilizzato per prelevare petrolio, carbone e legname dalla Siberia e per portarvi, invece, i macchinari necessari a eseguire gli scavi.

Mentre Daria aspettava, osservò il carro bestiame appena fermatosi, forse lo stesso a bordo del quale era arrivata tre anni prima, scaricare i suoi passeggeri. Principalmente uomini, ma non mancavano le donne e i bambini. Barcollavano tutti sulle gambe traballanti e a lungo inutilizzate, abbracciandosi o stringendosi gli uni agli altri per resistere al freddo, mentre si guardavano intorno confusi, nel tentativo di catturare l'attenzione di qualcuno che godesse di un minimo di autorità e spiegargli che era stato commesso un terribile errore. Che non avevano fatto niente di male.

Daria sapeva che, entro fine anno, metà di loro sarebbe morta. Gli altri, in qualche modo, avrebbero trovato la maniera di sopravvivere, una maniera che lei non si sentiva di giudicare. Sarebbe stato come giudicare una persona per aver scelto di respirare.

Poi vide il proprio treno affrontare la curva che lo avrebbe portato fino alla stazione. La stella rossa saldata sul davanti lo definiva come l'ennesimo prodotto dell'ingegno e della guida ispirata del compagno Stalin. Doveva essere la sua salvezza, e invece le provocò uno spasmo di panico. L'ultima volta che era salita su un treno, Daria lo aveva fatto senza avere idea di dove stesse andando e di cosa potesse aspettarla all'arrivo. Si sentiva allo stesso modo, adesso.

« Daria! » Adam la chiamava per nome così di rado – quando si degnava di parlare, lo faceva e basta, senza tanti preamboli – che, sulle prime, Daria non ne riconobbe la voce. Fu solo quando si voltò e lo vide affrettarsi verso la stazione, con Goša sulle spalle, che sperimentò un secondo momento di panico, misto a speranza.

Adam arrivò mentre il treno si stava fermando e, prima ancora di riprendere fiato, le mise Goša tra le braccia. Lei si aggrappò al bambino, senza per quello smettere di guardare Adam con aria confusa. Lui le porse una borsetta di pelle sfilacciata, con la fibbia in metallo rotta e tenuta insieme con lo spago. Poi un foglio di carta piegato in quattro. « I suoi documenti di viaggio. »

Daria capì. Quindi chiese: « Anche tu? »

Adam scosse il capo. Frugò nella profondità della tasca del cappotto per tirarne fuori un paio di orecchini d'oro a cerchio. I suoi orecchini da *Oči čërnye*. Daria considerò per qualche istante attraverso quante paia di mani erano passati da quando la guardia le aveva tolto i vestiti, quel primo giorno, e per cosa erano stati barattati, dentro e fuori il campo, prima di finire in quelle di Adam. Si chiese come lui li avesse ottenuti. Si chiese perché glieli stesse restituendo, adesso.

« Nel caso in cui dovessi avere problemi, a casa. Col cibo, col posto in cui vivere. Puoi venderli. Sono tuoi, comunque », mormorò.

Come faceva a saperlo? Glieli aveva visti indossare a Odessa?

Adam glieli lasciò cadere nella mano. Quindi si chinò un istante a baciare Goša. Poi, un po' meno fugacemente, baciò anche lei. Era la prima volta – Daria non poté fare a meno di notarlo – che Adam le si avvicinava senza l'oscurità a proteggerli entrambi. E sarebbe stata l'ultima.

14

Adam non si trattenne a vederli partire, anche se Daria esortò Goša a salutare il papà dal finestrino del treno. Il loro posto era nella carrozza passeggeri non riscaldata, con le panche di legno rivestite di velluto rosso sfilacciato, e le molle e l'imbottitura che sbucavano tra le cuciture. Per fortuna, a bordo del vagone c'era poca gente. Daria notò una manciata di soldati che tornavano a casa o in licenza. Una donna anziana lavorava a maglia seduta nella parte posteriore, mentre un uomo in giacca e cravatta studiava le planimetrie che teneva appoggiate sulle gambe. Almeno di notte ci sarebbe stato spazio per sdraiarsi. Daria aveva previsto di dormire seduta, se fosse stato necessario. Quello che non aveva previsto era l'esigenza di tenere occupato un bambino per diversi giorni. Oltre che di nutrirlo e lavarlo.

Adam aveva cercato di andarle incontro, mettendo nel bagaglio di Goša, insieme coi vestiti e con l'anatra giocattolo che gli piaceva tanto, qualche lattina di latte condensato, una pagnotta di pane nero - segale per metà, segatura per l'altra, cento per cento Kyril - e ritagli di selvaggina essiccati e salati. Anche Daria si era portata dietro un po' di cibo, ma sapeva in anticipo che non sarebbe bastato. Men che meno per due.

La sua preoccupazione più immediata, tuttavia, erano i servizi igienici. Goša era abbastanza educato all'uso del gabinetto, ma non di notte e, a voler essere onesta, la cosa non era scontata nemmeno durante il giorno. Se qualcosa lo distraeva o lo spaventava - come in quella precisa situazione -, non era da escludere che dimenticasse di avvertirla e che si sporcasse i pantaloni. Era già stato complicato a casa, dove, pur disponendo di una sola calzamaglia di lana per il bambino, Daria aveva potuto riadattare vecchie lenzuola e vestiti strappati per farne pannolini, che poi lavava in una vasca d'acqua e metteva ad asciugare davanti al camino. Sul treno c'era solo un bagno in fondo alla fila di vagoni, e sfortunatamente si rivelò troppo distante per chiedere a Goša di trattenersi. Fu costretta perciò a togliergli la calzamaglia e a lasciargli soltanto i pantaloni, coprendolo poi col suo cappotto per tenerlo al caldo, mentre strizzava a mano la calzamaglia come meglio poteva prima di stenderla sul sedile ad asciugare. Il tanfo era tale da indurre l'uomo con le planimetrie ad arricciare il naso.

Nonostante l'attento razionamento e le bizze di Goša provocate dalla fame, al quarto giorno di viaggio rimasero a corto di provviste. Per loro fortuna, il treno si fermò per fare rifornimento, e ai passeggeri venne concesso di scendere per qualche minuto. Daria tentò di acquistare un po' di cibo, ma i locali la ignorarono. Avevano di meglio da fare che interagire con qualcuno che tornava dall'Est o che vi era diretto.

In preda alla disperazione, Daria afferrò Goša per una mano, così da impedirgli di correre via e, al centro della stazione affollata, si mise in ginocchio, si fece il segno della croce e cominciò a pregare. Non sapeva nemmeno cosa stesse dicendo, ma aveva sentito le donne *kulake* e tedesche sussurrare quelle parole negli alloggi e le aveva imparate abbastanza bene per poterle recitare adeguatamente, a patto che non l'ascoltassero con troppa attenzione. Quello, però, non fu un problema. Il suo modo di agire spinse infatti la maggior parte di coloro che le si affrettavano intorno a starle ancora più alla larga. Dopo qualche minuto, comunque, dalla folla si materializzò una vecchia che le lasciò cadere una carota avvizzita quanto lei nella gonna, prima di zoppicare via rapidamente. Poi fece la sua comparsa un po' di pane. Un uomo le allungò anche una lattina di pesce.

Il bottino si dimostrò sufficiente a sfamarli fino alla fermata successiva. Mentre Daria si preparava a scendere e a sperare che la carità cristiana a lungo bandita fosse sopravvissuta anche in quella città, uno dei soldati con cui viaggiava ormai da oltre una settimana si allontanò sgattaiolando via dai commilitoni e, senza mai smettere di guardarsi alle spalle, con aria colpevole, le mise in mano un paio di uova sode.

«Per il bambino», le disse, prima di aggiungere: «Sto tornando a casa per vedere il mio ragazzo. Spero che sia grande e forte come il tuo. Ho qui una fotografia». Le mostrò un'istantanea in bianco e nero di un bambino con gli occhi a mandorla e coi capelli scuri che, in quel momento, la non credente e non cristiana Daria considerò il suo santo patrono.

Daria trascorse la maggior parte delle sue giornate a procurarsi il cibo e a portare Goša in bagno, per poi affrontare le conseguenze del non esserci arrivata in tempo. Le ore che le restavano, le impiegò nel tentativo di tenerlo occupato. Un bambino così attivo non poteva certo starsene a guardare a lungo la campagna sterile e noiosa da dietro un finestrino sudicio. Daria e Goša fecero infinite passeggiate su e giù per i corridoi, con lei che cercava di trattenerlo dal disturbare gli altri passeggeri, sempre più numerosi da quando avevano lasciato la tundra, o dall'infilare le dita in qualsiasi congegno o dal leccare ogni superficie. Esausta com'era alla fine della giornata, quando Goša finalmente le si addormentava sul petto, chiedendo del papà e di casa, Daria rimaneva completamente sveglia, ascoltando il controtempo irregolare dei binari del treno che li avvicinava sempre di più a Odessa, e chiedendosi come diamine avrebbe spiegato di Goša a Edward.

Tutto era accaduto così velocemente da lasciarle appena il tempo di pensarci. A Edward aveva raccontato il minimo del suo accordo con Adam. Nello stato in cui versava il marito dubitava che ne avesse sentito o capito anche solo la metà. Ma adesso quel tempo era finito, Edward doveva essersi posto qualche domanda su come vivesse lei a Kyril. E l'esistenza stessa di Goša bastava a raccontare l'intera storia. C'erano donne nel campo che non avevano nessuno a proteggerle, che erano state violentate o costrette a prostituirsi per fame e disperazione, anche coi bambini nati di conseguenza. Se Daria avesse detto a Edward che le era accaduta la stessa cosa, non aveva dubbi sul fatto che le avrebbe creduto. Escludendo certi dettagli, e osservandone altri da una prospettiva diversa, avrebbe persino potuto convincere se stessa che era vero. Era innocente, non aveva avuto scelta. Solo che in cuor suo sapeva che, riguardo a determinate cose, una scelta l'aveva avuta eccome. Adam avrebbe anche potuto non sentire mai ciò che lei avrebbe raccontato al marito sul suo conto, ma Daria si era comunque rifiutata di condannarlo con la bugia.

Il loro treno arrivò alla *voksal* di Odessa un giorno e mezzo dopo quanto previsto. Prima di lasciare Kyril, Daria aveva inviato un telegramma a Edward, per fargli sapere su quale linea avrebbe viaggiato, ma era partita prima che lui avesse il tempo di risponderle.

Gli altri passeggeri scesero dal treno. Goša iniziò a saltellare per l'eccitazione. Afferrò Daria per le dita, tirandola verso la porta. Lei gli andò dietro barcollando, mentre tentava di tenere in equilibrio la sua borsa e quella che Adam aveva preparato per il figlio, senza inciampare. Raggiunti i gradini, si premette il bambino contro il fianco e, con l'altra mano, afferrò le maniglie delle borse.

Una volta fuori, sulla banchina, con le gambe rese instabili da settimane di viaggio in treno, Daria fu assalita da una moltitudine di sensazioni. Prima di tutto, il rumore. Aveva dimenticato il suono delle città. Kyril era stato un mondo ovattato. Non tanto per la smisurata vacuità, né per l'effetto isolante della neve. Era perché nessuno osava richiamare l'attenzione su di sé. Anche quando respiravano, tutti lo facevano nel modo più silenzioso possibile.

Poi fu il turno della luce intensa. Il sole per poco non l'accecò. Sollevò il palmo per schermarsi gli occhi e trasalì. Goša la stava imitando, massaggiandosi le palpebre con entrambi i pugni, incapace di capire che cosa stesse accadendo. Faceva anche più caldo. Si era resa conto del fatto che la carrozza del treno diventava sempre meno gelida man mano che il viaggio proseguiva verso sud-ovest, ma la sensazione di un vento sulla pelle che non la gelasse la colse di sorpresa. Avvertiva un calore dimenticato sul viso, sul collo, sul dorso delle mani.

E infine Edward, che le si avvicinava a passi lenti lungo la banchina. Sembrava più vecchio, poi capì anche perché: Daria si aspettava irragionevolmente che Odessa non si limitasse a curare il marito distrutto che lei aveva rimandato a casa, ma che riportasse anche in vita il giovane musicista che vi aveva incontrato per la prima volta. I capelli un tempo color ebano di Edward erano ormai screziati di grigio, e la pelle del viso appena rasato tremolava e pendeva dalle ossa. Camminava ingobbito, a passi brevi e striscianti, esitando prima di mettere i piedi per terra, quasi chiedesse il permesso. Le spalle gli inghiottivano il collo, teneva le mani strette a pugno nelle tasche, i gomiti premuti sul corpo per evitare di spintonare qualcuno. Eppure, quando sollevò lo sguardo verso Daria e le sorrise, era lo stesso uomo di sempre. L'uomo che le fece accelerare il battito del cuore quando lei si rese conto di essere finalmente a casa.

Per quanta voglia avesse di corrergli tra le braccia, Daria era frenata dal bagaglio. E da Goša... e dall'ineludibile fruscio dei suoi capelli rossi.

Gli orecchini. Ecco che cosa intendeva Adam. Non aveva avuto il tempo di pensare a quale potesse essere il ragionamento alla base del suo strano gesto, fino a quel preciso momento, quando la rivelazione le piombò addosso. Avrebbe potuto venderli per comprare cibo o per trovare un posto dove vivere... nel caso in cui Edward, vedendo Goša, si fosse rifiutato di riprenderla con sé.

Suo marito si avvicinò a entrambi, sempre col sorriso sulle labbra.

Quindi sfilò le mani dalle tasche. Daria provò un senso di sollievo nel vedere che le piaghe e le ferite aperte si erano rimarginate, per essere rimpiazzate da cicatrici e calli. Edward prese la borsa di Daria con una mano e poi, con la medesima naturalezza, allungò l'altra per toglierle Goša dalle braccia. Sgravata da quel fardello per la prima volta in settimane, Daria quasi stramazzò a terra per la stanchezza.

« Andiamo a casa », disse Edward, facendole strada.

15

Benché Daria avesse inviato il telegramma che annunciava il loro arrivo al vecchio indirizzo di Odessa, non sapeva ancora che, dopo la Rivoluzione, le due stanze dell'appartamento dei Gordon si erano ormai ridotte a una: la più piccola, ovvero quella che, prima della loro partenza, era appartenuta al padre di Edward. Lasciata la stazione, avevano camminato per la città, con suo marito a indicarle i siti di recente costruzione. Edward parlava anche a Goša, chiedendogli il suo nome e come si chiamasse la sua anatra giocattolo e se facesse *qua-qua*. Goša, stringendosi al collo di quello sconosciuto, di tanto in tanto rivolgeva un'occhiata interrogativa a Daria, là accanto; e, vedendola a suo agio, si tranquillizzava. A pochi isolati da casa, mentre lo scenario di case e negozi perdeva e riacquistava i contorni familiari dei ricordi – una chiazza di vernice scrostata, una fila di alberi abbattuti –, un cavallo e un carro passarono loro accanto, seguiti da una decina di bambini che ci saltavano sopra a turno, per raccogliere una manciata di miscela incolore dal retro e poi ridiscendere, scacciati via o – se necessario – buttati fuori di peso dal conducente. Daria non prestò loro attenzione ma, con sua grande sorpresa, vide Edward fermarsi e chiamare: « Alisačka! »

Una bambina magra, dai capelli scuri, con un cappotto logoro e con le scarpe troppo grandi, che Daria aveva semplicemente scambiato per una discola qualunque, alzò lo sguardo dal punto del marciapiede su cui era atterrata carponi, con le ginocchia sbucciate e col suo prezioso bottino stretto nel pugno tenace. Daria sentì aprirsi una voragine nello stomaco quando riconobbe, tra le trecce oscillanti e gli occhi antichi, le tracce della bambina che un tempo era stata sua figlia.

Edward le fece cenno di avvicinarsi. Alisa si alzò, si ripulì le gambe e, arrancando verso il padre, continuò a spostare lo sguardo da lui a Daria, ignorando del tutto Goša. Era alta per i suoi otto anni? Oppure bassa? Troppo magra? In salute? Daria non aveva un quadro di riferimento.

« Alisačka », ripeté Edward, indicando Daria e presentandola a sua figlia come un dono.

Le braccia di Daria si contorsero in uno spasmo per abbracciare la bambina ma il portamento ombroso di Alisa la trattenne. Invece di muoversi, le ricordò: « Sono tornata a casa appena possibile. Ho mantenuto la promessa ».

« Anch'io. Mi sono presa cura del papà », replicò Alisa, guardando Edward.

Cercando qualcosa da dire, Daria indicò la mano di Alisa e il carretto che aveva appena inseguito. « E quella che cos'è? »

Alisa allentò il pugno, mostrando una poltiglia grigia. « Semi di girasole. Dallo stabilimento. »

« Li schiacciano per farci l'olio », spiegò Edward quando Alisa parve appagata della propria parte nel tener viva la conversazione. « Quello che rimane, lo danno da mangiare ai cavalli. Ma ai bambini piace intercettare le consegne e arraffarne un po'. Sono deliziosi, vero, piccola? Dolcissimi. » Poi indicò Goša. « Perché non ne dai un po' al tuo fratellino? »

Era la prima volta che Edward metteva in chiaro di sapere chi era Goša. Il turbamento sul volto di Alisa rispecchiava quello di Daria. Alisa ne lasciò cadere un minuscolo assaggio sul palmo del bimbo. « Ho soltanto una sorella », disse alla madre.

Edward si fece strada attraverso il cortile, ora più malandato, come il resto della città. « Il nuovo *dvornik* non è solerte come il precedente », la informò con un'alzata di spalle. Poi arruffò i capelli di Goša.

In attesa del loro arrivo, Isaak Israelevič li stava osservando dalla finestra. Quando si accorse di Goša, la gioia iniziale nel vedere Daria si trasformò in smarrimento. Era corso alla porta principale dall'unica stanza lasciata alla famiglia, impaziente di accoglierla. Ma, una volta capito che il bambino tra le braccia di Edward non era un miraggio, e che il suo volto - anzi, la sua chioma - era così familiare, si tirò indietro, sputando praticamente a terra per il disgusto. « *Mamzer* », sibilò.

« Papà... » lo ammonì Edward, con un tono di minaccia nella voce che suonò del tutto nuovo alle orecchie di Daria.

Suo suocero le voltò le spalle, per fare ritorno nella loro stanza. « Saresti dovuta rimanere dov'eri. Non è ciò di cui abbiamo bisogno, qui. »

A giudicare dall'espressione, Alisa era d'accordo con lui.

Eppure, Daria non ebbe altra scelta che quella di seguirli attraverso la cucina, dove i loro vicini, spaventati nel riconoscerla e temendo che le tracce della sua disgrazia potessero infettarli, non fecero altro che trascinare le sedie un centimetro più vicino al tavolo dov'erano intenti a mangiare e a chiacchierare, spesso in contemporanea, per far passare la famiglia Gordon. Daria dovette girarsi su un fianco per poterli superare, mentre Edward fu costretto a restituirle Goša e a sollevare la sacca della moglie sopra la testa per evitare di rimanere incastrato. Si fecero strada lungo il corridoio intasato di oggetti - passeggini, una bicicletta, slitte e un assortimento di stivali gocciolanti -, prima di raggiungere la stanza un tempo del solo Isaak Israelevič. Invece del letto matrimoniale e del guardaroba che Daria ricordava, adesso c'erano due brandine addossate alle pareti, un armadio più piccolo e un paio di sedie. Oltre che una perdita ben visibile.

« Dov'è il piano? » Daria guardò Edward smarrita.

« Mancava lo spazio », rispose lui, scrollando le spalle come se fosse una questione da poco.

« Mancano i soldi », lo corresse il padre. « L'abbiamo venduto. La tua riabilitazione non è stata economica. »

« Niente paura », replicò Edward in tono conciliante. « Alla scuola di ballo in cui accompagno le lezioni dei bambini mi permettono di esercitarmi negli intervalli. »

« È quello che fai adesso? È lì che suoni? » ansimò Daria.

« È un buon lavoro. »

« È un lavoro sicuro », precisò suo suocero.

Edward aveva l'aria di credere a quanto stava dicendo: « È una bella scuola. La nostra Alisa dovrebbe prendere qualche lezione. Per il portamento, la bellezza, l'arte. Ma lei no: piuttosto, preferisce correre per strada con quei ragazzi ».

Edward pronunciò tali parole senza un'ombra di giudizio nella voce; risuonava, anzi, un pizzico di orgoglio. Alisa, che evidentemente le aveva già sentite diverse volte, non diede segno di offendersi.

Daria, d'altra parte, guardò quel maschiaccio che era la sua bambina e immaginò cosa avrebbe pensato sua madre di come stava venendo su la nipote. « Hai avuto notizie di mia madre? Come sta? » chiese a Edward.

Il marito e il suocero si scambiarono uno sguardo nervoso, niente affatto diverso da quello che si erano scambiati tanti anni prima, quando lei li aveva esortati a dire alla mamma che non li avrebbe messi in imbarazzo.

« È morta, vero? » azzardò Daria. Negli anni trascorsi lontano, aveva accettato la possibilità che potesse morire prima che lei riuscisse a ritornare a casa.

« Non lo sappiamo », confessò Edward.

Quella era l'unica cosa per cui si sentiva impreparata. « Com'è possibile? »

Isaak Israelevič cercò di addolcire la notizia. « Il tuo villaggio... All'insediamento ucraino subito accanto è stata assegnata una fabbrica di tubi. Dovevano costruirla e hanno deciso che Valta era il punto più strategico. Quindi tutti quelli che ci vivevano sono stati ricollocati. Non sappiamo dove. »

« Ma come? »

« Erano ricchi proprietari terrieri, e i loro possedimenti andavano restituiti al popolo », riferì Isaak Israelevič in tono asciutto.

« Ma non avevano nulla. Sono morti di fame e di freddo. »

« Non è stato come per i *kulaki*. Non sono stati arrestati. Sono stati ricollocati », si affrettò a rassicurare Edward.

« Solo che nessuno sa dove. » Le gambe di Daria cedettero e lei si lasciò sprofondare su una sedia, stringendo ancora un assonnato Goša.

« Hai bisogno di riposare », disse Edward, prima di rivolgersi ad Alisa. « Perché non lasciamo che tuo fratello dorma nel tuo letto, stanotte? Domani vedremo di rimediare un altro paio di sedie. »

Sua figlia dormiva ancora su due sedie: Daria ne prese coscienza solo in quel momento. E lei sedeva proprio su una delle due. Ma adesso Alisa era cresciuta un bel po': come faceva a starci? La risposta divenne ovvia quando Daria la vide trascinare una solida doga di legno dall'angolo, da posare sopra le sedie. Daria la riconobbe come la lamina del loro vecchio tavolo. Non volendo aggiungere il letto del bambino allo sconvolgimento che aveva appena portato nella sua vita, Daria si alzò di scatto e protestò: «Non ce n'è bisogno. Goša può dormire con me. Lo ha fatto per tutto il viaggio fin qui. Cambiare lo spaventerebbe».

Edward acconsentì, come aveva fatto per tutto il resto. «Va bene, allora. Il papà nel suo letto e tu, Alisa, nel tuo. Daria e Goša possono prendere il mio. Io troverò un angolino comodo sul pavimento.»

Il *suo* letto. Ma certo, Edward si era aspettato che lei dormisse nel suo letto. Lei era sua moglie. E adesso, quel letto, l'aveva preso per sé e per il figlio di un altro uomo.

Lui colse la preoccupazione sul viso di Daria e la rassicurò: «Dormi, adesso. Domattina avremo tutto il tempo per mettere a posto ogni cosa».

«Mi dispiace così tanto. Per tutto», sussurrò lei.

La sfiorò con un bacio, quasi come fosse la prima volta, quasi come fossero ancora quelli che erano stati anni prima. Più giovani di chiunque altro ne avesse il diritto. «Bentornata a casa, mia piccola Daria.»

Quando Daria si svegliò il mattino dopo, erano spariti tutti. Chi al lavoro, chi a scuola. Goša sedeva tranquillo nell'attesa che Daria si muovesse. Non appena lei lo fece, però, le saltò sopra.

«Il papà?» le domandò.

Daria, già rotolata sul ciglio del letto, si mise a sedere. Abitudini produttive radicate dalla prigionia. «Il papà non è qui. È ora di alzarsi, lavarsi e scoprire che cosa, e chi, ci porta la giornata.»

Ed ecco cosa, e chi, portò loro la giornata: gli stessi vicini che avevano ignorato Daria la sera prima; la compagnia di donne che la consideravano volgare e provinciale anche prima che l'ignominia politica le macchiasse la reputazione. Daria prese Goša per mano e gli rivolse un sorriso incoraggiante per dimostrargli che la mamma non aveva paura, e che perciò non aveva motivo di averne nemmeno lui. Nel cortile, strappando gli occhi dal punto in cui Adam le aveva raccontato che Alisa e Anja avevano seppellito il loro tesoro, e torturandosi col pensiero che una piccola traccia della sua Anja potesse essere ancora lì, Daria fissò invece lo sguardo sui rifiuti gettati il giorno prima, e ormai più fradici, più sparpagliati e putridi. Il *dvornik* stava compiendo uno sforzo simbolico per frugarli con la scopa, quasi fossero animali che potevano essere indotti a fuggire. Era un uomo scheletrico, alto e robusto forse la metà di Adam, con una testa pelata che cercava di coprire avvolgendo una ciocca solitaria di capelli da un orecchio all'altro. Si muoveva con una lentezza tale che sembrava stesse camminando sul catrame. Daria si chiese chi mai avesse potuto reputare un uomo simile un sostituto adeguato di Adam. Ma poi le tornò in mente che la competenza non era la parte più importante di quel lavoro.

L'uomo alzò lo sguardo e glielo posò addosso, dandole a intendere che sapeva chi era e dov'era stata. E poi spedì dritto verso i piedi di Daria il mucchio approssimativo di rifiuti che fino ad allora aveva finto di arginare. Lo scopo era quello d'intimidirla, di ricordarle qual era il suo posto. Ma non era il suo primo *dvornik*. Daria si chinò a raccogliere i ritagli del quotidiano del giorno prima che le si erano avvolti intorno alla caviglia. Pensava davvero che un piccolo tiranno come lui avesse ancora il potere di spaventarla?

« Hai sfregiato l'immagine del compagno Stalin! » Indicò

la foto in prima pagina, imbrattata di fango. A quella vista, il *dvornik* impallidì e sgattaiolò via.

Un sacco di gente era stata arrestata per molto meno.

Già che ce l'aveva in mano, Daria diede un'occhiata a quel numero della *Pravda*. Il compagno Stalin compariva insieme con quell'austriaco che Daria ricordava essere al governo della Germania, accanto a una faccia nuova, un militare rumeno di nome Antonescu che aveva deposto la famiglia reale. Il compagno Stalin stava offrendo il suo plauso alla fine del dominio di re Carol, accogliendo al tempo stesso con favore la generosa cessione da parte della corona del territorio bessarabico ai legittimi proprietari, i sovietici, in ottemperanza alla volontà della sua gente, caduta sotto il crudele giogo dei rumeni in seguito alla Grande Guerra.

Le notizie impiegavano molto tempo a raggiungere Kyril; così, proseguendo nella lettura, Daria venne a sapere per la prima volta di un patto di non aggressione tra l'Unione Sovietica e la Germania, della congiunta epurazione dei sabotatori in Polonia, con tanto di parate per commemorarne il successo, e dell'istituzione di libere elezioni nei Paesi baltici, culminate col trionfo del comunismo che avrebbe portato a una petizione per aderire all'Unione Sovietica. Apprese di un'ingiusta guerra imperialista, ormai in corso da due anni, tra la Germania e i capitalisti inglesi e francesi. A detta del compagno Molotov, la Germania aveva legittimo interesse a riconquistare la sua posizione di grande potenza, e gli Alleati avevano scatenato una guerra aggressiva per preservare il sistema di Versailles. Col pretesto di difendere la democrazia, miravano a cancellare qualsiasi posizione politica diversa dalla loro.

La semplice lettura di quell'assurdità lasciò Daria priva di forze. A Kyril, la vita era stata più semplice. Facevi ciò che ti veniva detto. Non era necessario pensare. Anzi, veniva attivamente scoraggiato. Bisognava solo fare ciò che facevano tutti gli altri, accettare ciò che tutti gli altri accettavano. A differenza del *dvornik*, Daria ripiegò con cura il giornale prima di depositarlo nel bidone dell'immondizia, nel caso in cui qualcuno la stesse osservando. Prese Goša per mano e tornò indietro ad aspettare che Edward, suo padre e Alisa rientrassero per il pranzo.

Daria aveva preso in considerazione l'idea di cucinare qualcosa, ma non sapeva quali provviste della cucina comune potessero essere le loro, e non se la sentiva di rischiare un'accusa per furto. Una volta a casa, Edward le spiegò che non tenevano il cibo in cucina. Gli altri non si facevano i suoi stessi scrupoli, quando si trattava di servirsi delle provviste dei vicini. I Gordon, piuttosto, nascondevano le proprie cose negli angoli della loro stanza. Una pagnotta sepolta in fondo a un cassetto, una scatola di sardine in cima al guardaroba, una bottiglia di latte lasciata a raffreddare sul davanzale della finestra, un pacchetto di tè premuto sotto la copertina di un libro. Raramente avevano molto da recuperare. Dipendevano da ciò che potevano raccogliere durante la giornata. Mentre Alisa andava a scuola e Edward lavorava, il suocero passava il tempo spostandosi da una fila per la mensa all'altra, con un'*avoska* di corda intrecciata in tasca, per racimolare quanto era disponibile.

« Posso farlo io, da adesso in poi », propose Daria, volendosi dimostrare utile.

« No! » sbottò il suocero. « Tu sta' a casa, bada a... lui. » Un cenno in direzione di Goša. « Della mia famiglia mi occuperò io. »

Il suo intento era, con ogni probabilità, quello di fingere che Daria non fosse mai tornata. Rifiutò di lasciarsi aiutare da lei col pasto e, quando passò la pentola con la zuppa, fece in modo di evitarla. Parlò con Edward, parlò con Alisa. E fu tutto. Nemmeno Alisa le aveva ancora rivolto la parola.

Daria decise di concedere alla figlia il tempo necessario per abituarsi al suo ritorno. E, nel tentativo di riguadagnarsi il favore di Isaak Israelevič o perlomeno di smorzare la tensione silenziosa che sobbolliva tra loro, sollevò quello che un tempo era stato uno degli argomenti preferiti del suocero. Rammentando ciò che aveva letto sulla *Pravda,* chiese ragguagli sulla situazione con la Germania e gli altri Paesi divisi tra potenze comuniste e fasciste.

« A Dio piacendo, i tedeschi arriveranno a Odessa. Presto saremo liberi! » rispose il vecchio, speranzoso.

« Ho letto sul giornale che non succederà. Patto Molotov-Ribbentrop. »

« I tedeschi hanno firmato un patto anche con l'Inghilterra. E pure con la Francia. E adesso guardali. Potessimo avere la stessa fortuna! Nessun altro ha il potere di salvarci. »

« Quindi pensi che ci sarà una guerra? »

Rimasto con gli occhi bassi per tutto il tempo, Edward si strinse nelle spalle e intervenne: « Io non mi preoccupo delle cose che non posso controllare ».

16

Io non mi preoccupo delle cose che non posso controllare, come Daria ebbe presto modo d'imparare, era la risposta del marito a tutto. Rassegnato, stoico, passivo, arrendevole. Il suo Edward, l'Edward giocoso, supponente, dispettoso, appassionato non c'era più. Non solo in pubblico, per paura della censura, o in privato, dato che sapeva che persino i muri avevano orecchie, ma anche nei momenti in cui era solo con lei. Dopo alcune notti, Daria aveva sfrattato Goša dal letto, per sistemarlo in un giaciglio su due sedie come quello di Alisa. Aveva temuto che potesse fare storie, ma Goša era elettrizzato all'idea di seguire l'esempio della sorella, sebbene lei si rifiutasse di considerarlo. Daria si chiese se Alisa si ricordasse di quando quei letti di fortuna erano il suo e quello di Anja. Non sapeva se prenderne atto avrebbe significato riavvicinarsi alla figlia o se invece, aprendo vecchie ferite, avrebbe finito per allontanarla ancora di più. Così, alla fine, rimase in silenzio. La prima notte in cui Goša venne trasferito sulle due sedie, Daria fece capire che il posto di Edward era accanto a sua moglie. Edward le obbedì diligentemente, come del resto lei si aspettava, né più né meno. Quando però, una volta appurato che il resto della famiglia dormiva, si allungò verso di lui, Daria dovette ammettere di aspettarsi che qualcosa del vecchio Edward si manifestasse. Di certo, in quella ritrovata intimità, non si sarebbe più sentito obbligato a mantenere la propria facciata: poteva sentirsi al sicuro, poteva sentirsi libero...

Ma, come per tutto il resto, Edward fece ciò che gli veniva richiesto, né più né meno.

Senza passione.

Senza cuore.

Senza vita.

Per le prime settimane, Daria si lambiccò il cervello, convinta che esistesse qualche parola magica, qualche gesto capace di tirar fuori Edward dal torpore, un bacio che, in un'ironica inversione di ruolo, potesse risvegliare il bel principe dall'incantesimo del sonno e ristabilirne il regno. Il suo primo impulso fu chiedergli di suonare il piano per lei. Erano state quelle dita agili e snodate a farla innamorare di lui. Sperava perciò, così, di riaccendere la scintilla. Poi, però, ricordò l'ultima volta che lo aveva ascoltato suonare. *Sul bel Danubio blu*. Per lei e Adam. Doveva ricordarsene anche Edward, ovviamente.

Senza considerare che non avevano più un pianoforte in casa.

Daria tentò di chiedergli del suo lavoro, ma le risposte a monosillabi le diedero da pensare che se ne vergognasse. Era passato dalle sale da concerto affollate di ammiratrici in estasi che lanciavano fiori ad accompagnare bambine maldestre. Persino sua figlia si rifiutava di far parte di quel declino.

Anche se poi, ripensandoci, Daria si chiese di che cosa desiderasse far parte Alisa. Di certo, non aveva nessuna voglia di riavvicinarsi alla madre. Mentre le ripetute aperture di Daria verso Edward venivano accolte con un generico garbo, le risposte di Alisa alle sue domande erano immancabilmente monosillabiche e molto più ostili. Non parlava, sibilava. E rispondeva a qualsiasi richiesta dandole a capire che lo faceva sotto costrizione. Se in casa c'era anche Edward, lui ignorava quel comportamento. Se invece c'era Isaak Israelevič, lo incoraggiava concretamente.

La madre di Daria non avrebbe mai tollerato una mancanza di rispetto simile. Lei, invece, era disposta ad accettarlo come se le spettasse. Benché la sua tolleranza non riuscisse a estendersi al modo in cui Alisa trattava Goša.

Il bambino adorava la sorella maggiore. La seguiva avidamente in giro, inciampando sui piedini instabili nel tentativo di tenersi dritto, solo per vedersi lasciato in disparte, in cortile, mentre Alisa correva via con la sua banda di amici, o per ricevere una porta in faccia. Allora si appendeva alla maniglia della porta con entrambe le mani, troppo basso per riuscire a girarla, gridando con la sua vocina flebile: « Isa! Isa! » Poi, presa una seggiolina, ci si sedeva sopra per aspettare pazientemente che la sorella tornasse.

A Daria spezzava il cuore vedere come il bambino - dopo aver smesso di reclamare il papà, perché aveva capito che non avrebbe più avuto risposta - dovesse affrontare ogni giorno un nuovo rifiuto. Se per lei fosse stato impossibile far breccia nel cuore di Edward o Alisa, sarebbe finita all'inferno piuttosto di permettere che il figlio soffrisse.

« Vado al negozio. Devi badare a Goša », disse un giorno ad Alisa. Non era una richiesta, era un ordine. Proprio come avrebbe fatto sua madre.

Fino ad allora, aveva agito in punta di fioretto con Alisa. Parlandole con voce dolce e remissiva. « Per favore, Alisočka » e « se non ti dispiace, Alisočka ». Quel cambiamento di tono turbò la figlia al punto di impedirle di obiettare mentre Daria si affrettava a uscire.

Daria era consapevole di correre un rischio. Per quanto poteva saperne, Alisa avrebbe sicuramente abbandonato Goša a se stesso. Oppure poteva relegarlo in un angolo e vietargli di muoversi da là. Dargli pizzicotti e schernirlo per rifarsi su di lei.

Eppure, Daria ebbe fede nella ragazzina che aveva accudito Anja mentre i suoi genitori venivano trascinati nella foresta, che aveva smesso di opporsi e si era arresa quando lei le aveva spiegato che doveva tornare a Odessa per potersi occupare del papà. Quella ragazzina, la stessa che aveva condiviso la sua preziosa razione di semi di girasole, non importava se a malincuore, non avrebbe fatto nulla del genere.

Daria non si allontanò più di tanto, ma si appostò per tenere d'occhio il portone di casa. Se Alisa e Goša si fossero avventurati fuori, avrebbe potuto fingere di rientrare dal suo giro di compere. Non si prese nemmeno la briga di acquistare davvero qualcosa per rendere plausibile la propria copertura. Nessuno si sarebbe sorpreso nel vederla rientrare con l'*avoska* vuota.

Origliando senza farsi scrupoli, Daria sentì prima di tutto Goša supplicare con voce ovattata Alisa perché giocasse con lui. Le risposte della sorella, all'inizio, suonarono brusche. Ma Goša rifiutò di arrendersi. Dopo quindici minuti, Daria finalmente sentì Alisa rispondergli con un tono più conciliante. Ci fu qualche risatina, cui seguì un po' di musica. Alisa stava cantando ed esortava Goša a farle compagnia. La melodia aveva un che di familiare.

Era la melodia che Alisa e Edward avevano intonato mentre seppellivano Anja.

Daria barcollò lontano dalla porta come se scottasse. Poi, però, un'urgenza altrettanto bruciante la riattirò verso la maniglia. Fece irruzione in casa, non avendo idea di quale spettacolo l'attendesse.

Trovò Alisa intenta a ruotare vorticosamente, con Goša che, appollaiato su un fianco, le stringeva la mano. Entrambi avevano le braccia distese.

«Valzer!» annunciò allegramente il bambino, con le guance arrossate per l'eccitazione, mentre i riccioli gli sferzavano il viso. «Isa e Goša valzer!»

Alisa parve colta sul fatto, con un'espressione colpevole sul volto quando, almeno agli occhi di Daria, non c'era proprio nulla di cui sentirsi in colpa. Ma in quel momento capì che sua figlia non si sentiva in colpa verso di lei. Si sentiva in colpa nei confronti del nonno. E della sorella.

Nel tentativo di disinnescare la situazione, Daria inghiottì la domanda che moriva dalla voglia di porre, quella sulla melodia che Alisa stava intonando, per deviare invece su una strada più innocua. Adottando un tono leggero, le disse quasi per scherzo: «Il papà ha ragione, hai un talento naturale per la danza. Dovresti prendere lezioni nella sua scuola».

Nelle sue intenzioni, si trattava di un'osservazione frivola che non poteva in nessun modo ferire la figlia. Alisa, però, invece di ridere o di limitarsi semplicemente a respingere il suggerimento, si rabbuiò in viso e lasciò andare Goša. Il bambino le scivolò lungo la gamba e, atterrato sul pavimento con un tonfo, guardò la sorella con aria interrogativa, chiedendosi cosa avesse fatto di male.

Daria, intanto, si stava ponendo la stessa domanda.

«Non ci andrò mai!» ringhiò Alisa.

Daria non riusciva a capire che cosa avesse provocato una reazione così estrema.

«Avevi detto che sarebbe andato tutto bene se avessimo seguito le regole!» Alisa cercò di aggrapparsi alla propria rabbia, che però non fu abbastanza potente da impedire che le sfuggisse un singhiozzo.

Sì, Daria lo aveva detto. Ci aveva persino creduto, un tempo.

«Il papà ha seguito le regole», proseguì la ragazzina, asciugandosi rabbiosamente le lacrime dalla guancia. «Hai mentito.»

Daria aspettava fuori dalla porta dello studio in cui Edward suonava il piano, presso la Scuola di danza Lenin. Non volendo turbare ulteriormente Alisa, si era riproposta di portarsi dietro Goša. Senonché, con sua grande sorpresa, senza per quello smettere di tirare su col naso, sua figlia le aveva preso la mano e, sforzandosi di apparire disinvolta, aveva proposto: «Può restare con me. Se vuole».

E Goša voleva eccome. E la cosa le aveva semplificato l'attesa, accanto alla porta dalla cui finestrella guardava, indisturbata, la lezione.

Le bambine, una decina, dall'età massima di otto anni, tutte vestite alla stessa, identica maniera, coi body neri, con le calzamaglie e con le scarpette da ballo bianche, l'unico accenno d'individualità espresso dal numero e dal volume dei fiocchi sulla testa, erano disposte solennemente su diverse file di fronte a una donna ossuta e spigolosa, coi capelli grigi raccolti in una crocchia, e con in mano un righello abbastanza lungo da raggiungere anche la bambina più distante. Il pianoforte era posizionato di lato, vicino alla finestra, il che significava che Edward era poco più che un'ombra. Sedeva in paziente attesa che Madame lo invitasse a suonare con un lieve cenno del capo.

Una volta che ebbe iniziato, lei gli concesse a stento un paio di battute prima che il righello si allungasse a picchiare la parte superiore del piano, mancando la faccia di Edward solo per una questione di centimetri. Diversamente da quanto avveniva al campo, quando il minimo rumore lo faceva rabbrividire, Edward si era abituato così tanto a quel genere di sopruso che ormai non faceva neppure una piega.

« No! Imbecille! Troppo veloce! »

Con aria servizievole, Edward ricominciò.

« Troppo lento! Non ti hanno insegnato a usare il metronomo in quella tua prestigiosa scuola di musica? »

Un altro tentativo. Madame gli permise di terminare l'esercizio, prima di chiedere alle ragazze: « Avete sentito? Questo è quello che accade quando gli *zhid* infilano a forza i loro interpreti mondialisti negli spazi di bellezza sovietica. La più totale macelleria del nostro grande Čajkovskij ». Poi ordinò a Edward: « Di nuovo! Magari a tempo, questa volta? »

Edward suonava, Madame lo fermava. Andò avanti così per tutti i quaranta minuti della lezione. Stava suonando il pezzo sbagliato. Suonava male il pezzo giusto. Era fuori tempo, era sull'ottava sbagliata, era evidente che lo facesse apposta, era troppo incompetente per essere capace di sabotare.

Alla fine, Daria tremava di rabbia. Edward, dal canto suo, continuava a suonare. Accelerava il ritmo quando gli dicevano di accelerare, lo rallentava quando gli dicevano di rallentare. Mai una volta se la prese col pianoforte, che persino Daria aveva capito essere scordato, o con le istruzioni contrastanti. Suonava e basta. Trascorsi i quaranta minuti, mentre le ragazze salutavano l'insegnante con un inchino, si sedette sulla panca, con le mani sul grembo, in attesa che iniziasse la lezione successiva. Alcune delle allieve, presumibilmente per un'abitudine acquisita in precedenza, chinavano il capo per ringraziare anche Edward. Lui, per tutta risposta, sorrideva.

Madame però intervenne. « No! In questo corso non salutiamo i nemici dello Stato! » abbaiò, battendo il righello sul pavimento.

La porta si aprì per far uscire le ballerine, subito rimpiazzate dalla tornata successiva. Daria si allontanò per evitare che Edward la vedesse. E nel frattempo si disse che ciò che provava per lui era un senso di pietà. Non voleva aggiungere altre umiliazioni a quelle che già evidentemente subiva ogni giorno. Ma il suo autoinganno non durò molto: ciò che provava davvero nei confronti del marito era rabbia.

Come poteva starsene semplicemente seduto lì a subire simili abusi? Lui, che un tempo teneva alla sua mercé enormi sale da concerto, consentiva adesso che una scheletrica nullità, a stento idonea a dare lezioni a goffe bambinette in una squallida scuola di danza, criticasse la sua maniera di suonare. Permetteva che gli appioppasse nomignoli e, addirittura, che gli impedisse di ricevere gli elogi da quattro soldi che comunque gli spettavano. Perché non faceva sentire la sua voce? Perché non suonava qualcosa di così meraviglioso da spezzarle il righello a metà? Perché era così... così... codardo?

Il solo pensiero di quella parola la riportò alla realtà come il più gelido dei venti siberiani. Non aveva nessun diritto di farlo. Non aveva il diritto di giudicare Edward. Non era colpa del marito se aveva vissuto una gioventù troppo facile, troppo privilegiata, troppo signorile. A differenza sua, era stato abituato ad aspettarsi un trattamento speciale, a essere onorato come un principe, a poter dimenticare quale sarebbe stato il suo vero posto, non fosse stato per quel talento prodigioso. Non c'era da meravigliarsi che Kyril lo avesse spezzato. Non c'era posto per un uomo come lui, là. E, se un uomo non poteva essere un uomo, allora diventava una macchina ed eseguiva tutto quello che gli veniva detto di fare senza lamentarsi né opporre la minima resistenza. Un animale che si rintanava temendo la frusta.

No, se suo marito era diventato così, Daria non poteva prendersela che con se stessa. Era stata lei a dire che, se avessero seguito le regole, sarebbe andato tutto bene. Edward si era soltanto limitato a obbedirle. Aveva seppellito la loro bambina come gli aveva detto, l'aveva accompagnata da Adam come gli aveva detto. E aveva lasciato Kyril: come gli aveva detto. Non era stata la Siberia a distruggere lo spirito di suo marito.

Lo aveva fatto lei.

Questa volta si presentò una limousine. Ma arrivò subito dopo il tramonto, invece che appena prima dell'alba. Ogni edificio che circondava il cortile trattenne il respiro, chiedendosi chi fossero venuti a prendere. Un ufficiale solitario salì i gradini fino al loro appartamento, facendo tirare un sospiro di sollievo a tutti quelli che superava. Bussò alla porta. Voleva parlare con Isaak Israelevič Gordon.

I coinquilini si allontanarono mentre il suocero di Daria percorreva a passi tremanti il corridoio, con le gambe così molli che Edward dovette afferrarlo per un gomito e trascinarlo di peso. Daria si affrettò a seguirli, ordinando ai bambini di rimanere nella stanza. Nessuno dei due le diede retta.

«Conosce l'ufficiale dell'NKVD Roman Anatol'evič Luria?» chiese a Isaak Israelevič l'ufficiale dell'NKVD che non sentì nessun bisogno di condividere il proprio nome.

Era una domanda a trabocchetto? Come poteva essere diversamente?

Il suocero di Daria aprì la bocca per parlare, ma non riuscì a emettere altro suono che un gargarismo asciutto. Il suo cenno di assenso si ridusse a un singolo fremito del mento. Roman Anatol'evič Luria aveva firmato i documenti per il rilascio di Daria.

« È stato arrestato », li informò. Dare un nome all'accusa era irrilevante. L'accusa stessa lo era. « Stiamo indagando sulle sue conoscenze. »

« Concerti. Veniva ai concerti di mio figlio. Tanti anni fa. Prima », gracchiò Isaak Israelevič.

« Gli procuravamo i biglietti », disse Edward.

Era stato un lampo di gioia, quello negli occhi dell'ufficiale? « Tangenti? »

« Un segno di rispetto », intervenne Daria.

Perché Edward non faceva nulla? Possibile che non vedesse cosa stava accadendo, che non cogliesse il pericolo che stavano correndo? Adam avrebbe fatto qualcosa. Avrebbe valutato la situazione, capito cosa stava cercando davvero l'ufficiale e trovato un modo per darglielo. Adam avrebbe saputo come salvarli. Ma Edward se ne stava fermo là, rassegnato come sempre, pronto ad accettare qualsiasi cosa sarebbe accaduta, invece di farla accadere.

Dipendeva da lei, adesso? Provò a fare il punto della situazione. L'ufficiale era arrivato da solo. Cosa inusuale, in effetti. Di solito viaggiavano in coppia, a volte erano anche di più, nel caso in cui la gente da portar via opponesse resistenza. In quel modo, potevano tenersi d'occhio l'un l'altro. Si era presentato in uniforme ed era venuto con un'auto ufficiale, ma non nell'orario consueto. Era troppo tardi rispetto all'orario lavorativo e troppo presto per l'assalto del mattino.

Questo era quanto, dunque... Ma certo...

Daria si girò di scatto e, superando Alisa e Goša, rientrò

nella loro stanza. S'infilò a fatica sotto il letto e ne trasse fuori la borsa da viaggio con cui era arrivata da Kyril. Strappata la fodera, trovò gli orecchini a cerchio che aveva nascosto là. Poi tornò di corsa in corridoio. Isaak stava ancora cercando di mettere insieme una frase coerente, mentre Edward, accanto a lui, fissava la scena.

« Sarebbe così gentile da farmi un favore? » Daria rivangò una di quelle pose civettuole che non aveva più ritenuto opportuno sfoggiare da quando... Da quand'era andata a chiedere l'aiuto di Adam. Tese gli orecchini all'ufficiale. « Questi appartengono alla moglie di Roman Anatol'evič. Li ho presi in prestito. Potrebbe fare in modo che le vengano restituiti? »

Roman Anatol'evič era sposato? Daria non ne aveva idea.

L'ufficiale accettò i gioielli nello spirito con cui gli erano stati donati. Li studiò attentamente. Li avvicinò alla luce, li scosse e rimase ad ascoltare il suono che producevano. Fece di tutto tranne che morderli per testarne i carati.

Poi li infilò in tasca e chinò appena la testa verso Daria. « Farò in modo che finiscano nelle mani giuste. »

Poi uscì dalla porta, e il suo « grazie per la collaborazione, compagna » riecheggiò nella scala come una lezione per quanti stavano origliando.

Isaak si accasciò contro la parete, battendo i denti, con le unghie di una mano a grattare la carne dell'altra sino a farla sanguinare. Daria non si aspettava esattamente un grazie; tuttavia, non le sarebbe certo dispiaciuta una qualche forma di riconoscenza. Se non da Isaak, almeno da Edward. Aveva riconosciuto gli orecchini? Si ricordava come li aveva persi? Era curioso di sapere come li aveva riavuti o perché li aveva tenuti nascosti?

Suo marito riafferrò il gomito del padre, per riportarlo

con cautela in camera da letto. Prima, però, si girò e le sorrise. « Ti stavano così bene, mia piccola Daria. »

Daria era convinta che Edward dormisse. Se non avesse pensato che fosse già addormentato, accanto a lei, non si sarebbe mai concessa l'indulgenza delle lacrime. Iniziò a singhiozzare senza emettere nessun verso, serrando i denti e concentrandosi per respirare a fondo dal naso, anche se nel frattempo le guance le s'inumidivano. Seppellì il viso nel cuscino per attutire qualsiasi eventuale suono e irrigidì il corpo come il ramo di un albero, per impedirsi di tremare.

Eppure, non fu abbastanza. Sentì Edward ruotare su un fianco e premersi contro di lei, facendole scivolare un braccio intorno alla vita mentre con l'altra mano le accarezzava i capelli.

« Non affliggerti. Erano soltanto oggetti. »

Un po' per forza di volontà e un po' per un'abitudine ben radicata, Daria sollevò la testa dal cuscino e gli rivolse un sorriso sincero per mostrargli che era d'accordo; proprio così: erano soltanto oggetti, gli oggetti non erano importanti, e lei gli era riconoscente per quel suo conforto. Tenendo per sé il vero motivo della propria afflizione.

E così vissero in quel modo per quasi un anno, dicendo ciò che andava detto in pubblico, anche tra loro, e tenendo per sé le proprie opinioni. La cosa aveva un che d'innaturale, scomodo e soffocante. Finché non divenne impossibile ricordare che c'era stato un altro modo, prima. Quello che pensavi, dovevi tenerlo per te perché non potesse essere usato *contro* di te. Fino a che un giorno, verso la fine di giugno, Daria non aprì la porta e si trovò davanti Adam.

Non poté fare altro che restare a bocca aperta, agitando le mani dietro la schiena, come se quell'insensato turbinio potesse impedire a Edward, a suo padre, ad Alisa e a Goša di vedere quello che stava vedendo lei. « Che cosa... Che cosa ci fai qui? » fu tutto ciò che riuscì a chiedere.

« Mi ha mandato a chiamare », disse Adam. E indicò suo marito.

17

Non pareva reale. Era impossibile che quello che aveva davanti fosse proprio Adam. Sembrava troppo grande per la porta, troppo grande per la loro minuscola stanza. Daria provò imbarazzo al pensiero di quanto fosse ristretta la sua esistenza. Era come se lui le avesse risucchiato l'aria dai polmoni. Goša lo guardò incuriosito, poi tornò ai suoi giochi. Aveva ancora l'anatra giocattolo.

Edward allungò la mano perché Adam la stringesse. Poi lo attirò in casa e richiuse la porta. «Grazie per essere venuto.»

Ignorando le formalità, Adam spostò lo sguardo da Goša a Daria. Quando parlò, tuttavia, lo fece rivolgendosi a Edward. «Hai scritto che erano in pericolo.»

Daria non sapeva nemmeno se a sconcertarla di più fosse il fatto che suo marito avesse detto una bugia talmente sfacciata o che lo avesse deciso. «Perché gli hai detto una cosa del genere, Edward?»

Lui rispose senza distogliere lo sguardo da Adam. «I tedeschi saranno qui da un giorno all'altro. Entro la fine dell'estate, molto probabilmente.»

«No!» obiettò Daria. «Ascoltavo la radio, prima. Hanno parlato solo della Polonia e degli altri territori. Hitler non sarebbe così stupido da attaccare l'Unione Sovietica. Il patto...»

«Magari arrivassero!» esclamò Isaak Israelevič, intromettendosi. «I tedeschi sono persone civili. Non come questi barbari cosacchi. Li accoglieremo come liberatori!»

«Tu non c'eri, papà.» Le parole parvero scivolare fuori dalla bocca di Edward. A Daria tornò in mente come Anja, una volta, avesse quasi fatto una scenata dopo settimane in cui si era comportata bene, tenendosi a freno, e di quanto spesso lei stessa avesse desiderato dare sfogo al proibito. Non avrebbe mai immaginato, però, che ciò potesse valere anche per il suo taciturno marito. A pensarci bene, perché non avrebbe dovuto essere così? Perché mai Edward avrebbe dovuto essere diverso da loro? Per quale motivo non pensare che pure lui potesse reprimere la propria voce con altrettanta forza e per le stesse ragioni? «Non lo hai visto coi tuoi occhi. Io, in Germania, ci sono stato. Nel 1933 e poi nel 1936. Ho visto. C'è il male, lì. Sta crescendo, sta infettando ogni cosa. Quando saranno qui, toccherà anche a noi.»

Daria non capiva. «I tedeschi non sono cattivi. Ne abbiamo conosciuti tanti, al campo. Ci abbiamo vissuto insieme. Sono stati accusati ingiustamente, come noi. Non avevano fatto nulla di male.»

«Non sono quelli i tedeschi che stanno per arrivare. Non sai cosa stanno facendo agli ebrei in Germania. Ho letto i loro volantini, li ho visti bruciare sinagoghe, saccheggiare negozi, aggredire vecchietti per strada», spiegò Edward.

«Ridicolo. Non lo hai visto davvero. Hai soltanto sentito la propaganda capitalista. Perché di questo si tratta, come durante la Grande Guerra. L'Occidente sosteneva che i soldati tedeschi infilzassero i bambini con le baionette per poi berne il sangue! Ma ora sappiamo che simili atrocità non sono mai avvenute. Pura disinformazione atta a convincerci che i tedeschi fossero i nostri nemici e i sovietici i nostri salvatori. Lascia che te lo dica: rispetto a quello che stiamo patendo sotto di loro... » replicò Isaak Israelevič.

« I tedeschi faranno sembrare innocui i comunisti. Adam, devi portarli via di qui. Daria e Goša, e anche Alisa. Portali a est. I tedeschi non arriveranno mai fino a lì. Il freddo li fermerà, come ha fatto con Napoleone. Daria e i bambini saranno al sicuro. Per favore », sibilò Edward. Poi la voce gli si ruppe e, per un istante, Daria pensò che si sarebbe inginocchiato. « *Ti prego.* »

« No. » Daria aprì la bocca prima che Adam avesse modo di rispondere. « Non andremo da nessuna parte. »

« Dovete. »

Daria avrebbe giurato di aver visto un barlume del vecchio Edward, solo che non era mai stato così energico e così deciso, prima.

« Morirete, se rimarrete qui. Moriremo tutti. »

« Allora ce ne andremo insieme. » Le sembrava una decisione semplice.

« Non basta chiedere il permesso di andarcene. Non ce lo accorderanno. Non abbiamo le conoscenze giuste. E poi, hai bisogno di qualcuno che possa prendersi cura di te e dei bambini, qualcuno che possa proteggerti indipendentemente da chi sia al potere. »

Edward sapeva di non essere quella persona.

E, grazie al pomeriggio trascorso appostata dietro la porta dell'accademia di balletto, Daria sapeva chi lo aveva fatto sentire in quel modo. Solo perché era vero, non significava che non fosse colpa sua.

« Sei mio marito », disse, anche se ciò non rispondeva in nessun modo all'argomento sollevato da Edward. Non lo avrebbe mai lasciato. Proprio perché aveva detto la verità.

« Li prenderò con me », tagliò corto Adam. La forza che

teneva Edward in piedi lo abbandonò mentre si sentiva quasi sprofondare per la gratitudine. Ma poi Adam aggiunse: «Se Daria è d'accordo».

Se Daria è d'accordo... Le parole le fluttuavano nel cervello. Cosa diavolo poteva valere quello che voleva lei? Erano stati proprio i suoi desideri e le sue azioni a causare tale situazione. Il suo volere non aveva nessuna rilevanza. Come il compagno Stalin amava ricordare ai propri concittadini, distorcendo le parole di Tolstoj: «Non avete diritti, soltanto obblighi».

«Grazie», rispose, lasciando che una piccola parte del sentimento che provava per Adam si manifestasse mentre cercava di ricomporsi. «Sei stato gentile a venire. Ma questa è casa mia.»

«Prendi almeno il bambino.» Edward sollevò Goša da terra e lo spinse tra le braccia di Adam. «È tuo figlio, puoi prenderlo, ne hai il diritto. E a quel punto anche Daria dovrà seguirti.» La guardò disperato. «Tra me e lui, la scelta non si pone.»

Goša fissò Edward con aria interrogativa, prima di puntare la propria attenzione su Adam. O, meglio, sull'unico bottone dorato del suo cappotto. Lo rigirò incuriosito in entrambe le direzioni, senza badare all'uomo che ricambiava lo sguardo, nostalgico. Daria attese che Adam smentisse Edward, rivelando che già una volta lei aveva preferito il marito al figlio. Sarebbe dovuto bastare a convincere suo marito. E a rispedire via Adam. Prima che la sua fermezza iniziasse a vacillare.

Adam la scrutò da sopra la testa di Goša. «No. Temo di non poterlo fare.»

«Lascia che le parli. La farò ragionare. Concedimi fino a domattina», lo supplicò Edward.

«Non cambierò idea», ribadì Daria, tanto a se stessa quanto a entrambi gli uomini. «Non ti lascerò.»

«Tornerò domani mattina», concesse Adam.

Edward implorò, blandì, piagnucolò tanto da disgustare suo padre, terrorizzare Alisa e spingere Goša a sgambettargli accanto per dargli una pacca sulla testa, come faceva lui quand'era il bambino a farsi male. Fu quel gesto a consolidare la decisione che Daria aveva temuto potesse infrangersi. Dopo tutto quello che aveva fatto passare a Edward, dopo il modo in cui lui l'aveva ripresa con sé e aveva accettato Goša, trattando il bambino come se fosse suo, per quanto Isaak lo deridesse crudelmente, non poteva abbandonarlo: per niente al mondo e per nessuno, figli compresi. L'aveva già fatto una volta. Rimanere al fianco di Edward, adesso, sarebbe stata la penitenza per quel tradimento.

Cercò di convincerlo del fatto che se la sarebbero cavata. Le loro famiglie avevano resistito alla precedente occupazione tedesca e, come continuava a ripetere suo padre, avevano persino prosperato! Avrebbero saputo affrontare qualunque cosa li attendeva. Quanto a lei, adesso aveva delle competenze. Non riusciva a immaginare un futuro che non potesse gestire, un futuro più catastrofico del suo recente passato.

Ma Edward non voleva smettere di parlare. Parlò per gran parte della serata e, quando tutti gli altri si misero a letto, prese a bisbigliare. Abbracciò Daria, la scosse. Lei continuava ad attendere che si stancasse, ma, più opponeva resistenza, più lui s'infervorava. Per lei non era possibile protrarre oltre quella discussione, soprattutto dal momento che era determinata a tenere nascoste le sue vere motivazioni. Alla fine, Daria crollò in un sonno esausto, con le parole di Edward che ancora le ronzavano nelle orecchie.

Quando si svegliò, pensò che a destarla fosse stato l'improvviso silenzio. In effetti, a un certo punto Edward era franato accanto a lei, contorcendosi e borbottando con gli occhi chiusi. In realtà, ciò che aveva sentito davvero erano stati i passi di Adam davanti alla loro stanza. Riusciva ancora a distinguerli persino mentre dormiva. Scivolò giù dal letto e corse alla porta, aprendola e sfrecciando fuori prima che Adam potesse bussare. Era buio, stava appena albeggiando. Daria non aveva ben compreso che, quando Adam aveva detto che sarebbe tornato al mattino, intendesse alle prime luci.

« Volevo parlarti da sola. » Aveva previsto che lei lo sentisse e che si precipitasse fuori prima degli altri? La conosceva così bene? « Non ho cambiato idea », gli disse.

Adam sospirò. « Possiamo portarlo con noi. Tuo marito. E anche suo padre. Posso provare a ottenere i documenti. Potrebbe volerci un po'. »

« E cosa ne sarebbe di me? » chiese Daria.

« Tutto quello che vuoi. »

« Voglio restare con mio marito », dichiarò, prima di vacillare. « Ho bisogno di stare con lui. »

« E lui ha bisogno di sapere che tu e i tuoi figli siete al sicuro. »

« Goša », suggerì Daria, come se Adam ne avesse bisogno. « È stato così buono con lui! » Il pensiero successivo poteva non avere nessun nesso, per Adam, ma lo aveva per lei. « Non posso lasciarlo. »

« Ma lui vuole che tu lo faccia. »

« Non sa cosa vuole. Ha bisogno che io mi prenda cura di lui. »

« E tu hai bisogno di fare la martire. Ancora. »

Sapeva che cosa intendeva dire. Ma non significava che le dovesse piacere. « Vai all'inferno. »

« Conto di farlo. È ancora gelato. »

Suo malgrado, Daria sorrise. « Mi sei mancato », confessò, serrando di nuovo le mani dietro la schiena, per impedirsi di buttarglisi tra le braccia. Quella conversazione era quanto mai inopportuna. Com'era anche solo possibile che stesse avendo luogo? Com'era possibile che Adam fosse lì, di fronte a lei, così vicino da poterlo toccare? Così vicino da non doverlo toccare, per nessuna ragione?

Adam la lasciò dettare le regole, tenendosi a distanza, benché Daria non avesse modo di sapere se lo facesse per il suo stesso motivo. La sentiva anche lui, quell'attrazione irresistibile? Quell'attrazione inaccettabile? Riuscire a capire cosa stesse pensando o provando Adam era più difficile che mai.

Con voce spoglia di qualsiasi giudizio, lui osservò: « Quando sei con lui, ti manco io. Quando stavi con me, ti mancava lui ».

Che cos'altro avrebbe potuto rispondere Daria, se non « sì »?

« E all'inferno dovrei andarci io? » Era una luce divertita o furibonda quella che gli leggeva sul volto? « Ti sei riservata la camera principale! »

« Per fortuna siamo abituati a vivere in alloggi affollati. »

Al diavolo la distanza, al diavolo il buon esempio. Adam l'afferrò e la baciò. Fu come la prima volta: l'urgenza, la passione sfrenata, il bisogno e la liberazione. Ma Daria sapeva pure che sarebbe stata l'ultima per entrambi. Quindi non si affrettò. Sì, avrebbero potuto vederli; sì, avrebbero potuto coglierli sul fatto e, sì, avrebbero potuto segnalarli. Ancora una volta, però, Daria non riuscì a trovare dentro di sé la paura che potesse accadere qualcosa (qualsiasi cosa fosse) di peggiore rispetto a quanto non stavano già vivendo. Levò le braccia per stringerle intorno al collo di Adam, poi fece scivolare il palmo delle mani fino ad accarezzargli le guance. Le braccia dell'uomo le attorniarono la vita, mentre la sollevava da terra. Adam staccò la bocca dalla sua e le affondò le labbra sul collo, seguendo il crinale della gola per poi risalire fino al mento, alla mascella e riapprodare infine sulle labbra, sulla lingua, su ogni cosa e di più, avido, esigente e generoso, mentre allo stesso tempo le riportava tutto alla memoria e ve lo imprimeva.

Non dovette durare tanto, perché stava ancora albeggiando quando sentirono le urla frenetiche di Alisa al di là della porta.

Adam e Daria si separarono bruscamente. Lei fece ritorno nella stanza, dove trovò un'isterica Alisa, con Isaak Israelevič al suo fianco e con Goša subito dietro, intento a strattonare disperatamente quelle che Daria impiegò qualche istante d'intontito stupore a riconoscere come le gambe di Edward che penzolavano mollemente dal soffitto.

18

La prima cosa che le venne da pensare fu quanto Edward fosse stato silenzioso nell'assicurarsi che nessuno si svegliasse, mentre tendeva con metodo la cintura intorno al tubo dell'acqua, se la stringeva al collo e, soprattutto, si dimenava in preda agli ultimi spasmi dell'agonia. Quanto autocontrollo c'era voluto, quanta determinazione.

Fu Adam ad agire, facendo stramazzare a terra Edward con un fendente secco del suo coltello. Poi lo distese sulla schiena, ribaltando in ogni direzione le sedie che occupavano lo spazio a lui necessario, mentre si metteva in ginocchio. Schiaffeggiò Edward sulle guance, gli percosse il petto, gli aprì la bocca e vi espirò dentro. Ma Daria sapeva che era troppo tardi. Il volto di Edward era un Kandinskij di chiazze blu e rosse, la lingua gonfia e allentata. E lei aveva visto troppa morte per non riconoscerla.

Goša le corse in braccio, terrorizzato. Alisa passò sopra Edward e Adam, fissandoli con una speranza che, allo stesso modo, Daria conosceva fin troppo bene. L'aveva già colta sul viso della figlia quando lei si affrettava a seppellirne la sorella. Isaak Israelevič stava tempestando di pugni le spalle di Adam, cercando di staccarlo dal figlio, urlandogli contro che lo stava ammazzando, ingiuriandolo in russo, in ucraino, in yiddish, maledicendolo, accusandolo, supplicandolo. Fu solo quando Adam tornò ad accovacciarsi, esausto, con le mani ai fianchi, arresosi all'inevitabile, che il suocero rivolse le sue imprecazioni verso Daria. L'apostrofò chiamandola puttana, miserabile, sfasciafamiglie, assassina. Lei lasciò che le sue parole la colpissero come onde, frecce, accogliendole, abbracciandole. Erano il minimo che meritava.

Poi, col suo aiuto, Adam rimosse il corpo di Edward dal pavimento e lo adagiò sul letto. Quindi si offrì di provare a recuperare un becchino. Daria annuì. Non riusciva a distogliere lo sguardo da Edward, non poteva smettere di lisciarne i capelli arruffati sulla fronte o di accarezzargli la guancia ancora tiepida, allo stesso modo in cui ricordava di avergli visto fare con Anja. Intrecciò le dita alle sue, massaggiandogli il palmo della mano col pollice. Dietro di lei, intanto, la crisi isterica di Alisa andava appianandosi in una serie di singhiozzi strozzati e irregolari, mentre Goša, accanto alla sorella, tirava su col naso. Isaak Israelevič, ormai taciturno, si era lasciato andare su una sedia, con la testa tra le mani. Daria sapeva che avrebbe dovuto voltarsi e prestar loro attenzione e conforto, o quantomeno portar via i bambini dalla stanza perché il loro ultimo ricordo di Edward non fosse quell'orrore. Soltanto, non aveva più la forza di fare niente.

Rimase là com'era fino a quando Adam non tornò riferendo che l'impresario di pompe funebri gli aveva detto che sarebbero passati di lì a un paio di giorni, una settimana al massimo. Avrebbero dovuto avvolgere il corpo in un sudario - andava bene anche un lenzuolo (come se ne avessero un paio di riserva) - e attendere la comunicazione dell'avvenuta autorizzazione alla sepoltura.

« No! » Daria rimase sconvolta dal suo stesso grido. Alisa e Goša sussultarono terrorizzati. Isaak Israelevič nemmeno si mosse. « Non posso lasciarlo. »

« Lo farai. » Il sibilo, ovattato, giunse da dietro i palmi di Isaak. Così flebile che, sulle prime, Daria pensò di aver sentito male. Ma poi lui alzò la testa e ripeté: « Uscirai da casa mia e porterai via con te il tuo maledetto bastardo ».

Daria guardò Goša; il quale, non avendo idea di che cosa significasse quell'espressione, o che fosse rivolta contro di lui, non mostrò nessuna reazione. Anche Adam rinunciò a rispondere alla provocazione del vecchio. D'altra parte, non si era mai arrabbiato nemmeno quando si era sentito chiamare in quel modo da lei. Era un dato di fatto, a suo dire.

Fino a un attimo prima, Daria era assolutamente determinata a rimanere com'era, dov'era, per sempre al fianco di Edward, come aveva promesso quel giorno affannoso allo ZAGS. Sapeva che la minaccia del suocero era vuota. La sua *propiska,* il permesso di residenza, le aveva assegnato quello spazio abitativo. Anche una volta scomparso Edward, Isaak Israelevič non poteva sfrattare né lei né Goša. A decidere i ricollocamenti era la dirigenza, non le preferenze personali. Il vecchio non poteva farle niente. Eppure, lei sentiva di meritarselo. Meritava ogni punizione, meritava ogni disgrazia, ogni insulto. Meritava di essere cacciata. Meritava tutto.

« D'accordo. Me ne andrò », disse.

Il suocero sembrava trionfante, benché consapevole, al tempo stesso, che la sua vittoria era sterile, senza senso.

« E Alisa? » Daria si chiese se tra tutte le penitenze che meritava ci fosse anche la perdita di un'altra figlia.

« Rimane con noi. » Avvertendo il cedimento della nuora, e tastando la possibilità di poter trattenere almeno una parte del suo amato Edward, Isaak si preparò al colpo di grazia. « Ti piacerebbe rimanere qui con me, vero, Alisačka? » chiese in tono persuasivo.

La bambina esitò, mentre il suo sguardo si spostava dal corpo di Edward alla madre. « Stai tornando da Anja? »

« Sì. »

La figlia ci pensò su, la sua lotta interiore impressa sul viso anche quando si scusò col nonno. « Vado con lei. »

« Puoi venire anche tu, Isaak Israelevič », disse Adam, sorprendendo Daria per la sua generosità. « Posso sistemare i documenti per il viaggio. Potrebbero servire alcuni giorni... »

« Al diavolo i tuoi giorni! Al diavolo voi tutti! Guardate che cos'avete fatto! Fuori da casa mia! Lasciateci soli! »

« Edward... » azzardò Daria.

« Seppellirò mio figlio da solo. Proprio come tu hai seppellito mia nipote. »

« Per favore », lo supplicò Daria, disperata come lo era stato Edward mentre la implorava di andarsene, mentre implorava Adam di portarsela via. « Per favore, è mio marito. Ti prego, lascia che io... »

« Tu l'hai ammazzato », replicò Isaak Israelevič. Poi, indicando Adam, aggiunse: « Da' retta al tuo selvaggio, qui, e vedi di fare almeno l'ultima cosa che ti ha chiesto mio figlio. Vattene! »

Daria si affrettò a recuperare le poche cose sue e dei bambini, lasciando che Alisa dicesse addio al nonno mentre lei, Adam e Goša aspettavano in cortile, ignorando gli sguardi curiosi e avidi dei vicini, per non parlare del *dvornik*, che teneva d'occhio Adam con aria circospetta, quasi temesse di vedersi prendere per il colletto e gettare in strada da quel pretendente al trono.

« Non posso farlo. Non ne ho nessun diritto », sussurrò Daria.

« È morto. » La voce di Adam suonò distaccata. Daria sapeva meglio di molti altri che ogni energia doveva concentrarsi sui vivi. « Voleva che ti portassi via da Odessa. »

« Lo volevo anch'io », confessò Daria, inorridita nel sentire parole che fino ad allora le erano riecheggiate soltanto in testa scoppiare come pezzi di ghiaccio in una giornata d'inizio estate. « Continuavo a fare questi sogni, ancora e ancora, uno alla settimana, qualche volta anche due. Sognavo che tornavi per me. Non per Goša: per me. »

« Edward ti era riconoscente per essere tornata da lui. Me lo ha scritto. »

Frastornata da quelle parole, Daria tentennò. « Che cosa? Che cos'altro diceva? »

« Che Goša era un bravo bambino. » Quella parte lo commosse. « E che qui a Odessa non eravate al sicuro. »

« È colpa mia se non credeva di potersi prendere cura di noi. Ero io a farlo sentire così. »

Adam indicò la stanza dove giaceva ancora il corpo di Edward. « Si è preso cura di te. »

« Lo amavo. E amavo anche te », disse Daria.

Quella parola era impronunciabile. Avevano fatto finta di non accorgersene, ma la sua assenza non aveva mai smesso di aleggiare tra loro. L'avevano avvertita, anche più della mancanza di cibo o di calore. Per due anni, Daria e Adam avevano convissuto con una sensazione cui non osavano dare un nome perché, come nelle favole dei fratelli Grimm, dove pronunciare il nome di una creatura poteva privarla del suo potere, dare voce al loro sentimento avrebbe rischiato di distruggerlo all'istante.

Adam annuì lentamente, come in raccoglimento. Per un minuto, Daria pensò che fossero tornati indietro, ai primi tempi, quando potevano passare settimane senza sentirlo parlare.

Ma poi lui disse: « Edward l'aveva capito ».

« Mi ami? » gli chiese Daria come per sfida, rendendosi

conto che, fino ad allora, quel sentimento era stato soltanto suo.

«Dal primo istante in cui ti ho visto. Laggiù.» Adam si voltò verso il tunnel del cortile.

«Quella ragazza sciocca è scomparsa da tempo.»

«Bene.» Le cercò timidamente la mano, come se la sua bocca non si fosse premuta su quella di lei solo poche ore prima. Come se il loro bambino non fosse là tra loro, indifferente alla conversazione. «Perché questa la amo ancora di più.»

Alla stazione, Daria sedette su una panca di legno spinta contro il muro, con Goša in grembo e con la testa di Alisa adagiata sulla spalla, e osservò Adam che intanto negoziava l'acquisto di quattro biglietti per l'Oriente. Quasi non riusciva a credere a quello che stava accadendo, al fatto che stesse tornando a Kyril. Su richiesta di Edward. Che intanto era morto. Morto a causa sua. E per lei. Lo aveva amato, ma senza conoscerlo veramente. Lo aveva ritenuto debole, e invece si era dimostrato più forte di lei.

È come con la musica, papà, aveva tentato di spiegare all'inizio di tutto, al sopraggiungere di quel primo decreto che gli impediva di viaggiare al di fuori del Paese. Aveva tirato avanti, senza lamentarsi. *Non puoi forzarla. Tutto ciò che puoi fare è regolare la tonalità e trovare il tuo ritmo al suo interno.*

Era quello che aveva fatto a Kyril. Daria aveva giudicato la sua passività come una resa, quando in realtà era proprio il contrario. Edward aveva rinunciato a tutto senza nemmeno una protesta simbolica, tranne a quello che per lui era davvero importante. Mentre loro, tutti gli altri, sprecavano energie picchiando la testa contro muri che non si sarebbero mai infranti, Edward aveva conservato la sua per le cose che contavano realmente.

La musica che hai dentro, non possono portartela via, a meno che tu non glielo permetta: così aveva detto ad Alisa.

Poi aveva intonato quella melodia a labbra socchiuse. Con un ultimo respiro sfinito, aveva impedito che si prendessero la sua musica. Aveva combattuto alla sua maniera, in un modo cui Daria non era abituata, un modo in cui non si riconosceva. Non potendo costringerla a fare quanto le implorava di fare, aveva regolato la tonalità e modificato la situazione al punto di non lasciarle alternative. *È come con la musica, papà...*

Era quasi mezzanotte quando salirono sul treno, Adam tenendo in braccio un Goša sonnecchiante, Daria sostenendo un'Alisa ormai esausta. Adam si era assicurato una cabina privata con quattro cuccette. Sollevò i bambini sulle cuccette superiori, mentre lui e Daria si sedettero l'uno di fronte all'altra in quelle di sotto, parlando nella notte, raccontandosi a vicenda dei mesi in cui erano stati separati, abbozzando piani incerti per i giorni a venire.

Piani che divennero molto più concreti quando, in lontananza, sentirono per la prima volta le esplosioni ovattate delle bombe che gli aerei con la svastica sulla coda cominciavano a sganciare con estrema precisione sul cuore di Odessa.

LIBRO SECONDO

NATAŠA

(1970-1990)

19

Odessa, Unione Sovietica

Nella primavera del 1970, Nataša Crystal ricevette due lezioni sui famigerati problemi per ebrei. Del genere che riguardava la matematica e gli uomini.

Nataša era in piedi, spalle al muro, in un corridoio dell'Università di Odessa, e Boris le sedeva accanto, sul pavimento. Dodici anni dopo, sua figlia l'avrebbe iniziata a cosa pensavano gli americani sentendo i nomi Boris e Nataša, ovvero agli agenti segreti sguinzagliati per catturare Rocky e Bullwinkle, osservando, poi, che né Nataša né Boris corrispondevano allo stereotipo. E avrebbe avuto ragione solo per metà.

Al momento, però, Nataša e Boris erano in attesa di sostenere la sessione orale del loro esame di ammissione all'università. Entrambi avevano già affrontato lo scritto qualche giorno prima. Erano entrati insieme nell'auditorium, sperando di finire nella stessa fila, così da poter scrivere il loro saggio sullo stesso argomento. Ma la sorvegliante li aveva separati. A Nataša era stato assegnato il compito di spiegare il diritto dell'Unione Sovietica ad ammassare truppe lungo il confine con la Cina e perché il nome corretto dell'area contesa fosse « isola di Damanskij », e non « Zhēnbǎo ». Boris aveva trattato invece il motivo per cui le stazioni spaziali destinate sia all'uso militare sia a quello civile, come quelle sviluppate in Unione Sovietica, rappresentassero un contributo maggiore alla scienza e al progresso del genere umano rispetto al recente allunaggio a opera degli americani.

Il loro punteggio era stato pubblicato quella mattina. Boris aveva ricevuto un 4, mentre a Nataša avevano dato un 5, il massimo. Cosa che non l'aveva sorpresa. Fino al mese prima, era convinta di potersi diplomare con una medaglia d'oro, a conferma del 5 in tutte le materie e, di conseguenza, pensava che avrebbe potuto saltare gli esami e presentarsi direttamente al colloquio col comitato di ammissione dell'università. Solo che, al momento dei voti finali, l'insegnante di Storia del Partito comunista l'aveva sorpresa chiedendole di alzarsi di fronte alla classe e spiegare perché il contatto sessuale tra i membri dell'Unione della gioventù comunista fosse un crimine contro il socialismo. Rossa in volto, Nataša non aveva potuto fare altro che abbozzare la teoria ufficiale: « I bravi *komsomolniki* non si prestano a questo genere di attività ».

In seguito, Boris aveva cercato di consolarla, dicendole che non era stata colpa sua e che l'insegnante aveva cercato di coglierla in fallo. Nataša gli aveva impedito però d'impugnare il voto. Non voleva peggiorare la situazione e far credere agli altri insegnanti di essere una piantagrane. Così, alla fine si era vista assegnare una medaglia d'argento, a testimonianza di tutti i suoi 5 e di quell'unico, eclatante 4. Che in termini pratici si era tradotto nella necessità di affrontare la prova scritta e sostenere un esame nel campo di studio prescelto, la matematica. Anche Boris intendeva iscriversi alla facoltà di Matematica.

Memore del suo tentativo di tirarla su dopo la figuraccia su « sesso e socialismo », adesso Nataša cercò di fare lo stesso con Boris, evidentemente sconfortato dal 4 con cui era stato valutato il suo esame scritto.

Simulando una fiducia che non poteva sostenere coi fatti, disse: «Non importa. Se superi l'esame di Matematica, a nessuno interesserà dello scritto. Non stai cercando d'iscriverti a Letteratura russa o a Scienze umane».

Boris accennò un sorriso. Un ragazzo ebreo che chiedeva di studiare Letteratura russa: non riusciva a immaginare niente di più ridicolo.

Ogni quaranta minuti, un gruppetto di studenti veniva scortato all'interno di un'aula. All'uscita, tutti sapevano già com'era andata e se avevano accumulato abbastanza punti per garantirsi l'accesso all'università e al corso di laurea di loro scelta.

Una voce risuonò in corridoio: «Natalia Crystal!» Con un cenno del capo, la sorvegliante invitò Nataša a seguirla nell'aula, dove una commissione composta da tre insegnanti, due uomini e una donna, sedeva dietro un tavolo. Di fronte a loro c'erano cinque file di sette schede bianche, a faccia in giù.

Nataša si fece avanti, ostentando una sicurezza che, a detta di sua madre, un giorno sarebbe costata loro la galera. Ma doveva forse sentirsi in colpa per quella sua innata attitudine coi numeri? Era come se facessero tutto loro, schierandosi l'uno dietro l'altro, e a lei non rimanesse altro da fare, per rispondere, che seguire la loro processione logica. Nataša scorse le schede con lo sguardo. Poi afferrò quella sul lato sinistro. Le statistiche che aveva stilato a mente in corridoio l'avevano convinta del fatto che fosse la scheda con meno probabilità di essere selezionata. Non appena la toccò, tuttavia, sentendo le impronte ancora umide dei geni che, precedendola, avevano pensato, come lei, di aver capito il sistema, comprese il proprio errore di valutazione.

Aveva dato per scontato che le schede nel mezzo e sulla destra fossero quelle scelte con maggior frequenza. Immaginava, perciò, che gli esaminatori avessero nascosto là le equazioni più complesse, lasciando i quesiti più semplici lungo la parte superiore e sui margini.

Nataša diede un'occhiata alle equazioni che aveva pescato. Erano tre. Una riguardava le somme delle lunghezze delle coppie in un tetraedro, un'altra consentiva di trovare un punto all'interno di un triangolo ABC e l'ultima chiedeva di costruire un quadrilatero usando un righello e una bussola.

I tre commissari le concessero trenta minuti per elaborare le risposte, seduta in fondo all'aula, mentre loro si occupavano degli altri studenti. Gliene bastarono ventinove, comprensivi del tempo necessario a rivedere il tutto. Poi spiegò ogni passaggio agli esaminatori, ciascuno dei quali colse una qualche occasione per interromperla ponendole ulteriori domande. Cui rispose senza esitare.

Infine, guardò il capo della commissione prendere la penna per registrare il voto. Sarebbe stato un 5. Doveva essere un 5. Non si era persa nemmeno una parentesi.

« Un momento », disse l'uomo seduto dove prima c'era la sua scheda. « Signorina *Crystal*? » L'enfasi posta sul suo cognome lasciò intuire ciò che stava chiedendo. Gli unici Crystal di Odessa erano inevitabilmente ebrei. In America, Nataša avrebbe sostenuto che il comico Billy Crystal, i cui nonni provenivano da Odessa, dovesse essere un suo parente.

Quindi gli diede la risposta che lui si aspettava. « Sì, Crystal. Natalia Nahumova. » Ora che avevano anche il nome etnicamente identificabile di suo padre, ogni dubbio era risolto. Tuttavia, nel caso in cui aleggiasse ancora qualche domanda sulla sua lealtà nei confronti dell'Unione Sovietica, Nataša aggiunse: « Mio padre è un veterano decorato della Grande Guerra Patriottica. Ha sacrificato un occhio per la causa ». Decise però di tenere per sé il fatto che i nonni fossero stati deportati in Siberia come nemici dello Stato. Quell'informazione, probabilmente, era già presente nel suo fascicolo.

« Natalia Nahumova », ripeté l'uomo, riconoscente per il suo aiuto nell'identificarla come l'ennesima ebrea che si credeva molto più intelligente di chiunque altro. « Abbiamo un altro problema per te. »

Nataša capovolse la sua scheda. « No. Li ho risolti tutti. »

« Ancora uno », insistette l'esaminatore.

Gli altri docenti si agitarono sulle loro sedie. La donna fissò un punto alle spalle di Nataša, oltre la finestra. L'uomo posò la penna e si preparò obbedientemente all'attesa. Poteva anche essere il capo della commissione d'esame, ma il suo collega era un membro del Partito.

Nataša si vide consegnare una seconda scheda. Una che non era mai stata sul tavolo. Veniva dalla tasca dell'esaminatore.

Nataša si disse che non aveva nulla di cui preoccuparsi. Aveva già affrontato il peggio che potevano rifilarle e li aveva sconfitti. Non c'era nessun motivo per cui non potesse rifarlo.

Il problema finale recitava:

Trova tutte le funzioni reali della variabile reale F (x) tale che per ogni x e y valga la seguente disuguaglianza: $F(x) - F(y) = (x - y)^2$.

Aveva l'aria di qualcosa che aveva risolto mille volte per prepararsi all'esame. Aveva l'aria di qualcosa che avrebbe dovuto essere in grado di risolvere. Solo che era diverso.

Aveva già utilizzato ventinove minuti. Si aspettavano che lo risolvesse in sessanta secondi?

Non erano disposti nemmeno a concederle quelli.

« La sua risposta, Natalia Nahumova? »

« Io... non saprei. »

L'esaminatore si sporse oltre il presidente, prese la sua penna e scrisse il voto definitivo.

« 3 », disse Boris. Nataša si domandò come facesse a saperlo. Poi si rese conto che stava parlando del proprio voto. Boris era stato chiamato in un'altra aula subito dopo di lei. Nel suo caso, non si erano nemmeno curati della pantomima delle schede tra cui scegliere. Gli avevano assegnato tre problemi, nessuno dei quali risolvibile, a parer suo.

« 3 anch'io », confessò Nataša. Poi si scambiarono uno sguardo impotente. Nataša cercando di non piangere per non attirare l'attenzione su di sé, Boris cercando di non abbracciarla per lo stesso motivo.

« Problemi per ebrei », spiegò una voce dietro di loro.

Tirando su col naso, Nataša si voltò per dire a chiunque stesse offrendo i suoi due *kopeiki* non richiesti di sparire, ché non era dell'umore giusto per i sogghigni antisemiti. Si ritrovò quasi naso contro naso con un giovane tarchiato, più grande di lei forse di un anno o due, appena più alto ma decisamente più massiccio. Nataša era abituata a vedere ragazzi della sua altezza magri e malaticci, con una tosse bronchiale provocata da raffreddori e allergie senza fine. Ma le spalle e le braccia di quel tipo erano così muscolose da far sembrare troppo stretta la sua camicia. Gli occhiali che aveva sul naso gli davano l'aspetto di un pugile studioso. Non aveva mai visto nessuno come lui, prima di allora. Quella dicotomia la incuriosiva, suo malgrado.

Il ragazzo allungò una mano. « Bruen, Dimitri. Dima. »

Se era un antisemita, era di tipo ebreo. Non che ne mancassero, comunque.

Lasciando scorrere lo sguardo da Dima a Boris, Nataša colse come l'immagine fugace di una coppia di uomini scolpita a partire da due pezzi identici di plastilina, bene allungato nel caso di Boris, mentre, nel caso di Dima, pressato in un blocco duro e compatto.

« I problemi per ebrei sono un mito », disse Boris, come per liquidare la questione, mentre cercava di voltare le spalle a Dima e condurre via Nataša.

Ma lo sconosciuto aveva attirato l'attenzione della ragazza.

« Quali problemi per ebrei? »

« Quelli che hanno inventato; problemi speciali », le spiegò Dima, divertito dall'apprendere che lei non lo sapesse. « Non si possono risolvere; servono a tenere gli ebrei fuori dalle università. »

« Perché dovrebbero farlo? Hanno già stabilito delle quote riservate. »

« Alcuni si credono chissà che. Questo semplifica le cose: non siete riusciti a risolverli, quindi addio università. »

« Non hanno preso nemmeno te? » Nataša non riusciva a immaginare quel ragazzo sicuro di sé e carismatico, con la sua bella chioma castano chiaro e con gli occhi di un azzurro puro, fallire in qualcosa.

« Il mio nome non era nell'elenco degli studenti da ammettere, a prescindere dalle risposte fornite. »

Quella lista non era una leggenda. Quanti ne facevano parte non si vergognavano di vantarsene. Ma, al pari di Dima, nemmeno Nataša era in competizione con quelle anime privilegiate. Le sue rivali erano le altre ragazze ebree che intendevano studiare Matematica, e le quote stabilivano un determinato numero di spazi per le candidate che soddisfacevano tale descrizione. Competevano tra di loro, non contro altre nazionalità né coi figli dei membri del Partito o di altri candidati con raccomandazioni politiche.

Dima disse: « Questo è il terzo anno che ci provo. Mi sono diplomato con la medaglia d'oro ».

Nataša stava per replicare di averne ricevuta una anche lei, poi si ricordò che non era così.

« Mi sentivo sicuro, la prima volta. Ho fatto domanda all'Università di Mosca, volevo diventare medico. »

Boris sbuffò. « È semplicemente ridicolo. Lo sanno tutti, che gli ebrei non possono... »

« Non potevo frequentare Medicina perché portavo gli occhiali. Il dottore in commissione che mi ha detto questa cosa? Lui li portava. Che barzelletta! Ma i miei genitori non avevano i ventimila rubli di prassi per la bustarella. »

Nataša ansimò. I suoi genitori guadagnavano a stento milleduecento rubli all'anno. Era quella la cifra che avrebbe dovuto sborsare per un posto all'università, ora che i suoi esami erano andati così male?

« Ho pensato di riprovarci, con una diversa commissione: qualcuno, magari, cui la mia famiglia potesse chiedere un favore. Credevo di poter strappare almeno un voto abbastanza buono per essere ammesso ai corsi serali. Ma non è andata nemmeno quella volta. Così ho deciso di venire a Odessa. Ci sono più ebrei qui che in qualsiasi altra parte dell'Unione Sovietica, giusto? Ho immaginato che sarebbero stati più accomodanti, con noi. Inoltre, ho incluso nelle referenze i miei due anni come operaio. Dovrebbero accordarti la precedenza se hai lavorato per due anni. Ma ho sbagliato i miei calcoli. Il fatto che a Odessa vivano più ebrei non significa che qui siano più generosi, significa solo che ci sono più ebrei a contendersi le stesse quote. E questo è quanto: non avrò un'istruzione universitaria. Fine. E la mia *propiska* ha validità giusto per il momento in cui affronto l'esame. »

« Non alloggi in città? » Nataša avvertì un tuffo al cuore.

« Dipendesse da me, non rimarrei nemmeno in Unione Sovietica. »

Con la stessa rapidità con cui le era affondato in petto, il cuore di Nataša cambiò completamente rotta, mentre le parole di Dima la colpivano con la medesima forza con cui l'aveva centrata la vista di quel 3 sulla scheda dei voti. Dima stava forse dicendo che era possibile lasciare l'Unione Sovietica?

Anni dopo, Nataša sarebbe tornata a quel momento e si sarebbe chiesta, con stupore, come fosse stato possibile essere tanto ingenui. Davvero non le era mai passato per la mente che esistesse un mondo al di fuori del suo Paese? E che un giorno, magari, avrebbe potuto vederlo? O addirittura sceglierlo? Sapeva di come baba Daria avesse lasciato Odessa con la mamma. La prima volta erano state costrette a farlo, la seconda volta avevano dovuto. Ma la famiglia era rimasta dentro i confini dell'Unione Sovietica. La possibilità di non attenersi a quel vincolo non era mai stata affrontata, in casa loro.

« Silenzio! » sibilò Boris, che condivideva l'appartamento di Nataša e sembrava ugualmente sconcertato dall'affermazione di Dima. Già da bambini, quando giocavano a fascisti contro soldati dell'Armata Rossa in cortile – Nataša gli assegnava puntualmente il ruolo del fascista, così da garantirsi la vittoria ed evitare il rischio che la mamma la sorprendesse a fingere di parlare in tedesco –, Boris osava soltanto sussurrarle, le sue minacce di dominio nazista, proprio per la paura che qualcuno potesse sentirlo e accusarlo di covare davvero quelle idee.

« Un assembramento di tre persone! Potremmo tramare qualche complotto politico! Hai paura che ti accusino di questo? » lo canzonò Dima.

« Non tre. Siamo noi due », replicò Boris prendendo la mano di Nataša, la quale non aveva distolto lo sguardo da Dima, ancora intenta a elaborare le sue parole, il mondo che le aveva appena dischiuso. « E poi ci sei tu. Nemmeno ti conosciamo », aggiunse a voce alta, e non a beneficio del suo interlocutore.

« Il tuo ragazzo è sempre così codardo? » chiese Dima a Nataša.

Lei si affrettò a correggerlo: « Non è il mio ragazzo. Viviamo nella stessa *kommunalka,* tutto qui ».

« Il fatto che tu non abbia un futuro, Bruen, non è una buona scusa per rovinare il nostro », sibilò Boris.

Ed eccolo là, dunque. Il motivo per cui Nataša non aveva mai sognato a occhi aperti la possibilità di lasciare l'Unione Sovietica per andare altrove. Il motivo per cui, fino a quel pomeriggio, tutti i suoi sogni a occhi aperti erano stati incentrati sulla vita che cercava di costruire là, la vita che tutti le avevano assicurato possibile, a patto che facesse come le dicevano, che seguisse le regole senza sollevare polveroni e accettasse il prezzo di ogni cosa, mostrando gratitudine per quello che le veniva dato.

« Quale futuro? » Dima spinse in giù le labbra coi due indici, in un'imitazione inquietante - Nataša dovette ammetterlo - dell'espressione delusa di Boris, nonché del proprio umore malconcio. « Non era soltanto per il vostro 3 che stavate frignando? »

Boris si rifiutò di abboccare all'amo. Chiamando a raccolta quanta più dignità possibile di fronte a quella presa in giro, si difese: « All'esame mi hanno detto che quest'anno c'è posto all'istituto tecnico ».

« Infermiera? Cuoca? » cantilenò Dima, scimmiottando una ragazzina.

« Economia? » Nataša si lanciò su tale possibilità, chiedendosi se almeno un frammento del suo sogno a occhi aperti fosse ancora recuperabile. Certi anni, gli studenti interessati alla matematica che non riuscivano a superare gli esami universitari a pieni voti potevano negoziare l'ammissione a un corso serale presso l'istituto tecnico di Economia. E per « negoziare », naturalmente, Nataša intendeva dare una bustarella alla persona giusta, magari con meno di ventimila rubli all'interno, se possibile. Se c'era posto per Boris, forse si sarebbe potuta candidare anche lei.

« Il Politecnico. Per studiare computer », rivelò Boris.

« I computer? » Per quanto ne sapeva Nataša, i computer erano macchine progettate per fare calcoli in più tempo e con meno precisione di un umano esperto. Erano strumenti ottusi per persone ancora più ottuse.

« So che c'è poco futuro », ammise Boris, raddrizzandosi in tutta la sua altezza come per respingere il proprio imbarazzo, nonostante l'ultima rivelazione. « Ma hanno detto che potevano trovarmi un posto, magari anche per frequentare durante il giorno. »

« Pensi di fare richiesta? » gli domandò Nataša.

« Non appena avrò recuperato i miei documenti da qui. » Il fatto che fotocopiare i documenti fosse illegale rallentava il processo di ammissione per quanti non riuscivano a sistemarsi nel corso di prima scelta.

« Avete intenzione di lasciare che continuino a trattarci in questo modo? » li provocò Dima in tono di sfida.

Aveva chiamato in causa tre gruppi distinti. « Voi », « loro » e « noi ». Nataša sapeva di non essere parte di « loro ». E non era nemmeno « voi », sicuramente. Eppure, in quel preciso istante, avrebbe dato qualsiasi cosa per essere « noi ».

Perché i « voi » si erano appena resi conto che lei sarebbe stata privata in eterno dei privilegi accordati a « loro ». Ma che i « noi » potevano avere accesso a qualcosa che i « voi » non avevano mai saputo nemmeno esistesse.

« Certo che no. » Per la prima volta in vita sua, non c'era nessun onore a essere quella che deteneva le risposte. Per la prima volta, Nataša era quella con le domande.

Dima le diede una pacca sulla spalla. « Quando sarai pronta ad allineare le tue azioni a queste parole, vieni a cercarmi. » Poi inarcò le sopracciglia in direzione di Boris, riuscendo in qualche modo a guardare dalla testa ai piedi un ragazzo più alto di parecchi centimetri. « Se il tuo cane da guardia te lo consente. »

20

« Come potrei farlo? » gemette Nataša mentre lei e Boris percorrevano insieme Primorskij Boulevard, attorniati da madri che spingevano carrozzine e da anziani che passeggiavano a braccetto, sotto gli alberi in fiore. « Non mi ha detto dove stava andando! »

« In Siberia, ecco dove va. » Boris sembrava impaziente di cambiare argomento.

« Potrà salutare la mia baba Daria », replicò Nataša, stufa di come Boris ricorresse puntualmente alla minaccia della Siberia ogni volta che voleva spuntarla in una discussione.

Boris la guidò verso la statua di Aleksandr Puškin. Il busto dell'illustre scrittore era circondato da tre fontanelle che sparavano getti d'acqua dal basso. Quando giocavano là, da bambini, sguazzavano dentro quella che chiamavano « la pipì di Puškin ». Ora Boris sperava che l'acqua attutisse il criminale dissenso di Nataša.

« Viziato di un ragazzino », borbottò. « Non ottiene quello che vuole e la colpa è del sistema, non sua. Ma, poi, siamo sicuri che ci abbia raccontato una storia vera? Magari non ha studiato, non ha superato gli esami e si aggrappa alla scusa dell'antisemitismo. Non è che non ci siano dottori ebrei in Unione Sovietica: qualcuno, perciò, lo accettano. Forse non è abbastanza in gamba. »

« È tutta gente che ha qualche aggancio. Cosa che non abbiamo noi. Non meritavo un 3, e nemmeno tu. »

«Non possono prendere tutti quelli che fanno domanda. Solo un numero di candidati pari ai posti di lavoro previsti. Che cosa succederebbe se a tutti fosse permesso di studiare quello che vogliono? Se tutti volessero fare... gli attori, per esempio. Non ci sono abbastanza teatri, né abbastanza film. O diventare scrittori. Certo, ogni città ha il suo quotidiano, ma non ce n'è uno che non racconti le stesse storie diffuse da Mosca, e siamo già pieni di libri. Prenderebbero la laurea, e poi? Disoccupazione, come in Occidente. Non puoi avere un'occupazione al cento per cento se lasci che ognuno si scelga il lavoro. Riesci a immaginare dove potrebbe portarci una competizione capitalistica di questo tipo? Se non assegni un lavoro alle persone, come puoi fare in modo che tutti ne abbiano uno?»

Una settimana prima - ma anche un giorno prima, accidenti! - Nataša avrebbe ripetuto a pappagallo le stesse frasi retoriche. Ma allora credeva ancora che tutti gli anni di studio, di dedizione e di buona condotta le avrebbero garantito un posto all'università, schiudendole l'eccellenza accademica fino all'apice della professione, a una pioggia di riconoscimenti e una morte gloriosa; a patto che seguisse le regole. Ora che aveva capito che tutto ciò le era stato precluso sin dall'inizio, l'idea di tenere la testa bassa e fare quello che le dicevano le sembrava d'un tratto da asini. Se adesso - grazie a Dima - riusciva improvvisamente a vedere oltre i confini in cui erano stati cresciuti, perché non poteva farlo Boris? L'aveva sentito anche lui, con le sue orecchie: non dovevano accontentarsi. «Quindi continuerai a credere e a fare tutto quello che ti dicono?»

«Hai un'idea migliore?» Adesso era Boris a prendersi gioco di Dima, spostando il peso da una gamba all'altra e sollevando i pugni serrati in vita, come un orso sgraziato che se ne andava in giro senza curarsi di quanto distruggeva, in un'imitazione che intendeva vendicare quella subita poco prima. Poi, con aria condiscendente, le diede una pacca sulla spalla. « Vieni a cercarmi. »

« Perché non me ne avete parlato? » Avendo trovato in Boris una platea poco entusiasta, Nataša si rivolse ai propri genitori. E a quelli del suo amico. Le loro famiglie condividevano una *kommunalka* da quando lei aveva quattro anni, e avevano stretto amicizia un po' per necessità e un po' per la vicinanza. Essendosi insediati là per primi, i Rozengurt avevano rivendicato la camera da letto principale e lo stanzino subito accanto. Nella stanza di Boris c'era a stento posto per il letto. I suoi abiti pendevano da grucce agganciate a un tubo di metallo che passava sopra la testa. Sotto, alcuni scaffali improvvisati erano inchiodati alla parete. In ogni caso, rispetto al soggiorno in cui vivevano stipati Nataša e i genitori, era una reggia. Tutti e sei condividevano la cucina e l'unico bagno.

« Dei problemi per ebrei, intendo! Non ne sapevate nulla? » chiese Nataša, come per metterli sotto torchio.

I suoi genitori si scambiarono un'occhiata. Lo stesso fecero quelli di Boris. Persino quest'ultimo abbassò lo sguardo con aria colpevole. Resasi conto che lui lo sapeva da sempre, Nataša domandò: « Perché nessuno di voi mi ha avvertito? E perché poco fa hai detto che erano una leggenda? »

« Non volevo farti passare la voglia di riprovarci il prossimo anno. Alcuni ebrei, alla fine, vengono ammessi », spiegò Boris.

« Volevamo che t'impegnassi a studiare », disse sua madre.

« Anche se non cambiava nulla? Il mio voto era già stato deciso prima che entrassi. »

« No. Se avessi fatto un pasticcio con tutti i problemi, ti avrebbero bocciato senza appello », replicò il padre.

« Non tutti vengono respinti », aggiunse la madre di Boris, facendo eco al figlio. « Volevamo dare a entrambi le migliori possibilità. E non ci andava che ti approcciassi allo studio sentendoti battuta in partenza. Se avessi pensato che non c'erano speranze, perché avresti dovuto provarci? »

« Ottima domanda », commentò Nataša, prima di precipitarsi infuriata nella loro stanza sbattendosi dietro la porta.

La madre di Nataša lasciò sbollire la figlia per un'ora esatta. Non poteva concederle di più perché aveva necessità di recuperare una cosa dalla camera. Perciò le ordinò di allungarle i documenti che attestavano il suo voto. Le disse di lavarsi le mani, di mettersi un grembiule e d'iniziare a preparare l'insalata russa per la cena. Sul fornello c'erano le patate messe a bollire: Nataša doveva farle raffreddare, sbucciarle, affettarle, mescolarle con le uova sode già preparate da sua madre, aggiungere quindi un po' di piselli in scatola, sottaceti e cipolle e affondare il tutto nella panna acida. Lei sarebbe stata di ritorno prima che avesse finito.

Nel frattempo, inoltre, aveva sollecitato il marito a riesaminare l'elenco di uomini con cui aveva prestato servizio. Non si faceva nessuna remora a usare il suo occhio cieco per far sentire in colpa gli uomini rimasti incolumi. Poi lo aveva convinto a passare in rassegna l'elenco dei compagni di bevute. Tra i due gruppi – c'erano sovrapposizioni – avevano individuato tre solidi candidati che, una volta appresa la situazione, erano stati in grado di usare la loro influenza per garantire a Nataša un posto in un istituto magistrale.

« Un istituto magistrale? » chiese Nataša, quasi schifata. I suoi genitori avevano aspettato l'ora di cena per darle la notizia. E avevano pensato che l'avrebbe presa meglio davanti a un piatto di biscotti preparati per « festeggiare » l'evento.

« Matematica. Insegnerai Matematica », le spiegò suo padre, porgendole un biscotto per impedirle di frantumare la tazza di tè che reggeva.

« Ma io non voglio fare l'insegnante. »

« Preferiresti lavorare in fabbrica? » Sua madre le tolse la tazza e il biscotto dalle mani. Se non si fosse espressa con modi gentili, non avrebbe mangiato. Lo avevano imparato da Stalin. « O forse in macelleria, a pulire tutto il giorno tagli di carne sanguinolenti? Ci sono! Preferiresti lavare i bagni pubblici, piuttosto che approfittare dell'opportunità che ti abbiamo trovato io e il papà. »

« Hai portato una bottiglia di vodka a uno dei suoi amici. »

« Tre bottiglie di vodka », la corresse il padre. « Non sei venuta via a buon mercato, piccola. »

Primo settembre. I bambini di prima elementare correvano per le strade portando mazzi di fiori, i maschi in pantaloni marroni e camicie bianche stirate di fresco, le femmine in abitini marroni ricoperti da grembiuli bianchi decorati con tutto il merletto che le nonne erano riuscite a contrattare, e con in testa nastri quasi più grandi di loro.

Lo stesso giorno, Nataša iniziò il suo primo anno d'istituto magistrale.

Due settimane dopo, la scuola chiuse per dar modo agli studenti di essere spediti in campagna per il loro dovere patriottico nei *kolchoz*. Per un mese avrebbero aiutato i gloriosi contadini a raccogliere il grano.

Quando Nataša chiese alla madre come mai non assumessero gente del posto per aiutare sino alla fine della stagione, lei liquidò l'argomento: « Nessuno di loro vuole farlo, verrebbero pagati troppo poco. Gli studenti sono manodopera gratuita ».

A nessuno importava che a Nataša non piacesse stare all'aria aperta, incline com'era a scottarsi in estate, ai geloni in inverno e alle allergie in primavera e in autunno. Si aspettava che Boris fosse altrettanto riluttante. La sua idea di divertimento era starsene al chiuso e leggere, o tifare durante una partita di calcio seguita al sicuro da dietro una radio. Eppure, Boris si comportava come se fosse felice di andare.

Quello, secondo lei, perché non aveva bisogno di preoccuparsi del ciclo mestruale e dell'eventualità di non trovare un posto in cui acquistare i batuffoli di cotone e la garza che le servivano per fabbricarsi gli assorbenti. Nataša fu costretta a portarsene una scorta, e a trovare il modo di nascondere le sue indecenti provviste tra i vestiti in valigia: pantaloni da lavoro, camicie, scarpe e cappelli, oltre a un grazioso prendisole. Perché una ragazza non poteva mai sapere in chi si sarebbe potuta imbattere.

Il *kolchoz* inviò un corteo di camion a cassone aperto per trasportarli fino a Krasnoznamensk. Sul punto di ritrovo c'era oltre un centinaio di studenti. Nataša li passò in rassegna con lo sguardo. Ormai lo faceva sempre, quand'era in mezzo alla gente. Anche se non voleva confessare a se stessa chi - o che cosa - stesse cercando. Boris era così avvezzo a quel suo rituale che aspettò, con le mani sui fianchi, che lei completasse la panoramica ed emettesse l'ormai consueto sospiro di delusione che non riusciva mai a reprimere.

« Fatto? Possiamo salire, adesso? » le domandò.

Le indicò il retro del camion, spronandola a montare per prima. Tuttavia, invece d'issarsi nel posto che l'amico aveva scelto per lei, Nataša si allontanò e prese a vagare tra i veicoli parcheggiati sulla strada e nel branco di giovani esuberanti che, dopo aver lanciato i propri bagagli sui cassoni, vi si sedevano sopra, sgomitando, prima di agitare le braccia in un saluto ai genitori ansiosi. Nataša adocchiò uno spazio vuoto accanto a un ragazzo coi capelli così chiari che avrebbero potuto essere bianchi, e che era già intento a scartare il panino con burro e salsiccia confezionatogli dalla madre. Lui vi affondò un morso sostanzioso, strappando il pane coi denti, mentre le briciole schizzavano da ogni lato e un pezzo di salsiccia si agitava come la lingua di un uccello.

Accortosi dello sguardo di Nataša, deglutì, poi sorrise, asciugandosi la bocca col dorso della mano. « Perché aspettare di godersela, no? »

« Giusto », rispose Nataša, approvando quella filosofia di vita a lei sconosciuta fino ad allora. Poi gli si sedette accanto, senza lasciare spazio a Boris.

21

Tre dei nove camion del loro convoglio si fermarono per un guasto. Le due ore di viaggio per Krasnoznamensk divennero infine cinque. Mai così poche, a detta degli insegnanti. La competenza tecnologica sovietica stava progredendo a passi da gigante, vero, ragazzi? Inoltre, l'attesa, mentre i conducenti armeggiavano coi motori e si scambiavano pezzi di ricambio nello spirito del comunismo, offriva loro l'opportunità di apprezzare la posa perfetta delle strade, delle linee elettriche e dei tubi, opera del Soviet locale, che così aveva portato le moderne comodità a quelli che prima erano soltanto servi oppressi. Non era una fortuna, poi, che i tubi e i cavi si fermassero prima di raggiungere la città, così da permettere loro di vedere lo stato dei lavori in corso? E le crepe e le buche sull'asfalto? Non le avevano notate? Erano appunto la prova di quanto fosse assolutamente necessaria quella strada, visto il volume di traffico che doveva sostenere! La gente si spostava per decine di chilometri, sulle auto, sui carri, persino a cavallo, pur di utilizzarla. I loro villaggi non erano stati ancora toccati da quella benedizione. Si rendevano conto di quanto fossero fortunati a poter vedere tanta beneficenza all'opera?

La fortuna venne di nuovo tirata in ballo quando giunsero a destinazione, completamente disidratati, con occhi, orecchie, bocche, nasi e capelli pieni di polvere, e videro i tuguri in cui avrebbero dormito. Baracche di legno, con letti a castello, tre per parete. Nataša sentì sua madre domandarsi: *È per questo che ho lasciato la Siberia?* Ma almeno c'erano materassi, lenzuola e persino cuscini imbottiti con piume di gallina. Lo sapevano, che gli altri *kolchozniki* dormivano in tende di tela? Tende che dovevano piantarsi da soli sul terreno roccioso? Quel gruppo era davvero fortunato! Qualcuno vantava di certo conoscenze importanti!

E poi il cibo. Pollo fresco, invece che trasportato per giorni. Latte munto direttamente dalle mucche, ancora caldo e schiumoso. Le carote non erano quelle conservate in lattina, le cipolle non presentavano chiazze marroni di marcio e le patate erano senza quei germogli che le facevano sembrare simili a matrone coi bigodini. All'improvviso, Nataša comprese il fascino del trattamento offerto da un *kolchoz*. Anche se bisognava lavorare per riceverlo. In ogni caso, com'ebbe modo di accorgersi presto, il lavoro non era poi così male. Non dovevano raccogliere il grano. Quello veniva fatto dai macchinari e dagli uomini che scuotevano il capo quando osservavano i molli abitanti di città arrivati per aiutarli. Gli studenti lo smistavano semplicemente nei sacchi di tela. E a nessuno importava quanto bene – né quanto in fretta – lo facessero. Già alla seconda settimana, c'erano più chiacchiere e approcci amorosi che attività agricole. I ragazzi continuavano a gettarsi addosso le spighe di grano, coalizzandosi contro la vittima del giorno (scelta a caso). Le ragazze li incitavano, prendendosi di tanto in tanto una pausa per correre dietro le baracche e mettersi il rossetto, o spalmarsi l'ultimo rimasuglio di mascara con un pennello sottile, anche se quello si solidificava così velocemente in un grumo gelatinoso che, prima di ogni applicazione, dovevi sputarci sopra.

« Basta così! » annunciò a un certo punto colui che era stato il vicino di posto di Nataša sul camion. Serëža scagliò a terra la spiga che stava reggendo e la schiacciò col tallone fino a quando i chicchi non schizzarono via a raggiera. « Andiamo. »

« Dove? » chiese Nataša.

« Al villaggio. Per divertirci un po'. »

Boris continuava intanto a infilare spighe nei sacchi. « Che tipo di divertimento ti aspetti di trovare lì? »

« Il genere di divertimento che non ha a che fare col grano. » Serëža gli diede un buffetto sui riccioli neri e sudati, benché senza entusiasmo. Da quando aveva colto il carattere imperturbabile di Boris, non lo trovava più così spassoso come bersaglio. Ce n'erano molti altri che non vedevano l'ora d'indignarsi e fare a pugni. In qualche modo, invece, Boris riusciva sempre a mantenere la propria dignità, anche se provocato.

« Veramente, non sarebbe permesso uscire prima di cena », sottolineò Boris.

« Fai sempre quello che ti dicono di fare? » cantilenò Serëža con un tono di scherno che fece sussultare Nataša, la quale però dovette ammettere che il suo amico d'infanzia suscitava quel tipo di domande con una frequenza superiore alla media.

« Sì », rispose Boris come se fosse stata una domanda legittima.

« Verrò con te! » disse d'impulso Nataša, e solo in parte per attirare l'attenzione dell'amico. Nel momento in cui lo aveva abbandonato per salire sul camion e sedersi accanto a Serëža, Nataša si era dichiarata come il genere di ragazza che faceva quel genere di cose. Per tutto il tempo della sua permanenza in campagna, aveva in programma di accodarsi a ogni cosa le fosse stata proposta, anche – anzi, soprattutto – se il suo istinto le avesse suggerito di respingerla per prudenza. Se gli altri avevano smesso di seguire le regole, non capiva perché mai lei dovesse continuare a farlo. Che cosa le aveva portato di buono fino ad allora? Correre qualche rischio l'avrebbe resa più interessante: anche di quello era arrivata a convincersi. E se poi le cose non fossero andate come pensava, be', l'unico a saperlo sarebbe stato Boris. Nataša si aspettava che lui le perdonasse qualsiasi cosa. E che custodisse i suoi segreti.

«Sì! Anch'io!» Una decina di altri ragazzi seguì il suo esempio, facendola sentire finalmente la persona che avrebbe sempre voluto essere, anziché una seguace tra tanti, come invece temeva di essere. Benché la sua parte ragionevole sapesse che stava corteggiando il pericolo nella maniera più inequivocabile.

Con aria furtiva, Serëža si guardò simbolicamente intorno, benché la maggior parte dei supervisori si fosse già levata di torno. Quelli che non lo avevano fatto si erano messi a dormire sotto un albero. Serëža sorrise e fece segno agli altri perché lo seguissero. Più o meno la metà del gruppo gli obbedì, Nataša compresa. Non contenta, quest'ultima accelerò persino il passo, facendosi largo coi gomiti.

Naturalmente, una volta arrivata in testa al gruppo, si rese conto che non aveva idea di dove stessero andando. E, dopo aver camminato per oltre mezz'ora, capì che in effetti non avevano dove andare. Si erano lasciati i campi alle spalle, ma era difficile dire dove terminassero i terreni agricoli e cominciasse il villaggio. Qua e là sorgevano casupole sgangherate, con qualche mucca intenta a brucare, qualche gallina dietro i recinti, qualche conigliera e un piccolo orticello. Le donne, che indossavano abiti così sbiaditi che era impossibile risalire ai motivi e ai colori originali, e con fazzoletti in testa legati dietro il collo, arrancavano da un posto all'altro, chi trasportando secchi di latte, chi vasche di acqua fumante piene fino all'orlo di bucato. Bambini biondi correvano loro tra i piedi, con addosso solo un paio di mutandine.

« Dove stiamo andando? » chiese Nataša a Serëža.

« Non ti preoccupare. Conosco un tipo », rispose lui, facendole l'occhiolino.

Il tipo in questione si rivelò essere uno dei loro supervisori assenti.

« Noi facciamo finta di lavorare, loro fanno finta di pagarci! » spiegò questi, guidando il gruppo giù per una ripida rampa di scale traballante nell'oscurità, sotto l'abitazione che condivideva coi genitori.

Nataša sentì sfregare un fiammifero. Una lampada a cherosene illuminò lo stanzino. Oltre ai sacchi di iuta sparsi al posto dei mobili, col fieno che sporgeva tra le cuciture strappate, l'unico altro oggetto d'arredo era una confusa mostruosità composta da tre secchi di legno collegati da tubi arrugginiti; il tutto emanava un odore così forte che Nataša si stupì del fatto che non fosse esploso un attimo dopo l'accensione del fiammifero.

Si levò un urlo di trionfo: « *Samogon!* Un alambicco! »

Nataša osservò i rubli che passavano di mano e i suoi compagni che partivano alla carica e, sopperendo alla mancanza di tazze, immergevano le mani nel *pervach*.

« Che problema c'è, hai paura dei germi? » la canzonò Serëža, vedendo che si era tirata indietro.

Nataša non aveva nessun timore dei germi. Non aveva remore a fermarsi davanti a un chiosco pubblico e lanciare una *kopeika* per una tazza di seltz o, se si sentiva in vena di spendere, una moneta da tre *kopeiki* per vederci aggiungere una spruzzata di sciroppo. C'era un bicchiere per tutti (agganciato a una catenella per evitare che lo rubassero). Nataša non esitò a berci. Come sapeva per tradizione familiare, il *pervach* era il primo prodotto del processo di distillazione, ed era abbastanza forte da uccidere persino i germi di una decina di ragazzi che vi avevano infilato le mani sudicie.

Solo che il padre l'aveva intrattenuta col racconto di come, durante la guerra, la sua unità si fosse imbattuta in un contadino che possedeva un alambicco. In barba alla razione giornaliera, cento grammi di vodka per ogni soldato sovietico («Come pensi che ci riscaldassimo al fronte mentre i tedeschi morivano congelati?»), i soldati si erano avventati sull'alambicco, succhiandone ogni goccia, nonostante gli avvertimenti del contadino. Convinti che volesse tenerselo tutto per sé, gli avevano sparato. Solo che l'alcol era stato mescolato col metanolo. Un terzo degli uomini dell'unità era morto per avvelenamento. Un'altra metà aveva perso la vista. Suo padre, invece, l'aveva scampata. Essendo ancora giovane - troppo giovane per arruolarsi, ma nessuno stava a controllare i passaporti quand'era in gioco il destino della Patria - non beveva molto. All'epoca. Da quel giorno, si era tenuto alla larga dal liquore di fabbricazione clandestina. Se proprio voleva ubriacarsi, o beveva a casa o, quando la moglie lo cacciava, tirava su due compagni per condividere una bottiglia di vodka da tre rubli in un vicolo, usando un fiammifero per assicurarsi che non ne rimanesse una goccia. Il papà era un bravo alcolizzato, uno di quelli con la sbronza felice. Non aveva mai picchiato né lei né la madre. Semplicemente, attaccava a parlare a un volume troppo alto, terrorizzando la moglie. Difficile prevedere che cosa avrebbe potuto dire. O chi l'avrebbe sentito. Di solito, lei aspettava un'ora, o giù di lì. Se il marito si addormentava, lo trascinava fino al suo letto, lo copriva con una coperta e considerava l'evento un altro pericolo scampato. Se invece continuava all'infinito, facendosi sempre più rumoroso mentre passava da un argomento all'altro, ovvero da quanto amasse lei e la figlia e l'intera razza umana che aveva salvato dal fascismo agli sproloqui sul governo, sul trattamento riservato ai veterani e sulle tante promesse (« Hanno promesso una casa! A quelli che sono stati nell'esercito! Come ricompensa! E dov'è, ditemi voi? Dov'è la casa che ci hanno promesso? »), allora la madre di Nataša lo spingeva fuori dalla porta perché si confondesse con la folla di ubriaconi che si aggirava per le strade ed entrava in cortili a caso. Se poi facevano troppo baccano, capitava che una massaia scostasse le tende per minacciare d'innaffiarli con l'acqua bollente. I *dvornik* si affrettavano a cacciarli, per scrupolo di servizio: « Vattene a casa, zietto, mettiti a dormire ». Faceva troppo buio per distinguere un ubriaco dall'altro. La madre di Nataša confidava nel fatto che, se anche il marito avesse espresso sentimenti sovversivi, i ficcanaso non avrebbero individuato chi andasse denunciato.

La donna non se la prendeva mai col padre di Nataša perché beveva. Lo facevano tutti quelli che erano tornati dalla guerra. Considerato ciò che avevano visto e – la cosa era implicita; nessuno chiedeva – fatto, era la soluzione più innocua che potessero trovare per dimenticare. D'altronde, le aveva detto sua madre, non tutti si davano all'alcolismo come il papà. Alcuni si accontentavano di alzare il gomito solo nelle occasioni speciali, durante le feste, ai compleanni e se a pagare era qualcun altro. Per il resto del tempo, si mantenevano sobri. Il papà non ci riusciva. Ma ciò non significava che Nataša avesse geni cattivi. In ogni caso, doveva tenersi assolutamente lontana dall'alcol.

La mamma si riferiva alle bevute in compagnia. E agli intrugli fatti in casa che potevano raggiungere gli ottanta gradi.

Solo che, ecco, c'era Serëža. E adesso la stava guardando come prima aveva guardato Boris tra il grano. Serëža la stava guardando come la persona che era, non come quella che sarebbe voluta apparire durante quell'escursione. Perciò, nonostante i suoi istinti migliori - ricordate, aveva fatto voto d'ignorarli -, Nataša affondò le mani e bevve. Il distillato sapeva di disinfettante, con una sottotraccia di metallo arrugginito. A poche ore dall'inizio di quella loro scampagnata ribelle, quasi nessuno si reggeva più in piedi. Ragazze e ragazzi si rotolavano, invece, sui sacchi di fieno, in un groviglio di braccia, gambe, seni e labbra, molti di loro impegnati a commettere proprio quegli atti criminali contro il socialismo vietati ai bravi *komsomolniki*.

Nataša non provava nessuna avversione per atti del genere. La sua avversione era per le possibili conseguenze. Non c'era modo di procurarsi profilattici. A volte uno studente di Medicina riusciva a sgraffignarne uno dall'ospedale. Ma ciò significava doverlo lavare e riutilizzare, col rischio che si rompesse, per non parlare delle abrasioni. Certo, le abrasioni non erano nulla in confronto al dolore di un aborto. Aborto che però era libero e legale: lo sapeva, lei, che c'erano posti in cui invece era vietato per legge e lo dovevi anche pagare? Riusciva a immaginare cosa significasse dover pagare le cure mediche? Che selvaggi! Non era fortunata a vivere in Unione Sovietica?

Non se avesse avuto necessità di praticare un aborto. Poteva essere anche legale, poteva essere anche gratuito, ma veniva eseguito senza anestesia. Per quella, dovevi corrompere il dottore.

Quindi, nonostante il precedente proposito di assecondare qualsiasi proposta le fosse arrivata, Nataša decise di ribellarsi. Aveva marinato il lavoro. Ma non avrebbe bevuto (molto), e non avrebbe recato offesa al socialismo.

A un certo punto si materializzò una chitarra: mancava una corda, ma avrebbero coperto la dissonanza cantando a volume più alto. Una ragazza con cui Nataša aveva scambiato a stento sei parole prese a strimpellare le canzoni di Vladimir Vysockij. La musica intrisa di critica sociale e impegno politico, nonché la condotta di vita del bardo dalla voce roca, erano state etichettate come « scandalose ». Il successo clandestino, *Cavalli bradi*, con un narratore fatalista che implorava i suoi animali ribelli di non accelerare così tanto verso l'autodistruzione, riuscì a far tornare sobrio anche Serëža. Tutti gorgheggiarono insieme, in un piccolo gesto collettivo di sfida, sperando sinceramente in cuor loro che nessun altro sentisse.

E che nessuno avesse in animo di denunciare.

Il mattino dopo, Nataša si svegliò tra i primi, non avendo che l'orologio a confermarle che era giorno. Nella distilleria sotterranea, che adesso puzzava non solo di distillato, ma anche di sudore, di vomito e di altri fluidi corporei, regnava ancora il buio più assoluto. Si precipitò su per le scale, incespicando verso la luce e chiedendosi perché mai, in origine, avesse pensato che quella fosse una buona idea. Certo, il suo intento era stato quello di forgiare una persona nuova, una persona che un ragazzo come Serëža e i suoi seguaci potessero rispettare. Ma, a giudicare dallo stato in cui versava, era improbabile che Serëža si ricordasse anche solo della sua presenza, la notte prima, e tantomeno del ruolo da ribelle che lei si era ritagliata.

Dopo di che, si chiese come sarebbe tornata al *kolchoz* quando i suoi compagni avevano difficoltà persino a mantenere una posizione eretta. Se voleva rientrare in tempo per il turno, doveva contare solo sulle sue forze. Nessuno sarebbe venuto a salvarla. Le tornò in mente una favola in cui due bambini – un fratello e una sorella dalle guance rosee – erano usciti sotto il sole infuocato in cerca di un pozzo da cui bere e, alla fine, il fratello si era in qualche modo trasformato in una capra. Tuttavia, non le riuscì di richiamare alla memoria quale fosse la morale della storia. Magari: *Non prendere la pessima decisione di perderti nella campagna russa sotto l'afa estiva*. Proprio quello che lei stava per fare.

Sospirò, sbatté le palpebre e poi si strofinò gli occhi col palmo delle mani, per liberarsi del sudiciume raccoltosi durante la notte. Strinse i denti e aprì la porta d'ingresso, dirigendosi verso il portico. Anche con le palpebre socchiuse, era come se la luce del sole volesse ricacciarla indietro. I suoi occhi si stavano ancora abituando a quell'assalto abbagliante, quando si convinse di aver visto Boris all'angolo della via, intento a leggere un libro, con le spalle appoggiate ai resti di una recinzione.

Era il salvataggio che stava sognando. Non dall'uomo che sperava, però. Boris non avrebbe mai potuto essere l'uomo dei suoi sogni.

Lui la vide vacillare sul portico e infilò il libro nella tasca anteriore della camicia. Quindi le si avvicinò, con lo sguardo fisso sui gradini e con una mano piatta contro la fronte a schermare gli occhi. «Soddisfatta della tua ribellione?» le chiese. Quando Nataša, per tutta risposta, si limitò a grugnire, aggiunse: «Sai che non devi fingere di essere ciò che non sei per fare colpo su quegli idioti».

Lo sapeva. Ma, mentre con riluttanza consentiva a Boris di mostrarle la via del ritorno per il *kolchoz*, sapeva pure che, nonostante tutti i discorsetti che si era fatta, non era su quegli idioti che stava cercando di «fare colpo».

Ci fosse stato Dima, avrebbe capito. Ci fosse stato Dima, sarebbe stato tutto diverso.

Ci fosse stato Dima, tanto per cominciare, non ci sarebbe nemmeno finita, in quel posto.

22

Un *kolchoz* dopo, e poi altri due, e Nataša si ritrovò con la laurea dell'istituto magistrale, senza per quello aver guadagnato un minimo di entusiasmo in più di quand'era stata costretta a intraprendere quel percorso di studi. Fece richiesta di essere collocata in una scuola in cui potesse insegnare Matematica avanzata a studenti del secondo anno delle superiori e, quando parlò con la preside, che un tempo era stata una sua insegnante, quest'ultima si disse interessata ad assumerla.

Tuttavia, una volta annunciati gli incarichi, Nataša apprese che la richiesta era stata respinta. La motivazione ufficiale era legata al fatto che una volta si era sottratta al suo dovere nel *kolchoz* per andare a ubriacarsi nel villaggio. Il suo supervisore le aveva fatto rapporto. E quello fu il modo in cui lo venne a sapere.

Le assegnarono invece Algebra e Geometria da insegnare a studenti di prima e seconda media. La sua era una scuola come tante. Il che significava che i suoi studenti erano interessati alla matematica come tanti altri: né più, né meno. Il primo giorno, Nataša seguì il preside lungo il corridoio, contando i passi per calcolare a che punto avessero coperto un quarto della strada, poi metà, quindi i tre quarti. Seguendo il paradosso di Zenone e tagliando volta per volta ogni distanza a metà, non sarebbe mai arrivata a destinazione.

« Ragazzi, questa è Natalia Nikolaevna. Prestatele assoluta attenzione. » Fatto l'annuncio, il preside se la svignò così in fretta da non lasciarle nemmeno il modo di dirgli che il cognome era un altro.

« È Nahumova, non Nikolaevna », gli comunicò a fine giornata. Far sì che il suo cognome venisse pronunciato correttamente le sembrava l'unica forma di controllo che avrebbe potuto esercitare sulla sua vita.

« I suoi studenti sono giovani », rispose il preside, evitando di chiamarla in un modo o nell'altro. « Li distrarrebbe. »

« Il mio nome sarebbe una fonte di distrazione? »

« Non hanno familiarità con patronimici cosmopoliti. È meglio non confondere il loro studio con questioni irrilevanti. »

Nataša stava per sottolineare il *non-sequitur*, ma poi immaginò che lui non avesse familiarità con le espressioni cosmopolite e che una questione così irrilevante potesse confonderlo.

Quindi tornò in classe e rimase Natalia Nikolaevna. Quello, tuttavia, si sarebbe rivelato essere l'ultimo dei motivi d'irritazione. Gli studenti delle file in fondo si rifiutavano di aprire un libro e di fare i compiti, costringendola a trattenersi anche dopo l'orario scolastico per rifare insieme tutti i problemi, perché lei era l'insegnante e la promozione degli studenti era una sua precisa responsabilità, e non importava quanto tempo avrebbe dovuto sacrificarvi. Tutto ciò le faceva rimpiangere i giorni immediatamente successivi alla Rivoluzione quando, secondo baba Daria, le università dell'Unione Sovietica erano così ansiose di dimostrare che, a differenza degli zar, avrebbero istruito tutti, anche i contadini, da creare allo scopo gruppi in cui a uno studente competente veniva assegnata una manciata di persone impreparate, molte delle quali frequentavano la scuola per la prima volta e a stento sapevano leggere. Tutti collaboravano e poi venivano obbligatoriamente valutati in maniera positiva. Non solo in quel modo riusciva a laurearsi un numero cinque volte maggiore d'ingegneri, medici e accademici, ma il processo di apprendimento comune veniva elogiato come esclusivamente sovietico.

Gli studenti pigri e ottusi, però, non la irritavano tanto quanto quelli troppo scrupolosi. Quelli che sedevano dritti come sentinelle, in ottemperanza al motto («Sempre pronti!») dei Giovani Pionieri, con le braccia conserte, le dita a toccare i gomiti sui banchi. Quasi non faceva in tempo a porre per intero una domanda prima che qualche mano saltasse su, come agitata da un filo invisibile appeso al soffitto. Erano sempre educati, sempre preparati e avevano sempre la risposta giusta. Le loro uniformi, coi foulard cremisi intorno al collo, erano immacolate e ben stirate. Ma Nataša sapeva che a loro non fregava assolutamente nulla di quanto era bella la matematica. A loro importavano solo i 5 e le medaglie d'oro. E ciò la portò a simpatizzare col docente che un tempo, secondo Boris, l'aveva di proposito presa di mira. Capiva, finalmente, perché quell'insegnante aveva ritenuto opportuno rovinarle una pagella perfetta assegnandole un 4 solitario con l'intento di cancellarle il suo compiacimento - lo stesso che adesso vedeva riflesso negli studenti più insopportabili - non già dalla faccia ma dall'anima. Nataša non avrebbe mai più avuto la certezza di sapere chi fosse, che cosa stesse facendo e dove fosse diretta che aveva al tempo in cui stava con la mano perennemente alzata.

Boris fu il primo a cogliere la malinconia di Nataša. Cercò di tirarla su coi suoi modi galanti, ricordandole che nella vita c'era molto più che il lavoro. Lui, per esempio, stava faticando per imparare un linguaggio di programmazione chiamato Ratfor, tramite il quale convincere un computer a non inviargli ripetuti messaggi di errore. Era divertente, secondo lei? Per niente! Perciò si focalizzava sulle cose che gli facevano apprezzare le sue giornate. La famiglia, gli amici, altri grovigli emotivi...

A Nataša non serviva che Boris si spiegasse meglio. Sapeva che stava parlando di lei.

E lo sapeva sin dai tempi in cui, a scuola, le regalava fiori di campo raccolti da un terreno non coltivato, o castagne che tirava giù dagli alberi lanciando un bastone tra i rami, o un piccolo chewing gum - appena un quadratino rosa - che un marinaio aveva dato a sua madre, un'impiegata portuale. Avevano dieci anni, allora, e per entrambi era vitale che quel chewing gum durasse quanto più a lungo possibile. Ogni giorno, per due settimane buone, avevano affondato l'unghia in quella cosa chiamata Bazooka Joe per masticarne poi soltanto un minuscolo frammento. Ma ormai quel tempo, il tempo delle castagne spiaccicate a terra e del chewing gum razionato, era alle loro spalle. Boris era passato a lunghe lettere poetiche disseminate di citazioni di Puškin e Balzac. Nataša continuava a fargli notare quant'era sciocco: vivevano nello stesso appartamento e lei non aveva nemmeno una stanza tutta sua in cui lui potesse far scivolare quelle lettere infilandole sotto la porta. La prima volta che ci aveva provato, era stato il padre di Nataša a trovarla. Dopo averla letta, gliel'aveva portata dicendole: «Per te. Voglio sperare».

A un certo punto, Nataša aveva detto a Boris di sentirsi lusingata. E che era davvero carino, da parte sua. Ma gli aveva anche chiesto di riflettere sulla questione da un punto di vista logico. Che cosa sarebbe accaduto se avessero iniziato una relazione solo per poi rendersi conto che non funzionava... e dovendo continuare a vivere nello stesso appartamento? Conoscevano coppie che dopo il matrimonio avevano divorziato ma, poiché nessuno dei due riusciva a ottenere una *propiska* alternativa, erano costrette a condividere ancora la stessa casa, la stessa stanza e, a volte, persino lo stesso letto. Avrebbe voluto correre un rischio del genere?

Sì, aveva risposto Boris.

Lei, invece, non era disposta a farlo.

Lui, con un insolito scoppio di collera, l'aveva accusata di paragonare ogni uomo con cui veniva in contatto a un ragazzo incrociato brevemente quasi quattro anni prima. Come poteva un mortale in carne e ossa sperare di competere con una fantasia delirante?

Tagliando corto, Nataša gli aveva detto che aveva dei compiti da valutare.

Quello che non gli aveva detto, invece, era la storia delle cartoline.

Aveva trovato la prima ad attenderla di ritorno dal *kolchoz*. La calligrafia era sconosciuta, mancava l'indirizzo del mittente e non c'era nessun messaggio sul retro. A farle capire chi gliel'avesse spedita, e perché, era stata l'immagine a colori sgargianti. Ritraeva il personaggio di un libro per bambini, il dottor Aibolit, un allegro vecchietto con la testa pelata, col pizzetto grigio come Trockij... e con gli occhiali. Qualcuno aveva cerchiato quest'ultimo dettaglio con una penna, anche se bisognava fare attenzione a non scambiarlo per il segno lasciato da un semplice timbro postale. Ma Nataša era stata attenta. E aveva capito.

Si era chiesta come avesse fatto a procurarsi il suo indirizzo. Si era chiesta che cosa intendesse comunicarle. Si era chiesta quando si sarebbe rifatto vivo.

La cartolina successiva era arrivata prima di Capodanno: l'effigie del Cremlino tratteggiata in rosso, la falce e il martello avvolti da una corona verde sotto una stella rossa a cinque punte che aleggiava alta come un satellite protettivo, e un augurio generico per l'Anno Nuovo. Inoltre, strombazzato a grandi lettere maiuscole, si leggeva: *Gloria all'Unione delle Repubbliche Sovietiche!* Non riportava nulla d'improprio o d'incriminante, per qualcuno meno sveglio di Nataša e, dunque, incapace di cogliere l'ironia. Gloria: certo, come no.

Le cartoline erano arrivate senza soluzione di continuità. E senza uno schema, benché lei trascorresse ore intere a cercare d'individuarlo. E ancora più tempo dedicava alla decodifica dei messaggi sovversivi contenuti in ciascuna di esse. C'era la cartolina di Capodanno con Babbo Natale seduto su un aeroplano... diretto a ovest. Una metafora per l'emigrazione. C'era il pupazzo di neve con in mano un sacco della posta aperto, a significare che quella loro forma di comunicazione era monitorata e doveva perciò mantenersi criptica. C'era il riccio del *Riccio nella nebbia,* a indicare il loro smarrimento, e poi c'erano i tre porcellini (3!), e il coccodrillo Gena che suonava la fisarmonica e intanto si lamentava (come suo solito) perché il compleanno arrivava solo una volta all'anno: con ogni evidenza, la maniera con cui Dima intendeva trasmetterle il suo rammarico per il fatto che potessero comunicare solo così raramente e in un modo tanto contorto. I timbri postali rivelavano sempre un angolo diverso del Paese: Alma-Ata (Kazakistan), Ekaterinburg (oblast' di Omsk), Kišinëv (Moldavia). Nataša si chiedeva come avesse ottenuto il permesso di viaggiare. Perciò le piaceva immaginare che lo facesse senza permesso. Dima stava sfidando le autorità, vivendo da spirito libero... e struggendosi per il desiderio di averla accanto.

Perché avrebbe corso il rischio di contattarla, se non avesse pensato a lei tanto spesso quanto lei pensava a lui? Lo aveva colpito, era nata un'intesa. Dima le aveva quasi promesso una via d'uscita dal sogno di una vita che non poteva più avere, prospettandogliene una da condividere. Boris si sbagliava: lei non confrontava tutti gli uomini che incontrava con un ragazzo incrociato brevemente quattro anni prima. Confrontava ogni uomo che incontrava con qualcuno con cui intratteneva una conversazione che durava da quattro anni, una conversazione in cui l'altro aveva messo a nudo la sua anima, le sue speranze e i suoi sogni. Anche se lei non aveva modo di mostrargli i propri. Il fatto che Dima continuasse a tenere vivo quel contatto, nonostante la natura unidirezionale della loro comunicazione, dimostrava fino a che punto voleva condividere con lei i suoi pensieri, così che potessero meditare insieme sugli stessi grandi interrogativi della vita: in questo modo, quando si sarebbero incontrati di nuovo, sarebbero stati ancora in sintonia come la prima volta, quel pomeriggio nei corridoi dell'Università di Odessa.

Era forse colpa di Nataša se gli uomini in carne e ossa con cui era uscita di recente rientravano tutti in due sole categorie? Da una parte c'erano quelli che si attenevano ossequiosamente alle regole e che avevano il terrore di fare, dire o pensare qualsiasi cosa potesse essere interpretata come ribelle o anche solo originale: esattamente ciò che era stata lei un tempo. E poi c'erano quelli della risma di Serëža. Cafoni che sbandieravano la loro sprezzante indipendenza e si mostravano indifferenti a ogni possibile punizione... per poi non fare altro che bere, imprecare e rubare il più possibile ai propri datori di lavoro. Erano ciò che Nataša temeva di diventare. Un suo pretendente si vantava di come, presso la fabbrica di succhi di frutta in cui lavorava, avesse infilato un altro tubo nel condotto principale per riempirsi qualche bottiglia da vendere sul mercato nero. Un altro - un dottore che, per studiare Medicina, era sfuggito alla quota etnica fissata nelle grandi città trasferendosi così al Nord che, nel villaggio in cui era finito, sapevano a stento cos'era un ebreo e tantomeno lo consideravano una minaccia - aveva cercato d'impressionarla raccontandole di come, in qualità d'ispettore sanitario, avesse costretto i ristoranti a presentargli tagli scelti di carne e frutta fresca in cambio di un rapporto positivo. Un altro ancora le aveva rivelato di trascrivere scrupolosamente i testi di pezzi rock occidentali per imparare l'inglese; e le aveva chiesto se per caso sapeva che cosa significasse l'espressione *wanna*, come in *I Wanna Hold Your Hand*, visto che non riusciva a trovarla sul dizionario. Di buono c'era almeno che ascoltavano insieme *Voice of America* su una radio a onde corte, usando qualche gruccia per migliorare la ricezione. Le dispiaceva per loro: erano tutti convinti di battersi duramente per la libertà, mentre di fatto non erano altro che inutili palloni gonfiati.

Così, continuava ad accettare inviti al cinema o per un caffè, per poi tirar fuori sempre qualche scusa allo scopo di evitare un secondo appuntamento, nel caso in cui la sua totale assenza di entusiasmo non fosse riuscita a trasmettere il messaggio durante il primo. E non faceva la preziosa alla maniera con cui baba Daria ricordava di aver conquistato il pianista di fama mondiale. Nella sua testa, semplicemente, era già stata conquistata.

Le sue giornate sfociavano così l'una nell'altra, col lunedì niente affatto diverso dal venerdì, e il martedì in tutto e per tutto identico al sabato, visto che anche quest'ultimo era giorno di scuola.

Fino al ritorno di Dima.

Nataša lo riconobbe all'istante.

Stava attraversando la via dedicata all'esercito sovietico, senza nemmeno guardare dove andava. Finire sotto un'auto avrebbe almeno spezzato la monotonia. Poi, con la coda dell'occhio, aveva registrato la presenza di un camion fermo a un semaforo rosso. Era un modello ZiL con la cabina verde e col pianale, grigio e arrugginito, coperto da un telo svolazzante assicurato con un paio di funi. Le quattro ruote enormi lo elevavano al di sopra del traffico, autobus a parte. Seduto al volante, col gomito abbronzato che riposava sul telaio del finestrino abbassato e con una sigaretta tra le dita da cui cadeva cenere sul marciapiede, c'era Dima.

Sulle prime, Nataša pensò che fosse frutto della sua immaginazione. L'ipotesi immediatamente successiva, più fantasiosa, era che si trattasse di una proiezione materializzata del suo desiderio incessante e febbrile: niente più che una mera illusione, destinata ad andare in fumo. La terza ipotesi, invece, le diceva che, finalmente, Dima era tornato per lei. Ora la sua vita, che di fatto era stata recisa il giorno in cui si erano conosciuti, lo stesso giorno in cui le avevano dato quel dannato 3, poteva ricominciare. E questa volta lei avrebbe fatto le cose per bene.

Nataša si precipitò in strada, schivando le macchine che strombazzavano e gli epiteti vomitati dagli autisti, in una corsa febbricitante per raggiungere il camion prima che scattasse il verde.

Dima parve non accorgersi del trambusto. Con lo sguardo sempre rivolto in avanti, si limitò a sollevare languidamente la sigaretta alla bocca per un altro tiro. Nataša saltò disperata sul gradino sotto la portiera del guidatore per portarsi all'altezza dei suoi occhi, rischiando di perdere il sandalo sinistro e scivolare. Se lui fosse ripartito in quel preciso istante, l'avrebbe messa sotto di sicuro.

Nataša si aggrappò al finestrino aperto, quasi perdendo la presa sul metallo bollente. Dima la guardò battendo le palpebre. Poi le rivolse un sorriso indolente. « Bene bene: guarda un po' chi c'è qui. »

Si ricordava di lei! Be', come avrebbe potuto essere altrimenti? Non avevano mai smesso di comunicare!

« Hai capito che cosa fare della tua vita? »

Si ricordava eccome!

« Ho ricevuto le tue cartoline. »

Il più asciutto dei cenni. « Bene. »

« Perché... Perché me le hai mandate? » Era una domanda che non aveva mai osato porsi, terrorizzata dalla prospettiva che anche solo contemplare un'idea tanto sovversiva avrebbe in qualche modo indotto il cosmo a porvi fine. Ma ora che Dima era là, ora che finalmente era tornato...

« Volevo farti riflettere. »

Ci aveva visto giusto, allora! Dima aveva fatto di tutto perché rimanessero legati, benché separati dall'ingiustizia del tempo e dello spazio. Adesso toccava a lei dire qualcosa d'intelligente, fargli capire che era stata in grado di decifrare i messaggi nascosti in ogni singola cartolina. Ma l'unica cosa che le riuscì di pensare, la sola circostanza che la sua mente sopraffatta era appena riuscita a isolare e a inquadrare benché ne avesse sempre avuto le prove, visto che le cartoline arrivavano ogni volta da un posto diverso dell'Unione Sovietica, fu: « Sei un... camionista? »

Non poteva essere vero. Un poeta, un filosofo, un accademico, un rivoluzionario, sì. Ma un autista! Un autista... di camion? Nataša si sforzò – invano – di nascondere la confusione e la delusione.

In ogni caso, Dima non sembrava offeso. « Vieni a trovarmi stasera. Alle dieci. » Snocciolò velocemente un indirizzo nel distretto della Moldavanka.

Il semaforo scattò. Dima la fece scendere dallo sportello, spingendola sulla strada, proprio accanto al punto in cui aveva scosso la cenere della sigaretta.

Di solito Nataša non si metteva in ghingheri per andare nella Moldavanka. Di solito, anzi, cercava proprio di evitarlo, quel quartiere. Negli anni '70 poteva anche essere molto meno ebreo di quanto non lo fosse stato al tempo in cui baba Daria ci condivideva una stanza senza riscaldamento con la madre. Ma era comunque povero, anche per gli standard sovietici. E pieno di criminalità per quanto, ufficialmente, in Unione Sovietica il crimine non esistesse. Dal momento che a nessuno mancava niente, perché mai commettere crimini?

La Moldavanka era uno di quei quartieri in cui una giovane donna rispettabile e beneducata, di qualsiasi etnia fosse, avrebbe fatto meglio a non avventurarsi da sola. Soprattutto dopo il tramonto.

All'indirizzo che le aveva dato Dima, sulla Majsoidivskaija, non trovò un bar o un music club, come aveva immaginato per il loro primo appuntamento. C'era invece un edificio a due piani dietro le cui finestre non si scorgeva una sola luce accesa. Sembrava risalire a prima della Grande Rivoluzione Socialista di ottobre, e aveva l'aria di essere sopravvissuto a stento alla successiva occupazione rumena durante la Grande Guerra Patriottica.

Nataša si domandò se non avesse capito male.

Poi si domandò se Dima non le stesse giocando uno scherzo. E dopo ancora si domandò se l'idea d'ignorare l'istinto che la invitava alla prudenza fosse stata così brillante, tutto considerato. Infine, si sentì una perfetta idiota.

Fu in quel preciso istante che una donna della sua età aprì la porta e le fece cenno di entrare, quasi la stesse aspettando.

Una festa, decise Nataša. Dima l'aveva invitata a una festa, una di quelle cui partecipava un sacco di gente. Nessun appuntamento romantico.

Be', sempre meglio che uno scherzo. Avrebbe tratto il massimo dalla situazione. Magari avrebbero avuto la possibilità di parlare, e allora lo avrebbe abbagliato con... qualcosa. Avrebbe improvvisato.

La ragazza, che si presentò come Ljudmila, la condusse giù per una rampa di scale fino al seminterrato. Perché - non poté fare a meno di chiedersi Nataša - tutta la sua vita sociale si riduceva agli scantinati?

Poi vide Dima.

Sedeva in quella stanza senza finestre, all'estremità di un tavolo di legno traballante e graffiato intorno al quale si stringevano altre cinque o sei persone. Ljudmila prese una sedia dall'angolo opposto e la trascinò per accomodarsi al lato destro di Dima.

Che sottigliezza.

Una lampadina nuda illuminava la scena. Ma Nataša aveva occhi solo per Dima. I riflessi dei suoi capelli di seta, il balenio di quei suoi occhi indaco, quasi trasparenti, e il modo in cui si era alzato vedendola entrare, quasi non aspettasse altri che lei.

« Sei venuta. »

« Io... Certo. »

« Benarrivata. »

« Grazie. » Nataša si guardò intorno. Tutti la stavano osservando, chiedendosi che cosa mai vedesse in lei Dima, che cosa la rendesse così speciale. Forse glielo avrebbe detto. Forse lo aveva già fatto. « Dove... Che cos'è questa cosa? »

Dima unì destra e sinistra con un gesto solenne che, nell'immaginazione di Nataša, serviva a spingere con garbo l'invadente Ljudmila fuori da quella cerchia intima. « La nostra via d'uscita », disse.

23

Per uscire da dove? fu il primo pensiero istintivo di Nataša.

Si trattenne però dal dargli voce: ignorare i propri istinti, del resto – lo aveva appena visto –, cominciava a ripagarla!

Si limitò dunque al sorriso vago ed evasivo che aveva perfezionato per le riunioni del personale scolastico.

« Questa è Nataša. Ve ne avevo parlato », disse Dima, presentandola alla sua cricca.

Gliene aveva parlato!

« Penso che potrebbe essere la persona che stavamo cercando. »

Proprio così! La persona che stavano cercando!

« Mentre ero in giro le ho spedito diverse cartoline, per verificare che fosse affidabile. »

Era un esame! Lo aveva superato?

« Non mi ha segnalato. Per pararmi il culo, ho fatto in modo di poter dare una giustificazione a ogni singola cartolina, se ce ne fosse stato bisogno: il corteggiatore affamato d'amore, le solite assurdità. »

Dima non aveva appena detto qualcosa sull'amore, forse?

« Siediti, Nataša », le intimò. E poi riprese a parlare, non più di lei, adesso, ma del loro gruppo – chi erano, che cosa volevano e che cosa avevano realizzato fino a quel momento –, animandosi sempre di più, con le guance lucide e rosee, con le labbra umide di saliva e perciò più turgide, più seducenti, più tentatrici. Gli altri si unirono alla discussione, rilanciando le loro orribili storie come gettoni da gioco. Una gara al rialzo di racconti in cui agli ebrei veniva vietato di lasciare l'Unione Sovietica perché il governo sosteneva fossero in possesso di segreti di Stato, cosa che invece non era che una semplice scusa per tormentarli. Storie che raccontavano le persecuzioni inferte a quanti, tra loro, avevano osato richiedere un visto di uscita. C'era chi aveva perso il lavoro e chi era stato sfrattato dalla sua *kommunalka*. Chi si era visto umiliare in pubblico e chi era stato privato delle medaglie che si era guadagnato durante la Grande Guerra Patriottica.

«Siamo davvero felici di averti qui con noi», concluse Dima con un sorriso.

«E io sono altrettanto felice di esserlo», replicò Nataša, entusiasta.

«Abbiamo bisogno del tuo aiuto», disse Ljudmila, anche se Nataša l'aveva mentalmente esclusa.

«Come posso aiutarvi?» balbettò. «Io... non sono invischiata con la politica.» Un'infanzia trascorsa in esilio in Siberia aveva reso sua madre abbastanza decisa sull'argomento.

«Ecco perché abbiamo bisogno di te», osservò Dima.

All'improvviso Nataša riconsiderò la propria posizione.

«Siamo noti dissidenti. Abbiamo chiesto di potercene andare e ci siamo visti opporre un rifiuto. Ci definiscono 'agitatori'. Siamo tenuti sotto controllo. Tu invece no.»

«Puoi fare cose che noi non possiamo fare», spiegò Ljudmila.

«Conosci questo?» Dima fece scivolare un libro sul tavolo.

Benché l'editore, Éditions du Seuil, avesse tutta l'aria di essere francese, il titolo e l'autore erano russi.

« *Archipelag GUŁag* », lesse Nataša ad alta voce. Arcipelago Gulag.

« Di Aleksandr Solženicyn. Naturalmente, non hai mai sentito parlare né dell'opera né dell'autore. Possederne una copia è sufficiente per finire in carcere. Solženicyn non ha potuto scriverlo tutto in una volta. Ne ha nascosto le varie sezioni in casa di altrettanti amici in tutta la zona di Mosca. Poi il libro è stato microfilmato e fatto pervenire clandestinamente in Francia, dov'è stato pubblicato. Quanto all'autore, è stato espulso. Non se la sono sentita di rimetterlo in carcere, avevano paura. Capisci? »

« È fondamentale che ogni cittadino sovietico lo legga », continuò Ljudmila. No, era stata l'altra donna seduta al tavolo, quella che si strappava le cuticole coi pollici e si pizzicava la lingua tra le labbra. Nataša le trovava irrilevanti in egual misura.

« Noi veniamo fermati per strada. Ci minacciano. Ci perquisiscono le case. Non possiamo rischiare che ci trovino con questo libro », proseguì Dima indicando il gruppo, senza includere Nataša.

« Ma tu non sei tra i sospettati », aggiunse un altro uomo.

« Abbiamo bisogno che tu lo prenda e che lo ricopi: non devi batterlo a macchina, va bene anche a mano », assicurò Dima. Come se quella fosse la vera seccatura. « Così potremo distribuirlo. Denunciare il modo in cui il sistema sovietico brutalizza il suo popolo, non solo per crimini politici, reali o immaginari, ma anche per i reati più insignificanti. »

Nataša si chiese cosa spingesse Dima a pensare che fosse una buona idea usare la parola « brutalizzare » mentre cercava di convincerla a commettere uno di quegli stessi reati insignificanti di cui parlava, e che comportava la pena di un crimine politico. « Dopo che avrò finito di ricopiarlo, te lo porto indietro? » chiese.

« Sì. »

« D'accordo. »

Di ritorno a casa, la sera, di solito Nataša temeva una possibile aggressione, un ubriaco fuori di sé, un punk che volesse rubarle il portafoglio, un tentativo di violenza sessuale. Col libro proibito che pulsava nella borsa come un'ustione non medicata, adesso quasi sperava che la derubassero. A quel punto, almeno, il problema sarebbe stato di qualcun altro.

Ma un ladro esperto avrebbe potuto consegnare la sua borsa direttamente alla prima caserma della *milicija* in cambio di un'amnistia. Sarebbe stato anche peggio, per lei. Quello scenario da incubo le riportò alla mente il ricordo di una storia che le aveva raccontato baba Daria. La storia di come suo marito avesse denunciato la madre per ottenere una sistemazione migliore. Per un breve istante, lei prese in considerazione l'idea di fare la stessa cosa; di fare quello che sua madre avrebbe voluto facesse.

« No! » esclamò poi, benché nessuno potesse udirla, prima di portarsi prontamente una mano alla bocca, abituata com'era a esprimere solo i pensieri più leciti.

Si sentì attraversare da una rabbia che la colse di sorpresa. Nemmeno sapeva contro chi fosse diretta. Contro la madre, per averle mentito tutta la vita su quali dovessero essere le sue aspettative, tanto da renderla troppo timorosa per poter chiedere qualcosa di diverso? Contro Dima e i suoi occhi di un azzurro inverosimile, per averla cacciata in una situazione così pericolosa? Contro se stessa, per aver valutato anche solo un istante l'idea di tradirlo per ricavarne un tornaconto personale?

Contro il sistema, decise infine. Ecco con chi prendersela. Con l'intero sistema politico dell'Unione Sovietica. Era dei politici la colpa del disagio in cui versava. Era loro la colpa per la pessima educazione che le aveva dato sua madre e per tutto il disincanto e la depressione con cui era cresciuta, e persino per quel fugace attacco di codardia. Dopotutto, non fosse stato per l'Unione Sovietica, tanto per cominciare non avrebbe mai dovuto temere le conseguenze della collaborazione con Dima!

Tutto acquistava un senso: finalmente capiva quanto Dima aveva cercato di dirle, capiva perché la sua rivoluzione era così importante e perché lei era destinata a svolgervi un ruolo fondamentale. La causa di Dima era anche la sua, adesso. Nulla ormai si frapponeva tra loro! Nemmeno del pericolo le importava più. O almeno aveva deciso di non pensarci. Non il più eroico degli approcci, certo: era abbastanza consapevole di sé da rendersene conto. E si conosceva a sufficienza anche per capire che, al momento, quell'approccio era necessario proprio per evitare di cambiare idea.

Sgattaiolò in casa quando tutti dormivano già; immaginò la porta della stanza di Boris chiudersi pochi secondi prima del suo ingresso. In punta di piedi, oltrepassò il letto dei genitori per lasciarsi cadere, infine, sul proprio, facendo scivolare il libro sotto il cuscino. La testa e il cuore avevano deciso: era dei loro!

Nell'accettare il volume, aveva dovuto riflettere su dove portare a termine il suo compito clandestino. Un luogo pubblico come un caffè, un parco o una biblioteca era da escludersi a priori. Magari poteva sgraffignare qualche quaderno nuovo da scuola, ma non poteva certo rischiare di portarci il libro. Nemmeno un giorno e sarebbe stata segnalata dai leccapiedi col foulard rosso, sempre desiderosi di creare problemi con la scusa del dovere patriottico. A casa, non c'era una stanza che non fosse in comune. L'unico che potesse godere di un po' d'intimità dietro una porta era... Boris.

La prima volta s'intrufolò in camera dell'amico quando sapeva che sarebbe rientrato tardi dal lavoro. Dopo aver detto ai suoi che stava uscendo, aveva chiuso la porta della loro stanza per infilarsi in quella di Boris. C'era rimasta una mezz'ora. Assicuratasi che in corridoio non ci fosse nessuno, ne era poi riemersa e aveva sbattuto la porta di casa per dare a intendere di essere rientrata.

La seconda volta si era ritagliata un'ora approfittando dell'assenza dei genitori di Boris e dell'amico, i primi al cinema, lui a un torneo di calcio con gli amici, mentre sua madre era in cucina a preparare una torta, dopo essersi miracolosamente procurata un po' di burro e, seduto su uno sgabello accanto a lei, suo padre era impegnato a sgusciare una montagna di noci.

Nel giro di qualche settimana, Nataša si era ormai fatta un'idea accurata delle abitudini di tutti, così da sapere in anticipo quando la stanza di Boris sarebbe stata disponibile senza che nessuno potesse sorprenderla mentre ne entrava o ne usciva. Era un peccato che non potesse passare direttamente il suo lavoro a Dima, come si era invece aspettata. Ma lui le aveva fatto sapere che sarebbe stato troppo pericoloso per loro farsi vedere insieme. Ingoiando la delusione e l'impulso di ricordargli che le aveva promesso di recuperare il materiale di persona, non per mezzo di qualche intermediario, Nataša aveva suggerito d'incontrarsi alla fontana di Puškin, dove, fingendo di essere giovani amanti che camminavano mano nella mano, scambiandosi apertamente qualche bacio, avrebbero potuto schermare i loro discorsi da ribelli dietro lo scroscio impetuoso dell'acqua. Però Dima aveva respinto l'idea, sostenendo che per lei era persino troppo rischioso farsi vedere solo con Ljudmila (l'intermediaria che Nataša avrebbe voluto evitare), dato che anche quest'ultima era sotto sorveglianza.

Così, il sabato pomeriggio, proprio nel momento di massima affluenza, Nataša si mise in fila insieme con decine di altri abitanti di Odessa in attesa del proprio turno per poter accedere alla *banja* pubblica. Quand'era più giovane, e il loro appartamento non aveva ancora l'acqua corrente, ci veniva regolarmente coi genitori. Poi, durante la sua adolescenza, suo padre aveva corrotto un operaio che stava installando i bagni nell'edificio accanto perché mettesse da parte un po' di materiale e lo utilizzasse per realizzare dei servizi igienici funzionanti in un annesso adiacente alla cucina. Dopo di che, il papà aveva filettato il tubo che correva sotto il lavandino verso il soffitto. Aveva preso un catino di metallo, aveva praticato un foro sul fondo e ci aveva attaccato un ugello per la doccia. Il catino era fissato a sbarre che aveva avvitato alla parete e l'acqua deviata da sotto il lavandino andava a riempirlo. Quando allentavi l'ugello, l'acqua veniva giù. Per evitare che il catino traboccasse, il padre aveva preso un pezzo di sughero e ci aveva piantato sopra una bandierina. Se la bandiera spuntava sopra il bordo del catino, voleva dire che quest'ultimo si era riempito. La bandierina era rossa. Nessuno poteva accusarli di non essere patrioti!

Grazie all'iniziativa del papà, erano ormai anni che Nataša non aveva più necessità di usare il bagno pubblico. Non le mancavano certo le quattro ore di attesa, benché all'epoca le tornassero comode per fare i compiti. Ma adesso aveva tutto un altro programma. In coda dietro di lei, giusto una manciata di persone dopo, c'era Ljudmila. Non si scambiarono una parola. Non incrociarono lo sguardo.

Quando infine giunse il suo turno, Nataša acquistò il biglietto e si spostò verso la zona della *banja* riservata alle donne, mentre gli uomini si dirigevano verso la loro. Quando Dima le aveva proposto il piano, l'aveva sfiorata la fugace idea di affittare i bagni più costosi, quelli pensati per le famiglie. Solo che ai single non era consentito condividerne uno. Nataša si accinse dunque a entrare nello spogliatoio, consegnando il biglietto all'addetta, consapevole che c'era almeno un buon cinquanta per cento di probabilità che sarebbe stato intascato e rivenduto più volte nell'arco della giornata. Seguì la donna dagli occhi cupi fino agli armadietti, ciascuno dei quali presentava un catenaccio all'interno che l'addetta apriva infilando un gancio in un minuscolo foro. Si spogliò, piegò i vestiti e lasciò la borsa - con dentro le preziose pagine ricopiate - nell'armadietto. Prese il suo sapone e si diresse verso il lavatoio principale, raccogliendo il secchio di legno - la *šajka* - e trascinandolo fino al rubinetto sulla parete, una bocca per l'acqua calda, l'altra per quella fredda. Miscelò l'acqua e si strinse tra le altre due donne sedute sui sedili di pietra, per lavarsi poi con calma, in attesa che Ljudmila facesse il proprio ingresso. A quel punto si stirò come per sciogliere un crampo alle spalle e alle mani, segnalando con le dita a Ljudmila - che subito dopo fece lo stesso - il numero del suo armadietto.

Dopo aver rovesciato l'acqua insaponata nello scarico al centro della stanza, Nataša ritornò nello spogliatoio e comunicò all'addetta il numero dell'armadietto di Ljudmila, confidando nel fatto che, con tutta quella confusione, non si accorgesse dello scambio.

Si asciugò con l'asciugamano di Ljudmila, quindi indossò rapidamente gli abiti di quest'ultima, convincendosi a non cedere alla schizzinosità nel condividerne gli indumenti intimi: era per la causa! Pochi istanti dopo, Ljudmila avrebbe fatto lo stesso col suo armadietto, il suo asciugamano, i suoi vestiti... e la sua borsa.

Ripeterono l'operazione la settimana seguente. Dopo di che, decisero di non servirsi più della *banja*. Il motivo ufficiale era che non volevano che i loro volti diventassero troppo familiari. Ma c'era anche il timore più immediato, per Nataša, che fosse troppo rischioso farsi vedere con addosso gli abiti di Ljudmila. I genitori e i Rozengurt conoscevano fin troppo bene il suo scarno guardaroba. Un abbigliamento nuovo non sarebbe passato inosservato.

La volta successiva, il teatro della consegna fu una clinica medica pediatrica, con una baraonda di madri isteriche e bambini iperattivi costretti a ore di attesa. Per Nataša fu un gioco da ragazzi scambiare la borsa con quella di Ljudmila mentre lei distraeva l'infermiera all'accettazione coi guai che le stava facendo passare il figlio sputando il latte a ogni poppata, un sintomo di allergia, probabilmente.

« È impossibile che un bambino sia allergico ai latticini », insisteva l'infermiera.

Ljudmila prese a dare in escandescenze, così da attirare tutta l'attenzione su di sé, per poi uscire di corsa in un impeto d'indignazione. Non prima di avere afferrato la borsa di Nataša, ovviamente.

Ogni passaggio che scivolava via senza intoppi non faceva che accrescere, in Nataša, la sensazione di essere utile per il gruppo in generale e per Dima in particolare. Una sensazione che l'accompagnò fino alla sera in cui si ritrovò sola in cucina con Boris - entrambi intenti a lavare i piatti delle rispettive famiglie dopo cena - e lui, usando di nuovo l'acqua (quella del lavandino, in quel caso) per evitare che lo sentissero, le chiese: « Che ci facevi nella mia stanza, poco fa? »

Nataša riuscì ad agguantare il bicchiere sfuggitole di mano prima che cadesse a terra. « Che cosa... Che cosa ti fa pensare che io... »

« Ho sentito il tuo odore », disse Boris. Un'affermazione che la sconvolse per la sua intimità, prima di considerare il fatto che avevano condiviso la pubertà tra quattro pareti arieggiate solo di rado. Naturale che riconoscesse il suo odore. Anche lei - poteva scommetterci - avrebbe riconosciuto quello di Boris in mezzo alla folla, persino su un autobus gremito di pendolari che tornavano dal lavoro in una giornata estiva, con le braccia alzate, le ascelle all'altezza del naso, nessuna traccia di sapone e men che meno di profumo.

Tuttavia, scelse di negare. « Non sono entrata nella tua stanza. »

« Hai un ragazzo? »

Con ogni evidenza, la sua smentita era stata niente affatto convincente. « Sì! » Nataša si aggrappò a quell'appiglio, prima di abbassare il tono di voce con aria colpevole. « Ma non dirlo a mia madre e a mio padre. » Quindi, ancora più piano: « Non è ebreo ». Ecco, non poteva esserci niente di più peccaminoso. Tranne, forse... « È rumeno! Nero. Uno zingaro. »

« E non ha una casa? »

Proseguì con quella che poteva benissimo essere la verità. « Condivide una stanza coi genitori. » E siccome alla gente del posto era vietato usufruire degli alberghi, interamente riservati ai visitatori da fuori: « Non abbiamo un luogo in cui poter stare un po' da soli ».

« E così hai scelto la mia stanza? »

« Mi dispiace. Avrei dovuto pensare a qualcos'altro. »

«Ne è valsa la pena, almeno?» Sulla bocca di chiunque altro, quella domanda sarebbe parsa pruriginosa. Ma c'era un'innocenza, in Boris, che la spinse a essere onesta con lui. Fino a un certo punto.

«Io e te siamo stati educati a fare ciò che ci veniva detto, a seguire le regole, a comportarci bene. Certo, era un modo per sopravvivere, ma implicava anche la promessa di una ricompensa. Solo che ci hanno mentito. I nostri genitori dicevano che era per proteggerci, ma pure quelle erano bugie. Io sono un'insegnante, tu sei un... com'è che si dice? Un programmatore di computer. Riordini file di uno e zero. Non è quello che volevamo. Non è quello che ci siamo guadagnati. Non è quello che meritavamo. Possibile che non ti faccia arrabbiare? Che non ti faccia venire voglia di fare qualcosa? D'infrangere una regola? Di ribellarti?»

Boris non sembrava convinto. E ciò la deluse tantissimo. Non aveva intenzione di parlargli delle sue recenti attività. Eppure, una parte di lei desiderava ardentemente il suo tacito consenso. Voleva che Boris approvasse le sue scelte senza sapere nemmeno quale realtà nascondessero. A cos'altro serviva un amico d'infanzia che ti amava da anni? Fu fastidioso scoprire quanto tenesse ancora all'opinione di Boris sul proprio conto.

Una volta compreso che non avrebbe avuto ciò che sperava, Nataša passò dalla dolente sincerità allo scherzo. «Da ciascuno secondo le sue capacità, a ciascuno secondo i suoi bisogni. E io avevo bisogno della tua stanza più di quanto non ne avessi tu. Non puoi negarmela, sarebbe antimarxista! Mi toccherebbe segnalarti!»

«Lo faresti?» Di nuovo quell'innocente curiosità. Nataša lo trovò assolutamente disarmante.

Aveva già fatto battute simili diverse volte, quand'erano ancora piccoli e Boris si rifiutava di condividere il flexi-disc azzurro che aveva ritagliato da una rivista e che faceva andare sul suo giradischi a misura di bambino. Ma adesso le stava chiedendo davvero se intendesse segnalarlo? La considerava una possibilità reale?

Inorridita, gli appoggiò le dita sul braccio. « Sto scherzando. Non lo farei mai. Mi conosci. »

« Ti conosco », concordò Boris, benché non sembrasse più convinto di prima.

Cosa che, in maniera del tutto inattesa, le provocò un'ulteriore delusione.

24

« Tu c'eri, papà... non è vero? » Nataša attese che suo padre fosse abbastanza ubriaco da risultare socievole, ma non così ubriaco da non poter considerarne affidabile la testimonianza. « Al Ventesimo Congresso del Partito? Quando Chruščëv ha denunciato Stalin? »

Il padre era in camera loro, puzzava di acetone e si muoveva a zigzag mentre tastava il guardaroba in cerca del cappotto. « No, piccola. Tuo padre non era abbastanza importante per partecipare al Congresso. Era riservato ai pezzi grossi. Io ero al lavoro. Alcuni membri del Partito ci avevano avvertito. Prima del Congresso. Settimane prima. Ci avevano anticipato quello che avrebbe detto il compagno Chruščëv. Perciò eravamo preparati a sostenerlo. Io ero uno degli uomini più fidati. Sono stato tra i primi a saperlo! »

« Sapevi che Chruščëv avrebbe denunciato Stalin? Che avrebbe denunciato i gulag? »

« Che avrebbe denunciato il culto della personalità di Stalin, certo. » Suo padre si raddrizzò, fece il saluto e iniziò a mormorare: « *Lunga vita all'amato Stalin, lunga vita al caro Stalin* », prima di passare a un altro canto, dalla stessa melodia: « *Il popolo intona un magnifico inno a Stalin, il saggio e caro...* »

« Sstt! » La madre di Nataša si materializzò di colpo, sbattendo la porta.

Il marito spiegò: « Natašenka mi stava chiedendo del nostro grande compagno Stalin ».

« Dovrebbe leggere un libro, la storia ufficiale. »

« Quale? Ne tirano fuori uno ogni anno o due! »

« Allora l'ultimo: ecco quale dovresti leggere. »

« Tutte bugie. Perfino il discorso di Chruščëv: ha dato la colpa di tutto – arresti di massa, torture, confessioni estorte con la forza, deportazioni, gulag – a Stalin, mentre invece è con Lenin che è iniziata. L'Unione Sovietica è stata fondata sui suoi decreti! »

« *Zadkniz!* Chiudi il becco! » ringhiò la mamma, spintonandole una spalla con forza sufficiente a farla inciampare contro il bordo del letto, per poi sovrastarla dall'alto in basso. « Non sai niente. »

« Ma tu sì. » In quella collera insolita della madre, Nataša colse un varco da cui attingere alcune verità... e riversarne altre a sua volta. « È successo ai tuoi tempi. Come potevi non sapere? La Grande Purga, il Complotto dei Medici, i milioni di deportati nei campi. Dovevi essere consapevole di quello che stava accadendo. Spariva gente a destra e a manca! E tu intanto appuntavi ancora la stella rossa di Lenin sulla mia divisa scolastica, e poi mi facevi salire su una sedia per recitare ridicole poesie. Persino la filastrocca di quell'idiota di un americano, Langston Hughes. Non sapevo nemmeno che cosa dicevo! » Nataša imitò una vocina da bimba per cantare in inglese: « *Lenin walks around the world / Frontiers cannot bar him / Neither barracks nor barricades impede / Nor does barbed wire scar him* ». Riassunse un tono normale. « Non erano forse colpa di Lenin, tutte quelle caserme? E tutto quel filo spinato? Dimmelo: li hai visti? Ha privato della libertà la propria gente solo perché non condivideva le sue idee. Ti sfido a dirmi che non ho ragione! »

« Non solo non hai ragione: sei anche sciocca. Ignorante. Ingenua. » Se Nataša pensava che la furia avrebbe indotto la madre a perdere il controllo, aveva fatto male i conti. Invece d'infiammarsi, la sua rabbia divenne gelida. « Non ti rendi conto di quanto sei fortunata, con un nome come Natalia Nahumova Crystal, a essere autorizzata a vivere in un posto civilizzato come Odessa, invece che condannata a morire di polmonite in qualche buco di culo ghiacciato, senza nemmeno una vera sepoltura? »

Nataša trasalì. Non aveva mai sentito la madre usare un linguaggio simile, prima di allora. Forse aveva toccato le corde giuste, dopotutto.

« Parli di caserme e di filo spinato come se ne sapessi qualcosa. Non sai nulla. Sì, ti appuntavo la stella di Lenin. Sì, ti ho insegnato la poesia. E poi sedevo nell'auditorium per sentirtela recitare, orgogliosa del fatto che la stella, la poesia e i trascorsi di guerra di tuo padre ti stessero proteggendo. Ho fatto in modo di assicurarmi che la mia famiglia fosse irreprensibile. Che nessuno potesse accusarci mai di scorrettezza. Volevo essere sicura che ognuno di noi dicesse le cose giuste alle persone giuste. Non avrei mai permesso a nessuno di usare alcunché contro di noi. Mai. »

« Perciò sei rimasta egoisticamente in silenzio, e il tuo silenzio ha sostenuto un regime genocida. So tutto. Me l'ha detto baba Daria. »

La voce le si fece ancora più glaciale. « Che cosa ti ha detto mia madre? »

« Di come siete stati arrestati tutti anche se nessuno di voi aveva fatto nulla di male. Di come i vostri vicini vi abbiano visto portare via senza muovere un dito. Di come sia stata costretta a scegliere e abbia scelto di sacrificarsi. »

« È così che l'ha sintetizzata? » Il tono della mamma lasciava intendere che lei e baba Daria avessero due interpretazioni divergenti in merito allo stesso evento.

« Be', no. » Nataša non voleva mettere la nonna nei guai e, a dirla tutta, ora si trattava di lei, non di baba Daria. « Ma non si è arresa. Ha lottato. »

« E ti ha anche detto com'è andata a finire, per tutti noi, grazie alla sua scelta nobile e altruista? »

« Vi ha salvato dalla guerra. »

« Il sacrificio non è stato il suo », la corresse la madre.

« Almeno Baba è stata onesta con me. » Resasi conto di essersi spinta troppo in là, Nataša cambiò argomento. « Tu e il papà mi avete raccontato una bugia dopo l'altra, e adesso volete che io continui a mentire! »

« Che differenza fa? » Al contrario della moglie, il padre di Nataša conservava un tono allegro. « Quando siamo partiti per combattere nella Grande Guerra Patriottica, sai che cosa dicevamo? 'Se muoio, consideratemi un comunista, altrimenti no!' Sbagliato, giusto, comunista, capitalista e persino fascista: che importa? A un proiettile non importa di certo. Né importa qualcosa al gelo che ti assidera. L'unica differenza è che i membri del Partito comunista sopravvissuti hanno avuto una pensione migliore di vedove e orfani. »

« Non sei più saggio di lei. » La mamma non riusciva a decidere chi tra loro dovesse imbavagliare per primo. « Forse dovreste degnarvi entrambi di preoccuparvi di chi potrebbe sentire le vostre assurdità. »

« Non essere ridicola, mamma. Gli unici che potrebbero sentirci sono i Rozengurt. E non credo che Boris e i suoi genitori stiano sbavando dalla voglia di consegnarci, così da poter colonizzare la nostra stanza. »

« Come puoi esserne così sicura? » Glielo chiese in maniera diretta, con un tono che a Nataša ricordò stranamente quello con cui Boris le aveva posto più o meno la stessa domanda.

« Dici sul serio? » Nataša si sentì come se stesse rispondendo a entrambi. « Da quant'è che conoscete i Rozengurt? Vent'anni? Sono i vostri migliori amici. »

« E cosa ti fa pensare che, pur di salvarsi, non ci consegnerebbero per le cose che abbiamo detto? Se non lo fanno, e lo dovesse fare invece qualcun altro, a loro toccherebbe condividere il nostro destino. Baba Daria non te l'ha raccontato, questo? »

« Non posso credere che tu lo faresti con loro. »

« Perché no? Lo farei eccome. »

Nataša rimase impalata, sbalordita e tremante. Suo padre, avendo recuperato il cappotto che stava cercando, ridacchiò. Mentre lo tirava fuori per poi dirigersi verso la porta, osservò: « Sai come si dice, no? In ogni coppia, uno dei due è un informatore. Se non sei tu, allora devo essere io! »

Nataša aveva bisogno di parlare con Dima, di condividere con lui il suo orrore per quello che era successo, per come sua madre aveva quasi confessato di essere un'agente dello Stato, un'informatrice. Ma non c'era modo di farlo. Né i Crystal né i Rozengurt avevano un telefono. Suo padre diceva che era troppo costoso, e poi qual era il vantaggio di averne uno se potevi ottenere lo stesso risultato andando da qualcuno e lanciando sassi alla sua finestra fin quando non rispondeva o ti convincevi che non era in casa? E Dima l'aveva messa in guardia dall'utilizzare una cabina pubblica, per motivi di sicurezza.

Se non poteva stare con lui, poteva però aggrapparsi a qualcosa che glielo ricordasse. Benché fosse rischioso, si chinò sotto il letto e si trascinò verso il nascondiglio dietro le cipolle e le patate in decomposizione riposte nel nylon.

Solo per accorgersi che il libro non c'era più.

Quando sarebbero venuti per lei? si chiedeva Nataša. Per baba Daria si erano presentati alle quattro del mattino. Rimaneva sveglia tutta la notte, con lo stomaco a contrarsi ogni volta che sentiva le ruote di un'auto o un rumore di passi. Forse l'avrebbero prelevata a scuola. Per usarla come esempio di fronte agli studenti. Riusciva a malapena ad affrontare le lezioni, tanta era la preoccupazione che la portava a balbettare alla lavagna, facendole perdere il conto e inducendola a commettere errori di calcolo così stupidi che le ragazzine saccenti rovesciavano gli occhi e roteavano le dita accanto alla fronte. Considerò l'idea di non tornare a casa, di scappare. Ma dove poteva andare? A meno che non pensasse di vivere nella foresta come i partigiani, non aveva i documenti per poter cambiare appartamento, figurarsi città o repubblica. L'unica opzione era il suicidio. Sarebbe andata al martirio per la causa della libertà. Ma lo avrebbero considerato tale, se nessuno fosse venuto a conoscenza del suo sacrificio?

Incapace di pensare a qualcosa di meglio, Nataša tornò a casa. Nell'attimo stesso in cui vi mise piede, Boris l'afferrò per un braccio, la tirò nella sua stanza e, dopo aver chiuso la porta, sibilò: « L'ho bruciato ».

La furia sopraffece qualsiasi spinta a difendersi, o a negare. « Come osi mettere il naso nelle mie cose? »

« Pensi che il KGB avrebbe fatto distinzioni tra le tue cose e le nostre? Ci avrebbero arrestati tutti! »

Certo: non se Boris l'avesse denunciata. Ma era anche vero che non l'aveva fatto. Dopo la loro ultima conversazione, quello fece arrabbiare Nataša ancora di più. Boris stava forse cercando di dimostrare di essere migliore di lei? Non era ciò che si sforzava sempre di dimostrare, sin dai tempi di quel suo non richiesto salvataggio al *kolchoz*? Nataša non aveva intenzione di fargliela passare liscia. « Quindi adesso aiuti il KGB a nascondere la verità alla nostra gente? »

« Ti sto aiutando a non finire davanti a un plotone di esecuzione. »

« Non ho paura », disse la donna che aveva trascorso le ultime ventiquattr'ore in preda ai conati di vomito ogni volta che un uomo in uniforme entrava nel suo campo visivo. Nataša avrebbe voluto che Dima potesse sentire quant'era coraggiosa. « Non capisci che per il semplice fatto di non opporre resistenza stai aiutando a perpetuare un regime sanguinario? »

« Quindi la soluzione sarebbe farsi ammazzare? E in che modo sarebbe d'aiuto? »

« Almeno sto facendo qualcosa! Se non sei parte della soluzione, allora fai parte del problema! »

« Avevamo un problema », concordò Boris. « E ho trovato una soluzione. »

Nataša era scossa dalla rabbia nei confronti di Boris, ma soprattutto dalla paura di dover dire a Dima che la sua preziosa copia di *Arcipelago GULag* era andata in fumo. Si era affidato a lei per il compito più importante. Se Nataša non avesse ricopiato il testo del libro, gli altri non avrebbero potuto distribuirlo. Lei rappresentava il passaggio determinante dell'operazione, il perno su cui poggiava per intero. E lo aveva deluso.

Eppure, con sua grande sorpresa, all'incontro seguente del gruppo, organizzato col favore delle tenebre, quando Nataša trovò il coraggio di confessare l'accaduto, Dima le concesse a stento di terminare prima di liquidare il fatto come privo di conseguenze.

«Ne abbiamo parlato», disse indicando gli altri. Senza di lei? Era venuto a sapere del suo fallimento, e il tanto temuto demansionamento – o forse l'espulsione? – era già cosa fatta?

C'era lo zampino di Ljudmila, poteva scommetterci. Ljudmila aveva aspettato il primo passo falso – di cui non aveva nemmeno colpe – da usarle contro. Ljudmila vedeva come Dima la ignorasse ogni volta che c'era lei nei paraggi. Aveva deciso di eliminare la concorrenza.

«Abbiamo concluso che potresti fare qualcosa di più importante per noi», proseguì Dima.

«Farei qualsiasi cosa per voi», giurò Nataša.

«Dobbiamo far conoscere le nostre attività in Occidente. Non possiamo usare la posta, per ovvie ragioni. Il KGB intercetta le nostre lettere. Ottenere una connessione telefonica è impossibile. Quello di cui abbiamo bisogno è qualcuno che ci serva da megafono negli Stati Uniti. Nataša, abbiamo bisogno che tu faccia domanda per emigrare.»

25

« Vuoi che... me ne vada? »

« Nessuno sa che sei dei nostri, perciò hai maggiori probabilità di ottenere il permesso per lasciare il Paese. »

Partire? Abbandonare la sua famiglia, l'unica casa che avesse mai conosciuto? Partire per trovare finalmente qualcosa in cui tornare a credere, dopo anni passati alla deriva e senza un senso, preda di una crudele disillusione, anche se tutto ciò comportava rischi su cui poteva concedersi di soffermarsi solo a tarda notte, sicura del fatto che tutte le sue paure si sarebbero dissipate al mattino? Separarsi da Dima?

« Ma voglio restare qui. Con te. » Temendo di non ricevere la risposta desiderata, Nataša passò dal particolare al generale. « Non posso andarmene e lasciare qui i miei compagni. »

« Saresti la nostra portabandiera in Occidente. È un ruolo fondamentale, Natašenka. E tu sei l'unica che può ricoprirlo per noi. » Temendo di non ottenere la risposta desiderata, Dima passò dal generale al particolare. « Per me. »

La prima cosa di cui Nataša aveva bisogno era un *visov* da un parente all'estero. Poiché nessuno poteva voler lasciare l'Unione Sovietica per motivi economici, religiosi, etnici o civili, l'unico per ottenere il permesso di emigrare era il ricongiungimento familiare. Quando Nataša obiettò di non avere nessuno all'estero che potesse invitarla, Dima le mostrò il documento di una donna residente in Israele, falsificato in maniera tale da dimostrare che era una sua cugina di secondo grado e che avrebbe garantito per lei.

Nataša faticava ad accettare la cosa. « Dovrei chiedere il permesso di lasciare i miei genitori per ricongiungermi con una cugina di secondo grado? Una che non ho mai visto? Ma è pazzesco! »

« Questa è la regola », disse Ljudmila con un'alzata di spalle. Sembrava fin troppo contenta di quel piano.

« Porta questo all'OVIR. » L'Otdel Viz I Registracij, l'ufficio dei visti e delle registrazioni del ministero degli Interni. Dima disse: « Ti daranno il resto dei documenti. La cosa più importante è che nessuno sappia che intrattieni rapporti con noi. Ecco perché sei così preziosa ». Posò il palmo della mano sul dorso di quella di Nataša.

« Non ti deluderò », gli promise lei, fortificandosi con la convinzione che « portabandiera in Occidente » significava che avrebbe tracciato il cammino. Prima avrebbe lasciato l'Unione Sovietica, prima Dima sarebbe stato libero di raggiungerla.

Nataša si era sempre chiesta perché la madre non parlasse quasi mai dell'esilio patito dalla sua famiglia e perché non si ribellasse al sistema che ce l'aveva mandata. Ora che stava per correre un grosso rischio, aveva capito. Sua madre sperava disperatamente di proteggere i propri privilegi. Se avesse fatto a modo suo, Nataša avrebbe seguito orme traditrici. La madre le aveva pianificato la vita e lei era andata avanti, prevedendo di frequentare l'università, trovare un lavoro, sposare un ragazzo ebreo apolitico, sfornare un figlio unico – così da concentrare su di lui le risorse familiari – e, soprattutto, non agitare mai le acque. Anche quando il sogno di studiare Matematica era imploso, sua madre si era comportata come se nulla fosse cambiato. Quando invece era cambiato tutto. Nataša non voleva le briciole della vita che le era stata promessa. Se non poteva averla interamente, allora l'avrebbe rifiutata in blocco. Adesso voleva qualcosa di diverso. Voleva il tipo di vita che solo Dima poteva offrirle. Voleva essergli al fianco quando teneva i suoi discorsi, mentre prendeva d'assalto le barricate o lanciava i propri attacchi furtivi da catacombe sotterranee. Vedeva la mano di Dima, macchiata di sangue, separarsi dalla sua mentre gli agenti lo trascinavano via. Voleva vegliare fuori dalla prigione e chiedere la sua liberazione; voleva che si bisbigliasse di lei, con timore e ammirazione, come della musa di Dimitri Bruen, la donna che lo aveva ispirato a perseverare quando tutto sembrava perduto, come colei senza la quale nessuno dei loro grandi successi sarebbe stato possibile. Nataša era consapevole del pericolo. Non solo per lei, ma anche per la sua famiglia.

Ma avrebbero capito, sua madre e tutti gli altri. Era per loro che lo faceva. Sarebbero stati riconoscenti, alla fine.

Quel giorno, però, il piano rivoluzionario di Nataša consisteva nello svignarsela in anticipo dal lavoro. Vederla andare via non spezzò certo il cuore agli studenti. Nataša si consolò immaginando quanto sarebbero rimasti sconvolti una volta scoperta l'esistenza segreta che quella noiosa zitella della loro insegnante conduceva proprio sotto il loro naso. E dire che quei marmocchi si sentivano così svegli!

Nataša si rivolse all'OVIR, secondo istruzioni, mettendosi in fila dietro una variegata corte di accademici venuti a richiedere il permesso di partecipare a un ciclo di conferenze all'estero, operai che speravano di andare in vacanza in un posto esotico come la Bulgaria e altri aspiranti emigranti. Non era possibile distinguere gli uni dagli altri con una semplice occhiata. E quell'ambiguità l'aiutò a sentirsi meno in ansia. Con Dima al suo fianco, avrebbe potuto lanciare fuoco e fiamme su tutto quel sistema corrotto, assaltare barricate e tutto il resto. Senza, preferì sottoporsi alla procedura di richiesta evitando di attirare troppe attenzioni.

In coda prima di lei c'era una giovane donna della stessa età, coi capelli lisci nerissimi e con gli occhi ammalianti che suggerivano origini orientali. Quando la vide osservare l'orologio per la terza volta, per poi guardarsi intorno per calcolare quanta gente avessero ancora davanti, le disse: «Sono venuta anche ieri. Mi hanno chiuso lo sportello proprio in faccia. Spero di farcela, oggi».

«Ti serve per gli studi?» le chiese Nataša, un po' per gentilezza e un po' per noia.

«Per la luna di miele», ridacchiò la ragazza, mostrandole un anello nuziale ancora immacolato.

«Congratulazioni.»

«E tu? Dove stai cercando di andare?»

Spronata dall'incurante felicità della ragazza, Nataša si sentì costretta a superarla. «Ho in progetto di emigrare. Io e il mio ragazzo. Insieme.» Molto più romantico di una normale luna di miele.

«Oh!» La sua compagna di attesa parve colpita. «Sei ebrea?»

Nataša annuì.

«Ho sentito che a voi è concesso di andarvene.» La ragazza sospirò, invidiosa. «Come dice mio padre, agli ebrei toccano sempre tutte le fortune...»

«Natalia Nikolaevna.» Il funzionario dell'OVIR esaminò i documenti di Nataša. Picchiettò con la penna sul suo invito falsificato e osservò: «Non suona molto ebreo».

Lei provò a giustificarsi « È Nahumova. Il preside della mia scuola l'ha cambiato perché... »

« Questo dovrà dimostrarlo », tagliò corto il funzionario, restituendole il modulo per la richiesta. « Porti anche il passaporto, il certificato di nascita, il permesso di lavoro... È sposata? »

« No. » Arrossì, come ci si attendeva da qualsiasi ragazza della sua età.

« Figli? »

« No. »

« Se sta lasciando dei figli, deve versare in anticipo tutto il necessario a sostentarli fino a che non abbiano compiuto diciott'anni. »

« Non sono sposata e non ho figli. »

« I genitori? Servirà il loro consenso. E anche quello dei nonni. »

« Tre di loro sono morti e l'altra vive in Siberia. »

« I certificati di morte, allora. Dobbiamo essere certi che non lasci eventuali persone a carico. »

« I miei genitori non sono a carico mio. Sono adulti e lavorano. »

« Sono comunque sotto la sua responsabilità. Quindi dovrà presentare una loro dichiarazione firmata in cui giurano che non li sta abbandonando. »

Nataša avvertì l'urgenza di chiedere se non fosse appunto il compito di uno Stato socialista prendersi cura dei bisognosi, che avessero parenti o no.

« Ah, un'ultima cosa: è in possesso di un grado d'istruzione superiore? Università? »

« Naturalmente. »

« Dovrà rimborsarci le spese sostenute dallo Stato per i suoi studi. Una tassa sulla laurea. Dodicimiladuecento rubli.» Una precisione bizzarra, non poté fare a meno di notare Nataša. «Da pagare in anticipo.»

La mattina dopo, mentre raggiungeva l'aula per la lezione, Nataša fu colta alla sprovvista dal preside, che insistette perché lo seguisse nel suo ufficio.

«È per ieri?» chiese lei, mentre cercava di tenere il passo in corridoio. «Stavo poco bene, perciò ho chiesto a una collega di coprirmi.»

Lui la spinse nel suo ufficio e chiuse a chiave la porta, girandosi di scatto per affrontarla, furente. «Non può andarsene così di punto in bianco!»

«Ma era già l'una...»

«Quelli come lei - gli altri, intendo - si sono almeno presi la briga di licenziarsi, prima d'inoltrare la richiesta! Ha idea di tutto il fango che mi tira addosso avere tra i dipendenti una traditrice della Patria? Si chiederanno che cosa ho fatto per incoraggiarla. E se altri decidessero di seguire il suo esempio? Magari adesso qualcuno penserà che qui si svolgano attività sovversive! Proprio sotto il mio tetto!»

«Ho fatto richiesta. Non ho nemmeno...»

«Se ne vada. Non voglio guai. Da stamattina - anzi, da ieri - lei non lavora più qui.»

«Che cos'hai combinato?» le chiese sua madre nel preciso istante in cui, quella sera, la vide varcare la soglia di casa. Per rimandare il momento in cui avrebbe dovuto annunciare ai genitori di essere rimasta senza lavoro, Nataša aveva girovagato nel parco per gran parte della giornata. Non era rientrata nemmeno per cena, con l'idea di sgattaiolare in casa quando la madre sarebbe stata lì lì per andare a letto e il padre già felicemente ubriaco. Solo che, come ebbe modo di scoprire immediatamente, erano entrambi seduti ad aspettarla in cucina. Dei Rozengurt, invece, non c'era traccia. Sua madre aveva ancora addosso gli abiti da lavoro. E suo padre sembrava sobrio.

La mamma era una furia. « Non potevi avvertirci? Darci modo di prepararci? »

« Che cosa è successo? » chiese Nataša, guardando prima l'una e poi l'altro.

« Niente d'importante », rispose il padre, liquidando la questione con un gesto della mano che teneva appoggiata sulla guancia. Il fatto che non si fosse preso neanche la briga di fare una battuta le diede la certezza che doveva trattarsi di qualcosa di atroce.

« L'hanno tirato dentro », intervenne sua madre, contraddicendolo. « Riunione di Partito in fabbrica. Funzionari importanti, supervisori e colleghi. Lo hanno messo al muro e gli hanno fatto una lavata di capo. »

« Non è stato così tragico. » Il padre di Nataša sembrava più interessato ad ammansire la moglie che a rielaborare la propria vergogna. « Non è stata colpa loro. Gliel'hanno ordinato, di trovarsi lì. Gli hanno anche imposto che cosa dire. Io stesso ho dovuto farlo con altri, in passato. Non hai scelta. »

« Che cosa non gli hanno detto! 'Traditore!' 'Rinnegato!' E tutto per causa tua! »

Nataša rabbrividì nell'immaginare tutti gli uomini e le donne della fabbrica di suo padre, le stesse persone che l'avevano trattata come un'ospite d'onore quando c'era andata da bambina, lasciando che fingesse di girare quelle enormi manovelle meccaniche e che si provasse quei loro grembiuli pesanti, le stesse persone che a pranzo avevano tirato fuori i panini dalle loro ceste per offrirgliene un pezzetto dicendole che era troppo magrolina, le stesse persone che le avevano fatto scivolare in mano una manciata di caramelle perché si era comportata come una ragazzina brava e beneducata. Ecco, quelle persone, adesso, si erano lanciate in invettive contro suo padre. Proprio come aveva fatto lui con loro in altre occasioni. L'immagine le fece venire le lacrime agli occhi.

«Mi dispiace, mamma. Non pensavo...»

«A noi? No, questo è poco ma sicuro.»

«Che la voce si sarebbe sparsa tanto in fretta. Oggi sono stata licenziata. Tu, il papà...»

«Non ancora. Ma dille che cosa hanno fatto. Diglielo!» esclamò sua madre, incapace di frenarsi.

«Un gesto simbolico, tutto qui.»

«Gli hanno tolto le medaglie. Tutte, fino all'ultima. Gli hanno detto che un uomo che ha cresciuto una figlia capace di alto tradimento non merita di essere considerato un Eroe dell'Unione Sovietica.»

«Oh, papà, non...»

«Medaglie? Bah. A che cosa servono le medaglie? Non le puoi mangiare.»

«E un'altra cosa. Come hai pensato che ci manterremo senza il tuo stipendio e, Dio ce ne scampi, se anch'io e il papà dovessimo perdere il lavoro?»

Quello, sospettò Nataša, doveva essere un altro momento inopportuno per l'ennesima battuta sullo Stato socialista che si prendeva cura dei suoi cittadini indipendentemente dalle circostanze.

«Mi dispiace che siamo arrivati a questo. Ma, una volta che sarò all'Ovest, potrei mandarvi...»

«Non andrai da nessuna parte.» Sua madre incrociò le braccia a creare una barriera su cui nemmeno il loro Eroe dell'Unione Sovietica si sarebbe potuto aprire un varco. «Perché io e tuo padre non firmeremo i documenti per concederti l'autorizzazione.»

A scuola, durante le famigerate lezioni di storia del Partito comunista, Nataša aveva appreso che il socialismo portava non soltanto all'emancipazione sessuale e a una più ampia libertà per le donne (motivo per cui l'Unione Sovietica non aveva bisogno di un movimento di liberazione femminile, a differenza degli Stati Uniti), ma anche a una maggiore soddisfazione sessuale. Nel 1952, nel corso di una conferenza in Cecoslovacchia, era stato deliberato all'unanimità che, in virtù dell'uguaglianza tra uomini e donne nel Blocco orientale, i socialisti godevano di una vita sessuale più appagante dei capitalisti. Nataša si chiedeva dove mai si celebrasse questo ipotetico sesso così soddisfacente e appagante. Tutti quelli che conosceva condividevano un appartamento o, come nel suo caso, una stanza coi genitori o, peggio ancora, coi suoceri. Affannarti a rubacchiare scampoli di sesso mentre la tua famiglia era fuori o fingeva di dormire a pochi centimetri di distanza, dietro una tendina inconsistente, non doveva essere poi così soddisfacente, ipotizzava lei. E questo valeva per i suoi amici congiunti da un'unione sancita dallo Stato. Se eri single, il massimo in cui sperare era che qualcuno ti prestasse la sua stanza.

Motivo per cui, la prima volta che Nataša e Dima riuscirono a stare un po' da soli fu proprio nella stanza del dormitorio dell'Università di Odessa occupata da un conoscente di Dima. Le sorveglianti del piano avevano fama di girarsi dall'altra parte - per il giusto compenso - quando veniva fatta intrufolare qualche ragazza. Tuttavia, per andare sul sicuro, Nataša e Dima entrarono separatamente.

Non c'era niente di romantico nella stanza, o nel letto, nella scrivania, nella sedia e nell'attaccapanni da cui pendevano i pantaloni e la camicia di ricambio del residente ufficiale.

« È bellissimo! » esclamò Nataša.

Dima si girò con un'espressione interrogativa, come chiedendosi se gli fosse sfuggito qualcosa.

« Non ho mai fatto nulla di simile, prima », confessò Nataša. « Sapevo che altri lo facevano, ma non le ragazze come me. » Stentò a trovare le parole per spiegare quant'era vertiginosamente liberatorio non vedersi circondata, per la prima volta, da una folla di passanti con l'aria censoria o da persone intime che sapevano tutto di lei sin dalla culla. Essere soli, essere anonimi, essere... liberi.

« Questa è la nostra via d'uscita », le aveva detto Dima alla Moldavanka. Intendendo dire: dall'oppressione sovietica. Nataša era elettrizzata dalle sue parole. Quando Dima parlava della sua causa, Nataša intravedeva la stessa poesia che un tempo trovava nella matematica, la promessa di una vita perfetta che riluceva allettante in lontananza. La sua occasione per distinguersi, essere speciale, essere qualcuno. Immaginava entrambi lottare mano nella mano, non più in balia di persone che potevano dirle cosa fare o non fare. Nataša accolse la sua visione e si gettò tra le braccia dell'uomo cui non riusciva a smettere di pensare ormai da quasi cinque anni, baciandolo come se non avesse bisogno del permesso di nessuno. Nemmeno del suo.

Un Dima colto solo lievemente di sorpresa ricambiò il bacio, poi fece per sbottonarle la camicetta. Le mani di lei ricambiarono il gesto. Sarebbe stato naturale continuare, dimenticare quello che era venuta a dirgli. Ma sarebbe stato anche indegno, e Dima meritava il meglio di lei.

Benché a malincuore, Nataša si tirò indietro, lasciandolo

là a fissarla, con lo sguardo perplesso e col respiro affannoso. « I miei genitori non mi daranno il permesso di emigrare. »

Lui parve sollevato dall'apprendere che il problema non era in qualcosa che aveva fatto. « Cambieranno idea. » Le avvolse le braccia intorno alla vita, le affondò il viso nel collo, a tracciare, con le labbra, una scia dalla spalla al mento.

Nataša gemette. Poi disse: « C'è dell'altro. La tassa sulla laurea. Non riuscirò mai a mettere insieme dodicimila rubli ».

« Non sarà necessario », mormorò lui. « Non viene applicata dal 1973, anche se agli automi dell'OVIR viene ancora data istruzione di agire come se lo fosse. Gli americani hanno questo emendamento », proseguì, baciandole la guancia. « Jackson-Vanik. Mette in relazione gli scambi commerciali coi diritti umani. » Poi la fronte. « Gli Stati Uniti hanno contestato la tassa sulla laurea. Alcuni dei loro premi Nobel l'hanno criticata duramente. Quindi, benché rimanga sui libri, il Politburo ha deciso di non applicarla, pur di mantenere i rapporti commerciali con gli americani. » L'ultima cosa che Dima disse prima di prenderle il labbro superiore tra i denti fu: « Non hai di che preoccuparti ».

« Oh. » Nataša non era così elettrizzata come sapeva che sarebbe dovuta apparire. Aveva sperato di potersene servire come scusa per non dover andare contro i genitori; per poter rimanere con Dima senza però sentirsi in colpa.

« Una volta ricevuto il permesso, ti forniremo un elenco di altra gente che desidera emigrare, così che tu possa creare dei *visov* per loro come abbiamo fatto noi per te », continuò Dima, sbottonandosi la camicia.

« Non è rischioso? » Nataša seguì l'esempio, spogliandosi, mentre la sua mente prendeva diverse direzioni. « Non possono arrestarti per questo? »

« Non fornirai le informazioni apertamente. » Dima si sfilò i pantaloni. « Puoi provare a memorizzarle, è il modo migliore.» Si sedette sul letto e le fece cenno di raggiungerlo. «O potremmo nascondertele addosso.» Rimasta senza vestiti anche Nataša, Dima intraprese un'indagine approfondita dei potenziali nascondigli. «Il corriere che trasportava la lista con sopra il tuo ha sfilato l'elastico delle mutande, ci ha scritto sopra le informazioni pertinenti, poi l'ha reinserito. Al confine lo hanno spogliato, gli hanno persino infilato uno speculum su per il culo, ma non hanno trovato l'elenco.»

Non era la frase più romantica che Dima potesse pronunciare in quella circostanza, notò Nataša. Ma era anche la prima volta, da quando si conoscevano, che l'attenzione di Dima, la sua passione, la sua premura si concentravano esclusivamente su di lei e su nient'altro.

Doveva farselo bastare, in quel momento.

26

Nataša non si aspettava che tutto cambiasse all'istante; tuttavia si aspettava che qualcosa, alla fine, cambiasse. La prima volta che il loro gruppo si riunì dopo che lei e Dima avevano trascorso quel pomeriggio insieme, lui si sedette a capotavola, come sempre. Nataša non si era aspettata che le riservasse un posto accanto a sé: non erano mica alle elementari. Ma le parve strano che a occupare il posto d'onore alla sua destra fosse ancora Ljudmila. Nataša finì per sedersi al solito posto, tre sedie più in là, di fronte a Marina, la masticatrice di cuticole che, qualche mese prima, in seguito a una conversione religiosa, aveva cambiato il nome in Miriam e da allora si copriva i capelli con un foulard. Dal momento che non parlava quasi mai, era facile dimenticarsi della sua presenza. Un destino che Nataša era determinata a non condividere.

Si sentì rincuorata quando, come primo punto all'ordine del giorno, Dima annunciò che lei aveva iniziato la procedura per l'emigrazione. Poi le sorrise raggiante e Nataša si crogiolò in quel bagliore.

Purtroppo, il resto della riunione proseguì in modo piatto, poco radioso. Dima li aggiornò sugli sforzi delle controparti all'estero, sui raduni pacifici organizzati negli Stati Uniti dalla Student Struggle for Soviet Jewry e sui sit-in più militanti della Jewish Defense League, nonché sull'impegno clandestino del Nativ israeliano, che sospettava venissero spiati dal KGB, cosa che rendeva ancora più complicato far trapelare informazioni sui *refusenik*. Quando Dima affrontò quel punto, Nataša cercò di attirare la sua attenzione con l'intento di condividere un sorriso furtivo, in memoria dell'ultima volta che avevano discusso della questione. Ma lui scosse il capo e distolse lo sguardo.

Poi diede loro ragguagli sulla distribuzione dei *samizdat*, non solo di copie manoscritte dell'*Arcipelago*, ma anche di una traduzione in russo di *Exodus* di Leon Uris, nonché delle poesie di Iosif Brodskij. L'ultima opera non era a sfondo politico ma, dal momento che era stata giudicata antisovietica e che l'autore era stato rinchiuso in un istituto psichiatrico in quanto parassita incapace di contribuire al bene della Patria, Dima era dell'idea che dovessero offrire il loro sostegno a quel coraggioso ribelle.

Alla fine dell'incontro, però, al riparo da orecchie indiscrete, Dima l'affiancò e, con noncuranza, le fece sapere che il pomeriggio seguente il suo conoscente all'Università di Odessa avrebbe dovuto sostenere un esame impegnativo. Nataša sorrise.

Adesso era lei la preferita.

C'era una sorvegliante di piano diversa a presidiare il corridoio d'ingresso, una megera che a stento le arrivava alla spalla, ma che, seduta in atteggiamento regale, riusciva a guardarla dall'alto in basso da sotto una parrucca della misura sbagliata e di un colore che ricordava le barbabietole andate a male. Nataša aveva ipotizzato che lei e Dima sarebbero entrati separatamente. Ma, alla vista di quell'Oracolo di Delfi, lui la rassicurò (« È tutto a posto ») e, afferratala per mano, la condusse dentro.

«Judifa Solomonovna, la trovo benissimo!» esclamò poi, salutando la donna.

«È perché conduco una vita meravigliosa», ripeté lei meccanicamente, nascondendo con discrezione i rubli che lui le aveva fatto scivolare in una tasca già gonfia di banconote.

«Non hai paura che possa segnalarci?» chiese Nataša non appena la porta si fu chiusa alle loro spalle. Dima, intanto, aveva già cominciato a spogliarsi. Che senso avevano avuto, in tutti quei mesi, i suoi ammonimenti su quanto fosse rischioso farsi vedere insieme, se adesso lui stesso si sentiva libero d'ignorare su due piedi qualsiasi precauzione?

«Judifa Solomonovna è una di noi. Insegna l'ebraico al nostro gruppo di *refusenik* ogni martedì e giovedì sera.»

Un gruppo cui lei non era stata invitata, sempre per il fatto, verosimilmente, che non stava bene che li vedessero insieme in pubblico. Un'ulteriore prova - così si disse - di quanto era preziosa per lui e per tutto il gruppo. E poi - si disse ancora - non era certo gelosa del tempo extra che donne come Ljudmila e Miriam potevano trascorrere con Dima. Si disse che loro dovevano condividere quel tempo con altra gente e passarlo leggendo libri per bambini scritti in una sequenza di ghirigori. E che il tempo che invece passavano insieme lei e Dima era tutto per loro. Oltre a essere molto più divertente.

«Era a Leningrado durante l'assedio. È stato così che ha perso i capelli. Tifo. Quando non c'erano più né cibo né acqua potabile, lei era una delle donne di cui avrai sentito parlare, quelle che ancora lucidavano i monumenti della Rivoluzione per la gloria di Stalin. È sopravvissuta a quei novecento giorni, tanto da meritarsi la medaglia di Eroina dell'Unione Sovietica! Poi, l'anno scorso, ha fatto richiesta di emigrare in Israele. Ha perso il lavoro di bibliotecaria all'università per essere spedita qui. Ma è una dura. Ci seppellirà tutti.»

Una storia in grado d'infondere coraggio e motivazioni, sì, il tipo di storia che, un giorno, Nataša si aspettava che seguaci con gli occhi spalancati avrebbero raccontato parlando di lei. Ma quello riguardava il futuro. Al momento, tutto ciò su cui Nataša poteva concentrarsi, anche mentre si sbottonava la camicetta, con la gonna già sul pavimento, fu: «Quante cose mi sto perdendo! Quanto potrei esserti d'aiuto se solo mi lasciassi partecipare! Come Ljudmila e Miriam».

Tutto ciò la faceva sembrare meschina. In realtà, era ansiosa di aprire la sua anima a Dima, di dirgli quanto avessero significato per lei i mesi passati. Moriva dalla voglia di spiegare come si fosse rassegnata a relegare il sogno di diventare una persona degna di nota nel bidone delle fantasie infantili. Aveva accettato di essere una persona comune, niente affatto diversa da tutte le altre, il perfetto ideale sovietico. Ma poi era tornato lui e le sue ambizioni si erano risvegliate, per ribaltarsi nuovamente, all'improvviso, e ritornare alla sua portata. Ogni volta che si sforzava di trasformare i sentimenti in parole concrete, finiva per sembrare avida o superficiale o, sì, persino meschina, anche se lei non si vedeva affatto così.

Perciò, volendo apparire la donna che credeva di essere, invece di quella che segretamente temeva di essere, incespicò mentre cercava di persuaderlo: «So che inoltrando richiesta per emigrare sto facendo la mia parte. Non voglio sembrare ingrata rispetto all'enorme fiducia che hai riposto in me. Ma mi sento relegata ai margini del nostro lavoro. E io voglio esserne al centro».

Dima si era abbandonato sul letto, con addosso soltanto l'orologio che aveva già controllato due volte per calcolare quanto tempo avessero a disposizione. Vedendo scorrere via secondi preziosi, decise che non era il momento di addentrarsi in una discussione filosofica. Se fosse stata sincera con se stessa, Nataša avrebbe ammesso che era esattamente la ragione per cui aveva scelto quel preciso istante per sollevare l'argomento. Tale ammissione, però, l'avrebbe resa subdola e cinica. E non era nemmeno così che si vedeva. Soprattutto se di mezzo c'era l'uomo che amava.

« Domani abbiamo in programma una manifestazione. Non puoi unirti a noi ma, se trovi un posto abbastanza distante in cui nasconderti, puoi guardare. »

« Guardare? Tutto qui? » Nataša si sforzò di non lasciar trasparire la delusione.

Dima consultò di nuovo l'orologio, sollevò la coperta e le fece segno di raggiungerlo. « Potrai prendere appunti, tenere traccia del trattamento che ci riserveranno, così da poterlo riportare quando sarai all'Ovest. »

Non era quello che aveva sperato. Ma era più di quanto si aspettasse, onestamente. Se ciò significava ricoprire anche il minimo ruolo nei loro disegni, se significava passare anche solo qualche minuto in più con Dima, allora si sarebbe accontentata.

Del resto, aveva vissuto la maggior parte della propria esistenza ritardando la gratificazione per concentrarsi su un obiettivo a lungo termine. Era assolutamente esperta nell'aspettare il suo momento tenendo gli occhi puntati sul premio. L'unica sua speranza - che teneva confinata in un angolo della mente, ritenendola infida - era che quel periodo di sacrifici non l'avrebbe delusa.

Come invece era avvenuto negli ultimi tempi.

Dal momento che Dima l'aveva definita una manifestazione, Nataša si aspettava qualcosa di simile a quello che era abituata a vedere per il Primo maggio o per il Giorno della vittoria o, ancora, per il Giorno dei veterani: migliaia di cittadini che riempivano le strade, mazzi di fiori ovunque, cartelloni con le foto di Lenin e di Brežnev, una foresta di gigantesche bandiere rosse. Quand'era bambina, Nataša amava quei giorni di vacanza in cui doveva indossare la divisa scolastica col grembiule bianco delle occasioni speciali e marciare insieme coi compagni di classe. Dopo, avrebbe supplicato suo padre - col petto straripante di medaglie - perché le lasciasse reggere una delle bandiere che gli avevano affidato da tenere in spalla.

Non che si aspettasse le bandiere e i cartelloni con le foto dei loro leader, stavolta. Ma si aspettava qualcosa di più della sorvegliante dell'Università di Odessa e dell'altrettanto basso - ma senza parrucca - marito sul balcone del loro condominio, con in mano due cartelli che recitavano, rispettivamente: VOGLIO EMIGRARE IN ISRAELE e LASCIATE PARTIRE IL MIO POPOLO. Sulla strada sottostante, un corteo composto da Dima, Ljudmila, Miriam e altri cinque o sei uomini. Fine del discorso.

Tutto là? Davvero? Una cosa che aveva rivestito un ruolo così dominante in ogni momento della sua vita da sveglia - ma anche dei suoi sogni - non meritava forse un riscontro molto più ampio nel mondo esterno? Possibile che qualcosa di così assoluto per lei fosse trascurabile a tal punto per tutti gli altri?

«Mi raccomando, tieniti a distanza», era stata l'ultima cosa che le aveva detto Dima lasciandola appostata dietro un lampione a quasi un isolato dal luogo designato, per poi affrettarsi a raggiungere gli altri. Lì per lì, si era sentita abbandonata. Poi era subentrata la noia.

Fu una protesta silenziosa. L'unico brusio proveniva dalla manciata di passanti che si prese la briga d'importunarli, usando comunque una certa sobrietà. Gli scolari lanciavano loro pietre e pigne, chiamandoli «sporchi giudei», ma la maggior parte degli adulti si limitò ad aggirarli rapidamente, distogliendo gli occhi per timore che anche solo l'aver notato l'evento potesse essere considerato come una forma di approvazione o, peggio ancora, di partecipazione. Il denigratore preferito di Nataša fu quello che urlò: «Tornatevene da dove siete venuti!» Come se non fosse esattamente ciò che stavano cercando di ottenere.

La *milicija* arrivò nel giro di dieci minuti. Molto meno tempo di quanto non avesse impiegato l'ambulanza chiamata da una sua vicina di casa la volta in cui il marito era stato colto da convulsioni. C'erano volute sei ore, allora.

Nataša si sarebbe dovuta aspettare l'arrivo degli agenti. E lo aveva fatto, da un punto di vista razionale. Di certo, una protesta orchestrata da un personaggio significativo come credeva fosse Dima non poteva non attirarsi la censura. Tuttavia, se la ragione era pronta, le viscere vennero colte di sorpresa. Inattesa fu anche la sua reazione alla vista di Dima che veniva ripetutamente colpito allo stomaco e al viso, fino a quando non crollò sulle ginocchia, con ancora in mano il cartello che chiedeva LIBERTÀ PER TUTTI!

Prima dell'aggressione, Nataša era convinta che avrebbe lasciato cadere il quaderno e le matite - quella rossa da un lato, quella blu dall'altro - sgraffignate dall'aula di Artistica il giorno in cui era stata licenziata da scuola (ennesimo atto di ribellione), per correre da Dima, ignorando l'istruzione di starsene alla larga. Era convinta che gli avrebbe fatto scudo col proprio corpo, accogliendo la tormenta dei colpi e salvandolo, per poi cullare in grembo il suo capo insanguinato e tamponarlo alla peggio con una striscia di stoffa strappata dalla manica, mentre si rifiutava di farsi trascinare via dando sfoggio di una resistenza passiva tale da far concorrenza allo stesso Mahatma Gandhi.

Solo che, davanti alla realtà, fu sì colta dall'impulso di lasciar cadere il quaderno e le matite per scappare: nella direzione opposta, però. Fu colta dal desiderio di chiudere gli occhi, tapparsi le orecchie e fingere che nulla di tutto ciò stesse accadendo. Era troppo orribile. Era troppo reale. Era proprio come il 3 ricevuto all'esame: la sensazione di aver fatto male i calcoli e che qualsiasi tentativo di correggere l'errore non avrebbe fatto altro che peggiorare le cose. Solo che allora, impotente e disinformata com'era, non poteva darsi colpa per la propria inerzia: era un tempo, quello, precedente all'illuminazione. Ora che sapeva come stavano le cose, la sua riluttanza non poteva che essere sintomo di codardia.

No, si disse – era più un rimprovero, a dire il vero –, non era per quello. L'unico motivo per cui non era corsa da Dima era che stava eseguendo i suoi ordini. Tieniti a distanza, prendi appunti e poi, un domani, riporta ogni cosa e sensibilizza il mondo sulla causa... Una volta al sicuro in Occidente. Quello era ciò che Dima voleva facesse. Quello era ciò che le aveva ordinato di fare. E Nataša era un buon soldato. Era coraggiosa.

Nataša vide Dima e gli altri, compresa la coppia di anziani sul balcone, trascinati via e, a malapena coscienti, caricati sul retro di alcuni camion della *milicija* che poi si allontanarono in una nuvola di gas di scarico.

Scrisse quanto aveva visto. Dopo di che, tornò a casa.

27

Per quasi una settimana, Nataša non ebbe notizie da Dima né su Dima. Ovviamente, nell'edizione locale della *Pravda* non si faceva menzione dell'accaduto - sarebbe stato assurdo -, ma Nataša si aspettava di cogliere qualche sussurro tra i suoi amici ebrei e quelli dei genitori. Di sicuro, qualcuno doveva aver sentito qualcosa. Dov'erano tutti quegli sbruffoni che avevano sperato d'impressionarla con le loro radio a onde corte illegali potenziate con le grucce? La storia di Dima doveva pur essere arrivata a *Voice of America*. Invece, niente. Le capitò di sentire per caso uno degli amici di bevute di suo padre blaterare qualcosa a proposito di « teppisti che non fanno che complicare le cose a tutti gli altri ». E lei, decretando che intendesse riferirsi necessariamente a Dima, aveva intrapreso un'azione preventiva.

Nataša si chiese se rischiare o no di presentarsi nel luogo d'incontro del gruppo alla solita ora del solito giorno. E se uno di loro, cedendo durante l'interrogatorio, avesse spifferato ogni cosa alle autorità? Non sarebbe rimasta nient'affatto sorpresa se Ljudmila avesse finto di essere crollata a causa della privazione del sonno e delle torture, salvo poi scoprire che lo aveva fatto apposta per inguaiare lei. Anche sapendo che un simile gesto sarebbe andato direttamente contro la volontà di Dima. In ogni caso, per onestà, lei stessa dubitava che sarebbe durata per più di una notte insonne sotto interrogatorio. O, peggio, sottoposta a un pestaggio.

Nataša si disse che non avrebbe mai permesso a Ljudmila d'intimidirla in quel modo. Dima avrebbe voluto che lei facesse il suo dovere, indipendentemente dal pericolo. Se lui era ancora dietro le sbarre, aveva tutto il diritto di aspettarsi che fosse lei a prendere il testimone cadutogli di mano e a raccogliere i sopravvissuti, non importa quanto malconci, per continuare a combattere nel suo nome. Proprio così: lui contava su di lei. E lei non lo avrebbe deluso.

Così, Nataša andò alla Moldavanka. Be', tecnicamente, vi s'insinuò, sgambettando di ombra in ombra, così da non dare nell'occhio: proprio come avrebbe voluto Dima. Rimase appostata nei pressi dell'abitazione abbandonata in cui erano soliti incontrarsi fin quando non vide tremolare le tende. C'era qualcuno, dentro. E poteva essere un agente del KGB in agguato. Facendosi coraggio, Nataša entrò.

Per poco non pianse dal sollievo quando scoprì di aver vinto la sua scommessa. Nessun agente del KGB (be', nessuno di cui potesse avere la certezza se, come avevano evidenziato Dima e suo padre, in qualsiasi gruppo c'era inevitabilmente un informatore). Erano solo Dima, Ljudmila, Miriam e gli altri. Non mancava nessuno all'appello!

Il lato destro del volto di Dima era tutto un gonfiore giallo malaticcio percorso da un reticolato di vasi sanguigni rotti, mentre sul sinistro campeggiava un'ammaccatura violacea più recente. Un occhio di Ljudmila era chiuso e tumefatto. Uno sfregio le correva dall'angolo della bocca su per la guancia. La chioma ramata e fluente di Miriam era stata strappata a ciocche, come se l'avessero afferrata per tirarle indietro la testa. Gli altri erano tutti segnati allo stesso modo, col sangue alle nocche a testimoniare un tentativo di reazione.

Eppure, nessuno di loro si comportava come se ci fosse qualcosa di diverso. L'incontro procedette come se non fosse accaduto nulla di straordinario. Il loro atteggiamento le ricordò quello di certe amiche che avevano subito un aborto. Avevano vissuto un'esperienza terribile, straziante e brutale. Ma era qualcosa che andava fatto. Semplicemente, si erano sempre rifiutate di parlarne o di farvi anche solo riferimento. Adesso come allora, Nataša si attenne a quella implicita richiesta. Non sussultò né si agitò per le ferite di Dima. Non confessò a Ljudmila e a Miriam quanto fosse ammirata dal loro stoico coraggio (e quanto si sentisse in colpa per alcuni pensieri meno che caritatevoli fatti in precedenza sul loro conto). Non si lasciò andare in sproloqui entusiastici per far sapere fino a che punto li considerasse un esempio. Per mesi, erano state tutte chiacchiere senza azione. Ora che aveva visto l'azione da vicino, si rendeva conto di quanto sarebbero state inadeguate le chiacchiere.

Si limitò dunque a prendere il proprio posto, fingendo che tutto fosse normale pur sapendo che, finalmente, tutto era cambiato davvero.

«Hai pensato un solo istante a quello che stavi facendo ai tuoi genitori?» Boris, che nelle ultime settimane aveva finto di non avere idea degli sviluppi recenti nella vita di Nataša, approfittò di un pomeriggio in cui erano a casa da soli per trascinarla nella sua stanza e concedersi soltanto un mezzo sussurro, nonostante la porta chiusa e l'assenza di finestre.

«Se la caveranno.» La mamma e il papà non le avevano ancora firmato l'autorizzazione. E, avendo visto che cosa avevano dovuto passare Dima e gli altri, Nataša aveva smesso di esercitare pressioni. Tuttavia, gli rispose nel modo in cui sapeva che Dima avrebbe voluto che rispondesse. «Dovevo farlo. Non ho futuro qui. E, il giorno in cui abbiamo affrontato l'esame di Matematica, nemmeno ce lo hanno detto chiaro e tondo. »

Nataša non aveva mai capito in che modo, mentre lei non poteva fare a meno di pensarci ogni giorno, Boris si fosse lasciato quella farsa alle spalle. Non rimuginava mai su ciò che avrebbe potuto essere, non si lamentava mai della vita che gli avevano sottratto. E quello la obbligava a chiedersi se in fondo lei non stesse facendo troppe storie. Boris si comportava come se non fosse né il primo né l'ultimo a vedersi costretto a rinunciare a un sogno: semplicemente, era andato avanti cercando qualche altra cosa con cui occupare il tempo, qualcosa che credeva lo avrebbe reso altrettanto felice. Davvero irritante.

Boris incrociò le braccia e si appoggiò alla parete. Quand'erano bambini, cedeva alle argomentazioni di Nataša senza ribattere. Il massimo che gli riusciva di opporre, a mo' di protesta simbolica, era: « Non m'interessa quello che dici, finché so di avere ragione ». Da quando Nataša aveva conosciuto Dima, però, sembrava che Boris si sforzasse intenzionalmente di aggirare la propria innata serenità per il bene dell'amica. Non gli importava di avere ragione; piuttosto, aveva il terrore di ciò che sarebbe successo se Nataša avesse avuto torto.

Lei rovesciò gli occhi mentre lui recitava in tono grave: « Nell'ottobre del 1941, il quartier generale rumeno dell'esercito che occupava Odessa è stato fatto saltare in aria. Per rappresaglia, sono state impiccate centinaia di ebrei ».

« È una storia che conosce qualsiasi scolaretto. » Solo che, nella versione ufficiale, erano state impiccate centinaia di coraggiosi martiri sovietici. Il fatto che fossero tutti ebrei era un'informazione tramandata clandestinamente.

« La stessa cosa è accaduta a Kiev. Quando il quartier generale nazista è stato fatto esplodere, quante decine di migliaia di ebrei sono state massacrate a Babij Jar?»

Il monumento sopra le fosse comuni recitava: CITTADINI DI KIEV E PRIGIONIERI DI GUERRA. Benché Nataša si rifiutasse di ascoltare quello che le stava dicendo Boris, il messaggio le arrivò forte e chiaro.

«Tu scappi via da brava egoista, lasciando che a pagare il conto siano le persone che abbandoni qui. Come al nostro primo *kolchoz*.»

«Piantala di lamentarti. Non hai subito nessuna conseguenza.»

Nataša immaginò la disputa divampare per qualche istante nella sua testa, prima che Boris confessasse: «Non ti ho segnalato per aver fatto richiesta di andartene. È finita che hanno segnalato me».

«Io non... Non lo sapevo», balbettò Nataša, sconvolta non soltanto per l'accaduto, ma anche per il fatto che Boris glielo stesse dicendo solo in quel momento.

«Ero in lizza per una promozione al lavoro, qualche mese fa. Il direttore si era detto intenzionato a concedermela. Mi aveva mostrato i documenti già compilati. Era previsto un aumento. Ma poi mi ha detto di aver rivisto il mio fascicolo disciplinare e di aver scoperto il mio reato. Mi ha strappato i documenti in faccia. 'Sarà per la prossima volta, Rozengurt.'»

Il senso di colpa la colpì al petto e allo stomaco. Cercò di contrastarlo come avrebbe fatto con un conato di vomito: deglutendo a fondo e pensando ad altro.

Come osava farle questo? Tentare d'instillarle il dubbio sulla bontà della causa di Dima tirando in ballo i suoi trascurabili contrattempi? Possibile non si rendesse conto che in gioco c'era il destino di milioni di persone? Che cos'era la sua insulsa promozione, rispetto ai lividi sul viso di Dima?

Rispetto a quella coppia di anziani che, a differenza dei membri del gruppo, non erano stati semplicemente malmenati di fretta e rilasciati? In effetti, non erano più rientrati nell'appartamento dove avevano inscenato la loro protesta. Nessuno sapeva, al momento, dove fossero finiti quegli Eroi dell'Unione Sovietica.

« A te interessano solo le conseguenze che le mie azioni potrebbero avere su di te », obiettò Nataša.

Boris le lanciò un'occhiata che suggeriva come quel colpo, più che essere basso, fosse indegno di lei. « Avresti dovuto avvertire i tuoi genitori. E il tuo preside. Sono stati colti alla sprovvista. Se lo avessi fatto, a loro volta avrebbero avvertito i loro superiori e questi ultimi non avrebbero reagito con tanta aggressività. Se dai alla gente ciò di cui ha bisogno, è più probabile che in cambio ti dia ciò che vuoi. Quando lo capirai? »

« Parlava come un vero informatore », disse Dima tirando su col naso. Nel rivestirsi dopo un altro appuntamento frettoloso, Nataša ignorò i segni sul corpo di Dima allo stesso modo in cui aveva finto di non vedere quelli sul suo viso. Eppure, poco prima, mentre facevano l'amore, aveva passato le dita sulle ammaccature più tremende, sperando che lui non se ne accorgesse. Nel suo piccolo, aveva bisogno di sentirsi parte di ciò che era successo. Sperava che un po' del coraggio rappresentato da quei segni potesse restarle impresso addosso.

Dima infilò la testa nel maglione, si lisciò i capelli con entrambe le mani e annunciò: « Sono persone di questo tipo a complicare la vita a gente come noi ».

Erano arrivati al « noi », finalmente Nataša ne assaporò il suono.

Dima proseguì: « Quelli che ci combattono, li posso capire. Ma, i rammolliti che giocano ai pacificatori, non riesco a reggerli. Non fanno che adeguarsi al peggio. A loro preme soltanto di non agitare le acque ».

« Credo sia in pensiero per me e per la mia famiglia. » Nataša odiava contraddire Dima, ma le reminiscenze di una lealtà che risaliva all'infanzia si opponevano al suo discorso. A un Boris che badava solo a se stesso. O che esprimeva una qualche preoccupazione che anche lei non avesse quantomeno considerato. « Ha ragione? Mi sto comportando da egoista? Che cosa succederà ai miei genitori se - quando - partirò? »

« Niente. Purché la smettano di essere parte del sistema per opporvisi attivamente. »

Nataša pensò alla sorvegliante del piano scomparsa insieme col marito. « Se la mamma e il papà dovessero perdere il lavoro, potrebbero fare la fine di Brodskij? Finire in carcere con l'accusa di essere parassiti? »

« Il biografo di Brodskij scrive che, dopo le sofferenze infertegli dal processo e dall'ospedale psichiatrico, i mesi trascorsi in esilio nell'Artico sono stati il periodo più bello della sua vita. »

A Nataša non sfuggì il dettaglio che era stato il biografo a scriverlo, non lo stesso Brodskij. Probabilmente perché il biografo non aveva mai trascorso mesi in esilio nell'Artico. Nataša immaginò la mamma esiliata in una landa desolata per la terza volta, e non per colpa di sua madre, adesso, ma della figlia. Dopo tutti i sacrifici che aveva affrontato per tenerli al sicuro, sarebbe finita anche peggio di come aveva iniziato.

Dima agitò scherzosamente il pugno contro la finestra. « E poi Brodskij è stato deportato a Vienna! Spero mi riservino la stessa punizione! »

«Brodskij poteva contare sulle pressioni esercitate da Jean-Paul Sartre. E non mi risulta che Sartre conosca i miei genitori.» Il papà aveva già perso le sue medaglie ed era stato insultato e ricoperto di biasimo. Vedersi bandito come nemico dello Stato dopo tutto quello che aveva dato all'Unione Sovietica avrebbe distrutto lui e la mamma.

«Nel ghetto di Varsavia c'erano politici convinti che, se avessero assecondato i dettami dei nazisti, questi ultimi avrebbero risparmiato gli ebrei.»

Ah, bene, un'altra metafora della seconda guerra mondiale.

«D'imbecilli come il tuo Boris è piena la nostra storia. Dimmi un po', quand'è stata l'unica volta in cui il mondo ha mai rispettato la potenza ebraica?»

Era una domanda a trabocchetto?

«Il 1967. La Guerra dei sei giorni», proseguì Dima. «Potevi camminare per strada e persino i malviventi russi – quelli che ti avrebbero sputato in faccia, piuttosto che darti la precedenza – ti si facevano incontro per dirti: 'Accidenti, gente! Guardate un po' che cosa avete combinato!'»

Nel 1967, Nataša era più interessata a ottenere la sua medaglia d'oro a scuola che alla politica estera, specialmente di una nazione che, così le era stato insegnato, aveva respinto la magnanima offerta di amicizia da parte dell'Unione Sovietica per allearsi con l'Occidente e appoggiarlo nella sua oppressione dei popoli, dal Congo al Vietnam. Non aveva avuto il tempo, allora, né la necessità, di pensare a qualcosa che non la riguardasse direttamente. Credeva di essere cambiata, però. Oppure no? Era quello che stava cercando di dirle Dima? Che era ancora la ragazza egocentrica di un tempo? La ragazza che aveva cercato con tanto impegno di relegare nel passato?

Lui le ricordò per l'ennesima volta: «L'unico modo in cui

potremo mai infrangere la prigione di questo Paese è attraverso un'azione determinata. Lascia che i codardi come il tuo Boris... »

« Non è il mio... »

« Lascia che i codardi come loro facciano i bravi. Sei tu a scegliere da che parte stare. »

Di ritorno a casa, lo sguardo cupo sul viso di sua madre le fece temere il peggio. Immaginò che entrambi i genitori avessero perso il lavoro. Li immaginò in esilio nell'Artico, senza una troupe di poeti internazionali che ne chiedesse a gran voce la liberazione. Pensò al papà, costretto non soltanto a rinunciare alle sudate medaglie, ma impossibilitato a marciare nella Parata della Vittoria ogni 9 maggio. Per quanto lui fingesse di adempiere solo l'ennesimo dovere, Nataša vedeva come i suoi occhi si riempivano di lacrime non appena i bambini gli correvano incontro, consegnandogli mazzi di fiori e ringraziandolo per il servizio prestato nell'esercito.

Nataša era pronta a tutto. Tranne a vedersi porgere i documenti firmati da lei, da suo padre e persino da baba Daria. « Che cos'è che vi ha fatto cambiare idea? » riuscì a chiedere con voce strozzata, mentre un vortice di sentimenti contrastanti le ostruiva la gola.

La mamma sollevò una busta spiegazzata, con l'indirizzo sul davanti scritto da una mano elegante, benché malferma, col lembo sigillato e richiuso più volte dagli addetti alla censura. « Baba ha scritto che ciò di cui tu hai bisogno dovrebbe avere la precedenza su ciò che vogliamo noi. »

28

Nataša sapeva che avrebbe dovuto essere euforica. La sua pratica, finalmente, era completa. Dopo averla consegnata all'OVIR, non c'era altro da fare che aspettare.

Le sue giornate precipitarono in una sorta di routine. Passava la mattina a fare l'amore con Dima. Il pomeriggio, si portava da leggere un libro all'OVIR, nell'attesa che pubblicassero gli elenchi di coloro cui era stato concesso il permesso e di quelli cui era stato invece negato. Alcuni avevano aspettato per anni. La maggior parte aspettava comunque per mesi. Avendo sul groppone giusto un paio di settimane di attesa, Nataša degnava gli elenchi di una scorsa superficiale. Fino a quando non vi vide scritto il suo nome.

Era tra le richieste respinte.

Slava bogu. Grazie a Dio.

Le parole le balenarono in mente prima che avesse la possibilità di censurarsi e di ricordare a se stessa che era delusa. Annichilita, a dire il vero, da quell'ultimo colpo di scena.

« Quale motivazione hanno addotto? » chiese Dima.

« Il fatto che ti frequenti », rispose Nataša, gloriandosi segretamente al pensiero che persino il governo riconoscesse la loro relazione, sebbene a suo modo.

« Maledizione! E dire che siamo stati così attenti! »

Nataša si disse che poteva essere un buon momento per

sollevare un'altra questione sulla quale pensavano di aver fatto altrettanta attenzione. Solo che Dima non era dell'umore giusto per ascoltarla.

« Almeno non dobbiamo più nasconderci », concesse Nataša, offrendo ciò che sperava fosse un aspetto positivo. « Potrebbe anche essere un bene. Adesso sono libera di aiutarti come voglio. »

Dima annuì con aria assente, spingendola a domandarsi se quanto stava dicendo corrispondesse effettivamente a quanto sentiva lui. Dima si pizzicò il dorso del naso, socchiuse gli occhi e borbottò, più a se stesso che a lei: « Dovremo cambiare strategia, coinvolgere un'altra persona ».

Doveva sapere di che cosa stava parlando?

« Ti fidi di me? »

« Sempre », si affrettò a giurare lei, felice di poter dire finalmente la verità, soprattutto a se stessa.

« Bene. Perché, per quello che abbiamo progettato, non possiamo rischiare che vada storto nemmeno un singolo dettaglio. »

« Lo dirai ai tuoi genitori? » Boris le si avvicinò di soppiatto quando Nataša credeva di essere sola in casa.

« Che cosa? » Era passata una settimana da quando aveva saputo che la sua richiesta era stata rifiutata. Ma non aveva ancora informato i genitori. Avrebbe dovuto essere una buona notizia, per loro; eppure, Nataša non riusciva a sbarazzarsi del sospetto che in qualche modo li avrebbe delusi. Una volta accettato il sacrificio sino in fondo, si aspettavano che ne valesse la pena.

Boris arrossì e agitò la mano verso la vita di Nataša. « Del bambino. »

Era l'ultima cosa che si aspettava di sentirgli dire. Nataša stava agendo sul presupposto che, fino a quando si fosse rifiutata di riconoscerla, la realtà non si sarebbe manifestata in maniera tale da risultare identificabile agli altri. Non era una negazione, la sua, né un pio desiderio. Era un pensiero impregnato di meccanica quantistica. L'Unione Sovietica era famosa per la sua capacità di rimuovere l'esistenza d'individui ed eventi. E lei si stava comportando da cittadina patriottica.

« Come lo hai saputo? »

Il rossore divenne ancora più intenso. Il braccio di Boris scattò verso l'alto, indicando vagamente il suo seno. « Sono... ehm... più grandi. »

« Che cosa fai? Le misuri? » gli chiese, incredula.

« Da quando avevo dodici anni. »

Era un'espressione di orgoglio, quella che gli leggeva sul viso? Nataša sentì agitarsi lo stomaco nel richiamare alla memoria tutte le opportunità che Boris aveva avuto per osservare il suo corpo e i suoi cambiamenti, a partire da quando, ancora piccoli, andavano in spiaggia solo in mutande, fino alla frequenza con cui lui vedeva ancora la sua biancheria appesa allo stendino. Non avrebbe mai immaginato che ne fosse capace. « Non sono affari tuoi. »

« Speravi di emigrare prima che i tuoi genitori se ne accorgessero? »

Nataša non si era spinta così lontano, col pensiero. Non che avesse importanza, ormai. « La mia richiesta è stata respinta. »

« Non ne sembri troppo dispiaciuta. »

Prima i suoi seni, ora il suo stato emotivo? Che cos'altro pensava di sapere Boris sul suo conto?

« Sembri sollevata », aggiunse lui.

Nataša fece del suo meglio per sbuffare in una maniera

che risultasse beffarda. «Per la prospettiva di rimanere intrappolata qui per il resto della mia vita?»

«Con Dima?»

Da quand'era così perspicace? E così assertivo?

«Come fai a sapere che sto con Dima?» gli chiese in tono di sfida. Poi rimase in attesa.

Il grugnito irrisorio di Boris risultò più efficace. «Ogni parola uscita dalla tua bocca negli ultimi mesi era un'eco delle sue. Per chi altri saresti così felice di restare?»

«Pensi che io sia felice di un futuro in cui saremo entrambi costantemente sorvegliati, incapaci di fidarci di chiunque, esiliati in un angolo così remoto che potremmo passare giorni interi senza vedere un'anima? Lo trovi così romantico?» Nataša sperò d'iniettare abbastanza sarcasmo nelle sue parole da impedire a Boris di sospettare che potesse essere sincera.

«E poi ti sgancia da ogni responsabilità», concluse lui.

«Che cosa vorresti dire?» L'unico gancio cui lei stava pensando era quello utilizzato per praticare gli aborti.

«Voglio dire che non devi impegnarti. L'ultimo sforzo che hai fatto è stato studiare per l'ammissione all'università. Una volta fallito l'obiettivo, hai rinunciato. A tutto. Di certo, non ti stai impegnando a essere una brava insegnante.»

«Quando quei mocciosi s'impegneranno per essere bravi studenti, allora farò del mio meglio per diventare una brava insegnante.»

«Non hai nemmeno cercato di trovarti un altro lavoro, qualcosa che ti piacesse di più.»

«Come te? Raccontami un'altra volta di come scrivere stringhe di numeri per far ronzare una macchina sia matematica.»

«Non ti sei impegnata più di tanto nemmeno per emigrare.»

« La mia richiesta è stata respinta per via delle mie attività sovversive », gli ricordò Nataša, non senza un pizzico di orgoglio.

« Potresti ripresentarla. Ma non lo farai. Perché allora dovresti mostrarti all'altezza delle aspettative degli altri. Dei tuoi genitori, di Dima. Dovresti rispondere della fiducia che ripongono in te. In questo modo, invece, puoi continuare a criticare il modo in cui vivono gli altri, senza doverci mai mettere la faccia. »

« Credi sia facile ottenere il permesso di emigrare? »

« Non se ti autosaboti. »

« Non sai di che cosa stai parlando. Ho raccolto tutti i documenti richiesti. Ho pagato le tasse ufficiali e le mazzette non ufficiali. »

« Mentre gironzolavi intorno a un gruppo di noti piantagrane che giocano a fare i ribelli. »

« Che cosa ti pone nella posizione di giudicare? Non hai mai infranto una regola in vita tua », replicò ironica, pur sapendo che non era vero.

« Forse è per questo che ho ottenuto il permesso di emigrare. » Boris infilò una mano nella tasca della camicia e tirò fuori un pezzo di carta piegato, che porse a Nataša perché verificasse.

Lei lo prese con cautela, convinta che stesse mentendo, che la stesse imbrogliando per volerle dimostrare chissà che cosa. Ma il documento sembrava esattamente come Nataša aveva immaginato che sarebbe stato il suo. Quello che sperava di portare tutta trionfante a Dima. Quello che *temeva* di dover portare tutta trionfante a Dima.

« Non sapevo nemmeno che avessi fatto richiesta. » Le girava la testa. Come diamine ci era riuscito? Aveva sempre pensato di sapere tutto di lui. Di poter prevedere ogni sua mossa. Era la ragione per cui lo aveva liquidato come noioso e reazionario. Non era mai stato capace di sorprenderla, di eccitarla. Eppure, eccolo là, con tutte le sfaccettature che non aveva mai immaginato esistere. Com'era possibile che avesse avuto successo dove lei e Dima avevano invece fallito? «Non può essere legale. Tu non hai perso il lavoro...»

«Sono andato dal mio capo e gliene ho parlato in anticipo, così che non potessero coglierlo alla sprovvista. Mi sono offerto di licenziarmi. Mi ha chiesto: 'Cosa? Non hai più bisogno di soldi?' E poi ha aggiunto che mi avrebbe tenuto fino al giorno della partenza, se avessi voluto.»

«Hai già fissato la data?»

«Non ancora. Mia madre e mio padre devono prima sistemare un paio di cose.»

«Verranno anche loro?» Incredibile quanti segreti potessero nascondersi sei persone in quattro stanze.

«Non potevo lasciarli qui a cavarsela da soli.» Come aveva pianificato di fare lei? «E posso portare anche te», aggiunse Boris, benché gli fosse uscita più come una domanda.

«In che modo?» La prospettiva era così assurda che Nataša era certa che la stesse prendendo in giro.

«Se fossimo sposati.» Doveva essere uno scherzo. «Risolverebbe diversi problemi in una volta.»

«Per chi?»

«Be', per te», concesse Boris. Poi, vedendo che la sua logica non riscuoteva il successo sperato, cambiò tattica. «E per i tuoi genitori. Possiamo fare domanda anche per loro. Tuo padre è già stato svergognato pubblicamente. Ormai non ha molto da perdere.» Fatti non dimostrati. Per quella che era la sua esperienza, le cose potevano sempre peggiorare. «Non appena saremo sposati», precisò Boris.

«Dima...» azzardò lei.

Boris la interruppe. Il che fu un bene, dal momento che lei non aveva pensato a un seguito.

«Quello che hai detto prima, a proposito di un'esistenza sotto costante sorveglianza, col pericolo incombente dell'esilio... È questo che vuoi veramente?»

Nataša aveva immaginato un idillio d'amore, loro due insieme, lei e Dima, contro il mondo. Come Lenin e sua moglie, la formidabile Krupskaja. Napoleone e la sua bella Giuseppina. Franklin Delano e la sua Eleanor, progressista e nello stesso tempo amante del focolare. Il quadro non contemplava bambini. Niente pannolini sporchi messi a bollire, niente latte da rimediare, niente culla da dondolare mentre Dima continuava la sua battaglia per la libertà. All'improvviso, al posto della Krupskaja, di Giuseppina ed Eleanor, Nataša considerò Jenny von Westphalen, la moglie di Karl Marx, che gli diede sette bambini e visse nella sporcizia e nella miseria mentre il marito scriveva della lotta dei lavoratori e del perché il suo lavoro dovesse limitarsi al pensiero.

«Non sarà così», disse Nataša, rispondendo più allo scontro nella sua testa che alla domanda che Boris le aveva effettivamente posto.

«Non se mi sposi», le confermò lui.

29

«Potrei avere un altro modo per lasciare il Paese», disse Nataša a Dima.

Non era la sua immaginazione. Da quando aveva saputo che la sua richiesta era stata rifiutata, Dima aveva perso interesse in lei. Non nel sesso. Il sesso lo interessava ancora. Solo che prima le chiacchiere intime riguardavano i suoi progetti per Nataša una volta trasferitasi in Occidente. Adesso, invece, si sdraiava sulla schiena, col braccio sopra la faccia, e attaccava un sermone sull'importanza sempre crescente del Movimento per la liberazione degli ebrei sovietici, sulle proteste davanti alla Biblioteca Lenin, sugli scienziati belgi e francesi che chiedevano l'annullamento della condanna ai lavori forzati per il sessuologo Michail Stern (aveva rifiutato la nozione di «Socialismo come via a una vita sessuale più appagante»?) Dima le raccontava di una funzione pasquale interrotta nella sinagoga di Mosca, di scioperi della fame e della Giornata internazionale della solidarietà con gli ebrei sovietici, il 28 aprile 1974, in cui, nella sola città di New York, 125.000 sostenitori erano scesi in strada a protestare. Nataša pensò che, se la sua persona distesa là completamente nuda non poteva competere col notiziario quotidiano, forse lo avrebbe fatto il suo ultimo comunicato.

In effetti, riuscì a catturare l'attenzione di Dima che, rotolando su un fianco, appoggiò il gomito sul cuscino per adagiare la testa sul palmo della mano. «Sarebbe a dire?»

«Boris ha ottenuto il permesso di emigrare.»

Dima sbuffò. «Ma certo. Le autorità sanno che non causerà loro problemi all'estero. Invece di battersi per tutti noi, qui, terrà la testa bassa, farà un mucchio di soldi, ingrasserà e non si darà pensiero per quelli che hanno lottato affinché lui avesse vita facile.»

Nataša cercò di figurarsi una versione grassa di quel palo del telefono che era Boris. Ma a tale immagine si sovrappose la versione di lui che l'aveva affrontata nella cucina di casa. Il Boris fiducioso e imperturbabile, nonché in una posizione politica molto migliore della loro. «Se sposassi Boris...»

«Sposarlo!» guaì Dima, mostrandole il primo segno d'interesse nei suoi confronti da secoli a quella parte. Quell'impeto le fece sobbalzare il cuore, solo per arrestarlo di colpo quando aggiunse: «E come dovresti convincerlo, quel babbeo?»

Piuttosto che ammettere che lui gliel'aveva già chiesto, Nataša preferì fare l'evasiva. «Be', potrei sedurlo.»

«Quanto pensi che ti ci vorrebbe?»

Meno di quanto ne ho impiegato con te, pensò lei, prima di rimproverarsi per aver pensato che Boris potesse essere superiore a Dima. Il motivo per cui l'amico si era accorto per primo della sua gravidanza era che aveva la testa infarcita di pensieri banali, mentre quella di Dima era impegnata a generare concetti sovversivi. Aveva cose più importanti del suo seno su cui ponderare.

«Non molto.»

Dima ci pensò su per qualche istante, poi scosse la testa. «Non possiamo rischiare.»

Nataša emise un sospiro di sollievo. Dima non sopportava l'idea di saperla a letto con un altro uomo. La voleva tutta per sé.

« Non c'è abbastanza tempo », le spiegò. « Ricordi quando ti ho detto che stavamo pianificando un grande atto di resistenza? Dirotteremo un aereo. Verso Israele. »

Gli occhi di Nataša si dilatarono. « Non potete! »

« Possiamo eccome », la rassicurò Dima, come se lei stesse mettendo in discussione la logistica, piuttosto che la follia suicida del progetto. « Speravo di aspettare che tu fossi all'Ovest per diffondere la notizia, ma ormai non c'è più tempo per quella parte del piano. Dovrai venire con noi. »

Aveva detto proprio così: *dovrai*. In altre parole, non poteva vivere senza di lei. Solo che, se fosse andato sino in fondo, probabilmente non gli sarebbe rimasta una vita da vivere.

« Non posso. Vorrei. Voglio stare con te e nessun altro. Per sempre. Non ti preoccupare, mi hai convinto. Non sposerò Boris. Non ti farò mai soffrire così! Ma nemmeno tu puoi correre un rischio del genere. Io... avrò un bambino. Il nostro bambino. Il tuo bambino. »

« È meraviglioso », disse infine Dima, provocandole un altro sussulto al cuore. Meraviglioso! Aveva detto che la sua gravidanza era un evento meraviglioso! « La stampa occidentale ti adorerà! » Nataša sperava in qualcos'altro. « Una giovane famiglia in fuga dal totalitarismo! Se la berranno! »

Nataša non sentì nient'altro: li aveva definiti una famiglia. E tutto quello che riusciva a vedere erano lei e Dima che fuggivano insieme dall'Unione Sovietica, sfilando, mano nella mano, davanti a una raffica di flash. Sarebbero diventati la coppia più famosa del mondo!

C'erano alcuni rischi, certo. Non solo per lei, anche per i suoi genitori.

Ma il vero amore, in fondo, non implicava immancabilmente dei rischi? Facevano parte del gioco. Non poteva - non doveva! - pensarci adesso. Bisognava concentrarsi sulla ricompensa. Quella ricompensa che aveva aspettato troppo a lungo. La ricompensa che avrebbe dovuto essere sua da sempre.

« Quindi sei dei nostri. » Non era esattamente una domanda.

Ecco perché non poteva esserci altra risposta che « sì ».

Il piano prevedeva di acquistare quindici biglietti di un aereo, con la scusa di dove raggiungere Alma-Ata, in Kazakistan, per partecipare a un matrimonio. Essendo tutti *refusenik*, non potevano entrare semplicemente in un qualsiasi ufficio del turismo e sganciare il numero di banconote sufficiente a coprire il costo dei biglietti e delle mazzette. Era un lavoro che richiedeva finezza, velocità di pensiero e nervi d'acciaio.

« Dovresti farlo tu. Sei ancora la meno compromessa tra tutti noi », spiegò Dima a Nataša.

« Come? Che cosa devo dire se cominciano a farmi domande? »

« Racconta loro una bella storia. Convincili. Sei una bella ragazza. Non dovrebbe essere difficile. »

Lusingata, Nataša acconsentì.

La mattina in cui Nataša mise piede nell'ufficio del turismo, c'erano due impiegati di turno. Una era una donna anziana con gli occhi ridotti a due fessure da una vita passata a sbirciare di traverso tutti quegli imbecilli che osavano pensare di meritarsi la possibilità di lasciare la città. L'altro, un uomo di mezza età intento a compilare scartoffie per una coppia sciatta che stringeva un sacco di mele portato in segno di ringraziamento, sollevò lo sguardo non appena la vide e le sorrise. Un sorriso simile a quello che aveva riservato alle mele. Le infuse speranza. Naturalmente, però, a lei toccò la vecchia dagli occhi penetranti.

« Alma-Ata », ripeté la donna, quasi non credesse nell'esistenza di quel posto.

« Per un matrimonio. » Nataša si attenne al copione, mentre il cuore le batteva a un ritmo così folle che la sorprese il fatto che nessun altro potesse sentirlo. O vedere il suo petto rimbalzare come se un gattino stesse cercando di farsi strada fuori dal vestito. A Boris non sarebbe sfuggito.

« Ha i soldi per acquistare tutti questi biglietti? »

« Sì. » Nataša posò sul tavolo la pila di rubli già bella e pronta.

La donna tastò le banconote, leccandosi ripetutamente il pollice mentre le contava. Nataša le aveva allungato abbastanza soldi per acquistare quindici biglietti. Più cento rubli extra. Non si aspettava il resto.

« Solo che lei arriva qui all'ultimo minuto. Avrebbe dovuto fare richiesta mesi fa. »

« Ma il matrimonio è stato una cosa dell'ultimo minuto », improvvisò Nataša, mentre il gattino si trasformava in un puma.

« I suoi amici si sarebbero dovuti organizzare meglio. »

« Sono sicura che avrebbero voluto », replicò Nataša, scoppiando inaspettatamente in lacrime. « Se avessero avuto più tempo, avrebbero potuto organizzare meglio il matrimonio, invece di doverlo improvvisare. O forse si sarebbero stancati l'uno dell'altra e si sarebbero lasciati. Ma ormai è troppo tardi, non rimane loro altra scelta. Devono sposarsi subito. Ecco perché dobbiamo andarci. E se lo sposo dovesse cambiare idea e piantare in asso la sposa? Che cosa farebbe lei? Si ritroverebbe con una vita a pezzi. Con solo un pugno di mosche in mano. E tutto questo solo per un errore di valutazione. Sarebbe potuto succedere a chiunque, ma sarà lei a pagarne le conseguenze finché campa, mentre lui se ne esce pulito! »

Le parole di Nataša rotolavano l'una sull'altra. Non era sicura che avessero un senso o che non sembrassero invece (e lei con loro) un guazzabuglio di ansia. Si asciugò le guance col dorso di entrambe le mani, mentre il naso le colava e il mascara le imbrattava il volto. L'agente di viaggio che in precedenza le aveva sorriso ora le lanciava furtive occhiate di disgusto, sollevato dalla consapevolezza di aver schivato quella pallottola.

La donna più anziana, invece, le porse un fazzoletto. Profumava di chiodi di garofano ed era ricamato con un bordo di pizzo.

« Per quand'è previsto il parto? » le chiese.

« Tra sette mesi », rispose Nataša, tirando su col naso nel dire la verità.

« E la tua amica ha paura che il padre possa non assumersi le sue responsabilità? »

Nataša annuì con aria afflitta. « È una persona molto importante. Ha tante di quelle cose in testa... Altre priorità. Se non la risolvono subito, chissà che cos'altro potrebbe accadere. »

L'agente le voltò le spalle così che il collega non potesse vedere. Allungò una mano sul cassetto più basso della sua scrivania ed estrasse una pila di fogli, facendoli scivolare verso Nataša e sussurrando: « Questi sono per i membri del Partito. Biglietti last minute. Dovrei tenerli per i casi di emergenza ». Le accarezzò una mano. « E, se la situazione della tua amica non è un'emergenza, allora non saprei come altro definirla.»

«Grazie», disse Nataša deglutendo, sollevata al pensiero di non aver fallito la missione, e nello stesso tempo terrorizzata dalla prospettiva di che cosa comportasse il suo successo.

La vecchia abbozzò quasi un sorriso. «Buona fortuna.»

In ogni caso, comunque, tenne per sé i cento rubli in più.

«Sei fantastica!» Dima la strinse in un abbraccio. «Guardate che cos'ha fatto!» Sventolò i biglietti davanti agli occhi dei compagni. «Pass per i membri del Partito! Nessuno oserà farci domande con questi!»

«Un ottimo lavoro», commentò Ljudmila. Tutt'altro che entusiasta, pensò Nataša.

«Già, davvero ottimo», le fece eco Miriam.

Nataša accettò i loro complimenti con modestia, sottolineando che stava facendo solo la sua parte. Se con la testa poteva anche girarsi per rivolgere un cenno a quanti stavano tessendo le sue lodi, i suoi occhi rimasero fissi su Dima.

«Sei la nostra eroina», le disse lui e, proprio là, davanti a tutti, le diede un bacio sulle labbra. «Non so che cosa faremmo senza di te.»

Ora che avevano i biglietti, il passo seguente del piano comportava esercitarsi su come legare ed espellere i piloti e su come procedere da quel punto in poi. Uno di loro aveva volato nell'esercito e perciò avrebbe avuto il comando delle operazioni. Per ogni evenienza, gli altri si erano procurati illegalmente libri che spiegavano come far volare un piccolo aereo. Ricrearono una cabina di pilotaggio con oggetti domestici abbandonati: piatti di orologi rotti per i quadranti, un televisore sventrato per il parabrezza. Composero manifesti per i notiziari all'estero, che avevano in programma di spedire per posta la mattina della loro fuga. Non temevano che potessero essere aperti dalle autorità perché, a quel punto, sarebbero stati già in volo (supponendo che il percorso tracciato dalle mappe rubate si fosse rivelato accurato) o in arresto. Se i suoi genitori si chiedevano dove sparisse ogni giorno quella loro figlia senza un lavoro, avevano deciso comunque di tenere per sé ogni domanda. *Meno ne sai, meglio dormi*. Persino Boris si teneva a distanza. Dopo la loro conversazione in cucina, non aveva più tirato fuori l'argomento emigrazione o matrimonio. E nemmeno aveva parlato del bambino che Nataša non aveva ancora confessato a nessun altro di aspettare. Si limitava a tenerla d'occhio segretamente, come quei quadri in cui la figura ritratta sembra seguirti con lo sguardo mentre ti muovi.

In circostanze diverse, Nataša ne sarebbe stata infastidita. In circostanze diverse, gli avrebbe abbaiato di darci un taglio. Ma quelli erano giorni eccezionali, e la sua vertiginosa felicità nell'essere finalmente un membro a pieno titolo della cerchia intima di Dima, nel fare finalmente qualcosa di più produttivo ed eccitante che uno scambio furtivo di borse, nel vedere finalmente Dima riconoscere in pubblico quanto lei significasse per lui si estendeva non solo su Dima e sulla sua causa, ma su tutti coloro che in qualche modo finivano per sfiorare la sua aura. Invece di sentirsi esasperata da Boris, Nataša lo guardava con affetto, come qualcosa che in passato aveva avuto un valore sentimentale e che in futuro non avrebbe rivisto mai più.

Con l'avvicinarsi del giorno della resa dei conti, Nataša assunse consapevolezza del fatto che presto avrebbe dovuto dire addio a tutto e a tutti. Alla mamma e al papà, alle amiche di scuola, a Boris. Non poteva rischiare di farlo ad alta voce, nemmeno mentre gironzolava per salutare ogni albero, ogni edificio, ogni caffè e statua di Odessa. *Addio, duca di Richelieu con la tua mano tesa; addio, Puškin coi tuoi zampilli; addio, Tomba del marinaio ignoto sempre intrisa di fiori.*

Come parte del suo giro di *do svidanija*, trovò piene di significato persino le abitudini più banali. La sua ultima mattina a casa, quando dovette comportarsi come se fosse un giorno normale come tutti – altri, nel gruppo, avevano detto alle rispettive famiglie che stavano partendo per una vacanza, ma Nataša temeva di non poter reggere nemmeno un saluto disinvolto –, accettò con dita tremanti la tazza di tè offertale dalla madre, respirando profondamente l'aroma per imprimere l'odore dentro di sé. Fece scorrere la mano sulla tovaglia di plastica sfilacciata. Guardò fuori dalla finestra, fissando il cortile e rimpiangendo il fatto che non sarebbe stata più là per quando i denti di leone fossero sbocciati. A chi importava che, in passato, se la fosse presa così tanto contro quella loro lanugine che le finiva tra i capelli e sugli abiti, intasandole le narici?

Mescolò il suo *mannaja kaša* svogliatamente, come se tergiversare potesse impedire al padre d'ingurgitare la propria porzione di semolino e latte prima di correre al lavoro. Lui disse qualcosa sulla giornata che lo aspettava, tamponandosi le labbra appiccicose con un fazzoletto e usandone il rovescio per ripulire le gocce di semolino che il cucchiaio aveva lasciato sul tavolo. Non aveva idea del fatto che, prima che finisse la giornata, sarebbe stato chiamato a comparire davanti a un altro comitato. L'ultima volta l'avevano annichilito spogliandolo delle medaglie. Quale punizione gli sarebbe toccata a quel giro? Nataša si sforzò per respingere l'immagine del licenziamento del padre e della madre, dei Rozengurt privati del permesso di emigrare. Di tutti e quattro buttati in mezzo a una strada. Dalle sue mani, il tremito si diffuse in tutto il corpo.

«Ti sta venendo la febbre?» La mamma le premette il palmo della mano contro la fronte. «Sono settimane che hai quest'aria emaciata. Forse oggi dovresti startene a letto. Riposare.»

Un'impressione cui aveva dato voce decine di volte durante l'infanzia della figlia. La malattia era l'unica cosa capace di far tremare quella donna, solitamente così stoica. Viveva nel terrore che ogni colpo di tosse, ogni starnuto, ogni raffreddore potesse sfociare in una polmonite. Era lo stato d'ipersensibilità in cui versava Nataša a indurla a pensare che la madre avesse posto un'enfasi particolare sulla parola «oggi»? E il fatto che l'avesse definita emaciata? Forse, come Boris, aveva fatto due più due e scoperto così, dopo quattro mesi, il suo segreto? Che cosa stava cercando di dirle suggerendole di passare proprio quella giornata a letto?

«Non so», borbottò Nataša, alzandosi per andare verso la porta su due gambe malferme.

«Penso che sarebbe meglio», insistette sua madre con fermezza.

I loro sguardi s'incrociarono. Con la coda dell'occhio, Nataša vide che anche il padre aveva smesso di mangiare e le stava osservando. E intanto fissava la moglie, il cui corpo era inclinato in maniera tale da poterle facilmente impedire di raggiungere la porta. Possibile che sapesse della gravissima decisione che stava per prendere?

La testa di Nataša si mosse indipendentemente dalla sua volontà. Passò qualche istante prima che si rendesse conto di avere appena annuito.

30

I genitori uscirono per andare a lavorare. Lo stesso fecero i Rozengurt. Nataša era da sola, nascosta sotto il piumone che odorava di sapone di liscivia fatto in casa, con un piatto insipido di uova alla coque e avanzi di pane - come tutte quelle volte in cui, da bambina, si era ammalata - adagiato su una sedia. Non aveva per niente fame. Cosa che andava a nozze con la scusa della malattia. Perché di quello si trattava: una scusa. Ne stava cercando una dal momento in cui aveva aperto gli occhi? Sapeva sin dall'inizio che non avrebbe seguito Dima e gli altri? Se non fosse stata sua madre a suggerirle di rimanere a casa, avrebbe aspettato che saltasse fuori qualcosa di altrettanto accettabile?

Guardò l'orologio. Avevano elaborato il loro piano fino all'ultimo dettaglio. Nataša conosceva il momento preciso in cui sarebbe accaduto tutto. La domanda era: sarebbe davvero accaduto? E poi diventò: è davvero accaduto? Accese la radio, pur sapendo che non avrebbero mai dato la notizia. Se il dirottamento avesse avuto successo, le autorità avrebbero fatto in modo che non una sola parola in proposito trapelasse. Se fosse fallito, l'idea che qualcuno potesse essere mosso da un bisogno così disperato di abbandonare l'Unione Sovietica sarebbe stata comunque motivo d'imbarazzo internazionale.

Tuttavia, indipendentemente dal fatto che la TASS venisse o no autorizzata a dare l'annuncio, era difficile arrestare il chiacchiericcio. Così come avveniva con le copie *samizdat* dei libri proibiti che passavano di mano in mano, le voci viaggiavano di bocca in bocca. Era stato così che avevano saputo della protesta alla Biblioteca Lenin, della funzione pasquale e delle manifestazioni di dissenso in tutto il mondo. O di Solomon Michoels, direttore artistico e stella del Teatro ebraico statale di Mosca. Il quale aveva incontrato tantissime personalità importanti, dallo scienziato Albert Einstein al cantante Paul Robeson, girando gli Stati Uniti per ottenere il sostegno degli americani nella lotta contro il fascismo tedesco. Ma poi Stalin aveva decretato che i contatti con cittadini di Paesi non comunisti erano un'attività « borghese » e aveva fatto assassinare Michoels. L'omicidio venne ufficialmente fatto passare come un incidente causato da un pirata della strada, ma tutti quelli che Nataša conosceva erano convinti che la ragione per cui al loro uomo-simbolo era stato tributato un funerale di Stato con la bara coperta era quella di nascondere le prove delle torture infertegli prima di scaricarlo in strada e farlo schiacciare da un camion. Ridevano dell'autoproclamato amico di Michoels, Robeson, che, accettato il Premio Stalin per la pace proprio dalle mani di quest'ultimo, parlando alla stampa internazionale della guerra di Stalin contro gli ebrei aveva detto: « Non ne ho mai sentito parlare ». Forse lui no. Ma era l'unico.

Michoels era stato giudicato troppo famoso e troppo amato dalla gente per sottoporlo a un processo pubblico. Dima e i suoi compagni non lo erano. Probabilmente, alla fine, se li avessero presi, sarebbe poi comparso qualcosa sui notiziari ufficiali. Eppure, per giorni non emerse nulla.

Nataša riprese a oscillare tra il terrore che ogni colpo alla porta e ogni cigolio di pneumatici nel cuore della notte annunciassero l'arrivo del KGB – se li avevano presi, significava che erano già sorvegliati e, in tal caso, era impossibile che non sapessero che anche Nataša fosse parte del gruppo – e l'intima convinzione che l'avessero fatta franca.

Mentre lei, invece, aveva rinunciato alla sua possibilità di fare la Storia.

Immaginò Dima e gli altri accolti da eroi al loro sbarco in Occidente. Sarebbero diventati celebrità contese da primi ministri e presidenti, da fotografi e giornalisti che volevano intervistarli per conoscere tutti i dettagli della loro fuga avvincente. Sarebbero stati protagonisti di ballate e di libri. Forse avrebbero girato persino un film sulla loro storia. Nataša fantasticò sulla possibilità che Dima la invitasse. Di certo, non avrebbe mai abbandonato la donna che amava, così come non avrebbe mai permesso che suo figlio crescesse in quella prigione che era l'Unione Sovietica. Tuttavia, man mano che passavano i giorni senza che nessun rappresentante dell'ambasciata americana si presentasse alla sua porta con un visto e con un biglietto di sola andata per New York, Nataša si convinse sempre di più che Dima non le avrebbe mai imposto un rischio simile. Non avrebbe mai fatto il suo nome, per paura di rappresaglie.

Sarebbe potuta andare con lui. Sarebbe potuta diventare un'eroina anche lei. Si sarebbe potuta trovare in America, in quel preciso istante, magari in un palazzo con armadi così grandi che necessitavano di lampadine. Con un cappotto di visone argentato addosso, a bordo della sua Cadillac d'oro, avrebbe raggiunto un ristorante dove non c'era nemmeno bisogno di entrare, poiché ti servivano direttamente in auto! Altro che code!

Avrebbe sposato Dima. Lui avrebbe preteso una cerimonia religiosa. Non era sicura di che cosa significasse. Non era un argomento su cui era possibile fare domande. I racconti in russo di Scholem Aleichem non erano stati censurati e si potevano reperire alla biblioteca pubblica, ma tutto ciò che riguardava la religione vi era stato epurato in modo che, secondo l'introduzione, il lettore potesse concentrarsi meglio sull'amore dello scrittore per la cultura russa e per i suoi ideali progressisti in spregio alla finanza internazionale. Non erano di nessuna utilità.

In ogni caso, Nataša era riuscita a racimolare qualche informazione sulla coppia di sposi sotto un baldacchino, su un bicchiere frantumato e su un contratto matrimoniale da incorniciare. Immaginò il resto, inserendo se stessa e Dima sulla scena. Visualizzò le foto del loro matrimonio sui giornali; dopo la nascita, anche il bambino sarebbe comparso sulla copertina di una di quelle riviste francesi patinate, come si usava con le famiglie reali. Cosa ancora più importante, avrebbero rilasciato una dichiarazione politica significativa, promuovendo la causa degli ebrei sovietici in tutto il mondo.

Solo che tutto questo, in realtà, sarebbe accaduto senza di lei.

Il suo bambino sarebbe nato a Odessa, dove bisognava corrompere l'anestesista per ricevere cure adeguate e dove si partoriva alla vista di tutto il personale ospedaliero che passava di là, compreso l'addetto alle pulizie. Avrebbe trascorso una settimana nel reparto maternità, sdraiata fianco a fianco con altre neomamme in una fila di lettini tutti uguali. Poi avrebbe portato il bambino a casa, nella stessa stanza affollata che già condivideva coi genitori, per affogare in una cascata di pannolini da lavare a mano, inamidare e stirare, bottiglie da sterilizzare e strepiti da silenziare. Si chiedeva se le avrebbero permesso di tornare al lavoro e se suo figlio avrebbe avuto diritto a un posto in un asilo pubblico o se, invece, il suo stato di paria politica sarebbe stato permanente. Come la sua miseria. E il suo rimpianto. E la sua stupidità. Le era stata offerta un'opportunità irripetibile. Ed era stata troppo codarda per afferrarla.

Il rimorso si fece così pesante che, camminando per le vie di Odessa, invece di vedere Primorskij Boulevard di giorno, vedeva Times Square illuminata di notte. Al posto della bianca Scalinata Potëmkin vedeva svettare il grigio Empire State Building, mentre la Statua della Libertà aveva rimpiazzato il Monumento a Caterina la Grande. In tutti quei luoghi, Nataša passeggiava mano nella mano con Dima. A volte, magari, spingeva anche un'elegante carrozzina americana. E permetteva ad alcuni compagni di Dima di affiancarli, quasi fossero una guardia d'onore.

Si era talmente abituata alla sua esistenza parallela che, quando vide Miriam attraversare la strada, impiegò qualche istante per rendersi conto che era proprio lei, in carne e ossa, piuttosto che una chimera come le altre.

La raggiunse affrettando il passo, per poi tamburellarle le dita su una spalla. La ragazza si girò come se fosse stata colpita da una freccia, il terrore sul suo viso una replica di quello di Nataša durante i primi giorni, quando ancora non si era resa conto del fatto che Dima e gli altri erano riusciti nell'impresa di fuggire. Nataša si aspettava che Miriam si tranquillizzasse, una volta accortasi che si trattava solo di lei; invece, se possibile, il suo panico parve aumentare.

«Seguimi a qualche passo di distanza», le bisbigliò mentre, guardandosi intorno, si avviava nella direzione opposta rispetto a quella verso cui era diretta. Disorientata, Nataša fece come le era stato detto. Si tenne a mezzo isolato di distanza per oltre un chilometro, senza fiato per il ritorno del solito voltastomaco che la lasciava sfinita. Alla fine, quando Miriam s'intrufolò in un vicolo che puzzava di minestra rancida e di fognature intasate, non poté impedirsi di vomitare.

« Nausea mattutina? » ridacchiò Miriam, sempre in un sussurro.

« Come lo hai saputo? » balbettò Nataša, ricacciando giù la bile. Non che le risalisse in gola: sembrava proprio stabilircisi in un ammasso acido e irremovibile di muco.

« Me l'ha detto Dima. Prima di partire. »

Il fatto che lui confidasse ad altri le loro questioni private avrebbe dovuto farla sentire offesa, suppose Nataša. A parte quel bacio in pubblico, avevano tenuto per sé ogni altro aspetto della loro relazione. Ma la inorgogliva saperlo così entusiasta per l'arrivo del bambino da non riuscire a trattenersi.

« Pensavo che saresti andata con loro. » Scoprire di non essere stata la sola codarda la rincuorava.

« Quando ha capito che non saresti venuta, Dima mi ha detto di rimanere qui per prendermi cura di te. »

Nataša perdonò all'istante Dima per tutte le tresche che, nei momenti di maggior sconforto, lo aveva immaginato intrattenere con certe donnacce occidentali sempre pronte a lanciarsi tra le braccia di personaggi eroici. Dima era talmente preoccupato per lei e per il bambino da lasciare in patria il più fidato dei suoi tenenti (Nataša l'aveva appena promossa) perché garantisse la loro sicurezza. Che sacrificio!

« Dima voleva essere certo che non ci avresti consegnati. »

Quelle parole, di punto in bianco, sbriciolarono la sua fede. Il tappo di catarro che aveva in gola impedì a stento che il contenuto del suo stomaco peggiorasse il tanfo già insostenibile dell'aria.

« Dima pensava che avrei potuto tradirvi? »

« Non voleva correre rischi. Mi ha mandato a casa tua. Ho visto che eri a letto, indisposta. Il bambino », rispose Miriam, offrendole una via d'uscita alla quale lei stessa non sembrava credere più di tanto. « Non volevi intralciare la loro azione. »

Nataša confermò con un impercettibile cenno del capo. « Non lo tradirei mai. »

« Non che avesse importanza, alla fine, visto che li hanno presi comunque. Hanno teso loro un'imboscata sulla pista. Li tengono alla Lubjanka. È solo questione di tempo prima che arrivino anche a noi. »

Nataša venne colta dalle vertigini. « Pensavo fossero fuggiti. Visto che nei notiziari non c'era traccia di... »

« L'ho sentito su *Voice of America*. Il KGB li ha intercettati in aeroporto. »

« E noi siamo le prossime? » Forse avrebbe dovuto essere più in ansia per Dima. Le voci che aveva sentito circa il trattamento riservato ai prigionieri politici alla Lubjanka – privazione del sonno con luci intense, pestaggi, fame, isolamento, dissidenti che venivano spogliati e innaffiati con acqua gelida o ustionante – implicavano che la tremenda situazione in cui versava Dima meritasse tutta la sua preoccupazione. Ma l'unica cosa che le riuscì di pensare fu: « Allora perché non lo hanno ancora fatto? »

« Ci stanno tenendo d'occhio. Vogliono vedere quanta gente contattiamo, così da arrestarne il più possibile. » Il che spiegava perché stessero intrattenendo quella conversazione in segreto. Non spiegava, tuttavia, ciò che Miriam le disse subito dopo: « Abbiamo bisogno che tu esca allo scoperto ».

« Che cosa? » strillò quasi Nataša, con la testa che le pulsava, più che girarle.

« Ne abbiamo parlato, quelli di noi che sono rimasti. Il marito di Ljudmila sta cercando di ottenere la sua scarcerazione per motivi umanitari, essendo lei madre di un bimbo piccolo, ma è convinto che... »

Ljudmila aveva un marito? Un bambino? Come mai non lo sapeva? Aveva sempre sospettato che Ljudmila la vedesse come una minaccia. Ma la verità era che Ljudmila non l'aveva mai presa sul serio. Che altro era Nataša, ai suoi occhi, se non una che amava atteggiarsi a ribelle, proprio come l'aveva accusata di fare Boris?

Miriam non aveva ancora smesso di parlare: « La gente, all'Ovest, ha bisogno di dettagli: nomi, volti, storie. Guarda quanto sostegno hanno riscosso Begun e Ščaranskij. Gli americani preferiscono lottare per una persona, piuttosto che per una causa. Sono brave persone, ma ragionano in modo semplice ».

« Dima è una persona. Perché non stanno combattendo per lui? »

« Non ha ancora una storia alle spalle. Begun è stato arrestato durante una visita del presidente americano Nixon, e Ščaranskij è interprete del dissidente Sacharov. Felix Kandel' è un famoso fumettista: conosci *Nu, pogodi*? E Ida Nudel è una donna! » Quest'ultima sembrava essere l'unica categoria in cui Nataša potesse competere. Ma Miriam aveva in mente qualcosa di più ambizioso. « Nessuno, però, ha una ragazza incinta rimasta sola. È persino meglio del marito e del bambino di Ljudmila. »

Nataša sospettò che la gioia nel sentirsi ancora definita come « la ragazza di Dima » non avrebbe dovuto essere la sua prima emozione. Quando comprese ciò che comportava, quella gioia fu comunque seguita dal terrore. « Volete che io sia il volto di Dima per gli americani? »

« Sì! Lo adoreranno! E nemmeno il KGB oserebbe arrestare una donna incinta di fama internazionale! »

Nataša apprezzò il suono di quella « fama internazionale ». Poteva vederlo, adesso: lei e il bambino sui manifesti e sui cartelli branditi da studenti in marcia a New York, Parigi, Londra, Roma. Avrebbe tenuto discorsi entusiasmanti di fronte a folle in delirio, concesso interviste e foto a giornali e a riviste. Quindi, grazie alla sua instancabile testimonianza e ai suoi eroici sacrifici, lei e Dima si sarebbero riuniti trionfalmente, e il loro primo abbraccio, quel primo, commovente istante in cui Dima avrebbe finalmente posato gli occhi sul figlioletto forte e sano (o forse avrebbe fatto più effetto una bellissima bambina vestita di rosa?) sarebbe stato trasmesso dalle televisioni di tutto il mondo. Dima sarebbe uscito fisicamente - mai mentalmente - provato dalla prigionia. Ma il suo amore lo avrebbe riportato in salute, e si sarebbero sposati con una sontuosa cerimonia ebraica, alla presenza di tutti quei generosi occidentali che li avevano sostenuti. Era persino meglio della sua fantasia originale. Ma c'era un inconveniente: il KGB non aveva mai avuto scrupoli morali nell'arrestare donne in gravidanza o bambini piccoli. Bastava chiedere alla mamma o a baba Daria.

«Volete che confessi pubblicamente il mio legame con Dima?» I cittadini sovietici non confessavano mai nulla pubblicamente, se non in quei processi farsa in cui gli imputati dovevano confessare ciò che veniva detto loro di confessare. Per facilitare il processo, le confessioni venivano scritte in anticipo, a volte in una lingua che il criminale nemmeno parlava.

Miriam s'illuminò. «Sì! Possiamo far arrivare loro la tua dichiarazione con una foto. Sarebbe il modo migliore per attirare l'attenzione sulla causa di Dima. Uomini come lui vengono condannati a dieci, venti anni di lavori forzati in Siberia. Le autorità vorranno farne un esempio. Per mostrare che cosa succede a chi cerca di andarsene. L'unico modo per tentare di ridurre la pena è esercitare pressioni internazionali. Quando sapranno di te, gli americani chiederanno il rilascio di Dima perché possa vedere il figlio. Perlomeno, chiederanno che la sua pena venga ridotta all'esilio interno, così che tu possa raggiungerlo. Questo, in tutta onestà, è il massimo che il marito di Ljudmila possa sperare.»

Era stato solo poche settimane prima che Nataša aveva romanzato la sua figura e quella di Dima sul modello di Lenin e della Krupskaja, per poi vedersi riportare alla realtà dal destino della signora Marx. Almeno la signora Marx si era ridotta in miseria e allo sfruttamento a Bruxelles, a Londra e a Parigi. Lei non sarebbe stata altrettanto fortunata.

«Il KGB mi darà la caccia», disse Nataša, con quella che non era esattamente una risposta.

«E noi faremo in modo che il mondo lo sappia», replicò Miriam, troncando la sua obiezione con quella che non era esattamente una smentita.

31

«Ti sposerò», comunicò Nataša a Boris. Dopo una notte di lotta interiore e di *samokritika,* Nataša era giunta alla deprimente conclusione di non avere altra scelta. Poteva credere che Miriam le stesse consegnando le autentiche disposizioni di Dima – ma come poteva essere certa che non fosse invece una trappola orchestrata dal KGB? – e rischiare che la scure calasse a tagliarle la testa come col grano più alto della parabola di baba Daria, o sposare Boris e portare se stessa, i suoi genitori e il figlio di Dima in America prima che venisse fuori la verità sul suo contributo all'insurrezione. Lo doveva ai propri familiari, che non avevano colpe: rinunciare alla meritata gloria per salvarli, tutti.

Il pretendente era seduto al tavolo della cucina, intento a sorbire una scodella di tagliolini cotti nel latte. Alzò lo sguardo, cacciando in bocca un altro cucchiaio, con l'espressione incuriosita, anche se non sorpresa. Era così sicuro che alla fine lei avrebbe accettato? Le fece venire voglia di rimangiarsi ogni parola.

«Ma dovrai portare in America anche i miei genitori. Possiamo andare alla ZAGS pure domani.» Nataša non si era mai fermata a considerare quanto fosse appropriato che una delle parole russe per «sposarsi» fosse *raspisalis'*. Significava «firmare». Poiché era tutto ciò che intendeva fare: apporre la propria firma e avviare le pratiche per l'emigrazione.

Boris prese un tovagliolo e si asciugò le labbra, rimettendo il cucchiaio nella ciotola. Si sollevò per metà dallo sgabello di legno su cui era seduto per ritrovarsi faccia a faccia con Nataša. Lei si preparò a sentirsi chiedere come mai avesse cambiato idea, quale fosse il motivo di tutta quella fretta e in che modo si aspettava che lui affrontasse la questione del figlio di Dima.

Invece, Boris non fece altro che sporgersi e mordicchiarle le labbra. Lei rispose con gentilezza, sorpresa nel constatare che i baci del suo vecchio amico non erano poi così diversi da quelli di Dima. D'altra parte, una bocca era pur sempre una bocca, che differenza poteva esserci alla fin fine? Si domandò se lo stesso principio potesse applicarsi a tutti gli aspetti della vita coniugale. Nataša fu altrettanto sorpresa nell'accorgersi che il pensiero non la riempiva di tutto il terrore e di tutta la repulsione che si aspettava.

Solo di una sommessa indifferenza.

E quello, praticamente, fu lo stato d'animo in cui rimase per i mesi successivi, come se la passione profusa lavorando al fianco di Dima si fosse del tutto esaurita.

C'erano documenti da compilare e bustarelle da distribuire per fare in modo che i documenti venissero inoltrati. I Crystal e i Rozengurt vendettero quante più cose possibili e distribuirono il resto agli amici, piuttosto che lasciare che i vicini si dessero al saccheggio dei loro averi. Imballarono scatole di legno da spedire tramite l'ambasciata degli Stati Uniti. Suo padre riuscì a procacciarsi (nessuno gli chiese come, perciò si fecero bastare il verbo « procacciarsi ») quattro container abbandonati sul molo. Puzzavano di aringhe rimaste al chiuso più del dovuto. La madre di Boris si procurò alcune custodie di plastica per indumenti – grazie a un impiegato di un grande magazzino disposto a contrabbandarne – e tutti le utilizzarono per infilarci i propri vestiti e fingere che non si sarebbero impregnati di quell'odore durante un viaggio lungo chissà quanti mesi.

Partirono nell'afa di luglio, facendosi strada tra le ascelle puzzolenti e i colli grondanti che si affollavano sulla banchina d'acciaio sfrigolante, guadando verso un treno che rallentò a passo d'uomo, senza fermarsi del tutto, tanto da scatenare una corsa folle per salire a bordo. A ciascuno degli adulti era stata concessa una valigia, ma Boris era così spaventato di lasciarsi indietro qualcuno che aveva spinto Nataša e i loro genitori sul treno, per poi fare su e giù lungo il binario, raccogliere le valigie abbandonate e caricarle attraverso le porte e persino i finestrini, accanto a genitori che facevano lo stesso coi figli piccoli. Suo padre e il suocero allungarono le mani per tirarlo su proprio mentre il treno riacquistava velocità, preparandosi a uscire dalla stazione, e lui stramazzò nel vagone, madido di sudore e senza fiato.

Furono esaminati a Čop, l'ultima città di confine prima di lasciare l'Unione Sovietica. Le guardie non solo disimballarono tutti i loro bagagli, confiscando - e facendosi scivolare in qualche tasca - articoli vitali per la sicurezza nazionale, come sei cucchiai placcati in argento che appartenevano alla nonna di Boris, gli orecchini a cerchio dorati che baba Daria aveva regalato alla figlia per le sue nozze, in sostituzione di un cimelio di famiglia perduto anni prima, e la macchina fotografica del padre di Nataša. Ordinarono anche a Boris di abbassarsi i pantaloni e a Nataša di alzare il vestito per accertare che non contrabbandassero qualche altro oggetto di valore.

Un tempo, lei aveva immaginato quella scena con se stessa nei panni di un'eroina senza paura che, con una serie d'informazioni clandestine cucite negli indumenti intimi, fissava con aria di sfida i suoi oppressori mentre metteva a segno un colpo formidabile in favore della libertà e della dignità. Adesso, invece, aspettava passivamente che un agente di frontiera di nemmeno vent'anni, con un taglio di rasoio sulla mascella, finisse di pungolarle il ventre gonfio come se un colpetto meglio assestato potesse rilasciare un jack-pot di contrabbando. Pensò a Dima, costretto a sopportare trattamenti molto peggiori per mano di guardie molto meno apatiche. E poi pensò a quanto sarebbe stato bello schiacciare un pisolino.

Nataša sonnecchiò per il resto del viaggio fino a Vienna. Tutti gli altri rimasero a bocca aperta davanti ai luoghi d'interesse storico: il Palazzo Imperiale! Ringstrasse! L'Albertina! – tutte cose che non si erano mai nemmeno sognati di poter vedere di persona. Nataša si rimpinzò di prelibatezze locali. *Buchteln! Strudel!* Tortini di Boemia! Cosa c'era di così bello in America? si chiese. Per quanto la riguardava, potevano stabilirsi benissimo là.

Solo che, ovviamente, non potevano. L'Austria non voleva che rimanessero più del necessario, dal momento che elementi appartenenti a gruppi terroristici come Settembre Nero venivano arrestati di continuo con l'accusa di progettare attentati esplosivi contro i centri che ospitavano rifugiati ebrei. Così, nel giro di pochi giorni, vennero caricati su autobus diretti in Italia, ciascuno con un visto turistico di un giorno e l'ordine di non tornare.

A Roma, Nataša continuò a mangiare – Cannoli! Panna cotta! Zabaione! La pasta contava come dessert? – evitando le domande della madre. Lo faceva da prima del matrimonio, eludendo ogni tentativo materno d'intavolare una chiacchierata tra donne atta a punzecchiarla perché confessasse quando avesse iniziato a provare attrazione per Boris, com'era stato possibile che si fossero innamorati con tanta rapidità e perché mai l'avessero tenuto nascosto ai loro genitori, per i quali non poteva che essere una notizia fantastica.

Nataša le disse la verità. Conosceva Boris da tutta una vita, ma solo di recente aveva capito quanto avesse bisogno di lui, quanto fosse perfetto per lei e quanto fosse stata sciocca a ignorare ciò che aveva avuto da sempre sotto il naso. Era tutto così meraviglioso che aveva voluto tenere segreta per un po' la notizia, per non attirarsi la malasorte e non sciupare quella fortuna immensa.

« Un marito, un bambino. Era ciò di cui avevi bisogno. Sarà un bene per te. Non pensare più alle cose senza importanza. Niente più sciocchezze, vero, Natašenka? » disse la madre.

« Sciocchezze? » azzardò cautamente Nataša, temendo ciò che si sarebbe potuta sentire rispondere, ma incapace di tenere a freno la curiosità. « Quali sciocchezze? »

« Il genere di sciocchezze che può fare ammalare una ragazza. Le ragazze si preoccupano delle cose sbagliate, senza nemmeno rendersi conto del male che si fanno. Ti ricordi quella mattina, prima che ricevessimo il permesso di emigrare, quando sembravi così giù di corda? C'è stato bisogno che fossi io a farti notare che c'era qualcosa che non andava e che avresti dovuto riposare finché quel malessere non fosse passato. »

« Mi ricordo... »

« Sono felice che tu abbia dato ascolto a tua madre. » Per quanto si sforzasse di sembrare gioviale, non c'era modo di fraintendere il lato nascosto e affilato di ogni parola. « Io stavo a sentire la mia. Tua baba Daria mi diceva sempre che è più importante ottenere le cose di cui hai bisogno, piuttosto che quelle che pensi di volere. Le cose che vuoi non sempre arrivano nel modo in cui le vuoi. Ma ora va tutto bene, non è vero? Anche di più, in effetti. »

« Va tutto bene », ripeté Nataša, chiedendosi se sua madre le avesse appena detto ciò che pensava le avesse detto.

Se avesse sempre saputo che cosa c'era in ballo tra lei e Dima. Se avesse saputo esattamente che cosa stava facendo, quella mattina, nel consigliare alla figlia di passare la giornata a letto. « Anche di più, in effetti. »

La mamma voleva che lei ci credesse. E anche Nataša voleva crederci. Aveva fatto la cosa giusta. Per i suoi genitori, per Boris, per il bambino. Convincersene si rivelò sorprendentemente facile. Molto più facile, di fatto, di quanto non fosse stato convincersi a seguire tutti i progetti di Dima.

« Va tutto bene. Anche di più, in effetti », diceva Nataša a chiunque glielo chiedesse.

Andò bene anche il parto con cui mise al mondo sua figlia. Quello non era un ospedale sovietico, dov'eri fortunata se il farmaco di cui avevi bisogno non era stato trafugato ed era troppo chiedere strumenti sterilizzati. A Brighton Beach non solo era tutto gratuito – « Dite loro che siete poveri », si erano sentiti consigliare all'arrivo. « Ai poveri danno tutto, qui, e nessuno controlla se stai dicendo la verità! Gli americani sono davvero stupidi! » – ma non era nemmeno necessario presentarsi con un regalo per l'anestesista o corrompere un'infermiera perché cambiasse la biancheria sporca. Tuttavia, c'era stato qualche momento di confusione, il primo giorno, quando Nataša aveva pensato che l'inserviente giunto per il cambio della biancheria li stesse sbattendo fuori perché la sua famiglia non aveva pagato, e la scena era sfociata in una breve sessione di tiro alla fune con scambi di oscenità in russo e in spagnolo.

Nataša lasciò che fosse Boris a decidere il nome della bambina e lui la chiamò Julia in onore del mese in cui erano emigrati, scelta che lei approvò. Qualsiasi cosa pur di legare un po' di più quella creatura semiopaca – i suoi occhi erano come specchi, con le ciglia e le sopracciglia così chiare da sembrare invisibili – a Boris e al resto del suo clan, decisamente più scuri di carnagione.

Grazie all'America, prendersi cura di Julia non si rivelò quell'incubo divorante che Nataša aveva temuto. Avevano a disposizione pannolini usa e getta, e una lavatrice per tutto il resto. C'era il latte in polvere che, grazie al Programma di assistenza a donne, neonati e bambini cui le era stato consigliato d'iscriversi, prendeva a pochi centesimi. Il primo pensiero che passò per la mente di Nataša quando Boris annunciò di aver trovato lavoro come programmatore informatico fu se ciò avrebbe imposto loro di rinunciare a tutti quei benefici. S'infuriò non appena scoprì che i suoi sospetti erano fondati e s'infuriò ancora di più venendo a sapere che, quando il suo nuovo capo si era offerto di pagarlo in nero, di modo che potessero continuare a ricevere i sussidi, Boris aveva rifiutato.

Provò a farlo ragionare: « A Odessa, le leggi erano palesemente contro di noi. Qui, invece, possiamo usare le leggi a nostro vantaggio ».

« A patto di non mentire, però. »

« Se non volessero farci mentire, perché mai dovrebbero renderlo così facile? Vogliono solo vedere chi è abbastanza intelligente da approfittarne. »

« Oh, la mia Nataša... Vedi di non superare in astuzia persino te stessa », disse Boris. Era una cosa assolutamente priva di senso ma, prima ancora che Nataša potesse chiedergli che intendesse dire, il marito aveva già rivolto la sua attenzione alla figlia.

Trovava affascinante ogni più piccola smorfia della bambina. Le leggeva dei libri, giocava con lei; Julia lasciava cadere gli oggetti e lui li raccoglieva. Le comprava tutto quello che voleva, e persino cose verso le quali non aveva espresso il minimo interesse, nel caso in cui le fosse venuto più avanti. Avrebbe potuto viziarla. Solo che, proprio come lui, Julia sembrava incapace di comportamenti provocatori di qualsiasi tipo, buoni o cattivi.

Pensare che Nataša era stata terrorizzata dalla prospettiva che qualcuno potesse notare quant'era diversa da Boris e dai nonni paterni quella figlia pallida, chiara di capelli, con le spalle larghe e i fianchi squadrati, quando poi, invece, dimostrava di avere lo stesso carattere del padre adottivo. Guai a chiunque infrangesse una qualsiasi regola, incluso iniziare a mangiare prima che tutti gli altri fossero seduti a tavola o nuotare nell'oceano quando i bagnini non avevano ancora raggiunto la loro postazione di controllo. Non che desse in escandescenze. Semplicemente, si lasciava cadere sul sedere, sprofondando il viso tra le ginocchia mentre lacrime silenziose le colavano lungo le guance.

Boris non mancava mai di mostrare empatia verso la figlia, a prescindere da quanto potessero essere stupide o insignificanti le sue rimostranze. Quando lei rientrava a casa singhiozzando perché i compagni di classe l'avevano presa in giro a causa degli strani nomi dei genitori, oppure l'avevano accusata di essere comunista, ordinandole di tornarsene in Russia, Boris non avallava forse la sua teoria secondo cui tutti quei bambini erano idioti? Se i Rozengurt fossero stati comunisti, sarebbero rimasti in Unione Sovietica, invece di emigrare negli Stati Uniti! Quegli studenti di prima elementare non capivano proprio nulla di realtà geopolitiche? Agli occhi di Boris e Nataša, Julia non aveva idea di che cosa fosse la vera sofferenza! Come tutti i bambini americani, era convinta che, nella storia dell'umanità, nessuno avesse mai sofferto nel modo in cui loro soffrivano adesso. Nataša non faceva che vederlo in televisione e leggerlo sulle riviste. Julia avrebbe fatto meglio ad ascoltare il ricordo di ciò da cui erano sfuggiti da poco i suoi genitori e i suoi nonni, invece di mettere in piedi un dramma per ogni questione insignificante.

Quando Nataša glielo faceva notare, Boris si limitava semplicemente a rivolgerle un sorriso piuttosto irritante, prima di consigliarle con gentilezza: «Se per lei è un dramma, allora dobbiamo rispettarlo e prenderla sul serio».

Ma chi, a parte lui, era capace di tanta indulgenza? A sentire Nataša, sua figlia aveva paura di qualsiasi cosa. Il buio, i rumori improvvisi, i piccioni. Aveva paura degli estranei, ma anche di andare incontro a un castigo per essersi comportata in maniera scortese, ragion per cui interagiva quando le veniva ordinato, pur senza incontrare lo sguardo altrui o alzare la voce. Più di tutto, Julia aveva paura di fare la cosa sbagliata. Quella parte proveniva interamente da Boris.

Al loro arrivo negli Stati Uniti, Nataša e Boris (e poi anche Julia) avevano condiviso un appartamento coi genitori di entrambi. A pagarlo era stata la stessa organizzazione che aveva patrocinato il loro percorso d'immigrazione. Ma era stata solo una sistemazione temporanea. Dopo, avevano dovuto iniziare a sostenersi da soli, cosa che Boris fece, come già detto, dichiarando onestamente il proprio stipendio. Di conseguenza, a differenza dei loro genitori, idonei all'assegnazione di una casa popolare, Nataša e Boris erano stati costretti a trasferirsi in un appartamento diverso, per il quale pagavano, con grande indignazione di Nataša, il prezzo di mercato. E non era tanto per i soldi. Era per il principio. Se gli sciocchi elargivano beni gratuitamente, era tuo preciso dovere approfittarne e arraffare tutto quello che riuscivi ad arraffare. Qualsiasi altra cosa ti avrebbe marchiato, a tua volta, come uno sciocco. Nataša non nutriva dubbi sul fatto che i loro vicini, che vivevano esattamente nello stesso tipo di appartamento ma pagavano un quinto dell'affitto, ridessero di loro. Così come dovevano farlo anche le donne in pelliccia che al supermercato tiravano fuori i loro buoni spesa, mentre Boris allungava il denaro guadagnato con tanta fatica.

Nataša provò a farlo ragionare di nuovo. Non aveva ancora capito che era la loro occasione per vendicare il modo in cui erano stati trattati in Unione Sovietica? Sì, sì, l'America era un Paese diverso, ma un governo era pur sempre un governo. Se quello non li aveva ancora maltrattati, non significava che non lo avrebbe fatto in futuro. Tanto valeva anticiparlo, nel caso, e vendicarsi prima che le autorità li acciuffassero.

Suo marito fu irremovibile. C'era un modo giusto di fare le cose e un modo sbagliato, e lui avrebbe scelto sempre il primo, anche se fosse stato a proprio discapito. Guardando la televisione a ogni elezione americana, Nataša sentiva gli opinionisti chiedersi sbigottiti: « *Perché la gente dovrebbe votare contro i propri interessi?* » Pensava che avrebbero dovuto conoscere Boris.

Per oltre tredici anni, una Nataša riluttante visse da una parte mentre il marito e la figlia stavano dall'altra. Poi, nel 1989, il mondo per come lo conoscevano tutti si capovolse definitivamente.

32

Per la maggior parte delle persone, il crollo dell'Unione Sovietica fu improvviso e inaspettato.

I genitori di Nataša e di Boris sedevano incollati alla televisione, guardando le immagini che arrivavano dalla Russia: le folle al Cremlino, El'cin sul carro armato, le dimissioni di Gorbačëv. Le repubbliche, alcune delle quali cementate tra loro da un legame di oltre cinquecento anni, sparpagliate come briciole.

« Non ci credo », continuava a borbottare il papà. « Non ci posso credere. Conosco la Storia. So che tutti gli imperi finiscono. Ma non mi sarei mai aspettato di vederlo coi miei occhi. Per che cosa l'abbiamo fatto? » La sua confusione si trasformò in rabbia. S'indicò l'occhio cieco. « Per che cosa stavamo combattendo? »

Nataša comprendeva il loro sconcerto. Era stata già abbastanza dura quando la *glasnost'*, la politica di trasparenza di Gorbačëv, aveva cominciato a vomitare rivelazioni sui crimini commessi dai sovietici. I suoi genitori sapevano da ben prima che era stato brutto: le voci e le storie giravano da sempre. Solo che non sapevano *quanto* brutto. Il colpo finale, per suo padre, furono le conferme sulla vicenda della foresta di Katyn' dove, nel 1940, circa ventimila cittadini polacchi erano stati giustiziati e seppelliti in fosse comuni dall'NKVD. Dovevano essere alleati, ma agli occhi di Stalin rappresentavano una minaccia. Quando la Croce Rossa aveva aperto un'indagine, Stalin aveva sostenuto che il massacro era stato opera dei tedeschi, non dei sovietici. Adesso, Gorbačëv stava ammettendo la loro complicità.

«Non i nostri ragazzi. Non i nostri soldati. Erano bravi ragazzi. Stavamo difendendo la Patria. Eravamo eroi», gemette il papà.

Nataša provava empatia per quel suo strazio.

Perché era già in pena. Con la *glasnost'* e l'alba di una nuova era, arrivò anche il rilascio dei prigionieri politici.

Compreso Dima.

Era su tutti i giornali locali in lingua russa. Anche su quelli americani. Tutti mormoravano sui combattenti per la libertà, ora inondati di medaglie d'onore del Congresso, medaglie della Libertà, contratti editoriali e inviti a raccontare le loro storie negli Stati Uniti.

Dimitri Bruen, lesse Nataša sulla *Novey Amerikanetz*, avrebbe parlato della sua vita da prigioniero politico alla YM-YWHA di Bensonhurst. Ad accompagnarlo, ci sarebbe stata sua moglie.

Miriam.

La ex Marina aveva trascorso i quattordici anni dalla cattura di Dima perorando la sua causa, in patria e all'estero. Era stata messa agli arresti domiciliari, era stata esiliata e, in compenso, era stata tra le prime persone a essere rilasciate da Gorbačëv su pressione del presidente Reagan. Miriam si era trasferita in Israele, dove lei e Dima erano stati sposati per procura da un rabbino ortodosso. Non proprio come l'aveva immaginato Nataša, anche se quello non le impedì di sentirsi derubata. Ora che Dima era libero, lui e Miriam erano sempre insieme. Dima ribadiva in ogni sede che metà delle sue medaglie e dei riconoscimenti apparteneva alla moglie. Aveva fatto il duro lavoro di mantenere viva la sua memoria e mobilitare le masse perché si battessero per la sua causa. Sarebbe rimasto in Siberia se non fosse stato per la sua Miriam.

Avrebbe potuto essere lei.

Avrebbe dovuto essere lei.

Ma, solo perché non era l'eroina del momento, non significava che non avesse faticato quanto Miriam. Aveva affrontato altrettanti pericoli, messo a rischio la sua vita nello stesso, identico modo, anche se i media non ne sapevano nulla. Nataša si rendeva conto, finalmente, di avere avuto più di un decennio per autoconvincersi che non era stata una codarda. Semplicemente, era stata coraggiosa in maniera diversa. Aveva scelto di obbedire ai desideri di Dima e di mettere la sicurezza della figlia davanti agli obiettivi personali. Miriam non era stata costretta a prendere una decisione così difficile. Era libera di continuare a svolazzare per il mondo, slegata da ogni vincolo e da ogni responsabilità. Non poteva capire il sacrificio di una madre.

Nataša si accertò sulla data e sull'orario in cui Dima avrebbe dovuto parlare alla YM-YWHA. Il suo intervento era in programma in un giorno feriale. Boris sarebbe stato al lavoro, Julia a scuola.

Nataša disse a sua figlia che c'era stato un cambiamento di programma. Avrebbero sentito parlare un grande uomo. Sarebbe stato molto più istruttivo di qualsiasi lezione avesse saltato.

Julia piagnucolò: « No! Tu non capisci, mamma! Per quest'assenza potrebbero abbassarmi il voto! »

« E invece verrai », ribadì, puntando sul fatto che la figlia fosse troppo docile e timorosa per rifiutarsi. « Non dirlo al papà. Non dirlo a nessuno. »

In piedi in fondo all'auditorium, con Julia al fianco, Nataša osservava la folla affluire per l'intervento di Dima, perlopiù anziani e disoccupati. Chi altri poteva essere libero il mercoledì mattina? Julia teneva il naso affondato in un libro di testo, lamentandosi per la lezione di Scienze che stava perdendo.

« Hai detto al papà che saremmo venute qui, oggi? » le chiese Nataša.

« Mi hai detto di non farlo. »

Nataša riconobbe il conflitto che si agitava nel corpo della figlia mentre quest'ultima si sforzava di decidere quale fosse la cosa peggiore, disobbedire a un ordine di sua madre o tener nascosto un segreto a suo padre. Qual era la cosa giusta da fare? Quale quella sbagliata?

Nataša pensò di dire a Julia che era per quello che le piaceva la matematica. In matematica, c'era sempre una risposta corretta che potevi comprovare. Be', a meno che non ti venisse assegnato un problema ebraico. Cosa che, naturalmente, riportò il pensiero di Nataša a Dima.

Non che fosse riuscita a pensare a molto altro da quand'era giunta notizia del suo rilascio. Aveva passato in rassegna ogni intervista televisiva e articolo di giornale, alla ricerca di un messaggio per lei, di un'indicazione privata con cui le segnalava che la sua priorità, finalmente libero, era rintracciare sua figlia; e la madre.

Miriam doveva averlo sicuramente informato del fatto che lei era emigrata in America. D'altro canto, Dima non poteva non averglielo chiesto. Probabile che Miriam avesse cercato di stravolgere le sue motivazioni, di metterla in cattiva luce, suggerendo che fosse fuggita in preda al terrore, prima dal tentativo di dirottamento e poi dalle indagini che ne erano seguite. Che si fosse lasciata piegare dagli interrogatori del KGB e dal fatto di vedersi pedinata giorno e notte. Ma Dima non era così ingenuo. Certo, non avrebbe detto nulla a Miriam: lei non avrebbe potuto capire. Non sapeva che cosa significasse essere un genitore.

L'auditorium si surriscaldò, una massa di corpi che in larga parte non aveva ancora fatto sua la tendenza all'uso di un deodorante. Le donne sedevano sventagliando i dépliant del programma sui colli madidi di sudore. Gli uomini si arrotolavano le maniche della camicia e allentavano i bottoni più alti, rivelando ciuffi di peli ricci, ingrigiti, in conflitto con le teste pelate. Il tanfo, nell'aria, lasciava ipotizzare che tutti i presenti si fossero portati dietro uno spuntino. Nataša riuscì a distinguere qualche lattina di sardine, un barattolo di aringhe, salsiccia a fette su pane di segale, pomodori in salamoia, un pezzo di formaggio svizzero e un orticello di frutti di stagione.

Un gruppetto di persone sedute di fronte a loro si accorse di come Julia fosse intenta a sfogliare il suo libro mentre si asciugava il sudore sotto il naso con l'indice. Le lanciarono una manciata di chicchi di uva verde, incoraggiandola: « Mangia, mangia, piccolina. Così ti rinfreschi ». Vedendola esitare, dopo aver chiesto il permesso a Nataša con lo sguardo, insistettero: « Sei troppo magra. Devi mangiare ».

Nataša fece spallucce, indifferente, e Julia accettò l'uva, ringraziandoli in russo. Le signore sorrisero raggianti. « Che ragazzina educata! » Quindi, rivolgendosi a Nataša, ricordarono: « In Unione Sovietica, frutta così avvizzita, così brutta! In America, come se tutto il cibo mette trucco, no? »

Nataša sorrise appena, sperando bastasse a porre fine alla conversazione. Desiderava evitare quanto più possibile di attirare l'attenzione su Julia, temendo che tutti avrebbero notato la sua somiglianza con Dima nel momento in cui lui fosse salito sul palco. Quella era una questione privata. Non aveva nessuna intenzione di essere oggetto di pettegolezzi.

L'applauso partito dalle file anteriori e propagatosi verso di loro come l'onda di un'esplosione nucleare le annunciò l'arrivo di Dima, preceduto sul palco dal direttore del centro culturale. Miriam lo seguiva un passo indietro, niente affatto diversa da come la ricordava Nataša. Ma quello poteva anche dipendere dal fatto che ormai di lei non ricordava altro che abiti informi a maniche lunghe, che arrivavano fin sotto il ginocchio, e un foulard legato sotto l'orecchio sinistro.

Dima, invece, sembrava imprigionato sotto l'involucro di un uomo anziano e paffuto. Si era aspettata di vederlo più magro. Gli anni trascorsi in Siberia suggerivano, tra le altre cose, una drastica perdita di peso. Ma Dima si era fatto più rotondo: le spalle larghe erano ingobbite sulla pancia prominente, gli avambracci e le mani erano robusti, le cosce si sfioravano. Dopo la scarcerazione doveva avere esagerato con le prelibatezze occidentali, si disse Nataša.

I capelli erano screziati di grigio, benché il colore serico che avevano sempre avuto rendesse difficile notarlo. Nataša sbirciò Julia di sottecchi, chiedendosi se pure sua figlia sarebbe stata in grado di nascondere i segni dell'età in quel modo. Mentre ne scrutava il volto da adolescente, si domandò anche se la ragazzina avvertisse qualcosa, un qualsiasi presentimento. In effetti, messo via diligentemente il libro di testo, lei stava concentrando la propria attenzione su Dima.

« Che ne pensi? » non poté impedirsi di chiederle.

« È un uomo coraggioso », rispose Julia, da prima della classe qual era.

Nataša sospirò.

33

L'uomo coraggioso prese a parlare del proprio coraggio. E Nataša, nel frattempo, si domandava se lei non stesse travisando il senso delle sue parole. Dima diceva infatti di riferirsi agli anni del suo attivismo a Odessa. Ma l'esistenza che andava descrivendo, fatta di solitudine, d'isolamento, dell'impossibilità di fidarsi di qualcuno, di potersi mettere veramente a nudo, doveva certo riguardare gli anni trascorsi nel gulag. Stava spiegando quale lavoro ingrato e tedioso fosse quello della resistenza quotidiana. Quanto fosse inutile. A che cos'era servito alla fin fine, si chiedeva, copiare a mano libri proibiti? A che cos'erano servite tutte quelle riunioni clandestine in cui si discuteva molto e si faceva ben poco? No, disse Dima, alzando la voce per l'impeto della passione: l'azione era l'unica cosa che contava. Un'azione che fosse audace, drastica, impegnata. Non bastava, disse esortando la folla, stringersi e mostrare la propria partecipazione, scuotendo il capo davanti alla gravità della situazione. Il cambiamento poteva arrivare solo attraverso l'azione. E l'unica azione in grado di portare al cambiamento era quella che implicava un grosso rischio personale e una ricompensa che fosse invece per tutta la collettività.

La platea proruppe in un applauso. Julia dovette dare una gomitata a sua madre per indurla a sollevare le mani e a congiungere i palmi, fuori sincrono con tutti gli altri.

Dima continuò a parlare. Parlò degli orrori della prigione,

degli interrogatori protratti per settimane, con gli agenti che si davano il turno, mentre lui sveniva per la privazione del sonno e veniva rianimato con l'acqua ghiacciata. Parlò degli scioperi della fame e delle volte in cui lo avevano alimentato a forza, legato disteso su un tavolo di metallo e con un tubo infilato in gola. Parlò dei ratti e dei pidocchi con cui aveva condiviso la cella e delle infezioni non curate che gli avevano martoriato il corpo. E poi parlò della donna che gli aveva permesso di sopravvivere a tutto ciò.

Nataša sentì il cuore sprofondarle nello stomaco. Sicuramente, adesso...

Certo che no: stava parlando di Miriam. Quella Miriam che gli stava accanto, quella Miriam che non si era mai arresa e che, annunciò elettrizzato, portava in grembo il suo primo figlio.

Erano entrambi emozionati. Avevano aspettato così a lungo per diventare genitori!

La folla applaudì di nuovo. Qualcuno gridò: «*Mazel tov!*» Buona fortuna.

Nataša strinse il polso di Julia, senza nemmeno sapere se lo stesse facendo per impedirle di battere le mani, o per accertarsi che la ragazzina fosse reale.

«Chiunque può avere un bambino. Non è qualcosa che meriti un applauso», disse in risposta allo sguardo interrogativo della figlia.

Al discorso seguì un incontro meno formale. Gli ammiratori si misero in coda per stringere la mano a Dima, per fargli qualche domanda, per salutarlo con una pacca affettuosa sulla spalla. Nataša attendeva il proprio turno.

«Ciao, Dima», gli avrebbe detto.

«Natašenka!» avrebbe risposto lui, sussultando.

« Ora vivo in America », gli avrebbe spiegato.

« Non lo sapevo », avrebbe risposto lui.

A quel punto, lei avrebbe rivolto un sorriso indulgente a Miriam. Avrebbe mantenuto il segreto, evitando di rivelargli il fatto che sua moglie ne era invece al corrente. Capiva con quanta disperazione Miriam fosse aggrappata a lui, quanto desiderasse fargli credere che stava per dargli il suo primo figlio.

« Questa è mia figlia, Julia. Ha tredici anni », avrebbe rivelato, spingendogli davanti la ragazza.

Si sarebbero dovuti appartare per parlarne in privato, dopo.

La fila pareva non finire mai. Sembrava stessero vendendo i biglietti per una prima al cinema, l'unica cosa, come lei e la sua famiglia avevano avuto modo di scoprire non senza sbigottimento, per cui gli americani erano disposti a mettersi in coda. Ecco che cos'aveva ottenuto nascondendosi in fondo alla sala. Si sarebbe dovuta sedere in prima fila, al centro. Sarebbe andata diversamente se Dima l'avesse vista subito.

Ma poi la vide. Come profetizzava la canzone, il suo sguardo la scorse tra la folla. Poi le si precipitò incontro e la fece sua?

No.

Quelle cose accadevano solo nei musical di Rodgers e Hammerstein.

In ogni caso, per essere onesti, come profetizzava la canzone, lo sguardo di Dima la scorse effettivamente tra la folla. E ciò che vide fu... una perfetta estranea.

Non ci fu nessun cenno di riconoscimento. Né suo, né di Julia. Possibile non riconoscesse Julia? Era la sua immagine sputata! Come faceva a non riconoscere la propria figlia? E, più ancora, come faceva a non riconoscere la manifestazione fisica di tutto ciò che avevano condiviso insieme? Fu quell'ultima considerazione a mandarla davvero in frantumi. Lei e lui, uniti in vita in un corpo solo. Senza che, per Dima, significasse minimamente qualcosa.

Nataša si chiese se era davvero invecchiata così tanto. O se, in definitiva, fosse stata così poco importante per lui. Erano stati insieme ogni giorno per mesi. E lei ricordava ancora i volti dei colleghi con cui lavorava allora, e persino quelli di alcuni dei suoi studenti. Ne avesse incontrato qualcuno sul lungomare di Brighton, sarebbe di certo scoccato un lampo di riconoscimento, a prescindere da quanto tempo fosse passato.

Eppure, Dima aveva distolto lo sguardo senza battere ciglio.

«Sembro così vecchia?» chiese a Boris, sorprendendolo nel momento stesso in cui varcava la soglia di casa rientrando dal lavoro. Nataša aveva trascorso il pomeriggio a studiarsi allo specchio, tirandosi la pelle per vedere se le rughe diminuivano, strappandosi i capelli grigi e schiaffeggiandosi la parte inferiore del mento col dorso della mano, quasi volesse imporre a quel dondolio di arrestarsi. Eppure, da qualsiasi angolazione si esaminasse, riconosceva ancora la giovane donna coraggiosa che aveva portato avanti la resistenza. Non sarebbero stati in grado di farlo senza di lei. Lo aveva ammesso lo stesso Dima, no? Il giorno in cui era riuscita a procurare loro i biglietti. L'aveva detto davanti a tutti.

«Sei bellissima», rispose Boris, senza nemmeno aspettare di togliersi le scarpe prima di tranquillizzarla. La cosa più incredibile era che sembrava lo pensasse sinceramente. Boris non vedeva le rughe, i capelli grigi, il mento ciondolante.

«Sapevi quando ero stata nella tua stanza perché sentivi il mio odore. E hai capito che ero incinta solo guardandomi», gli disse.

Lui reclinò il capo, chiedendosi perché mai rivangasse quelle vecchie storie. Non ne discutevano più da tempo.

«Sapresti riconoscermi ovunque», continuò Nataša.

«Nataša, mia luce: dove sei ora?» Ancora all'ingresso, tra lo scaffale per le scarpe, il supporto per gli ombrelli e gli appendini per le giacche, Boris cominciò a declamare i versi di Puškin. «*Nessuno ti ha visto – mi dolgo.*» Recitò la poesia per intero, concludendo con: «*E a casa, triste e solo / Richiamerò alla mente la grazia di Nataša*».

«Papà!» Julia fece irruzione dalla porta della sua camera e, per un istante, Nataša temette di essere stata smascherata.

Ma la figlia voleva soltanto comunicare di essere stata l'unica, a lezione di Matematica, in grado di risolvere un problema complicato.

«Sstt!» Nataša alzò una mano per tenerla a bada. «Lasciagli prendere fiato, a tuo padre. Si ammazza di lavoro per noi, non ha bisogno che gli salti addosso nell'attimo stesso in cui varca la porta di casa!»

Julia si fermò. Non tanto per il rimprovero - era abituata a sentirsi riprendere da Nataša - quanto per il contesto e il contenuto dello stesso. Boris la imitò. Entrambi scrutarono Nataša con aria confusa.

«Siediti», ordinò Nataša al marito. «Fa un caldo asfissiante. Aspettare in metropolitana deve averti distrutto. Ti prendo un po' di gelato.» Prima che lui stesso potesse ricordarglielo, aggiunse: «Scaldato un attimo al microonde perché non ti ghiacci i denti. Julia, corri a prendere il ventilatore dalla nostra camera da letto e sistemalo per far prendere un po' d'aria al papà».

Mentre la ragazza si precipitava a eseguire l'ordine e Boris si avvicinava esitante alla sua La-Z-Boy, guardando Nataša con aria perplessa, quest'ultima proseguì, sempre rivolta alla figlia: «Pensi mai ai sacrifici che il papà ha fatto per noi? Aveva un buon lavoro in Unione Sovietica. Era un uomo importante. Ha rinunciato a tutto per trasferirsi in un posto di cui non conosceva la lingua e nel quale non sapeva se sarebbe stato in grado di ritrovare un lavoro altrettanto buono, e dove magari sarebbe potuto finire a spazzare le strade, come alcuni *dvornik*. E ha fatto tutto questo per noi, perché potessimo avere una vita migliore».

«Lo so, mamma.» Se Julia fosse stata diversa da com'era, la sua risposta sarebbe potuta sembrare provocatoria. Ma era semplicemente una ragazza docile e amabile.

«Anche tua madre ha fatto dei sacrifici», disse Boris sedendosi. Con un gesto che lo sorprese, intanto, Nataša si sporse per tirare la maniglia con cui sollevargli le gambe. «È molto più brava di me con la matematica. Avrebbe potuto avere una carriera di successo in America, ma ha scelto di dedicare il suo tempo a te, anziché ai soldi che avrebbe potuto fare.»

«Non avevamo bisogno di soldi. Il papà si è preso cura di noi. Ha promesso che lo avrebbe fatto e lo ha fatto. Non mi sono mai dovuta preoccupare di nulla, come invece è successo ad altre. Sapevo che il papà avrebbe mantenuto le sue promesse. Che non avrebbe dimenticato.» Nataša accarezzò Boris sulla sommità del capo, lisciando le ciocche di capelli umidi che andavano assottigliandosi di anno in anno. «Grazie, mio Boris.»

Lui sollevò timidamente il braccio, le strinse il polso tra il pollice e l'indice e se lo portò nervosamente alla bocca. Le mordicchiò il dorso della mano ma poi lo lasciò andare con la stessa rapidità, non volendo esigere troppo dalla fortuna.

Nataša si chinò e, con grande sorpresa di tutti e tre, baciò il marito a lungo e con passione sulle labbra. Poi andò a mettergli il gelato nel microonde.

Boris sedeva incollato alla poltrona, stupefatto. Julia, che intanto aveva distolto lo sguardo per l'imbarazzo, si voltò di nuovo per accertarsi che quella manifestazione pubblica di affetto senza precedenti fosse finita. Attese di capire se dovesse aspettarsi ancora qualche altra stranezza e poi, dopo che Nataša ebbe servito a Boris il suo gelato intiepidito, lisciandogli di nuovo i capelli, Julia immaginò di poter finalmente cominciare a raccontare del problema di matematica a suo padre. Avrebbe aiutato entrambi a fingere che tutto fosse normale.

Nataša li osservò in disparte. Com'era possibile che due persone così poco simili in apparenza... si somigliassero così tanto? Non nelle fattezze fisiche, naturalmente. Ma nei gesti. Il modo in cui piegavano la testa per la costernazione, il modo in cui corrugavano le sopracciglia per esprimere disappunto. Come dicevano gli americani? Due piselli in un baccello? Ecco che cos'erano, Boris e Julia.

Oh, e quanto risentimento aveva portato a sua figlia per questo motivo!

Per tutti quegli anni, aveva continuato a dirsi che, a farla arrabbiare così tanto, era constatare quanto Julia avesse preso da Boris, piuttosto che da Dima. In realtà, però, ciò che Nataša detestava davvero era vedere in lei così tanto di sé.

Dima era un eroe, uno che amava correre rischi. E ciò significava che la codardia di Julia doveva necessariamente derivare dalla madre: colei che era rimasta a guardare mentre i suoi compagni venivano pestati a sangue e trascinati via. Colei che aveva finto un malore per non presentarsi in aeroporto. Colei che aveva avuto paura, per più di tredici anni, di ammettere che il vero eroe in casa loro era Boris. Era stato lui a rischiare tutto per Nataša. Era stato lui a rischiare di amarla.

Nemmeno l'eroico Dima ne era stato capace.

LIBRO TERZO

ZOE

(2019)

34

« L'amore non è una patata. » Alisa, la bisnonna, lo va dicendo a Zoe da prima ancora che la nipote fosse abbastanza grande per afferrare il significato di entrambe le parole.

« Quello che intende dire Balisa è che non c'è nulla di più importante dello scegliere bene la persona con cui trascorrere la vita. » Le labbra della mamma si appiattiscono l'una contro l'altra, increspandosi.

« Ha ragione. » Non esiste argomento su cui baba Nataša, la nonna di Zoe, non assuma una posizione forte. E quello è uno dei suoi preferiti. Ironicamente, se si considera che, mentre tutta la famiglia si sta dando da fare per organizzare la festa per il quarantacinquesimo anniversario del suo matrimonio con Deda, Baba sta dando ogni possibile indizio per lasciar intendere di aver fatto tutto il contrario.

Zoe saluta e prende la borsa dal piolo vicino alla porta. La mamma le chiede: « Fai la strada lunga per tornare a casa? »

Zoe sa che cosa intende. Sa che cosa le sta chiedendo. Perciò annuisce.

La mamma prende il suo cappello da sole, appeso accanto alla borsa di Zoe, e se lo mette in testa. « Vengo anch'io. »

Tra la fermata dell'autobus di Brighton Beach e quella di Manhattan Beach ci sono circa otto chilometri. La differenza estetica, tuttavia, è enorme. Brighton è una combinazione di complessi abitativi, condomini di varie altezze e in differenti stati di conservazione, oltre che vecchie case che Baba definisce « prigioni per anziani », come quando dice: « Non osate pensare di rinchiudermi in una di quelle prigioni per anziani! » Strade buie e sature di gas di scarico si estendono asfittiche sotto le linee della metropolitana sopraelevata, straripanti di frutta esposta in affollati minimarket che odorano di merce andata a male. Commercianti dai denti d'oro siedono in cima a casse di legno cercando di vendere giocattoli di plastica dai colori sgargianti, accessori per la spiaggia e DVD pirata in lingua russa.

Al contrario, Manhattan Beach, una volta girato a destra per imboccare Oriental Boulevard, è un paradiso di periferia.

« La stessa differenza che passa tra il sudiciume della Moldavanka e l'elegante Teatro dell'Opera », dice Baba. Zoe ha visto immagini di entrambi in qualche libro illustrato e nelle istantanee sgranate di famiglia, in bianco e nero, ma non c'è mai stata. Anche dopo che l'Unione Sovietica è crollata e ai rifugiati è stato permesso di tornare, per una visita o per rimanere – il presidente russo Putin ha pronunciato un discorso per far sapere a quanti erano fuggiti da qualsiasi repubblica sovietica che « a casa » sarebbero sempre stati i benvenuti (insieme coi soldi fatti in America) –, Baba si è rifiutata di rimetterci piede. L'opportunità di pavoneggiarsi davanti ai vecchi amici e all'invidioso insegnante antisemita non è stata un motivo sufficiente a convincerla. « Non ho più nessuno a Odessa. Il futuro non ha nient'altro in serbo per me, se non la morte. »

Balisa c'è andata. In Siberia. Per prendersi cura delle tombe dei suoi familiari.

« Sarò la prima a essere sepolta in America », ha annunciato al ritorno.

Che allegria!

Zoe sospetta che la cupezza dei loro atteggiamenti sia una diretta conseguenza del fatto che vivano a Brighton, invece che a Manhattan Beach, coi suoi alberi prolifici, coi suoi vicoletti curati e con la brezza dell'oceano a temperare l'umidità. E poi le ville. Un sacco di ville. Una coi leoni ruggenti seduti davanti a un cancello placcato in oro e con un'esplosione di ghirigori a decorarlo. L'altra con quelli che sembrano tre torrioni sul tetto. Un'altra ancora senza finestre, in tutto simile a una piramide egizia di terracotta.

Ma, quando le chiede se per tornare a casa ha intenzione di prendere la strada lunga, sua madre sa che l'obiettivo della deviazione è un altro edificio, una mostruosità unica che Zoe tiene d'occhio dai tempi delle scuole medie. Il primo piano vanta più colonne della Tara di *Via col vento*. Il secondo, invece, fa pensare alla casa di marzapane di Hänsel e Gretel. Ma a Zoe non interessa il suo discutibile valore estetico. Ci va perché è la casa del padre.

Sarebbe ingiusto sostenere che Zoe non l'abbia mai visto. Lo ha visto sui manifesti in cui pubblicizza il suo studio medico per tutta Brighton. Lo ha osservato – nascosta dietro un lampione, come si addice alla codarda che è – andare e venire con la sua Porsche Panamera o sulla monovolume, la Honda Odyssey.

Quando Zoe era ancora piccola, la mamma le diceva soltanto che lei ed Eugene si erano sposati troppo giovani, e in maniera troppo affrettata. Che non aveva avuto la possibilità di conoscerlo bene, che la cosa non aveva funzionato. Nelle rare occasioni in cui l'argomento veniva fuori, Deda aggiungeva inevitabilmente che la mamma aveva fatto la cosa giusta, che era rimasta fedele a se stessa. Allora Baba osservava quanto dovesse essere bello vivere la propria vita pensando esclusivamente a se stessi: peccato che a certe persone questa opportunità fosse preclusa.

A dodici anni, Zoe aveva rintracciato il nome del padre su Internet e ne aveva scoperto l'indirizzo. Era stato semplice. Aveva marinato il corso di preparazione all'esame di ammissione allo Shorefront Y, la scuola superiore, ed era andata a dare un'occhiata.

Non sapeva, all'epoca, che cosa si aspettasse di scoprire. Il che era stato un bene, perché non aveva scoperto nulla. Ma aveva continuato ad andarci. E lo aveva fatto con una regolarità tale che, un giorno, ci aveva trovato sua madre ad attenderla.

La mamma non le era parsa arrabbiata. E nemmeno curiosa. Pareva sapesse esattamente per quale motivo lei era là. Il che la pone un passo avanti rispetto alla figlia, che non ne ha ancora idea.

« Lo amavi? » le sta chiedendo adesso Zoe per la prima volta. Guardare Baba e Deda affrontare in maniera poco convinta l'organizzazione di una festa di anniversario indesiderata le ha messo una curiosità sulle relazioni amorose che non ha mai avuto finora.

« Oh, sì! Pensavo fosse meraviglioso. Era già un dottore! Non riuscivo a capire che cosa vedesse in una diciottenne come me! » esclama sua madre senza esitazioni.

« Dovevi essere una contabile coi fiocchi », commenta Zoe scherzandoci su.

« Sì, ero brava nel mio lavoro... Purtroppo, però, non lo ero altrettanto in tutto il resto. Ho sempre cercato di essere una ragazza a modo, di fare sempre quello che gli altri mi chiedono, di non turbare nessuno. Lo sapevi, che mi avevano ammesso alla Cornell? Una delle università più prestigiose! »

« Baba me l'ha detto. » Più e più volte.

Sua madre scoppia a ridere. « Non avevo dubbi. Era così arrabbiata quando ho rifiutato l'offerta per iscrivermi al Brooklyn College! Pensavo fosse importante rimanere vicino a casa, risparmiare denaro. Non volevo che s'indebitassero per me. »

Zoe cerca di non prenderla come una frecciatina riferita a lei e alla sua scelta di firmare un prestito universitario per pagarsi gli studi alla New York University. La sua famiglia la prende sempre in giro per questa sua natura così americana: trasferirsi quando a casa aveva una stanza con tutti i crismi. « Se avessi avuto un appartamento di quelle dimensioni, non avrei mai lasciato l'Unione Sovietica », ridacchia Balisa. Quando la sente dire che sta ripagando diligentemente i prestiti, Baba rovescia gli occhi. I veri americani, sostiene, non ci pensano due volte a non onorare i debiti!

Un'altra cosa che fa rovesciare gli occhi alla nonna è leggere quanto siano stressati e ansiosi gli studenti universitari di oggi, i più stressati e ansiosi di sempre!

« Ah! Loro sì che fanno una vita dura! Spazio a sufficienza, tre pasti al giorno più gli spuntini! Qualcosa da studicchiare a casa e un esame scritto alla fine, magari con accanto il libro aperto! Prova a condividere una sola stanza con genitori e nonni, a metterti in coda per mangiare e per fare il bagno; poi a tenere esami orali, con domande speciali per gli ebrei. Ma gli americani dicono che nell'Unione Sovietica non si pagavano tasse universitarie, e che perciò siamo stati fortunati, per noi era semplice. Un americano mi ha detto: 'Voi immigrati siete più fortunati di noi poveracci. Arrivate qui già con la laurea e senza debiti. Noi siamo messi peggio di voi!' Tua mamma ha finito l'università che era già divorziata, e doveva prendersi cura di te tutta sola. Quando si lamenta, però, le dico: 'Almeno non sei in Unione Sovietica. In confronto, avere bambini in America è come una vacanza!' »

« Ma tu non hai lasciato l'università per sposarti, come invece è successo ad altre persone. Di questo, almeno, Baba sarà stata contenta », concede Zoe alla madre.

« Alla tua Baba, Eugene piaceva. Lo trovava sveglio, dinamico, ambizioso. Credevo che l'avrei resa felice sposandolo, sì. Ma tu sai com'è fatta: nessuno ha idea di che cosa la renda felice! »

È vero. È più facile prevedere che cosa potrebbe renderla infelice.

Cioè, tutto.

« Quindi, quando le cose hanno preso una brutta piega, mi sono detta: se lo lascio, la farò felice. » Nemmeno una parola su come o perché fosse avvenuto il divorzio, e in meno di due anni, per giunta. « Ebbene: non lo immagineresti, ma la cosa, in qualche modo, l'ha fatta arrabbiare ancora di più! Non c'è possibilità di vincere con lei. » Mentre pronuncia queste parole, la mamma ha un'aria triste e confusa.

« Però tu non ti arrendi. » Ed è questa la cosa più sorprendente. La piccola, responsabile Julia sta ancora cercando di mostrarsi compiacente. Zoe lo trova ammirevole e al tempo stesso frustrante. Vorrebbe essere un po' meno come la madre. « Perché continui a provare, mamma? »

« Baba è una persona infelice. La vita l'ha delusa sin da subito », sospira la figlia di Nataša e Boris, eludendo la domanda.

Sì, sì, Zoe conosce la storia della medaglia d'oro e dei problemi per ebrei, sa dei lavori forzati nelle campagne e dell'impiego senza prospettive in quella scuola di bambini senza prospettive. « Non è una scusa sufficiente per prendersela con te! » E con Deda, evita di aggiungere Zoe.

La mamma sorride, un po' per gratitudine, un po' in segno di condanna e un po' perché spinta dalla rassegnazione. «L'ho delusa. E ho deluso anche te», le dice accarezzandole i capelli. Indica con un gesto vago il villone del dottor Venakovsky. «Ma tu, Zojenka mia, non deluderai la tua Baba. Non deluderai mai nessuno di noi. La tua scuola costosa, la tua carriera importante e, presto, un bravo ragazzo, sì? Un bravo ragazzo ebreo, forse anche di Brighton, che capisca il russo, così da non complicarci troppo la vita. Un ragazzo sveglio e di successo. L'uomo giusto con cui trascorrere la vita. Sarai tu a realizzare tutti i sogni per cui Baba ha lasciato l'Unione Sovietica. La renderai felice, ne sono sicura.»

La mamma continua a ripeterglielo sin dal giorno in cui si è accorta che lei, invece, non ci sarebbe mai riuscita. Anche se non è questo il motivo per cui Zoe si è accollata quei debiti pur di frequentare un'università costosa o per cui ha intrapreso la propria carriera (la cui importanza rimane comunque da discutere). Quanto sarebbe patetico se ogni sua decisione presa nel presente fosse in qualche modo legata a un passato che non è nemmeno il suo?

Come a sottolinearlo, corregge la madre: «Non è Zoja, mamma. È Zoe».

«Sì, sì», risponde Julia con una risata colpevole «Certo. Zoe. La mia ragazza tutta americana.»

Per progredire nella sua importante carriera, la «ragazza tutta americana» della mamma ha un nuovo progetto all'orizzonte. La sfida più grande affrontata finora. Dovrebbe esserne entusiasta. Solo che è certa che il motivo per cui il capo abbia scelto proprio lei non dipende dal suo lavoro stellare quanto dal fatto che il fondatore e amministratore delegato della Nuance Translation Software for the Multicultural Century è un certo Alex Zagarodny. Alex Zagarodny è nato a Brighton Beach da genitori russi immigrati dall'Unione Sovietica negli anni '70. E il capo di Zoe dà per scontato che questo basti ad accomunarli.

Sarebbe inutile da parte di Zoe dirgli quanto si applichi per fare in modo che nessuno possa indovinare le sue origini semplicemente osservandola. Non ha un accento. Non si tinge i capelli di biondo neon o di una qualsiasi tonalità rossa non presente in natura. Non possiede abiti leopardati. Non riceve sussidi mentre intasca soldi sottobanco. In altre parole, sta facendo tutto il possibile per prendere le distanze dal ghetto di Little Odessa, mentre il suo capo dell'Upper East Side, i cui figli in prima elementare indossano minuscole giacche blu col cravattino, per l'amor del cielo, la ripugna come fosse uno di quei serpenti nascosti nelle finte lattine di arachidi che Deda trova così divertenti.

Per quel che riguarda Zoe, Alex Zagarodny potrebbe dirigere la sua compagnia persino a Silicon Alley, ma rimarrebbe comunque parte di Brighton Beach al cento per cento. Sviluppo software? Tutti i tipi di sua conoscenza non abbastanza in gamba per la business school o per Giurisprudenza, o troppo schizzinosi per studiare Medicina, stanno imparando a programmare e promettono alla loro adorabile *mamačka* di diventare i futuri Bill Gates o, meglio ancora, Mark Zuckerberg (il quale, almeno, è ebreo, nonostante l'inghippo increscioso della moglie *shiksa*; ma, per come la vede Baba, se quell'orientale senza tette è stata abbastanza sveglia da accaparrarsi il miliardario per prima, le zitelle ebree americane non possono prendersela che con se stesse). Qualsiasi fannullone di Brooklyn che abbia mai scaricato App Developer sul suo smartphone è convinto di covare la « next big thing ». Alex Zagarodny sostiene che il suo software non si limiterà a tradurre soltanto le parole da una lingua all'altra, ma convertirà i modi di dire, decifrerà il tono e incorporerà sfumature culturali allo scopo di facilitare gli scambi comunicativi tra le aziende e le persone di tutto il mondo. Tutto ciò di cui ha bisogno per realizzarlo sono un paio di milioni di dollari.

Ed è qui che entra in gioco Zoe. Non che abbia un paio di milioni di dollari da allungare a chicchessia. L'importanza del suo ruolo sta nel ricercare appunto aziende in cui il suo capo potrebbe voler investire i due milioni di dollari in oggetto. Gli incarichi dovrebbero essere assegnati a caso. Zoe si rifiuta di credere, però, che ci sia stato qualcosa di casuale in quest'assegnazione.

« Zoja? » Al suo arrivo, trova Alex ad attenderla davanti alle porte di vetro del suo ufficio.

« È Zoe », replica, correggendolo.

« Certo, Zoe. Benvenuta alla Nuance Translation! »

Alex Zagarodny ha esattamente l'aria che Zoe si aspettava dovesse avere. Capelli castani, occhi acquosi perfettamente abbinati, un naso che i confratelli di Long Island avrebbero potuto portare a un chirurgo plastico, oltre a una spruzzata di lentiggini non solo sulla faccia ma anche lungo gli avambracci, a suggerire l'ipotesi che avesse ereditato un dono di lunga data lasciato agli ebri dell'Europa orientale dai vichinghi e fosse originariamente un pel di carota. Più alto di lei di una ventina di centimetri, sta così ritto, come una sentinella, che t'impedisce di capire quanto sia basso in realtà. La sua stretta di mano è salda, da dirigente. Quando parla, ti guarda negli occhi. Anche se non parla nel modo in cui Zoe aveva immaginato. Niente accento russo, niente Brooklyn, nemmeno un pizzico di New York. Solo quell'inflessione piatta da medio-Atlantico con cui i giornalisti raccontano le catastrofi più orribili. Sembra si sia sforzato d'imparare l'accento neutro della gente in tv. *Tra simili ci s'intende.*

«Ti faccio fare un giro.» Alex conduce Zoe nell'open space oltre le porte di vetro. Da sopra le postazioni, le riesce d'individuare un certo numero di teste chine sugli schermi e sulle tastiere. Conta una dozzina d'impiegati e un numero corrispondente di lavagne bianche tappezzate di frasi in lingue straniere, insieme con le rispettive traduzioni in inglese, letterali e idiomatiche. Alcune sono cerchiate, altre barrate. Alcune hanno faccine sorridenti. Altre un paio di corna.

«Non siamo semplicemente un'altra start up che si occupa di traduzioni», le dice Alex facendole strada in un labirinto di cubicoli come se fosse il topino solitario che sa dove trovare l'ambito formaggio. «Prima di proporre una traduzione, il nostro software tiene conto delle implicazioni regionali, culturali, religiose e geopolitiche di ogni parola e frase.» Appoggia il gomito su un divisore. La donna che lavora all'interno del cubicolo è stata addestrata a non badarci, anche se s'infila un paio di cuffie alle orecchie. «Sai che cosa intende tua nonna quando ti chiama *mamzer*?»

Zoe non sa spiegarsi come lui faccia a sapere di sua nonna o di come la chiami, ma, be': «Sì».

«Tecnicamente, significa 'bastardo'. Secondo la definizione biblica, indica il figlio di una donna sposata e di un uomo che non è suo marito. Ma non è questo il senso che gli attribuisce tua nonna. Lei lo utilizza per esprimere affetto.»

«Qualche volta.»

«Esistono milioni di forme colloquiali come questa, in ogni lingua e dialetto. Immagina che disastro comporti quando vengono tradotte alla lettera, specialmente in una trattativa d'affari.» Alex si rifiuta di darle il tempo di obbedirgli e, facendo perno su se stesso mentre le prende gentilmente il gomito, la introduce alla postazione di un tizio afroamericano che si direbbe suo coetaneo. « Gideon, amico mio! »

Se questo Gideon è rimasto sorpreso dall'interruzione, al pari della donna con gli auricolari non lo dà a vedere. Solleva lo sguardo dalla tastiera e, sfilandosi gli occhiali mentre sbatte le palpebre, rivela due tutori di nylon nero ai polsi per prevenire il tunnel carpale.

« Gideon Johnson », annuncia Alex con enfasi. « Il mio ingegnere capo. Oltre che il mio ex tutor. Gideon mi ha fatto superare la Caltech tirandomi per le orecchie, come dicono i russi. E continua a farlo qui. Nulla di tutto questo sarebbe stato possibile senza di lui. »

« Piacere di conoscerti », azzarda Zoe. Ma non c'è tempo per le presentazioni durante un discorso promozionale.

Alex riprende il filo del discorso precedente. « Immagina che cosa potrebbe fare la nostra app per la diplomazia! Evitare le rivolte! Porre fine ai disordini civili! Prevenire la guerra nucleare! »

Zoe si domanda se la suddetta app sia dotata di punti esclamativi integrati per adattarsi allo stile comunicativo dello sviluppatore. Tuttavia, anche se una vena di sarcasmo le percorre i pensieri, Zoe non può fare a meno di sentirsi impressionata. Per larga parte della gente di Brighton, la spavalderia è finta: cagnolini che strepitano più che possono per nascondere il timore di essere messi al tappeto. L'insicurezza, la consapevolezza del fatto che non troveranno mai il loro posto, trasuda dai pori di quasi tutti quelli che conosce. Corrono di qua e di là, a testa bassa, con le spalle curve, strisciando praticamente a terra. A malapena ti guardano negli occhi. Ancora una volta, tra simili ci s'intende.

Ma questo non è il caso di Alex. Zoe ha come la percezione che la sua baldanza sia sincera. Che creda davvero a quello che sta dicendo. Che sia davvero convinto di essere un grande.

« Mi piacerebbe vedere di più. »

35

Il giro termina nell'ufficio di Alex, l'area collocata nell'angolo più distante. Le postazioni di lavoro sono in genere zone disastrate, con dispositivi elettronici accatastati su cumuli di stampate e contenitori di fast-food ricoperti da una spolverata di Post-it. La scrivania di Alex è sgombra, eccezion fatta per un computer desktop, un portatile chiuso in una custodia imbottita e cellulari di diverse marche su cui testare la sua app. Da lì non ha modo di tenere d'occhio i dipendenti, a meno che non si alzi di proposito per avvicinarsi di diversi metri all'area principale.

« Mi piace il silenzio. La gente pensa che alzare la voce trasmetta un senso di potere. È esattamente il contrario », le spiega.

Potrebbe essere l'affermazione meno russa mai pronunciata da un essere umano. Zoe si domanda se Alex intendesse farla sembrare sexy come l'ha trovata lei.

« Ecco un'altra cosa di cui si occuperà la mia app. »

« Valutare la carica emozionale delle frasi? » Zoe non sta seguendo granché.

« Avvisarti nel momento in cui stai facendo incazzare qualcuno. Quando si arrabbiano, i giapponesi sorridono e diventano ancora più gentili, ma gli occidentali potrebbero non cogliere questo particolare e perseverare nel loro comportamento. La mia app rileverà i cambiamenti di umore e informerà l'utente prima che possa combinare ulteriori danni. È un modo per farti capire quello che sta pensando il tuo interlocutore senza che questi debba per forza dirtelo in faccia. Lui continuerà a mantenere orgogliosamente il suo segreto, ma al tempo stesso tu ottieni quello che ti serve. Win-win. »

La sola possibilità è musica per le orecchie di Zoe. E non c'è bisogno di scomodare la pace nel mondo e gli incontri di lavoro: che cosa non potrebbe fare anche solo per la sua famiglia?! Troppo bello per essere vero, come direbbe Baba. Ed è proprio la voce di Baba quella che Zoe sente uscirle dalle labbra mentre fa notare: « Però ci sono così tante norme, anche all'interno di una stessa cultura... Sarà un'impresa titanica raccogliere tutti quei dati e calibrare il programma in modo che riconosca sfumature così sottili e le comunichi all'istante ».

« Punta in alto o lascia perdere, dico bene? Conosci *Movin' Out* di Billy Joel? » Alex canticchia il ritornello accattivante. « Un tempo pensavo che, quando dice *'Is that all you get for your money?'*, intendesse: con tutto quello che potresti avere, ti accontenterai di questo? È una canzone su un ragazzo che si tira fuori dalla corsa sfrenata al successo, e nella mia testa pensavo significasse: se solo t'impegnassi di più, potresti avere molto di meglio che una casa fuori a Hackensack o la possibilità di lucidare i parafanghi della tua Cadillac! La banalità della classe media non è davvero così edificante, ecco perché se ne va. »

« E io pensavo che *'you won't fool the children of the revolution'* intendesse dire che quanti sopravvivono a una rivoluzione, ma con una vita distrutta, sanno che è una cosa così orribile che non si lasceranno convincere a sostenerne un'altra. » È uno dei ricordi più imbarazzanti di Zoe. Non l'ha mai condiviso con nessuno. « La mia migliore amica delle superiori, Lacy... L'ho detto a sua madre mentre parlavamo di musica. Stavo cercando di fare bella figura. È stato mortificante. Per mia fortuna, pensava già che fossi una povera immigrata sventurata. La mamma di Lacy si definisce l'ultima delle 'bambine col pannolino rosso' e, quando ha scoperto che la mia famiglia era originaria dell'Unione Sovietica, ha insistito per conoscerla: voleva ascoltare le loro testimonianze e raccontare loro di come anche i suoi nonni del Lower East Side fossero stati araldi del socialismo. Hai un'idea di che cosa sarebbe successo se l'avessi accontentata? »

« Gli americani sono adorabili, vero? Credono sinceramente nella fratellanza internazionale. Ricordi quando cantavano che anche i russi amano i loro figli? »

« Conoscere la mamma di Lacy mi ha preparato per la New York University. Ogni volta che dicevo qualcosa di negativo sul comunismo, mi veniva rinfacciato che una privilegiata come me non poteva capire le esperienze degli oppressi e che il mio giudizio era privo di sensibilità culturale. Prima di poter proseguire la lezione, la professoressa mi obbligava a scusarmi per aver messo a disagio i compagni di corso. Ma per fortuna avevo il buonsenso di non raccontarlo a mia nonna. Mi avrebbe fatto un altro sermone sul mio privilegio e poi mi avrebbe imposto di chiedere scusa un'altra volta! »

Alex ha un'aria solidale, e ciò sconvolge Zoe, dandole la consapevolezza di quanto stesse disperatamente aspettando qualcuno - chiunque fosse - in grado di comprendere quant'era strano essere americani, sentirsi americani, sembrare americani all'esterno per rimanere in qualche modo così stranieri dentro di sé.

« Questo è il bello di frequentare un glorioso istituto professionale come la Caltech. Nessun ingegnere promuoverebbe mai un'idea teorica che non sia stata testata sul campo.

O una che abbia fallito ogni singola prova. Non siamo come quegli hippie di matematica pura.»

«Oooh, frecciatina per i nerd!»

«Ehi, sto parlando da peccatore pentito», replicò Alex battendosi il petto con un pugno per fare *mea culpa*. «Anch'io pensavo di diventare un insegnante di Matematica. Finché non sono arrivato alla Caltech e ho scoperto che, rispetto a quei ragazzi, non ero assolutamente in grado di fare Matematica. Grazie a Dio Gideon mi ha mostrato la luce – insieme coi suoi appunti –, guidandomi verso applicazioni più pratiche della materia.»

Nel citare il nome del suo amico, Alex si gira per un istante verso la postazione di Gideon. Zoe riesce a scorgere la parte superiore della sua testa, una massa di lana caprina nera, e avverte l'urgenza di passarci le dita. Ecco un'istanza assolutamente priva di sensibilità culturale, si dice. Una micro-aggressione.

Alex torna al suo discorso promozionale. «Gideon mi chiama Icaro, per questa mia tendenza a volare troppo vicino al sole. È di una cultura esagerata. Scuola privata tutta la vita. La letteratura classica è di grande aiuto nella traduzione. Anche il latino. Tutte quelle metafore invece di dire direttamente ciò che intendi... È una master class nell'arte di menare il can per l'aia, oltre che di pararsi il culo lasciando ogni cosa aperta all'interpretazione e alle smentite plausibili. Non è assolutamente comunista?»

«Vorrei essere più brava in questo», confessa Zoe, ancora una volta turbata dall'inattesa catarsi sperimentata nel dire quello che finora ha solo pensato, e anche in maniera piuttosto esitante.

Alex non sembra rendersi conto di come lei stia mettendo a nudo l'anima. Perché dovrebbe? Per Zoe sono momenti colossali. Per lui, solo un altro incontro promozionale.

«Ma è un paragone che m'inorgoglisce. Per quale altro motivo dovrebbe esistere il sole, se non perché lo si possa raggiungere?»

«E io vorrei raggiungerlo con te», si lascia sfuggire Zoe, ancora presa dall'ardore del discorso. Poi sente quello che ha appena detto.

Alex non sembra colto alla sprovvista. Forse è ancora solo un altro incontro promozionale. Forse si sente dire cose del genere in continuazione. L'autostima è spaventosamente sexy in un ragazzo. E Alex trasuda autostima come se qualcuno ce lo avesse imbevuto fino ai capelli.

Zoe si affanna a recuperare: «Intendevo che mi piacerebbe sentire i dettagli su come pensi di far prendere il volo alla tua azienda, per così dire. E su come la mia potrebbe aiutarti a raggiungere i tuoi obiettivi». Ma intendeva tutt'altro, ovviamente.

«Ho una proposta per te.»

Zoe annuisce, pronta ad accettare qualsiasi richiesta lui stia per presentarle.

«Che ne diresti di uscire con me?»

Tranne quella.

La cosa necessita di rinforzi. Zoe chiede a Lacy di vedersi dopo il lavoro in un bar che serve alcolici insieme con dolcetti di riso soffiato e propone ironici giochi da tavolo retrò come Battaglia navale, L'allegro chirurgo e Forza 4. Lacy accetta senza esitare. Perché lei è Lacy.

Lacy è l'amica più americana di Zoe. Tra tutte le sue amiche, è l'unica a credere che alla fine, immancabilmente, andrà tutto bene. Di cognome fa Freeman. Il nonno aveva eliminato la D per rafforzare il concetto. È ebrea, come Zoe, ma non crede nel malocchio. Non crede alla cosa di non raccontare agli altri le buone notizie perché altrimenti quelli, per gelosia, ti maledicono. Non crede nel divieto di rilassarsi abbastanza da godersi il presente per paura che anche le situazioni più rosee alla fine prendano una brutta piega.

« Per carità! » aveva sbuffato la nonna di Zoe sentendo parlare di Lacy. « È facile credere che il mondo sia buono quando non ti è mai successo niente di brutto. »

Non è che a Lacy non siano mai successe cose brutte. È che lei rifiuta di vederle in quel modo. I genitori di Lacy sono divorziati, come i genitori di Zoe. Solo che Lacy insiste nel volerla considerare una gran cosa. « Mia mamma e mio padre erano infelici, insieme. Ora possono essere felici ognuno per conto suo! È meglio per loro e anche per me. »

Naturalmente, a differenza di Zoe, Lacy trascorre del tempo con suo padre. È un ballerino diventato stuntman e poi artista performativo. Lacy ha portato Zoe ad assistere ad alcuni dei suoi spettacoli, presentati in discoteche dall'aria losca in quartieri ancora più loschi, tanto che Zoe si era ben guardata dal dire alla madre dove stava andando. E, mentre lei aveva vissuto nel terrore ogni minuto passato là, Lacy si era comportata come se il vecchio ubriaco che tentava di abbordarla fosse semplicemente una persona socievole e come se fosse possibile liberarsi – non appena ne avessero avuto voglia – dei cinque compari che le circondavano spingendole ad accettare uno shottino. E, dal momento che era Lacy, per l'appunto, aveva avuto ragione.

Che poi è proprio il motivo per cui Zoe l'adora.

E per il quale deve parlarci appena possibile.

Zoe ha bisogno di qualcuno che le dica che andrà tutto bene.

« Andrà tutto bene », le dice in effetti Lacy nel momento stesso in cui le scivola accanto, al tavolo del bar. Non sa nemmeno quale sia l'emergenza, ma sa che cosa vuole sentire Zoe.

Lei le racconta di Alex. La parte del lavoro e poi la parte in cui le ha chiesto di uscire.

« Ma è fantastico! Sembra perfetto per te! » squittisce Lacy.

Sia messo agli atti che Lacy lo dice di tutti i ragazzi.

Solo che, stavolta, Zoe potrebbe essere d'accordo con lei.

« Non esco coi ragazzi di Brighton », le ricorda Zoe, come se Lacy, negli ultimi dieci anni, non le avesse sentito ripetere perpetuamente questo ritornello.

« Ma lui è diverso, l'hai detto tu stessa. »

« Ho detto che *sembra* diverso. »

« Ambizioso. »

« Sì. »

« E carino. »

È assolutamente possibile che Zoe le abbia mostrato la foto di Alex dal suo sito web.

« La tua famiglia lo adorerà! »

« Credi sia una buona cosa? »

Lacy ride. Si metta agli atti anche il fatto che la sua famiglia adora tutto ciò che fa lei. Dopo aver versato duecentocinquantamila dollari nella sua istruzione universitaria, tutti trovano elettrizzante che adesso il lavoro di Lacy sia un incrocio tra cameriera e coniglio tuttofare, dal momento che entrare in connessione con un ampio ventaglio di persone è vitale per un'artista!

Anche Zoe adorerebbe la famiglia di Lacy. Se non la disorientasse così.

La madre di Lacy, quella che moriva dalla voglia di parlare di politica con Baba (ha avuto la figlia dopo aver superato i quaranta, perciò lei e Baba sono praticamente coetanee), vive in un classico sei locali su Riverside Drive di

Manhattan. Lo ha ereditato dai genitori ed è decorato con poster incorniciati di celebri marce di protesta, incluso uno in cui si proclama che ogni proprietà è un furto. Sarebbe così facile prenderla in giro se non fosse così dannatamente gentile con tutti. L'unica volta in cui Zoe le aveva concesso di scambiare qualche parola con Baba era stata il giorno in cui lei e Lacy si erano diplomate alle superiori. Quel giorno, si era sperticata nel decantare il coraggio mostrato dalla famiglia Rozengurt nel fuggire dall'Unione Sovietica, e Baba, nella sua magnanimità, l'aveva lasciata fare. Baba ritiene che l'aria perennemente ottimista di Lacy e di sua madre sia, nella migliore delle ipotesi, ingenua, e nella peggiore una pantomima per spadroneggiare sugli altri. Non concepisce che possano essere onestamente convinte che la gente sia buona di cuore. Nel loro sei locali hanno anche una citazione di Anna Frank.

In quel caso, era stata Balisa a risentirsi. « Quella ragazzina, la Frank, l'ha scritta prima di Auschwitz, sì? Qualcuno le ha chiesto un parere, dopo? No. Perché era morta. »

Quando Lacy prevede che la famiglia di Zoe adorerà Alex, non è ingenua o condiscendente. È semplicemente se stessa, Lacy. Ecco il motivo principale per cui Zoe si è rivolta a lei.

Perché tutta la faccenda di Alex la sta rendendo molto, molto nervosa. Non era in programma che la sua giornata andasse così. La sua giornata doveva andare come qualsiasi altra giornata. Lavoro, riunione, lavoro, riunione, lavoro, messaggio della mamma, lavoro, messaggio in cui la mamma chiede come mai non abbia risposto al precedente messaggio, lavoro, riunione, chiamata alla mamma, discussione per una qualsiasi inezia sulla festa di anniversario di Baba e Deda, qualche commissione per recuperare le ultime cose per la suddetta festa, casa, pasto riscaldato al microonde, una dormita, una sciacquata e via, di nuovo. Il suo programma non includeva mai, in nessun punto: incontrare il ragazzo potenzialmente più perfetto di sempre, essere invitata a uscire, perdere la testa.

Se Zoe buttasse giù le caratteristiche del suo uomo ideale, e la sua famiglia facesse lo stesso, il risultante diagramma di Venn mostrerebbe una piccola sovrapposizione: Alex Zagarodny, per l'appunto. Ha tutte le qualità che interessano a Zoe, e abbastanza di ciò che sua madre ha elencato proprio qualche giorno prima. Sembra troppo bello per essere vero (grazie, Baba). E, se è perfetto come sembra, che cosa se ne farebbe, di una come lei? Meglio abbassare le aspettative. Baba non fa che incoraggiarla a immaginare sempre l'esito peggiore, così da tenersi pronta e non rimanere mai delusa. E così da poterle dire, dopo: « Te l'avevo detto ».

Ecco il motivo per cui tenta ancora di fare l'evasiva. « Rimane comunque il conflitto d'interessi col mio lavoro... »

Forse, a furia di svicolare, il malocchio finirà per annoiarsi e guardare altrove, evitando di mandare all'aria quella che aveva tutto il potenziale per essere davvero una gran cosa, *pu, pu, pu,* tocchiamo ferro, che Dio ci conservi a lungo.

Ma poi, a pensarci bene, Zoe ne ha davvero bisogno, del malocchio? Non è forse benissimo in grado di mandare all'aria da sola quella che ha tutto il potenziale per essere una gran cosa? Basta guardarla, adesso, mentre accampa scuse per evitare di concedere una possibilità ad Alex.

« Oh, quello si sistemerà, non ti preoccupare. » Lacy ha la stessa espressione della prima volta che aveva deciso, alle superiori, di fare di Zoe il suo progetto di ristrutturazione, in stile *Wicked*. « Dacci un taglio. » Anche quand'è esasperata, Lacy rimane effervescente. « Smettila di trovare scuse per cui la cosa non dovrebbe funzionare prima di averle concesso una possibilità. Perché non assumere un atteggiamento positivo e presumere invece che Alex si rivelerà il ragazzo perfetto per te, che tu e la tua famiglia ne sarete felici, che lui otterrà i soldi dell'investimento, che la sua azienda riscuoterà un successo enorme, che io potrò indossare un abito da damigella d'onore e che niente di niente, nella maniera più assoluta, andrà mai storto?»

Lacy addenta il suo dolcetto di riso soffiato e lo innaffia con uno shot di tequila.

Zoe decide che da grande vuole essere Lacy. Rimpiange di non essere venuta su come lei.

Tuttavia, in questo preciso momento, per sua sfortuna è ancora Zoe. Che è cresciuta con la mamma, con Baba e coi conseguenti dubbi su di sé e coi relativi autosabotaggi.

Lacy lo sa. Ecco perché convince Zoe a tirar fuori il telefono e a mandare un messaggio ad Alex.

Subito.

36

Lacy tiene la mano su quella di Zoe e fa in modo che l'amica digiti: Sì.

Alex impiega meno di un attimo a rispondere.

« Vedi? Ti stava aspettando! » esclama con un sorriso a trentadue denti.

Zoe riesce nell'impresa di essere al tempo stesso entusiasta e terrorizzata. Se lui l'avesse ignorata, almeno avrebbe potuto dire di averci provato. E il fallimento non sarebbe stato assolutamente colpa sua. L'avrebbe preso come una vittoria.

Fantastico, scrive Alex.

« Rispondigli », ordina Lacy.

« Balisa dice che gli uomini bisogna lasciarli aspettare. Per farti desiderare. »

« Che cosa antica. Da quando sei una ragazza in stile *Rules*? »

Zoe si rifiuta di chiarire che le regole con le quali è stata cresciuta risalgono addirittura al secolo precedente rispetto al best-seller di cui parla l'amica. E che queste prevedevano anche un'attesa infinita di fronte al Teatro dell'Opera di Odessa in un abito bianco aderente. « Che dovrei scrivere? »

« Qualcosa d'intelligente. Ma non troppo serio. Sincero. Ma senza pressioni. »

Zoe non può non osservare che Lacy, in realtà, non sta

fornendo nessun esempio. Perciò scrive: Non avresti dovuto chiedermi: 'sì, che cosa?'

Alex risponde: Sorprendimi.

E poi una data, un'ora e un luogo.

Il sabato, Zoe ritorna giudiziosamente a Brooklyn. Non sembra voler morire, questa storia della festa di anniversario. Perlomeno, la madre si rifiuta di darle il colpo di grazia.

«Perché lo stiamo facendo?» le chiede Zoe durante un giro per i Tutto a 99 centesimi di Brighton, a caccia di decorazioni che non sembrino a buon mercato pur essendolo. «Baba ha detto più e più volte che non vuole una festa.»

«Questo lo dice lei», risponde la mamma per liquidare l'argomento, mentre dallo scaffale estrae una lanterna decorata giapponese. La capovolge in cerca del prezzo e poi, con una smorfia, la rimette al suo posto, come se il *tchotchke*, l'articolo, la spingesse a dargli una seconda occhiata. «Ed è proprio quello che ci aspettavamo di sentirle dire.»

È quello che ci si aspetterebbe di sentir dire da tutte le persone che hanno ricevuto una buona educazione. A Zoe è stato insegnato che non sta bene accettare una cosa la prima volta che ti viene offerta. Quando sei in visita da qualcuno e ti chiedono se desideri qualcosa da mangiare o da bere, ci si aspetta che tu risponda di no. Chi fa gli onori di casa cercherà di blandirti per quindici minuti buoni – «Nemmeno una fettina di salsiccia? L'ho appena comprata» –, poi ti farà sentire in colpa – «È un peccato, sono andata apposta a cercarla, mi avevano detto che ne vai matta» –, e infine passerà alle minacce: «Dal momento che non posso servire il pasto principale finché non avrai mangiato l'antipasto, vorrà dire che moriremo di fame». Oltre a garantire un certo divertimento collettivo, il rituale serve a dimostrare che sei una persona raffinata. Solo dopo essere stata a casa delle amiche americane, e aver rifiutato lo spuntino che le veniva offerto, tenendosi la fame per il resto del pomeriggio, Zoe aveva imparato che non funzionava così ovunque.

« Che senso ha dire quello che non pensi? »

La mamma si sposta per esaminare scatole di dolciumi ammaccate vendute a prezzo scontato. Prende in considerazione l'idea di acquistare l'intero lotto, disfarsi delle confezioni e accatastare i dolcetti su un piatto festivo ed ecco fatto, problema risolto senza che nessuno si sia accorto di niente. Solo che è proprio quello che tutti gli ospiti farebbero a casa loro. « Baba non può dire di volere la festa. Sembrerebbe egoistico da parte sua. » Julia procede lungo le corsie del negozio, troppo strette perché lei e la figlia possano camminare fianco a fianco.

« Ma come puoi essere sicura che giusto stavolta Baba non dica davvero? » chiede Zoe, schivando gli altri clienti.

« Perché non lo fa mai. Non le passerebbe nemmeno per la testa », risponde la mamma senza girarsi.

« Non le passerebbe per la testa di dire la verità? »

E a quel punto sua madre si ferma, sospira e si volta, esasperata. « Che cos'è questa passione tutta americana per la verità? Giuri di dire la verità, tutta la verità e nient'altro che la verità con l'aiuto di Dio? Proprio non riesci a capire che la verità cambia a seconda di chi la dice, a chi e perché? Dio, ne sono certa, ci riesce. »

« È così sovietico! » esclama Zoe, facendo eco a Lacy.

« Non solo sovietico. » La mamma le agita un dito davanti alla faccia, costringendo un paio di bambini ad abbassarsi per evitare il suo gomito. « Anche americano. Scuole americane. Non ricordi? »

« Certo che ricordo. »

« Allora chi aveva ragione, tu o io? »

Al terzo anno delle superiori, l'insegnante di Zoe aveva assegnato un tema in cui gli studenti dovevano analizzare il protagonista del *Giovane Holden*. Zoe era rimasta sconvolta dal tono con cui Holden si rivolgeva agli adulti, da quanto poco rispetto mostrava, da come presumeva di saperla più lunga di loro benché non avesse esperienza di vita, e da come tutti assecondassero la sua rabbia isterica, invece di dirgli di riprendersi o di accostare le sue storie di sofferenza immaginaria con quelle di sofferenze reali come l'esilio, la fatica fisica o la fame! L'insegnante le aveva dato una D. Il povero Holden, le aveva spiegato, era alienato. Le disse che avrebbe dovuto provare compassione per lui e per quella sua vita tragica, traumatica. No, aveva ribattuto Zoe, Holden era viziato. Avrebbero dovuto mandarlo in un campo di lavoro sovietico. Solo perché Zoe aveva preso sempre voti eccellenti, fino a quel momento, l'insegnante le aveva proposto di riscrivere il saggio, questa volta con l'opinione corretta.

La mamma le aveva detto di farlo. « La tua insegnante sa che cos'è giusto. »

Baba le aveva detto di farlo. « Fa' come ti dice e prenditi il voto che meriti. Perché rischiare la media per una cosa che ha così poca importanza? »

Anche Balisa era d'accordo. « Scrivi quello che vuole e ti lascerà in pace. Non vorrai mica vederti appioppare la reputazione di piantagrane. »

Ma Deda aveva detto: « Lasciate stare questa povera ragazza! È intelligente, saprà decidere da sola ». Anche se poi, facendole scivolare in mano una caramella, le aveva sussurrato: « Perché non farlo, se con così poco puoi rendere tutti felici e portare la pace in casa? Per il tuo vecchio Deda, eh? »

Eppure Zoe non l'aveva fatto. Né per lui, né per se stessa.

Si era rifiutata di riscrivere il saggio, concludendo l'anno con una B. Cosa che le aveva precluso l'accesso al corso d'Inglese avanzato, l'anno dopo. Con grande delusione di Baba, naturalmente.

« Chi ha vinto in quel caso? » le chiede adesso la mamma, in segno di scherno. « E chi ha sofferto? E tutto solo perché hai scritto la verità sbagliata. »

Zoe segue la mamma fuori dal negozio, in strada. Julia abbassa la voce. Anche se pensa che lì sia meno probabile che le sentano, in realtà si sbaglia. Il marciapiede è gremito come e più del negozio. Gente che corre in ogni direzione, bambini sconsiderati sui monopattini, donne che fanno oscillare le loro enormi finte borse firmate. « Quando Baba era giovane, ha imparato che in pubblico si dicono le cose che vanno dette, perché gli altri ti ascoltano, e che in privato puoi pensare quello che ti pare. Nessuna persona intelligente si aspetta che le parole che ti escono di bocca corrispondano a ciò che hai in testa. »

« Ma non siamo in Unione Sovietica. Nessuno ci sta ascoltando. » Tranne la NSA. Quand'era uscita la notizia di come spiassero la gente, nessuno aveva trovato più conferme di Balisa. « Vedi? Lo fanno anche qui! Ecco perché dovresti fare sempre attenzione! »

« A nessuno importa di che cosa diciamo. Perché dobbiamo continuare a mentirci gli uni gli altri? » insiste Zoe.

« Perché i tuoi pensieri sono le uniche cose veramente tue. Se gli altri sanno quello che pensi e come ti senti, possono usarlo contro di te. Possono farti del male. Perché correre questo rischio? Quello che pensi è privato, quello che dici è per gli altri. »

« Come si può vivere così? È da pazzi! Come puoi amare una persona che non conoscerai mai veramente? E che non conoscerà mai il tuo vero io! »

La mamma non smette di pungolarla. « Il tuo vero io è così fantastico? Quando esci per un appuntamento – le poche volte che esci per un appuntamento – sei onesta al cento per cento? O sei un po'... meglio del solito? Più simpatica, più amichevole, più gentile, più carina? »

« Be', sì. Ma è solo all'inizio, nella fase in cui ci si conosce. »

« E come farete a conoscervi davvero se non siete, come dici tu, voi stessi? »

Non ha tutti i torti. Ecco perché, invece che ammetterlo, Zoe confessa alla madre che, in effetti, quella sera ha proprio un appuntamento. Con un ragazzo di Brighton, nientemeno.

« E sarai del tutto onesta con lui, sin da subito? »

« Certo che sì. »

« È un grandissimo errore, Zojenka mia », sospira lei.

Zoe aiuta la mamma a portare la spesa a casa. Conta di scaricare le borse sul bancone della cucina e svignarsela. Invece, la mamma chiama Baba e Deda dal balcone, dove « stanno prendendo il sole ». Non importa quanti avvisi abbiano letto o visto sui pericoli del cancro alla pelle, non c'è modo di liberarli dall'antica convinzione secondo cui, per assorbire la vitamina D, bisogna friggere fino a sbucciarsi la pelle. Perché significa che sta facendo effetto e che ti arriva fino alle ossa. Sprazzi di saggezza popolare tramandati dall'infanzia di Balisa in Siberia.

« Stasera la nostra Zoja ha un appuntamento! » Il volume di voce con cui sua madre lo annuncia è abbastanza alto perché lo sentano non solo Baba e Deda, ma anche mezza Brighton. La notizia fa uscire Balisa dalla camera da letto. Continua a rovistare tra i sacchetti della spesa, senza per questo smettere di ascoltare con attenzione. Il tono della mamma s'incupisce. « E ha intenzione di essere se stessa! »

« No, Zojenka », le dice Baba, col naso e con le guance traboccanti di un bel rosso sano. « Non è una scelta saggia. Agli uomini va dato il tormento. Perché non vogliono quello che possono avere con facilità. Devi rendergliela complicata, altrimenti perdono interesse. »

Zoe ripensa a ciò che le ha detto la mamma, a come il volto che mostri in pubblico non abbia nulla a che fare con la persona che sei in privato. Zoe si chiede se la famiglia che è certa di conoscere non sia, in realtà, completamente diversa da come ha sempre dato per scontato che fosse. Guarda la sua rozza Baba e, come in una radiografia, immagina d'intravederne all'interno la reginetta del Sud (Zoe pensa istintivamente a Rossella O'Hara al barbecue alle Dodici Querce perché non riesce a evocare un esempio russo dello stesso tenore: Anna Karenina alla... Borscht Belt?)

Deda cerca di rassicurarla: « Sei una ragazza adorabile. Non darti pensiero. Se qualcosa dev'essere, allora sarà, non c'è bisogno di manipolarlo. Devi essere paziente e aspettare. La tua opportunità arriverà. E tu sarai pronta ad approfittarne ».

Aspettare pazientemente per poi approfittare di un'occasione nel momento in cui si presenta? Come un cecchino? Non è quello che fanno i cecchini? Starsene seduti per ore, giorni, settimane e poi, in una data frazione di secondo – la loro opportunità –, far saltare la testa del nemico? Deda è l'anima più tenera e gentile che Zoe conosca. Si sente in pena per i concorrenti eliminati in *American Idol*: « Ce l'hanno messa tutta! » Ma potrebbe nascondere qualcosa di più oscuro, sotto la superficie?

Poi è il turno di Balisa. « Essere te stessa non sempre è una buona idea. La gente potrebbe usarlo contro di te. »

Balisa sta sempre sulla difensiva. Zoe l'attribuisce al buon vecchio condizionamento sovietico. E se invece avesse le sue ragioni? Balisa non fa mistero di come fosse la sua vita in Unione Sovietica, dove i vicini si spiavano a vicenda, denunciando la gente anche solo per un commento superficiale o una battuta sconsiderata. Quando Zoe diceva per scherzare che era stata la prima forma di *politically correct*, Balisa non rideva. Possibile che la sua silenziosa, inoffensiva bisnonna fosse al tempo un'informatrice, un'opportunista? Potrebbe essere quello il motivo per cui è sempre, costantemente in guardia? Del resto, non ha mai spiegato nei particolari come abbia fatto il suo patrigno a liberare lei e il padre dalla Siberia. O come vi abbia poi riportato lei e la madre. Quali crimini erano stati commessi, in quelle circostanze? In che modo aveva potuto ripagare i debiti della sua famiglia?

«Ho detto a Zoja che è meglio prima ascoltare da una persona quello che vuole, e poi darglielo», conferma la mamma.

«Un buon consiglio», conferma Baba, prima di aggiungere: «Solo con venticinque anni di ritardo».

Intravedendo la sua opportunità, proprio come consigliato da Deda, Zoe si fa avanti. «Allora perché non diamo ascolto a Baba? Ha detto che non vuole festeggiare l'anniversario, eppure eccoci qui», conclude indicando i sacchetti con tutto l'armamentario.

Un trucchetto da quattro soldi, ma sufficiente a distogliere la loro attenzione.

Stanno ancora discutendo, Baba con la sua mania di protagonismo, la mamma che cerca di blandirla, Deda impegnato a calmarle entrambe mentre Balisa, impenetrabile, ripone gli acquisti negli appositi armadietti, quando Zoe esce per andare all'appuntamento con Alex.

37

Alex le aveva chiesto di sorprenderlo. Alla fine, però, è lui a coglierla di sorpresa. Quello che Zoe presumeva essere un appuntamento si rivela una SESSIONE DI SCAMBI E SOCIALIZZAZIONE TRA GIOVANI IMPRENDITORI, come recita il cartello appeso sopra il tavolo dell'accettazione.

La delusione si confonde con una traccia di sollievo. Zoe si è stressata a pensare agli argomenti di cui avrebbero potuto parlare. Ha elaborato una dozzina di opzioni diverse. Scoprire che il loro non sarà un intimo tête-à-tête è un po' scoraggiante. Come le ripete sempre Baba: «Se un uomo evita di stare da solo con te, se non fa che partecipare a feste o, come le chiami tu, a uscite di gruppo, vuol dire che i suoi sentimenti non sono seri. Per lui, sei semplicemente un modo per ottenere quello che vuole davvero».

D'altra parte, fare conversazione dovrebbe risultare più agevole se circondati da persone desiderose di parlare di sé: quello che, inevitabilmente, comportano eventi del genere.

Zoe sbircia nella stanza principale. Più di un centinaio di giovani imprenditori in abbigliamento casual è raggruppato in circoli sparsi, tenendo in equilibrio piatti di carta con gamberi e porridge di mais su cucchiai commestibili, con lecca-lecca di maccheroni fritti e formaggio, e con mini-tacos. Alcuni brandiscono bicchieri di plastica pieni di qualcosa di colorato e alcolico, e tutti ostentano le espressioni più serie.

Alex emerge dalla folla come un dentifricio spremuto da un tubetto, baciando Zoe sulla guancia per poi trascinarla all'interno, similmente a qualche giorno prima per il tour del suo ufficio.

Prima che possa aver luogo qualsiasi altra conversazione, Zoe si aspetta che le domandi se l'azienda per cui lei lavora ha deciso di finanziare il suo progetto. Invece, Alex, apparentemente senza nessuna preoccupazione al mondo, continua a presentarle una faccia nuova dopo l'altra, esortando ciascuno a illustrare i propri progetti, nel caso in cui fosse interessata a finanziarli. Una donna ipotizza di sviluppare ebook in grado di valutare l'interesse del lettore misurando la velocità con cui si spostano gli occhi, la respirazione, la frequenza cardiaca e il sudore, e di personalizzare quindi la storia in base ai gusti di ciascuno. Qualcuno impegnato nel campo dell'industria biotecnologica sta lavorando a un sistema per sfruttare le proprietà mimetiche del virus dell'HIV per poter curare i tumori a livello cellulare. Un altro sta collaudando impianti di dissalazione economici e leggeri che possono essere spediti nelle zone aride. Un quarto sta lavorando a un'applicazione di nanotecnologia che consenta ai genitori di rintracciare i figli scomparsi.

« La mia bisnonna ne comprerebbe una per ogni membro della nostra famiglia », dice Zoe in tono scherzoso. Giusto per nascondere quanto si senta inadeguata.

Alex la incita delicatamente col gomito perché si unisca alla conversazione come qualcosa di più di una semplice ascoltatrice. Sembra deluso ogni volta che lei si limita a sorridere e ad annuire per camuffare il fatto che non sa che cosa dire. Vorrebbe potergli far capire.

Per quanto simili possano sembrare in superficie, lei non è come lui.

Alex è capace di trasformarsi in ciò che un'occasione richiede. Imprenditore rampante in ufficio, giocatore di squadra dai toni incoraggianti lì. Zoe, invece, nutre grande fiducia nella sua capacità di dire la cosa più sbagliata possibile nel momento peggiore. Per risolvere il problema, ha guardato un sacco di tv. Ha imparato a imitare un modello ragionevole di comportamento corretto. Il che significa dire le cose appropriate, apparire adeguata al contesto, essere americana dalla testa ai piedi. Solo che ciò che a tutti gli altri viene naturale, come parlare inglese senza inflessioni, per Zoe è una pantomima difficile da mettere in pratica. Non è che lo parli in maniera impeccabile, infatti. È che sa quali parole non può pronunciare: qualsiasi cosa in cui la V e la W si avvicinano troppo diventa una prova inconfutabile. Ecco perché non esclama mai « wow! » davanti a una « Volkswagen » o perché non mangia « wafer » insieme con la « vodka ». E, se prima era soltanto un grosso sospetto, adesso ne ha la certezza: Alex non finge la propria autostima. Si muove davvero senza sforzo da un capannello all'altro, insinuandosi nella conversazione, piuttosto che entrandovi a forza. Nessuno è sorpreso di vederlo, è come se ci fosse sempre stato, e nessuno se la prende quando si allontana. Ecco com'è il vero aplomb: è ben diverso da qualsiasi cosa stia facendo Zoe. La disinvoltura naturale non ha niente a che vedere con lo sfoggio ostentato di aver tutto sotto controllo. Alex non sta cercando di dimostrare chi è. Lo sa e basta. E questo fa sì che lo sappiano anche tutti quelli che ha intorno.

Se Zoe l'ha trovato attraente quando pensava che fosse solo più bravo di lei a fingere, figurarsi adesso.

Naturalmente, l'ovvia domanda che si pone è: cosa potrebbe mai vedere uno come lui in una come lei?

Rispondendosi di non doversene assolutamente preoccupare, Zoe trascina Alex in un angolo tranquillo e gli dice: « Finanzieremo la tua azienda ».

Alex sorride. Ma non in maniera sgradevole. È come Lacy. Presumeva che tutto sarebbe andato bene. E così è stato. Osserva Zoe con un'aria di attesa. Lei non sa che cosa aspettarsi. Aveva pianificato una dozzina di argomenti diversi per una possibile conversazione, però non questo. Cosa che, a posteriori, si è rivelata un errore. Certo, aveva intenzione di dare ad Alex la buona notizia. Soltanto, pensava che sarebbe stato lui a prendere l'iniziativa riguardo a ciò che sarebbe successo dopo.

Per fortuna, comunque, Zoe può ripiegare su tutti gli anni trascorsi davanti alla tv e, lì, momenti come questo culminano sempre in un bacio.

Perciò chiude gli occhi. E sente un suono di campane.

È il cellulare di Alex.

Zoe riapre gli occhi in tempo per vedere Alex che risponde.

« Ti chiedo scusa », annuncia lui riagganciando. « Devo scappare. L'ambasciatrice americana in Argentina si trova in città e vuole vedere una demo dell'app. Potrebbe essere una cosa grossa. Non ti dispiace, vero? »

Mentre sorride annuendo, Zoe ripensa a quanto le ha detto la mamma, ovvero di non ammettere ciò che prova realmente. Le invia un messaggio mentale per precisare chiaro e tondo che non ha appena commesso quell'errore.

« Rimandiamo? » le chiede Alex.

« Nessun problema. »

« Sei la migliore. » La frase successiva non è stata certo la più romantica che Alex potesse pronunciare in quell'istante. Ma è stato anche, per la prima volta da quando si conoscono, il primo momento in cui l'attenzione di Alex si è concentrata esclusivamente su Zoe e nient'altro. Sebbene abbia detto lo stesso a tutti gli altri o, meglio, a tutti quelli di cui aveva bisogno. « Non sarei potuto arrivare così lontano, senza di te. »

« È la tua versione maschile! » racconta Zoe a Lacy per telefono non appena esce dalla porta.

« Sembra perfetto! » esclama l'amica, incoraggiandola.

Zoe indugia all'ingresso della metropolitana. « Sai quella cosa che quando esco coi ragazzi americani mi sento come se non c'entrassi nulla con loro, e quando esco coi ragazzi russi sento che invece sono loro a non aver niente a che vedere con me? »

« Mi pare di ricordare che tu me ne abbia parlato una o due volte. » Solo perché Lacy è la persona più gentile al mondo non significa che di tanto in tanto non possa concedersi un interludio sarcastico.

« Pensavo che Alex sarebbe stato la via di mezzo perfetta. »

« Non lo è? »

« È ancora meglio. »

« È fantastico! »

« Ma anche peggio. »

« Naturalmente. »

« Non sto facendo la pessimista come al solito. »

« Invece sì. » Lacy non è giudicante: semmai, desidera mettere le cose in chiaro. « Anche se stai evitando di dire 'malocchio'... »

« No. Sono pessimista in una maniera completamente diversa. »

« Okay, sentiamo », concede Lacy con una risata.

Zoe fa un respiro profondo, spingendo fuori le parole l'una dopo l'altra, nella speranza che, una volta riorganizzate in una parvenza di ordine, assumano un senso. « Quando Alex mi guarda, vede la persona che vorrei essere. Quando sono con lui, mi sento come sul punto di diventare quella persona. Mi piace. Ma mi rende anche nervosa. Perché, quando scoprirà che quella persona non sono davvero io, rimarrà deluso. E io resterò delusa a mia volta. Per averlo deluso e per aver perso la possibilità di diventare la persona che vorrei essere davvero. »

« Sì, questa è nuova », ammette Lacy.

« Che cosa dovrei fare? »

« Rischiare. »

Molto americano, com'era da aspettarsi da lei.

E come Zoe aveva esattamente bisogno di sentire.

Alex lascia passare appena un giorno prima di ritentare. La porta al Museum of Art and Design di Columbus Circle. Dice che lo ispira. La bacia mentre si avviano verso l'uscita. Proprio sotto l'imponente statua di Colombo. Decisamente simbolico.

Le chiede di rivederla il giorno dopo. Zoe sa che dovrebbe dire di no, che dovrebbe fare la preziosa. Invece accetta. Alex le chiede se per lei sarebbe un problema andare a trovarlo in ufficio e da lì, poi, uscire insieme. Zoe gli risponde che non è un problema. Zoe dice a se stessa di crederci. Ma non dice niente a Baba o alla mamma. Non dice nemmeno che sta per uscire per la terza volta con un ragazzo i cui genitori vivono ancora a Brighton. Non ha senso metterli in fibrillazione. E non ha senso che si agiti troppo neanche lei.

Una saggia precauzione, dal momento che, quando arriva nel suo ufficio, Alex non c'è.

Gideon ruota sulla sedia e tira fuori la testa dal proprio cubicolo per informare Zoe. « È in riunione. Non può mandare messaggi per non mancare di rispetto. Mi ha chiesto di dirti di aspettare, se non ti dispiace. »

« Non mi dispiace », mente di nuovo Zoe, chiedendosi dove potrebbe aspettare.

« Puoi rimanere qui, se vuoi », la soccorre Gideon.

La sua postazione è più piccola di quella di Alex e, a differenza dello stile minimalista dell'altra, quella è stipata di libri.

« Scusa per il disordine. » Gideon toglie una pila di volumi da una sedia per raddoppiarne un'altra sul pavimento.

« Hai molto tempo libero per leggere? » Gli informatici che Zoe conosce vivono di tecnologia: la respirano, la mangiano, le fanno la toeletta. Un'altra cosa in cui Alex si differenzia completamente, azzimato com'è. Ha anche un buon profumo.

Gideon si situa da qualche parte nel mezzo. I suoi abiti sono ben lavati ma raggrinziti. La sua maglietta ha due protuberanze sulle spalle, là dove l'ha appesa ad asciugare, ma senza stirarla. « Lo trovo. »

« Mi stai dicendo che preferisci leggere piuttosto che dedicare ogni tuo momento da sveglio alla ricerca della fama e della fortuna su Internet? Come diamine sei finito a lavorare con Alex? » Zoe si sistema sulla sedia che Gideon le ha offerto, allungando il collo per esaminare i titoli che ha spostato.

È un mix eclettico di manuali tecnici, *PHP Cookbook*, *JavaScript*, *C ++*, *MySQL*, *Perl*; classici di fantascienza come quelli di Robert Heinlein e *Dune*, insieme con una serie di libri sulla metacognizione, sulla fisica dei supereroi, una storia delle navi a vela cinesi e un tomo sulla pesca sostenibile del salmone. Gideon legge come un alcolizzato trangugia qualsiasi cosa. Il fatto che abbiano la stessa passione la fa sorridere. Quando Zoe viveva ancora a Brighton, Baba disapprovava l'acquisto di libri. In biblioteca si potevano prendere in prestito gratis, perché dunque sprecare i soldi?

« Ma come faccio se voglio tenere qualcosa che mi piace davvero? » le domandava Zoe.

« Copialo a mano, così vedrai quanto ti piace », tagliava corto Baba.

Ora che vive da sola, in teoria Zoe potrebbe comprare tutti i libri che vuole. Ma le vecchie abitudini sono dure a morire. Adesso li accumula sul cellulare. E non si sogna di far sapere a Baba quanto ha pagato per un libro che « non è nemmeno reale ».

Gideon si siede di fronte a lei, oscillando da una parte all'altra sulla sedia. « Se non fosse per Alex, me ne starei a casa a lavorare sui puzzle di programmazione che più m'interessano, per poi cedere il mio codice gratis, solo per il brivido di vedere che cosa ne fanno gli altri. È Alex a insistere perché io mi faccia pagare per il mio lavoro. »

« Non sei interessato a fare soldi? »

« Non quanto dovrei esserlo, secondo mia nonna. Le piace ricordarmi quanto hanno speso per la mia istruzione. E non certo perché potessi, cito testualmente, 'starmene seduto tutto il giorno a giocare coi miei giocattoli', fine citazione. »

Zoe si chiede che cosa possa pensare la nonna di Gideon del suo spreco di soldi per i libri. Soprattutto per quelli che nulla hanno a che fare con la carriera che si è scelto né con nessun altro espediente per diventare ricco.

« Alex ha detto che hai frequentato la scuola privata », ricorda Zoe. Pensa d'immaginare quanto abbia speso la sua famiglia. E perché si aspettino un ritorno del proprio investimento.

« Sì, ero l'unico bambino nel mio quartiere. Ogni mattina, attendevo da solo alla fermata dell'autobus coi miei pantaloni color kaki e con la giacca blu, mentre la gente mi fissava come se fossi sbarcato da Marte. Avresti dovuto sentire come mi lamentavo. E avresti dovuto sentire mia nonna che mi diceva che potevo lamentarmi quanto mi pareva. Sai com'è, no? Quando sei piccolo, vorresti soltanto sentirti adeguato. »

« Sì. Fortuna che poi si cresce », dice Zoe. Si chiede se Gideon si sia accorto che stava scherzando. Si chiede se abbia afferrato la battuta. Si chiede se la battuta non riguardasse lei, in effetti.

« Be', mia nonna non stava scherzando. È la nostra tradizione di famiglia, diceva, non seguire la stessa strada di tutti gli altri. Mia nonna era una Black Panther, ci crederesti? Si ricorda di quando il controllo delle armi era un altro mezzo per tenere a bada i neri. Ora ha la sua tessera dell'NRA e la tira fuori ogni volta che ne ha l'occasione. Puoi immaginare quanto la renda popolare. »

« Tua nonna è coraggiosa. »

« È un tipo... speciale. Non sono sicuro che 'coraggiosa' sia la parola giusta, però », ammette Gideon con un sorriso.

« Anche mia nonna lo è », gli fa eco Zoe. « Diciamo che non ama fare quello che le viene chiesto, soprattutto se a chiederglielo è il governo. Nemmeno io userei il termine 'coraggio'. Forse 'dispetto'? »

Zoe avverte una punta di senso di colpa, non solo per aver criticato Baba, ma anche per aver spifferato i segreti di famiglia. Baba odia che chiunque conosca i fatti loro. Si rifiuta di essere oggetto di pettegolezzi, dice. Ma poi Zoe decide che lei e Gideon si stanno impegnando in uno scambio giusto ed equo di beni e/o servizi. L'informazione è il bene supremo del XXI secolo. Quindi Zoe sta agendo da brava capitalista. Baba non può negarlo!

Anche Gideon, infatti, sta vuotando il sacco di famiglia. « Mia nonna ha partecipato a marce e proteste, e si è fatta arrestare perché mio padre potesse diventare un avvocato in grado di mandare il figlio a una scuola privata. Si sono sacrificati perché io potessi diventare l'uomo che volevo essere, a prescindere da che cosa ne pensasse chiunque altro, compreso il governo. E, se l'uomo che voglio essere è uno cui non importa di dar fuoco al mondo, uno che vuole giocare coi suoi programmini, leggere libri e divertirsi, significa che comunque hanno vinto in ciò per cui hanno combattuto: ovvero per darmi anche solo la possibilità di poter scegliere quello che ho scelto. » Poi precisa: « Questo è ciò che continuo a ripetere a mia nonna. Ma lei non è esattamente della stessa idea ».

« È un'argomentazione che non mi sognerei mai di usare. La mia famiglia non è venuta in America perché io possa deluderla. Benché mi facciano costantemente sentire come se io li deluda a prescindere da quello che combino. » Zoe non sa bene perché lo stia raccontando proprio a Gideon. Forse perché il fatto che lui esprima opinioni che lei non sapeva che alla gente fosse concesso di avere le sta dando la sicurezza necessaria a esprimere opinioni che lei sapeva di avere, ma che intuiva non le fosse permesso di esprimere.

« E Alex? Alla tua famiglia non piace? Alex piace a tutti. »

« Sì, Alex è assolutamente brillante. È proprio il tipo di ragazzo con cui dovrei uscire. »

« Dovrei: che parola romantica », ripete Gideon, pensieroso.

Se solo sapesse per quante generazioni della famiglia di Zoe « dovrei » era stata la parola romantica per eccellenza...

Il suo telefono emette un ronzio.

È Alex. Gli dispiace, la cosa andrà per le lunghe.

« Rimandiamo? » azzarda Gideon.

« Già », conferma Zoe, sospirando mentre riattacca. Aveva fatto lo sforzo di truccarsi e tutto il resto. Uno spreco.

Gideon coglie la sua delusione. « Ti andrebbe, invece, di guardare un film? »

38

Basandosi sulla collezione di libri nella postazione di Gideon, Zoe si dice immediatamente: un blockbuster tratto da un fumetto. Fuochino. Gideon la porta a vedere un film di fantascienza. Una doppia versione della *Piccola bottega degli orrori* – l'originale a buon mercato diretto negli anni '60 da Roger Corman, in bianco e nero, e il film degli anni '80 ispirato al musical – proiettata sul retro di un negozio di fumetti del Village. Una cinquantina di persone è stipata in uno spazio che, nella migliore delle ipotesi, potrebbe contenerne trenta. A giudicare dalla quantità di gente che gli rivolge un cenno col capo o con la mano, Gideon è un frequentatore abituale.

Visto che sono arrivati troppo tardi per accaparrarsi una sedia pieghevole, dopo aver sollevato una mano in segno di saluto ad alcuni degli altri spettatori, Gideon recupera una cassa vuota dal magazzino, facendo segno a Zoe di salirci sopra. È quel pizzico di cavalleria che Balisa non ha mai menzionato nel suo elenco di cose che gli uomini dovrebbero fare, né Baba nel suo elenco sui modi per farli soffrire, e che Zoe trova toccante.

Inizia la prima proiezione. E anche la conversazione. In entrambi i film non viene pronunciata una sola battuta che non provochi una risposta da parte del pubblico, soprattutto quando un Jack Nicholson assurdamente giovane appare nelle vesti di un paziente odontoiatrico eccitato all'idea di soffrire. Risuonano grida tipo « ecco Johnny! » o « non puoi reggere la verità! » e persino qualcosa riguardo a tenere un pollo tra le ginocchia. Zoe ha voglia di partecipare. Zoe ha sempre voglia di partecipare. Prima di tutto, per non dare nell'occhio. Ma non sa quale sia il comportamento corretto da tenere in questa situazione. Una volta Lacy l'aveva trascinata a vedere una proiezione notturna di *The Rocky Horror Picture Show*. A Zoe torna in mente che l'interazione del pubblico è estremamente irreggimentata. Dire la cosa sbagliata al momento sbagliato può rivelarsi passibile di confino nella Siberia hipster.

« Che cosa dovrei dire? » chiede a Gideon in un bisbiglio.

Lui la guarda stranito. « Qualunque cosa tu voglia. »

La fiducia che dimostra verso di lei le ricorda Alex. E le mette la stessa pressione. Dopo aver concluso la serata coi giovani imprenditori, Zoe aveva confidato soltanto a Lacy come la fiducia intrinseca di Alex la facesse sentire indegna. Un pensiero, quello, che non si sognerebbe mai di esprimere ad Alex. Eppure, con Gideon, Zoe non esita a spiegare timidamente: « Non voglio metterti in imbarazzo. Se dico qualcosa di stupido, sembrerai stupido per avermi portato qui. E, se non dico niente, penseranno che io sia stupida. O che mi creda superiore, troppo in alto per abbassarmi a questo livello ».

« Sii solo te stessa, Zoe. » Gideon dà voce all'esatto contrario di quello che le consiglierebbe la sua famiglia. Ed è esattamente quello che Zoe sapeva avrebbe detto. Perché altrimenti si sarebbe dovuta confidare con lui? Gideon indica la folla di nerd in tutta la loro gloria. « Vedi qualcuno che, secondo te, è venuto qui per giudicare? »

Gideon ha ragione. A nessuno, lì, importa che cosa faccia o dica lei. Persino Gideon è concentrato sul film, con la sola eccezione di quando lei ride e, allora, lui si gira a guardarla e risponde con un sorriso, felice di vederla divertirsi. Quando Zoe raccoglie il coraggio per cantare insieme con la pallina che rimbalza sullo schermo, si unisce al coro. Quando Zoe commenta che Seymour e Mushnik sono lo stereotipo degli ebrei che farebbero qualsiasi cosa per un dollaro, incluso sacrificare gli esseri umani a una pianta carnivora, e che quella potrebbe essere una versione Muppet dei *Protocolli dei Savi di Sion*, in cui gli ebrei vengono dipinti come capaci di uccidere i bambini cristiani per cuocere la *matzah* col loro sangue, lui non la guarda come se fosse fuori di testa.

« Questo è lo spirito! » le dice anzi.

Il fatto di non sentirsi giudicata è inebriante. Zoe si domanda se Lacy e tutti gli altri americani si sentano sempre così. Si chiede se è così che si sente Alex la maggior parte delle volte. E poi si chiede come faccia. Se glielo insegnerà. E se forse, dopotutto, non glielo abbia già insegnato Gideon.

Dopo il film, Gideon e Zoe si salutano davanti al negozio di fumetti. Sembra che abbiano vissuto insieme un'esperienza importante, come due soldati che tornano a casa dalla guerra. O qualcosa di più intimo.

« È stato divertente. Ci si vede, Zoe. »

Un aneddoto buffo: quando la famiglia di Zoe era arrivata per la prima volta negli Stati Uniti, la sera, la volontaria americana incaricata di aiutarli a sistemarsi aveva detto: « Ci si vede ». E loro avevano pensato che intendesse più tardi, tipo quella stessa notte. Perciò erano rimasti svegli fino all'una, aspettando che tornasse.

Zoe è tentata di raccontare a Gideon questa imbarazzante storia personale, proprio per evitare che le cose si facciano imbarazzanti. E per prolungare la serata appena un altro po'.

Ma Gideon non fa nulla d'imbarazzante. Dopo aver detto che è stato divertente, la stringe in un abbraccio, la cui dolcezza persiste anche dopo che è sparito dall'isolato.

« Perché non mi hai detto che il ragazzo che ti sta facendo la corte è Alex Zagarodny? » Lei e la mamma sono di nuovo in giro per la festa di Baba, questa volta a caccia di un abito T.J. Maxx che non sembri uscito da T.J. Maxx.

« Mi dispiace, mamma. » Un detto russo recita: « Picchia un bambino ogni giorno. Se tu non sai che cosa abbia fatto per meritarlo, lui lo saprà di sicuro ». La filosofia di Zoe è il contrario: « Scusati ogni giorno. Se non sai per cosa, la tua famiglia lo saprà ». « Come fai a sapere di Alex? »

« La vicina di casa di Alex è la sorella dell'infermiera del tuo prozio. »

« In Israele? » La sua vita amorosa è ormai una questione d'importanza internazionale?

Non riuscendo a trovare un abito non T.J. Maxx da T.J. Maxx, escono dal negozio con un sospiro risentito, per dirigersi verso Filene's Basement. Un'auto passa sfrecciando, con tutti e quattro i finestrini abbassati e con un pezzo rap a volume così alto da far contrarre lo stomaco di Zoe a ritmo.

La mamma si stringe la borsetta al corpo, anche se l'auto è ormai a mezzo isolato di distanza. « Quei teppisti... Pensano di poter fare ciò che vogliono senza conseguenze. Non ha maniere, quella gente. Nessun rispetto. »

A Zoe viene la pelle d'oca. « Non puoi dirlo, mamma. Non puoi generalizzare così su tutti i neri. Cosa proveresti se sentissi dire a qualcuno che tutti gli immigrati sovietici sono parassiti sociali e... e... » Zoe non riesce a pensare a niente di altrettanto brutto e perciò completa la sua legittima indignazione con: « E... programmatori informatici? »

La mamma non rallenta il passo. « Risparmiami il tuo internazionalismo. » Lo sibila come la parolaccia che è a casa loro. « Hai frequentato la tua scuola per ragazzini svegli a Manhattan, e a questo abbiamo provveduto io e Baba. Non hai dovuto attraversare ogni giorno i corridoi della scuola pubblica a Brooklyn per sentirti dare della comunista del cazzo che doveva tornarsene al Paese suo, o della stronza presuntuosa che si credeva migliore di tutti perché si ammazzava a studiare e rispondeva alle domande dell'insegnante. »

La mamma ha ragione. Ma la sua esperienza non è coerente con la narrazione che preferisce Zoe, e perciò la ignora, ricacciando in un angolo il suo senso di colpa per essere sfuggita allo stesso destino, al servizio di un bene più grande e universale. « Mi dispiace che tu abbia questo ricordo, però storie del genere non autorizzano a fare di tutta l'erba un fascio. » Dopo le turbolenze degli ultimi giorni, è in qualche modo rilassante poter esprimere chiaramente ciò che pensa. Covare la certezza di avere ragione mentre la mamma è in torto.

« Chi sta facendo di tutta l'erba un fascio? Io no di certo. Per caso mi hai sentito generalizzare? Semmai sei tu a farlo. Sei come la gente in televisione e su Facebook. Qualcuno dice una cosa su una persona e tu ti comporti come se avesse detto tante cose su tante persone. Proprio come in Unione Sovietica. Prima ti fanno confessare, non importa che tu abbia commesso o no il crimine di cui ti accusano: l'importante è che tu ti senta in colpa e vuoti il sacco. Poi ti costringono a chiedere perdono e a spiegare che adesso sei una persona migliore: autocritica, la chiamano. E dopo, comunque, ti dicono che per te non esiste perdono. Perché, se confessi una volta, sei colpevole a vita, non c'è scusa che tenga né modo di cambiare idea. Qualunque cosa tu dica può essere e verrà usata contro di te per sempre. È la legge, anche qui in America, oggi. Ecco come la penso.»

«E Baba e Deda? E i loro amici?» Se il sospettato non ti dà la soddisfazione di confessare immediatamente, prenditela coi familiari e coi conoscenti. «Non dirmi che non è vero che per loro tutti i neri sono teppisti.»

La mamma ride. Era da un po' che Zoe non la sentiva ridere così. «Sai cosa diceva la tua Baba quando tornavo in lacrime perché qualcuno mi aveva preso in giro? Diceva che in Unione Sovietica avevano accolto degli studenti africani all'università, portati là apposta perché potessero vedere le meraviglie del comunismo. Ma erano tutti così seri e così laboriosi che gli altri studenti si lamentavano del fatto che non fossero divertenti, concentrati com'erano esclusivamente sui voti! Poi arrivava il tuo Deda e aggiungeva che i vietnamiti, invece, loro sì che volevano solo divertirsi: erano così pigri che a stento si presentavano a lezione e non avevano nessuna voglia di studiare!»

C'è troppo da correggere per Zoe, inclusa l'idea blasfema che in culture diverse potrebbero esserci stereotipi diversi sulla stessa categoria di persone. Ancora una volta, perciò, decide di passare sopra ogni cosa che non riguarda il problema da cui è partita. «Baba e Deda non vivono più in Unione Sovietica. E ho sentito che cosa provano i loro amici per gli afroamericani, qui. Le parole che usano. Certo, dicono *negr*», sussurra. «Che in russo significa 'negro'. Ma vivono negli Stati Uniti da abbastanza tempo per sapere come suona alle orecchie di chi li ascolta. E io so benissimo che cosa pensano davvero.»

« Hai mai visto la tua Baba adeguarsi a quello che credono gli altri? »

« Be', no... » Lo ha detto a Gideon giusto la sera prima.

« E il tuo Deda non tratta tutti come esseri umani, indipendentemente da dove provengono? »

« Be', sì... »

« Perciò, vedi, sei tu quella che sta facendo di noi un unico fascio. So benissimo che ci sono tanti neri perbene. » La mamma esita, poi confessa: « Ma Oprah non mi piace. Non fa che dirmi come dovrei vivere la mia vita. Non ne ho bisogno ».

Vero. Per questo, sia lei sia la mamma hanno Baba. A differenza di Baba, però, Oprah non impiega i venti minuti successivi a qualsiasi occasione sociale per recitare un inventario delle cose che hanno sbagliato. La prima volta che Lacy l'aveva invitata a una festa, dopo si era sentita così strana! C'erano volute diverse occasioni prima di capirne il motivo, ovvero il fatto che Lacy, uscendo di là, non le avesse fatto una paternale. Paradossalmente, l'aria un po' delusa di Alex durante il party con gli imprenditori l'aveva fatta sentire nel suo elemento più della serata in cui Gideon si era comportato come se lei non avesse combinato nulla d'indecente.

« Il socio di Alex è nero », si lascia sfuggire Zoe, senza sapere nemmeno perché.

La mamma annuisce, come se non si aspettasse niente di meno. « È un ragazzo simpatico? Intelligente? »

« Molto simpatico. E molto intelligente. » Zoe è delusa dal fatto che la madre l'abbia appena privata della possibilità di elencare le qualità eccezionali di Gideon come parte di una commovente arringa di fronte a quel suo razzismo impenitente.

« Sono sicura che il tuo Alex lavora solo con persone molto simpatiche e molto intelligenti.» Poi la mamma cambia argomento, benché non nella sua testa. «Devi invitare Alex a cena. E anche presto, Zojenka. Prima che perda interesse per te.»

«Pensavo che agli uomini andasse dato il tormento», replica Zoe con aria ironica.

«Per quello basti tu», taglia corto la madre, con ciò che a casa loro, di solito, è un complimento.

39

« La nostra Zoja si vergogna di noi », annuncia la mamma davanti alla cena che Zoe ha accettato di condividere con lei, Baba, Deda e Balisa, in cambio di un cessate il fuoco nell'opera di convincimento perché invitasse Alex a casa. Mentre la mamma raccoglie i piatti vuoti usati per la zuppa, Baba compare col pollo arrosto e con le patate all'aneto, chiocciando come al solito: « Non capisco questa cosa: se compriamo un pollo a Odessa, dura una settimana. Qui, una cena e non ne rimane più niente, finito! »

« Non mi vergogno di voi », risponde Zoe con un sospiro.

« Allora perché non inviti il tuo giovanotto qui da noi? » insiste la mamma. « Possiamo aiutarti, Zojenka, a valutare se è la persona adatta. Abbiamo molta esperienza. Sappiamo prendere decisioni migliori di voi ragazzini. »

« Baba e Deda pensavano che mio padre fosse la persona adatta? » La madre le aveva già dato una risposta implicita mentre si trovavano di fronte alla casa di suo padre. Ma l'obiettivo di Zoe, in questo caso, non è ottenere informazioni. È distogliere l'attenzione.

Baba apre la bocca. Deda l'anticipa. « Io no. »

È la risposta più definitiva che lui abbia mai fornito sull'argomento.

« Perché no? » domanda Zoe, sbalordita.

Baba interviene: « Che differenza fa adesso? Ciò che è stato è stato, nessuno può tornare indietro. Che senso ha rivangare il passato? Il tempo non va in quella direzione. Mia madre e mio padre adoravano *questo qui* », prosegue Baba, calcando con forza le ultime due parole. Agita la mano a indicare Deda. « Ho dovuto sposarlo per forza. »

« Be', perché sono meraviglioso », ridacchia Deda.

« E questo è quanto », conclude Baba, ignorandolo.

Mentre loro discutono, Balisa continua a spizzicare la sua ala di pollo con aria da gran signora. Una volta finito, si asciuga le labbra con un tovagliolo, che poi appoggia accanto al piatto; quindi solleva l'osso lucido e ripulito e, dopo averlo spezzato a metà, s'infila in bocca con grazia le estremità dentellate e comincia a succhiare il midollo.

Quando Zoe era piccola, le cattive maniere a tavola venivano accolte con la seguente domanda: « Mangeresti così di fronte alla regina d'Inghilterra? »

Zoe sospetta che Sua Maestà potrebbe aggrottare la fronte vedendo un proprio commensale succhiare il midollo da un osso. Ma, così com'è convinta che le scottature solari rafforzino la salute, Balisa non può rinunciare alla convinzione tutta sovietica che questo sia il modo migliore per accumulare ferro.

« A volte non scegliere è la scelta migliore », chiosa tirando fuori dalla bocca l'osso spezzato.

Invece di una cena in famiglia, cui Zoe non fa minimamente accenno, all'appuntamento successivo Alex la porta al Guggenheim Museum per un ricevimento in onore dei trenta under 30 più intraprendenti di New York. Dovrebbe esserle d'ispirazione o farla sentire in colpa non essere tra loro? Da un lato, Alex la fa sentire come se potrebbe esserlo. Dall'altro, sembra volerla castigare perché non fa mai abbastanza perché ciò accada. Proprio come a casa!

Ovunque guardi, Zoe si vede circondata da smoking e abiti da cocktail; fuori c'è un tappeto rosso coi fotografi e, all'interno, imponenti opere d'arte che nessuno capisce, anche se tutti fingono di farlo. Mentre scivolano accanto ai paparazzi indifferenti nei loro confronti, sussurra ad Alex: « Arriverà il Grande e Potente Oz tra le fiamme per sbattere fuori la piccola e mite Dorothy? »

Il riferimento è al film, benché Zoe abbia conosciuto per la prima volta la storia grazie a una traduzione russa del libro, in cui il nome dell'eroina è Ella e le sue pantofole non sono di rubino ma d'oro.

Alex le stringe una mano per rassicurarla. « Questo è il tuo posto. »

La risposta è giusta.

Ma non fa che aumentare la sua confusione.

Alex è così sicuro di sé da farle venire il sospetto che non sarebbe un buon momento per rivelargli di non aver mai messo piede al Guggenheim, prima. Non che la sua sia una famiglia d'ignoranti. Masticano la musica sinfonica, il balletto, l'opera. Ma preferiscono che sia la cultura ad andare da loro. L'opera, il balletto e le orchestre sinfoniche girano. I musei non si muovono. Baba ricorda di aver visitato il Vaticano durante il viaggio verso gli Stati Uniti. Vedere tutto lo splendore del cattolicesimo, dopo tutte le privazioni sovietiche, le aveva destato una tale impressione che ora, quando il papa rilascia una qualche dichiarazione sui mali del capitalismo, sul consumismo sfrenato e su come dovremmo fare di più per i bisognosi, Baba si sente in dovere di dire alla tv: « Quando la Santa Sede venderà le sue dimore, i suoi dipinti, i suoi elicotteri e consegnerà tutti i profitti derivanti ai poveri, allora ascolterò ciò che ha da dire sul fatto che io debba dar via le mie cose ».

Zoe ha cercato di colmare le lacune della sua educazione

culturale a New York. È stata al Met, al MoMa, al Whitney. Ma il Guggenheim non l'ha mai attirata. Forse perché sembra una fioriera capovolta. Oppure perché di solito bisogna fare la coda. E, come dice Balisa a proposito di qualsiasi coda, « non è per questo che siamo venuti in America ».

O forse è perché, come ha subito modo di apprendere, il posto è pietrificante. Non l'arte in sé: quella disorienta, e basta. La struttura. L'interno è un'enorme spirale, un gigantesco filamento di DNA. I parapetti le arrivano solo fino al gomito e, ogni volta che guarda in basso, le vengono le vertigini. Cerca di combatterle tenendo gli occhi dritti davanti a sé, ma poi vede persone più alte di lei, alle quali il parapetto arriva appena al fianco, e le immagina ruzzolare di sotto, cosa che le fa rimestare lo stomaco come un ascensore in caduta libera. Stringe il braccio di Alex ancora più forte fin quando non tornano su una superficie stabile.

Alex le dà qualche pacca rassicurante - benché distratta - sulla mano, poi si guarda intorno e individua uno dei trenta premiati tra gli under 30 più intraprendenti, un uomo che, secondo il programma che Zoe ha appena scorso, o gestisce un'organizzazione non profit che si pone l'obiettivo di abolire il lavoro minorile, o un'altra che si occupa di creare posti di lavoro per giovani a rischio.

« Harris! » Alex lo saluta come se fossero amici. Dall'espressione perplessa dell'uomo, sembrerebbe però che non lo siano. In ogni caso, pronunciando il suo nome mentre tende la mano, Alex gli rinfresca la memoria in maniera sottile. « Alex Zagarodny. È bello rivederti! »

« Anche per me », dice Harris educatamente, prima di rivolgere un sorriso a Zoe, chiedendosi se anche lei stia per rivendicare un qualche livello di confidenza.

« Lei è Zoe Venakovsky. »

« Piacere », esclama Zoe, e Harris, non dovendo fingere

di riconoscerla, si rilassa. Stringe la mano di Alex, poi incrocia le braccia e rivolge a entrambi un'occhiata cauta. Quando hai un cognome che suona come un nome, sei abituato a essere avvicinato da estranei.

Alex chiede a Harris: «Sei un Old Boy, vero? Zoe lavora per Derek Webber. Anche i suoi figli frequentano la St. Bernard».

La scuola delle giacchette blu? Zoe rimane perplessa, fino a quando non capisce che questo tipo di approccio ha spinto Harris a credere che lui e Alex siano davvero amici, in qualche modo. Quest'ultimo disincrocia le braccia e le infila distrattamente nelle tasche. I due iniziano a chiacchierare delle conoscenze in comune, di chi sta passando l'estate dove e del fatto che, sì, è davvero uno scandalo che il consiglio comunale si ostini a rifiutare il permesso di costruire una pista di atterraggio per elicotteri nell'Upper East Side. Renderebbe gli spostamenti verso gli Hamptons molto più convenienti. Se solo Amazon non avesse rinunciato a Long Island City...

Zoe guarda Alex in soggezione. Tu pensa, questo ragazzo magrolino dai capelli ricci e col naso grosso, alto la metà del titano che ha davanti (un tipo di Brooklyn che di sicuro non indossava la giacchetta blu per andare a scuola e non era venuto là in elicottero), intento a conversare con la finanza dell'Upper East Side (nella forma di una persona; visto che, dal punto di vista legale, è una persona anche una multinazionale) come se fossero allo stesso livello. Zoe si domanda quale sia la parola WASP per *chutzpah*. Audace o insolente?

Col procedere della conversazione, Zoe sente che il discorso di Alex inizia a imitare la cadenza e il vocabolario di Harris. Lo guarda rispecchiare il linguaggio del corpo dell'uomo più alto: dondolarsi sui talloni, anche lui con le mani nelle tasche e con la testa reclinata. È ipnotizzante e stimolante.

E anche - dopo dieci, indistinguibili minuti - piuttosto noioso. Zoe non si era mai resa conto del fatto che le due sensazioni potessero manifestarsi allo stesso tempo, accidenti alla fisica!

Dopo un quarto d'ora, ecco arrivare Gideon. Zoe non si era accorta che lo stava aspettando. Come avrebbe potuto, del resto? Non sapeva nemmeno che sarebbe arrivato. Eppure, nel momento esatto in cui lo ha visto, Zoe ha capito che lo stava aspettando. Per salvarla da tutto questo. È la stessa sensazione che avverte quando Baba e la mamma iniziano a litigare tra loro, interrompendo per un po' le critiche rivolte a lei. È la stessa sensazione che spera di provare quando presenterà loro Alex trionfalmente. La sensazione di un problema risolto una volta per tutte.

Gideon attraversa la sala e scambia qualche parola col barista all'angolo, che gli passa da bere con una risata.

« Scusatemi un attimo », dice Zoe ad Alex e a Harris, i quali scuotono entrambi il capo come i gentlemen che sono e/o che fingono di essere, prima di riprendere a parlare di affari.

« Ehi », saluta Zoe avvicinandosi a Gideon.

« Yo », le risponde lui. Beve un sorso del suo drink, si complimenta col barista, quindi indica il compagno di Zoe. « Alex sta facendo l'Alex? »

« L'Alexissimo. »

Gideon fa un'espressione meravigliata. « Come guardare un artista al lavoro. »

« È il posto giusto. » Ah. Umorismo da museo.

« Immagino che dovrei occuparmi anch'io delle public relation », commenta Gideon, senza accennare minimamente a dare un seguito alle sue parole.

Quanto a lei, Zoe non sa affatto che cosa dovrebbe fare. Il che rende quello il momento giusto per chiedere a Gideon: « Hai mai la sensazione che, quando ti guarda, Alex veda la persona che vuole che tu sia, non la persona che sei in realtà? »

« Ventiquattr'ore su ventiquattro, sette giorni su sette », conferma Gideon.

Bene. Almeno non sta diventando matta. Al tempo stesso, però... « Diresti perciò che Alex esce con me o con quella Zoe che ha immaginato nella sua testa? »

« Quale delle due vorresti essere? »

« Oh, senza dubbio quella che ha in testa. È molto meglio. »

Gideon sorride. « Conosco la sensazione. »

Davvero? Da quanto Zoe ha visto in fumetteria, Gideon è a suo agio nella sua pelle tanto quanto lo è Alex nella propria. Non le è mai passato per la testa che potesse fingere come lei. O, meglio, che come lei potesse provarci. Si sarebbe aspettata che una simile presa di coscienza la lasciasse delusa. Invece, accresce se possibile il rispetto che prova verso Gideon. Un conto è essere dotati di una sicurezza innata. Un altro è fingerla in maniera così convincente. Se può farlo Gideon, c'è ancora speranza per Zoe l'Imbrogliona!

« Non hai paura di non essere all'altezza delle aspettative di Alex? » gli domanda, giusto per sicurezza.

« Quello che succede nella testa di Alex sono affari suoi. Non mi preoccupo delle cose che non posso controllare », risponde Gideon.

« Non sei ebreo nemmeno un po', vero? »

Gideon ride. « Sono cresciuto a New York e sono un ingegnere. Esiste qualcosa di più ebreo di questo? »

C'è spazio per una battuta sulla circoncisione, lì da qualche parte, ma sarebbe abbastanza rozza. Il solo pensiero, però, basta a far arrossire Zoe.

Cogliendo il suo disagio, Gideon si attiva con galanteria per stemperare la situazione.

« Forza. » Finisce il drink, appoggia il bicchiere al bancone insieme con una generosa mancia e poi, con un cenno del capo, indica le tele e le sculture all'orizzonte. « Alex sta facendo le sue cose. Andiamo a dare un'occhiata. »

Per « dare un'occhiata » bisogna tornare sulla passerella a spirale. Gideon si frappone tra la balaustra e Zoe, evitandole così di guardare di sotto e impazzire. Commenta ogni opera, un po' come durante il film, costringendola a guardare in alto, piuttosto che in basso. Quello lì, dice, sembra un caleidoscopio rotto, mentre questo è il tovagliolo usato da Jackson Pollock per ripulirsi il tavolo dopo la colazione. Nella sala degli Impressionisti, riflettono entrambi sul fatto che, dal momento che un musical basato su un quadro di Seurat s'intitolava *Domenica al parco con George*, c'era da aspettarsi che *L'aragosta e il gatto* di Picasso diventasse uno spettacolo per bambini e *Davanti allo specchio* di Manet un reality su un concorso di bellezza.

Si fermano davanti al water in oro 18 carati di Maurizio Cattelan, installato in un bagno pubblico e aperto all'uso dei visitatori. Un docente in agguato davanti alla porta spiega che, per mantenerlo immacolato, servono una pulizia a vapore e salviette speciali, e che è stato creato per offrire ai visitatori un'esperienza unica, personale e ravvicinata con un'opera d'arte. Simboleggia le pari opportunità e il sogno americano.

Il pensiero di Zoe corre a Baba, costretta a usare una toilette comunitaria in cortile e a lavarsi una volta alla settimana in un bagno pubblico. Corre a Balisa, che rabbrividisce in un carro per il bestiame senza servizi igienici a parte un buco sul pianale. E alla madre di Balisa, accovacciata su un fetido vaso da notte nella stessa stanza in cui cucinavano e mangiavano, vaso che poi andava pulito a mano ogni mattina e ogni sera.

All'improvviso, tutte quelle battute sembrano tristemente inopportune.

« Dio benedica l'America », dice alla fine Zoe.

« Eccovi, finalmente! » Alex li raggiunge al piano terra, mentre ormai gli altri ospiti stanno uscendo. « Vi ho cercati ovunque. » Fa scivolare un braccio intorno alla vita di Zoe con un gesto che potrebbe essere romantico, possessivo o semplicemente pratico, la sua maniera di assicurarsi di non perderla più. Optando per la prima ipotesi, Zoe gli appoggia la testa sulla spalla. Non deve temere di perderla. Lei è lì. È cosa sua. Non andrà da nessuna parte con nessun altro.

Seppure colto di sorpresa, Alex continua: « Che cosa avete combinato, voi due? »

« Abbiamo visto un water d'oro », dice Zoe, perché non è ancora riuscita a superare la cosa.

« Grande. Il bagno è il posto ideale per esplorare le proprie prospettive. Tutti devono andarci, prima o poi. Ecco perché chiedo sempre un posto sul retro dell'aereo, vicino alla toilette. Mi permette di vedere ogni passeggero prima che il volo sia finito. »

È qualcosa che non impari in un master in Gestione d'impresa. Alex potrebbe insegnare come fare affari mentre... ti fai gli affari tuoi.

« Ascolta, Alex, parlando di qualcosa che devono fare tutti. » Zoe azzarda ciò che c'è di più vicino a una transizione gradevole che le riesca di pensare così, su due piedi, raddrizzandosi per portarsi di fronte a lui. « Devo andare a trovare la mia famiglia, questo fine settimana. Hanno invitato anche te. »

« Oh, Zoe, no. Non ho nemmeno il tempo di trascinarmi a casa dei miei, figurati per farmi fare il terzo grado da quelli degli altri. »

« Risposta sbagliata. » Gideon lo corregge prima ancora che Zoe possa riconoscere le ragioni di Alex. A sollevarla c'è solo la possibilità di veder rimandato il giudizio della famiglia. Anche se, secondo lei, Alex rappresenta tutto ciò che hanno sempre sognato, Baba avrà sicuramente il modo di trovare il pelo nell'uovo.

« Se non lasci che la famiglia di Zoe ti faccia il terzo grado, continueranno a chiamarla, a mandarle messaggi, a distrarla. Stiamo mettendo a posto i dettagli per finanziamenti a lungo termine. Vuoi che una bazzecola così si metta in mezzo e impedisca che quell'assegno venga staccato? »

« Non succederà », dice Alex, anche se adesso non sembra più tanto sicuro di sé. Conosce il potere delle Continue Chiamate da Brooklyn. E Gideon è una delle poche persone cui dà retta.

« Non se condividi il pane con queste persone e soddisfi la loro curiosità. Concedi loro il Fantastico Pacchetto Condensato Alex, e loro lasceranno tranquilla Zoe. »

« Non ho tempo di andare a Brooklyn », ribadisce Alex.

Zoe lancia a Gideon uno sguardo riconoscente per averci provato, soprattutto in considerazione del fatto che non è la sua battaglia.

« Ma se la tua famiglia vuole venire a Manhattan... » Aspetta, e questo che significa? « Non ho tempo nemmeno per cena », si affretta a chiarire Alex, prima che Zoe si scaldi troppo. « So quanto è importante per loro e come potrebbero prenderla se non diamo loro qualcosa di cui parlare e qualche foto da scattare. » Alex sembra comunque sicuro di poter scansare qualsiasi ostacolo gli mettano sulla strada. « La tua famiglia può passare in ufficio. Come la vedi? »

Zoe espira incredula; e sollevata per un altro verso. Non sarà costretta a continuare questa conversazione con la mamma e con Baba. Può strappare il cerotto e farla finita. Rabbrividendo al pensiero di ciò che verrà, s'incolla un sorriso sul viso. « Grazie. »

Sta parlando con Gideon, anche se Alex presume che si stia rivolgendo a lui. È così impegnato ad accogliere ogni possibile elogio per il suo enorme sacrificio, da non accorgersi nemmeno che Zoe sta guardando Gideon.

Né che il suo amico sta mimando un « prego » con le labbra mute. E con una strizzatina d'occhio.

Cosa che se da un lato riesce a rassicurare Zoe... dall'altro la destabilizza completamente.

40

Zoe invita la sua famiglia a passare in ufficio da Alex a mezzogiorno. Che per gli standard russi sarebbe ora di pranzo, anche se la mamma assicura che non è un problema. Mangeranno prima di uscire, così arriveranno a stomaco pieno. Decidono di non prendere la metropolitana, e il taxi è da escludere perché troppo costoso. Baba conosce un tizio che fa l'autista per un servizio di limousine e che è felice di fare un po' di soldi in nero, applicando tariffe vantaggiose purché in contanti.

Arrivano, come temuto da Zoe, venti minuti prima del previsto. La fobia di essere sempre in ritardo, innescata dalla lotta necessaria per non perdere nessun treno durante il trasferimento dall'Unione Sovietica, spinge Deda a considerare sempre un largo anticipo per qualsiasi viaggio. Zoe li osserva dalla videocamera di sicurezza mentre entrano nell'atrio e si dirigono verso l'ascensore. Mentre la mamma e Baba sorreggono Balisa per i gomiti, Deda le tiene su il posteriore col bastone. Balisa ha superato gli ottanta, ma ha un incedere così regale che, benché abbia bisogno di aiuto per spostarsi e riesca a malapena a vedere oltre il suo braccio, sembra comunque la guida del gruppo. È stata sua madre a insegnarglielo. Vai sempre a testa alta. Guarda tutti negli occhi.

In ufficio non vige chissà quale dress code. Alex indossa un paio di jeans e una maglietta rossa con sopra una giacca.

Gideon sfoggia pantaloni kaki con una maglietta nera con su scritto *World's #0 Programmer*. La mamma, d'altra parte, indossa un abito blu scuro che Zoe sa essere nuovo: può vedere i segni delle pieghe sulle maniche e sulla gonna. Baba indossa una giacca color foglia di tè con spalline anni '80. Dice che le dà l'illusione di avere ancora un girovita. Perché dovrebbe rinunciare a un taglio sartoriale così lusinghiero solo perché un'autorità senza volto lo ha giudicato fuori moda? Deda ha una camicia bianca abbottonata fino al mento. Balisa indossa un abito a fiori con una scollatura sorprendente e una spilla d'oro appuntata sul bavero.

Zoe supponeva che avrebbe dovuto trascinare Alex per accoglierli all'uscita dell'ascensore, ma lui l'ha anticipata. Quando le porte si aprono, se lo ritrovano davanti. La famiglia di Zoe reagisce con un sussulto. Proprio come lei.

« Benvenuti! » dice Alex. In russo. Zoe non lo ha mai sentito parlare in russo, prima. Mentre lui stringe la mano a tutti gli ospiti e li conduce verso l'ufficio, Zoe prende coscienza di quanto sia limitato il suo vocabolario: sembra quello di un bambino. Il suo fascino, invece, non lo è.

Durante il giro dell'ufficio, Alex rivolge la maggior parte delle proprie attenzioni verso Balisa; sa infatti che essere gentile con lei produrrà un effetto a cascata sugli altri. Le mostra l'area ristoro, con la sua scorta abbondante di cibo e bevande gratuiti per il personale. Le offre una tazza di tè, che lei rifiuta educatamente. Quando lui insiste, lei oppone un nuovo rifiuto. Alla fine, gliene prepara ugualmente una. « Non si sa mai, per dopo. » Grandi sorrisi raggianti.

Poi li conduce nella sala conferenze, con le sue lavagne bianche tappezzate di equazioni e stringhe di programmazione, e spiega in che cosa consiste il progetto cui sta lavorando. La mamma gli rivolge qualche domanda sugli algoritmi con voce pacata, quasi dispiaciuta di averlo disturbato.

Alex risponde, ribadendo che non lo hanno disturbato affatto. Baba non è così intimidita. Si chiede quanti soldi ci siano in ballo, da dove li abbia presi e come preveda di recuperarli.

Alex parla d'investitori e finanziatori, di un primo e di un secondo round di finanziamenti, di quotazione sul mercato. Non conosce le parole russe per quei termini, perciò passa da una lingua all'altra mentre tutti annuiscono premurosamente.

« Zoe è stata di grande aiuto. Ha convinto la sua azienda a finanziare il lancio della versione beta », spiega.

In persone normali, la cosa susciterebbe più di una preoccupazione riguardo a possibili conflitti d'interesse. Ma, per la gente di Brighton, con chi altri si dovrebbero fare gli affari? Con perfetti estranei, forse?

Poi arriva il momento della passeggiata tra i cubicoli. Alex prende la strada che lo conduce verso i programmatori di lingua russa. Presenta la famiglia di Zoe e chiede ai programmatori di spiegare a che cosa stanno lavorando. Alcuni sono arrivati da poco. Le loro capacità linguistiche sono molto al di sopra di quelle di Alex. Deda è interessato a ciò che dicono, ma Balisa è sopraffatta dal linguaggio tecnico. Per amor suo, Alex prosegue il giro. Deda guarda i monitor dei computer con aria nostalgica, poi tiene diligentemente il passo degli altri aiutandosi col bastone.

L'ultima tappa è l'ufficio di Alex, dove ha già disposto le sedie per tutti. Ce n'è una anche per Deda, solo che, quando si guarda intorno per vedere dov'è, Zoe lo sorprende a studiare un frammento di codice che pende da una striscia di carta fissata con una puntina sulla parete esterna di un cubicolo. Zoe si avvicina per recuperarlo, quando vede farsi avanti Gideon e chiedere qualcosa a suo nonno. Deda annuisce, agitando le braccia tutto entusiasta. Gideon indica il proprio cubicolo e poi vi accompagna Deda, tenendolo per un braccio. Cogliendo lo sguardo di Zoe da sopra la testa di suo nonno, mima con le labbra: « Ci penso io ».

A casa, Deda viene trascurato tante di quelle volte! Fa tenerezza vedere di quante attenzioni lo sta ricoprendo Gideon. Come fa a venirle sempre in soccorso? E prima ancora che lei stessa si renda conto di averne bisogno. Zoe non sa che cosa pensare. Cavolo, ancora non sa nemmeno come interpretare l'occhiolino che Gideon le ha strizzato l'altro giorno. Di conseguenza, come con tutti i sentimenti che non riesce a decifrare, sceglie d'ignorarli.

Raggiunge la sua famiglia.

Nessun altro ha notato che Deda non c'è più.

Garantito: la mamma, Baba e Balisa sono impegnate nel compito più urgente di esaminare e controinterrogare Alex. Quella che parla di più è Baba. La mamma si sta trattenendo, temendo forse di dire qualcosa che potrebbe compromettere le possibilità nuziali della figlia. Balisa preferisce osservare la scena da seduta. Crede che sia giusto lasciare le persone « impiccarsi tra loro », anche se è un modo di dire che detesta. Per lei, l'espressione russa « in una casa in cui qualcuno si è impiccato, non nominare la corda » non è una metafora.

Baba vuole sapere se Alex torna mai a Brighton.

« Certo. Quando vado a trovare i miei genitori », risponde lui.

Che bravo ragazzo.

Ci tornerà mai a vivere?

« Può darsi. Quando avrò dei figli. »

Che ragazzo sensibile!

Che università ha frequentato?

« Caltech. »

In California? Perché così lontano da casa?

« Volevo cogliere la migliore opportunità per fare qualcosa di buono della mia vita. »

Che ragazzo intraprendente!

Dove vive al momento?

« A Battery Park City. »

In casa di proprietà o in affitto?

« In affitto. Mi consente una maggiore flessibilità. Posso trasferirmi dove necessario. »

Pronto a fuggire con scarsissimo preavviso? È una qualità, non un difetto.

« Che cosa fanno i tuoi genitori? »

« Sono ingegneri. »

Ma certo, certo.

« A loro piace la nostra Zoja? »

« Adorano tutto ciò che ho raccontato di lei. »

« Perciò ci hai conosciuti prima ancora di presentarla a loro? »

« Naturalmente », risponde Alex.

La conversazione prosegue su questa falsa riga per altri venti minuti o giù di lì. Alex non perde mai la pazienza, anche quando le domande iniziano a ripetersi, in cerca di possibili incoerenze, stile KGB. Alla fine, è Zoe a non poterne più. Dice alla sua famiglia che Alex ha bisogno di tornare al lavoro. Lui, dal canto suo, precisa che possono rimanere per tutto il tempo che lo desiderano. Per delicatezza, però, le tre donne insistono nel dire che, no, davvero, devono proprio andare.

Dirigendosi verso l'uscita, recuperano al lazo Deda dal cubicolo di Gideon. Il nonno è in piedi di fronte a uno schermo, con l'aria deliziata. Punta un dito sul monitor e afferma: « Questo linguaggio che stai usando, C, è come il Ratfor. L'ho imparato un po' in Unione Sovietica, prima di matrimonio. Il Ratfor è come il Fortran con sintassi C, sì? » Si gira verso Gideon per ottenere conferma.

« Sì. Esattamente », dice quest'ultimo.

« Anche io imparato », ripete Deda con un sorriso orgoglioso. Poi chiede ad Alex: « Vengo a lavorare per te? »

Alex risponde con un mezzo inchino: « In qualsiasi momento. Sarebbe un onore ». Solo che, mentre lo dice, non lo guarda. Zoe spera che il nonno non se ne accorga. Quando vede il suo sorriso vacillare, però, capisce che la cosa non gli è sfuggita. Zoe avverte un'esplosione di rabbia, presto seguita dal senso di colpa. Con che coraggio, dopo tutto quello che Alex ha fatto per lei quel pomeriggio, si permette di cercare il pelo nell'uovo? Sta diventando come Baba, incapace di trovare qualcuno o qualcosa che non abbia difetti? Ecco perché è così sola, direbbe sua madre. Ecco perché muore dalla voglia di dimostrare che tutti si sbagliano.

« Dobbiamo andare. » La nonna agita il dorso delle mani in direzione dell'ascensore. « *Kish*. Alex e Zoja hanno da fare. »

« Arrivederci, Gideon. » Deda lo pronuncia Gi-di-uan.

« Arrivederci, signore. È stato un piacere conoscerla. »

« Molto piacere anche io. » Deda annuisce in direzione di Alex. E Zoe si sente stranamente vendicata. Con ulteriori sensi di colpa annessi.

Alex saluta gli ospiti in russo. Balisa infila la mano nella borsa e gli porge un contenitore di plastica con dentro degli *zephyr*, un frullato di purea di fragole mescolato con zucchero, albumi e gelatina e poi solidificato in forma di fiori.

« Li adoro! » esclama Alex.

Altra sequela di strette di mano e sorrisi.

Poi, finalmente, le porte dell'ascensore si chiudono.

Zoe si affloscia come se avesse perso di colpo tutta l'acqua del corpo. Di lei non rimane che sabbia asciutta e compattata. Qualsiasi movimento basterà a sbriciolarla.

Alex, invece, non mostra nessun segno di affaticamento. Per lui la cosa importante è essersi trovato al centro dell'attenzione, aver ricevuto ondate di feedback positivi - ovviamente, non ha colto la mancanza di rispetto da parte di Deda - ed essersi guadagnato, nel frattempo, la benevolenza di Zoe. Sarebbe potuta andare meglio?

Apre la scatola con gli *zephyr* e se ne infila uno in bocca. Mastica, deglutisce e quindi decreta: « Hanno sempre lo stesso sapore ».

« Ti piacciono davvero così tanto? »

Lui liquida la questione: « Non sono male. Ho fatto felice la tua Babuška ».

« Sei stato fantastico. »

« Non è stato così complicato. Sapevo quello che volevano e gliel'ho dato. »

« Lo apprezzo molto. »

« Normale amministrazione. » Alex si sporge e le schiocca un bacio fugace sulle labbra, col resto del corpo già rivolto verso il suo cubicolo. « Ci si vede. »

A differenza della sua famiglia nel momento in cui aveva messo piede negli Stati Uniti, Zoe sa benissimo cosa significa: non così presto.

Prima di uscire, Zoe si ferma al cubicolo di Gideon. È nella direzione opposta rispetto all'uscita, ma sarebbe poco carino andarsene senza salutarlo e ringraziarlo per il modo in cui ha assecondato Deda.

« Non è stato così complicato », risponde Gideon facendo eco ad Alex e chiarendole una volta di più perché insieme lavorino così bene. Accettano entrambi senza fare una piega ciò che per gli altri sarebbe uno sforzo immane o, perlomeno, una generosa concessione. E non è nulla di complicato semplicemente perché è il loro modo di vedere le cose.

« Adoro parlare coi vecchi informatici. Ascoltare i racconti di quei primi tempi, di come dovessero attaccare i fili nei circuiti o praticare fori nelle schede, e poi stare seduti magari tutta la notte per vedere se avevano fatto bene. E che Dio avesse pietà di chiunque faceva cadere la propria scatola, mischiando le schede. Dimentichiamo quanto siamo fortunati, di questi tempi. »

« Ha apprezzato molto il fatto che tu l'abbia ascoltato: lo ha fatto sentire importante. Credo sia dura per quelli della sua generazione. Ha vissuto metà della vita in un posto, metà in un altro. Non è né qui né lì. »

« Come te? » chiede Gideon, smascherando quella che è la paura più grande di Zoe.

Lei lo nega con tutto il vigore che merita una simile verità inespressa. « No! Certo che no! Io sono okay. La mia vita è una bazzecola, se penso a ciò che hanno dovuto passare loro. » Poi riprende la frase di Gideon per sottolineare il concetto: « Dimentichiamo quanto siamo fortunati, di questi tempi ».

Gideon evita di commentare l'omaggio. « Perché, sai, non capirei la sensazione di non appartenere a nessun posto, a nessun gruppo. »

« No, certo che no. »

Zoe si aspetta che Gideon rida di lei. Solo che non lo fa. Continua a starsene seduto lì, in attesa di sentire quali altre sciocchezze offensive partorirà la sua bocca. Ma Zoe non è così sfrontata, proprio come non è ignorante o culturalmente insensibile. Ha letto diversi post e tweet su come i neri debbano « comportarsi da bianchi » per andare avanti, sui problemi di omologazione in termini di tecnologia, code-switching, appropriazione culturale. Potrebbe snocciolarle a memoria, tutte le parole d'ordine più in voga. È una tipa sveglia (una specie).

Zoe, però, rinuncia al fantasma della sua menzogna per mostrargli la verità. « Non è la stessa cosa. Tu ti senti a tuo agio ovunque. »

« Ci ho messo del mio. »

« In che modo? » La sua domanda esplode come lo xenomorfo dal petto di John Hurt in *Alien*.

« Perché i ragazzi del college vanno al bar? » le chiede Gideon.

È un trabocchetto? « Per ubriacarsi? »

« Io ci andavo per ascoltare. Non nei bar della Caltech. La Caltech non rappresenta in nessun modo una sezione trasversale della popolazione americana. Perciò mi allontanavo dal raggio. Andavo nei posti frequentati dalle persone comuni. Mi sedevo là col mio drink e ascoltavo le conversazioni intorno a me. Era come uno studio antropologico. »

« E ha funzionato? »

« Abbastanza da evitarmi di diventare come mio padre. »

« Che cosa c'è che non va in tuo padre? »

« Mantenere un impiego non è mai stato il suo forte. È un tipo in gamba. Pure troppo, secondo il parere popolare. Al lavoro lo chiamano Cassandra, perché non fa che prevedere che cosa andrà storto. E alla gente questo non piace. Li fa sentire stupidi. Mio padre sarà anche in gamba, ma non ha mai imparato che cosa dire e quando. O come dirlo. O a chi. Ha sostenuto una marea di colloqui di lavoro. Ogni volta, prima che uscisse di casa, nel dargli un bacio portafortuna, la mamma gli ricordava: 'Non essere te stesso!' »

« Tua mamma dovrebbe conoscere la mia famiglia. Non fanno che ripetermi che nessuno vuole sentire quello che hai davvero da dire. O che cosa pensi davvero. »

«Finché non trovi qualcuno che lo fa», commenta Gideon.

«Quello ti capita di sicuro!»

«Mia madre e mio padre parlavano per ore. Di tutto.»

«I miei nonni non possono parlare per ore. Di niente.»

Gideon ride. È una risata di cuore, la sua. Non fa una di quelle risatine di prova, giusto per tastare il terreno come se gli servisse il permesso per ridere. E non si ferma solo perché nessun altro si unisce a lui. Non trattiene nulla.

«Allora dimmi: come si fa a trovare qualcuno che voglia davvero ascoltarti, come è capitato a tua madre e tuo padre?» azzarda Zoe, in tono scherzoso.

Lui risponde smettendo di ridere. «L'ascolti. Soprattutto per le cose che non dice.»

«Sul serio?» Zoe glielo chiede senza pensarci. Poi si avvicina e passa dalle parole ai fatti. Non solo parla senza pensarci su: agisce.

E bacia Gideon. Sul serio.

41

Gideon non interrompe il bacio come Zoe si sarebbe aspettata facesse. Anzi, glielo restituisce, e il suo non è un bacio incerto o educato, come di un uomo che, colto di sorpresa, obbedisca all'istinto. È un bacio entusiasta. Purtroppo, la posizione in cui si trovano non favorisce granché l'esplodere della passione. Siedono entrambi su una sedia da ufficio. Di quelle con le ruote. E questo significa che i loro corpi si spostano da una parte all'altra, in direzioni opposte, mentre le loro labbra rimangono incollate. Inoltre, sono piegati in avanti all'altezza della vita, cosa che ostacola l'afflusso di quell'aria di cui avrebbero tanto bisogno e, se solo staccano le mani dai braccioli di plastica, rischiano che le sedie si discostino ancora di più.

Eppure, nonostante tutto, accidenti se è un bel bacio. Uno di quelli che inizia sulle labbra ma poi si snoda giù per lo stomaco, e da lì si dirama in ogni direzione, fino alla punta delle dita dei piedi, mentre le orecchie di Zoe si accendono di un rosa brillante.

Alla fine, è lei a ritrarsi. Baciarsi è fantastico in generale, figurarsi poi un bacio del genere! Ma respirare rimane comunque essenziale per la sopravvivenza.

«Non ti sei tirato indietro», osserva in tono accusatorio, come se Gideon avesse violato un contratto sociale non esplicitato.

«Ho pensato che lo avresti fatto tu, quando volevi.»

«Smettila di trattarmi come un'adulta che ha piena coscienza di sé.» Vedendo che Gideon non riesce a cogliere appieno la gravità della situazione, Zoe cerca di spiegarglie-la. «E se io non facessi che prendere decisioni sbagliate? E se fossi soltanto un'enorme delusione? Finché assecondo le aspettative degli altri, ho sempre qualcuno da incolpare per i miei casini.»

«Lo scoprirai», risponde Gideon con un sorriso, prima di tornare al suo computer.

Si aspetta che lei se ne vada. D'altronde, era passata di lì proprio per dirgli questo. Prima che si lasciassero... distrarre. Invece, Zoe gli chiede: «Ti va di fare qualcosa di folle?»

Lui torna a girarsi sulla sedia, guardandola con quello che lei spera sia un nuovo - benché immeritato - rispetto. «Sempre.»

Pilotare un aereo, scalare una montagna, guidare una macchina da corsa, affettare la frutta con una spada ninja... Ecco che cosa vorrebbe fare Zoe. Non appena troverà il coraggio. Nel frattempo, si accontenterà di fare un salto in uno di quei centri per la Realtà Virtuale in cui la gente senza spina dorsale, come lei, può sperimentare tutte le cose appena elencate, con gli occhiali fissati in testa e i piedi ben piantati a terra.

«Nessuno vuole mai venire con me», confessa a Gideon mentre pagano il biglietto per l'ingresso e ricevono l'equipaggiamento necessario. Gideon pesca alcune delle salviettine umide messe a disposizione dei visitatori e pulisce prima gli occhiali di Zoe e dopo i suoi. «Tutte le mie amiche hanno detto, e cito: 'Roba da sfigati secchioni'. Anzi, da secchioni pateticamente sfigati.»

«Il che si traduce in più Fruit Ninja per noi», replica Gideon, facendo volteggiare l'arma con un virtuosismo plateale. Nella vita reale, è un bastone di plastica nero con un sensore all'estremità. Sullo schermo, però, diventa una spada affilata capace di tagliare al volo tutti i frutti che ti vengono scagliati virtualmente addosso.

Perciò, ecco che cominciano ad affettare frutta. Quindi scalano il Cervino servendosi di mani di metallo che di tanto in tanto perdono la presa e li mandano giù per il dirupo. Pilotano auto da corsa e si schiantano sui muri senza morire carbonizzati. Staccano teste agli zombi e manovrano astronavi tra i campi di asteroidi mentre improvvisano un dialogo tra piloti che recita più o meno così:

Lui: Hai un velivolo nemico a ore sei.
Lei: E tu una bomba sexy alle cinque e mezzo.
Lui: Hey, ragazzina, non montarti la testa.
Lei: Ho sparato.
Lui: Sono Spartacus.
Lei: E io Brian Manthenga!
Lui: Sono il tricheco svitato. *I am the walrus / goo, goo, g'job.*
Lei: E io *Mrs Robinson.*
Lui: Allora io sono tutta la famiglia Robinson, dalla Svizzera con furore.
Lei: E io Swiss Miss.
Lui: Tu sei il sole, io sono la luna.
Lei: Quella non è la luna, è una stazione spaziale.

Qualcuno ha detto secchioni pateticamente sfigati?

Ah! Zoe li affetta con la sua spada ninja come tante banane volanti!

Non è mai rimasta in un locale fino all'ora di chiusura, non ha mai fatto sesso in pubblico né niente di simile in vita sua. Ma ha come l'impressione che sia quello che lo staff pensa stiano per fare lei e Gideon mentre salgono sul simulatore aereo... e poi si rifiutano di uscire (qual è il problema? Non c'è nessuno in fila. Sono gli unici ad aver marinato l'ufficio).

C'è qualcosa d'ipnotico nel sedersi in una saletta progettata per assomigliare a una vera cabina di pilotaggio, nello schiacciare pulsanti e ruotare manopole, osservando la visuale da dentro il cupolino passare dall'azzurro terso del cielo alle tempeste di fulmini fino alla catena dell'Himalaya che sbuca dal nulla, senza mai smarrire la consapevolezza che, se pure dovessi commettere un errore e far precipitare il tuo aereo, andrà tutto bene comunque.

È così che Zoe ama il pericolo, dietro uno schermo e il più lontano possibile dalla realtà. Quando da piccola aveva paura delle iniezioni, Baba le ordinava di comportarsi come una partigiana coraggiosa se non voleva vivere da codarda tutta la vita. Come partigiana, però, sarebbe stata un vero schifo. Perché la cosa più coraggiosa che abbia mai fatto - e che mai si era aspettata di fare -, nella cabina di pilotaggio di un aereo che non è nemmeno vero, è, dopo una serie di false partenze e ripensamenti, allungare la mano e posarla su quella di Gideon.

Al primo cenno di disapprovazione, o di visibile repulsione, è pronta a tirarla indietro e a fingere che le sia semplicemente scivolato il polso. Invece, Zoe vede Gideon sorridere. Perciò si rilassa sullo schienale.

E trova il coraggio di volare.

Il giorno seguente, Zoe si presenta a Brighton per cena senza avvertire prima con una chiamata o con un messaggio. Nessuno è sorpreso di vederla. Era scontato che venisse a rapporto. Baba non ha ancora avuto la possibilità di offrire a Zoe i consueti venti minuti di sunto delle sue pecche durante la loro visita all'ufficio di Alex.

Deda finisce di mangiare, le dà un bacio sulla sommità del capo e annuncia che uscirà per fare una passeggiata sul lungomare, così che possano chiacchierare tra donne.

La mamma toglie i piatti dalla tavola e li porta impilati in cucina. Dalla sala da pranzo la separa solo un'isola all'altezza dei fianchi, perciò può comunque vedere e sentire tutto. Baba raccoglie la tovaglia dai bordi e la porta sul balcone per scrollare via le briciole. Dalla sala da pranzo la separa solo una porta a vetri, perciò anche lei può vedere e sentire tutto. Seduta al tavolo con Zoe è rimasta Balisa.

Zoe immagina che possa farlo alla sovietica, ovvero fingendo di non avere interesse per l'argomento verso il quale ha più interesse e trascorrere i primi trenta minuti a discutere di tutt'altro; ma potrebbe farlo anche all'americana, un po' come per spremere un brufolo non ancora maturo. È doloroso e, nella metà dei casi, finisce pure per infettarsi, impiegando più tempo a guarire, ma almeno hai fatto qualcosa, invece di limitarti ad aspettare passivamente.

Vada per la Yankee Doodle Dandy. « Allora, che ve ne pare, di Alex? »

Le tre donne riescono in qualche modo a scambiarsi un'occhiata senza guardarsi.

« È un ragazzo molto simpatico », dice la mamma.

« Sveglio. Ambizioso. Intraprendente », aggiunge Baba.

« Un ragazzo eccellente per te », conclude la mamma.

« Non è l'uomo giusto per te », afferma Baba nello stesso, preciso istante.

La testa di Zoe ruota da una parte all'altra. È avvezza a sentire Baba contraddire qualsiasi cosa qualcuno dica per principio. Di sicuro, è avvezza al fatto che Baba disapprovi qualsiasi cosa lei faccia, per pura forza dell'abitudine. In tutta onestà, però, questa volta pensava di averci preso. Pensava di aver fatto qualcosa che tutta la famiglia poteva finalmente approvare e, forse, persino elogiare! Il suo shock, visibile, è alleviato dalla confusione. Possibile che sia riuscita a incasinare di nuovo ogni cosa?

Baba finisce di scuotere e di piegare la tovaglia per poi rientrare nella sala da pranzo. Lo stesso fa la mamma, dopo essersi tolta il grembiule e averlo appeso a un gancio, lasciando i piatti in ammollo. Le stanno a fianco, una per lato.

«Perché dici una cosa del genere, mamma?» Julia sembra confusa quanto Zoe. Anche lei deve aver sperato che questa sarebbe stata una di quelle rare situazioni approvate da Baba. «Alex è esattamente il tipo di uomo che hai sempre portato come esempio. Ha le qualità che ti piacevano anche in Eugene!»

«E com'è andata a finire?» replica Baba.

«È stata colpa mia, non sua.»

Zoe non riesce a crederci. Forse la madre sta per lasciarsi sfuggire il motivo che l'ha spinta a rompere il suo matrimonio? In tal caso, tutto questo sarebbe almeno servito a qualcosa!

Julia continua: «So di averti delusa, mamma. Se anche non sei stata felice col papà, in tutti questi anni, comunque hai tenuto duro».

E adesso la mamma sta pure ammettendo che quel quarantacinquesimo anniversario per cui tanto ha insistito aveva lo scopo di festeggiare una coppia tutt'altro che ideale? Zoe lancia un'occhiata furtiva a Balisa per accertarsi che stia sentendo quello che pensa di sentire, ma la sua bisnonna sfoggia la stessa espressione serafica che potrebbe avere parlando della lista della spesa. No, la lista della spesa la coinvolgerebbe di più, anche perché è convinta, per esempio, che Baba acquisti i semi di girasole di un tipo che non va bene. Non hanno il sapore di quelli che compravano a casa. Quelli, dice lei, erano dolci come caramelle.

« Un conto siamo io e il papà, un altro tu ed Eugene. La differenza è che io ho fallito con un brav'uomo, tu con uno pessimo », spiega Baba.

« Che cosa c'era che non andava in lui? » chiede Zoe in un'esplosione di rabbia, visto che ormai era stata esclusa da una conversazione che avrebbe dovuto riguardarla.

« Diglielo », ordina Baba con un gesto sprezzante del braccio. « Tenerglielo segreto non avrà altro risultato che farle immaginare il peggio. »

Ed è vero. Quand'era piccola, Zoe immaginava il padre come un autentico mostro. Da sofisticata adolescente che pensava di sapere tutto aveva cinicamente supposto che avesse avuto una relazione clandestina. Ora che è cresciuta e pensa di sapere molto meno, teme che la risposta possa avere a che fare con abusi o con aggressioni fisiche.

« L'assicurazione », sospira la mamma, con una voce in cui l'imbarazzo si mescola alla sconfitta, mentre si lascia sprofondare su una sedia e nasconde il viso tra le mani. È diventata rossa come una barbabietola, con gli occhi pieni di lacrime.

« L'assicurazione? » ripete Zoe, intontita.

« L'assicurazione », le fa eco Baba con aria di scherno.

Di certo, era l'ultima cosa cui avrebbe pensato.

La mamma la guarda tra le dita. « Sai che ho conosciuto tuo padre quando sono andata a lavorare come contabile nel suo studio », borbotta.

Zoe lo sapeva.

« Dopo che ci siamo sposati, mi ha promosso dal part-time al full-time. »

Baba la corregge: « Ha licenziato un dipendente regolare e al suo posto ha preso tua madre, senza pagarla ».

La mamma si affloscia sulla spalliera della sedia, con le mani lungo i fianchi, le dita che si contraggono nervosamente, quasi per suonare una tastiera immaginaria. Balisa inclina la testa, se ne accorge e sorride. Lo fa anche lei, quando diventa nervosa. Zoe è orgogliosa di essersi sbarazzata ormai da anni di questo vezzo di famiglia.

La mamma continua: « Occupandomi dei suoi registri contabili, ero a conoscenza di come imbrogliava. Addebitava alle compagnie assicurative interventi che di fatto non aveva eseguito. Oppure usava il numero Medi care di una persona quando invece ne aveva in cura un'altra. La maggior parte dei suoi pazienti usufruiva dell'assistenza sociale, per cui era facile imbrogliare. Firmava certificati per attestare che un determinato soggetto aveva diritto agli assegni d'invalidità. Il governo non controllava più di tanto ».

« Proprio così! » esclama Baba. « Se non l'avesse fatto Eugene, lo avrebbe fatto qualcun altro. E non danneggiava in nessun modo i suoi pazienti; solo quegli stupidi al governo, semmai. E loro se lo meritano. Perché dovrebbero essere i burocrati a decidere chi ha bisogno di quale intervento, quando e quanto il medico dovrebbe intascare per quell'intervento, chi dovrebbe lavorare e chi no? Perché avrebbe dovuto rispettare le regole quando nessun altro lo fa? Perché dovrebbe essere proprio lui, lo stupido? »

Dunque, il grande segreto è che suo padre era... niente affatto diverso dalla maggior parte dei padri che lei aveva conosciuto crescendo? Se non erano un medico pronto a firmare qualsiasi richiesta d'invalidità gli venisse presentata, erano il responsabile dell'ufficio che trafugava il software e ne vendeva copie a metà prezzo, o il negoziante che non pagava le tasse o l'insegnante di pianoforte che accettava solo pagamenti in contante mentre intascava i sussidi. Baba aveva ragione. A Brighton, chi giocava secondo le regole veniva considerato un imbecille. Perché mai la mamma aveva scelto di uscire dal coro e prendere una posizione proprio in quel caso, tanto per cominciare?

« Perché era la cosa giusta da fare! » insiste lei, e le sue lacrime sono amare come Zoe immagina dovessero essere state anche allora. Così come immagina la disapprovazione di Baba, la confusione di Eugene e il disprezzo dell'intero quartiere. Eppure, la mamma, quella donna contraria ai conflitti, con la sua parlata così dolce e con la sua propensione a portare la pace, si è dimostrata irremovibile nel fare ciò che pensava fosse giusto, indipendentemente dalle conseguenze. Non si è fatta piegare da nessuno e non le è importato che cosa pensassero tutti gli altri. Un altro membro della famiglia che Zoe ha creduto erroneamente di conoscere. Questa volta, almeno, era una buona cosa. Qualcosa di cui andare fiera.

« Non potevo rimanere sposata a un uomo così disonesto », continua Julia.

« Perché avevi paura che ti scoprissero », controbatte Baba, permettendosi di dissentire. « Sei proprio come tuo padre! »

« Ho già detto che mi dispiace per averti delusa. So che pensi che non avrei mai dovuto divorziare da Eugene! »

« Non avresti mai dovuto sposarlo! » replica Baba, sorprendendo tanto la figlia quanto Zoe.

« Ma Eugene ti piaceva. Dicevi che era sveglio, ambizioso, intraprendente, dinamico. »

A Zoe quelle parole ricordano qualcosa...

« Buon per lui. Non per te. Né per la nostra Zoja », continua Baba.

« Non esiste l'uomo giusto », commenta inaspettatamente

Balisa. « Esiste solo l'uomo giusto nel momento giusto. Se Eugene fosse vissuto in Unione Sovietica, non avrebbe fatto altro che provvedere alla sua famiglia. Sarebbe stato un eroe. In America, invece, è un criminale che mette a rischio i propri cari. » Poi si rivolge a Baba. « Io amavo tuo padre, va bene? » Si riferisce al bisnonno con la benda sull'occhio che Zoe ha visto solo nelle fotografie.

« Suppongo... » Baba tentenna.

« Lo amavo. Era un brav'uomo. Beveva troppo, parlava troppo, forse lavorava troppo poco, ma era comunque un brav'uomo. C'erano molti uomini perbene dove vivevamo, in Siberia. Ma tuo padre era un soldato, era là solo temporaneamente e aveva la *propiska,* il permesso di vivere a Odessa. E io volevo tornare a Odessa. »

Balisa lascia loro il tempo di assorbire la frase. E la frase penetra a fondo.

« Hai sposato il papà per... » azzarda Baba.

« Molte ragioni », continua Balisa. « E la *propiska* per Odessa è una di queste. Anche tuo nonno Edward era un brav'uomo. Amava mia madre. Amava me e mia sorella. Ma l'uomo giusto deve trovarsi anche nel posto giusto, al momento giusto, per lo scopo giusto. » Rivolge alla figlia un'occhiata significativa. C'è come una corrente che passa tra loro e che Zoe non riesce a identificare. « E tu questo lo sai, non è vero, Natašenka? »

Baba lo sa fin troppo bene.

« Alex è l'uomo perfetto per me nel momento perfetto. » Zoe non riesce a capire come sia potuto succedere. Pensava che sarebbero stati loro a cercare di venderle Alex, non viceversa! L'eterno terrore di aver fatto la scelta sbagliata, sempre per colpa delle continue aspettative della sua famiglia, s'infiamma di vendetta. Meno è sicura delle proprie scelte, più si sente costretta a difenderle. Riversando la colpa su qualcun altro.

« Volevate che mi trovassi un bravo ragazzo di Brighton. E Alex è di Brighton! Ed è simpatico. Almeno abbastanza. Hai appena detto che il problema con tuo marito, Balisa, è che lavorava troppo poco. E nessuno può dire altrettanto di Alex. E tutto quello che fa è legale. Ho visto le carte, mamma, e non deve preoccuparti il fatto che sia troppo ambizioso. Alex mi spinge a essere una persona migliore. Non sei forse tu che mi critichi costantemente dicendomi come mi dovrei comportare, perché vorresti che io fossi una persona migliore? Alex è dalla tua parte! Mi vede già come la persona che vorrei essere. Non mi hai forse consigliato di non essere me stessa quando uscivo con lui? Be', è quello che ho fatto. Ho fatto come dicevi tu per conquistare il tipo di ragazzo che crede io sia già la ragazza che pensi che dovrei essere! »

La bisnonna parla il russo e un po' di tedesco. Lei, Zoe, parla l'inglese e un po' di russo. Sua nonna e sua madre parlano sia il russo sia l'inglese.

In questo momento, Zoe pensa che nessuna di loro stia parlando la stessa lingua.

Cosa che, come la sua famiglia ha imparato quasi cento anni prima, rappresenta un sentiero sicuro verso il disastro.

Un disastro che nessuno ha idea di come fermare.

42

« Li hai convinti? » le chiede Lacy quando Zoe la chiama, dopo l'Inquisizione.

« Ho convinto me stessa », risponde Zoe. In maniera poco convincente.

La sera, Alex e Zoe sono seduti al tavolo di un ristorante: niente finger food e biglietti da visita tra cui destreggiarsi, per una volta. Zoe nota che Alex non mangia alla maniera europea, col coltello nella mano destra e con la forchetta nella sinistra, ma alla maniera americana, passandosi la forchetta da una mano all'altra, anche se questo non è certo il sistema che gli è stato insegnato. In effetti, gli risulta goffo, quasi dovesse ricordarsi di farlo prima di ogni boccone. È la prima crepa che Zoe ha intravisto nella sua armatura ultralevigata. E la trova rassicurante. Nemmeno Alex è perfetto.

Cosa che le dà il coraggio di chiedergli su due piedi: « Il prossimo fine settimana festeggiamo il quarantacinquesimo anniversario di matrimonio dei miei nonni. Vieni? »

Lui considera la domanda molto più a lungo di quanto Zoe pensa debba essere necessario, quindi replica con un altrettanto inutile, almeno secondo lei: « Ma vuoi davvero che venga? »

« Come? Certo che voglio! Perché dovrei invitarti, se no? »

« Coraggio, Zoe, dimmi la verità: sei coinvolta fino a questo punto? »

La cosa le sta sfuggendo di mano. Non è affatto il modo in cui immaginava dovesse andare. La sua famiglia si sarebbe dovuta innamorare di Alex, lei stessa si sarebbe dovuta innamorare di Alex e, soprattutto, Alex per primo si sarebbe dovuto innamorare! Se non in maniera profonda, almeno significativa. Alex era forse dell'idea che Zoe andasse in giro a baciare chiunque? (Be', aspetta un attimo...) Pensava che invitasse chiunque a una riunione coi familiari più intimi? Una cosa è che ad avere momenti d'incertezza sia lei, ma come si permette Alex di sentirsi nella stessa maniera? E dopo il modo in cui lo ha difeso! Come si permette di dubitare di Zoe dopo che si è esposta così tanto per lui, e non soltanto con la sua famiglia ma anche con se stessa? Pensa che abbia raggiunto un tale livello di autoillusione?

« Certo che sono coinvolta », si difende Zoe a beneficio di tutti. E poi la scusa perfetta le viene in mente con una rapidità tale che deve avere inconsciamente aspettato di sfoderarla per tutto il tempo. « È solo che io... È... È il malocchio! »

È il motivo per cui sputi tre volte quando succede qualcosa di positivo. Il motivo per cui infili il pollice tra due dita e nascondi la *dulja* in tasca quando uno sconosciuto si complimenta per i tuoi figli. Per impedire alla mala sorte di vedere e rovinare tutto.

Alex la prende in giro: « Non crederai a queste sciocchezze superstiziose, vero? »

« È solo che non voglio rovinare tutto. » È la cosa più onesta che Zoe gli abbia mai detto, forse. « Ho davvero apprezzato il modo in cui ti sei comportato con la mia famiglia. Sei stato fantastico con loro e hai fatto davvero colpo. » Questa parte, invece, potrebbe essere un po' meno onesta. « Quindi verrai? A Brighton? Sabato? »

Alex si appoggia allo schienale della sedia, si gratta il naso, guarda ovunque tranne che Zoe. « Non lo so. I fine settimana non sono meno complicati dei giorni feriali. C'è tanto lavoro da fare. Ho avuto questa idea. » Si sporge in avanti, con gli occhi animati da un luccichio tutto nuovo. « E se combinassimo l'app di traduzione con un'app di appuntamenti? Tutti vorrebbero sapere a cosa sta pensando la persona con cui escono, giusto? E se potessimo calibrare l'app perché fosse in grado di percepire sfumature non solo nella lingua, ma anche nel tono della voce, nell'inflessione, nell'esitazione? Sei lì che parli con qualcuno e proprio in contemporanea, sul tuo telefono, ecco che arrivano i sottotitoli. Non sarebbe incredibile? Pensa alle opportunità di partnership! Alla promozione incrociata! »

Va avanti così per oltre un'ora. Zoe non ha bisogno di nessun sottotitolo per sapere che eviterà di rispondere alla sua domanda.

Mentre indugiano sui gradini della metropolitana, con grande disappunto di quelli che si precipitano a prendere un treno, Alex le chiede se vuole che l'accompagni a casa, come un gentiluomo dovrebbe fare.

Prima di lasciare il suo monolocale, al mattino, Zoe l'ha pulito da cima a fondo, compreso sotto la tavoletta del water, nel caso in cui Alex fosse stato uno attento a quelle cose. Era pronta all'inevitabile offerta. Era pronta ad accettarla con entusiasmo. Era il minimo che Alex si meritasse dopo aver trascorso il pomeriggio con la sua famiglia.

Eppure, adesso si sente domandare: « Rimandiamo? »

Considerate tutte le volte in cui è stato lui a chiederglielo, Alex non potrà obiettare granché, vero?

Lui stesso sembra averlo capito. Ma non dev'esserne contento.

Zoe aspetta che Alex salti su un taxi e fili via. Dopo un'esitazione superficiale, giusto per fingere con se stessa di non averci pensato per tutta la cena, Zoe tira fuori il telefono e, prima di darsi il tempo di cambiare idea – canalizzando l'ottimismo di Lacy –, digita un messaggio a Gideon per chiedergli se gli piacerebbe farle da accompagnatore per la festa di anniversario di Baba e Deda. Quindi preme il tasto Invia e scende verso i binari, allontanandosi così dal segnale wi-fi e dalla possibile risposta; un rifiuto, magari.

Aveva programmato di aspettare a sbirciare fino a quando non fosse arrivata nel suo appartamento, ma poi decide di considerare sufficiente la strada fino all'uscita della metropolitana. Se il suo telefono si connette, vuol dire che Dio intende comunicarle che ha fatto bene ad affrettare i tempi. E a mandare quell'invito.

Ecco le tacche: c'è campo.

Una risposta.

Ma certo, ha scritto Gideon.

Zoe sorride senza nemmeno accorgersene. E poi fa scivolare il pollice tra due dita. Per impedire al malocchio di vederla e rovinare tutto.

Com'è ovvio che sia, Lacy va messa al corrente. Come ovvio che sia, la sua famiglia no.

« Ma è fantastico! » trilla esaltata Lacy quando ciò accade. Con Lacy puoi stare sicura che trillerà esaltata per qualsiasi cosa.

« Significa che ho mandato all'aria una volta per tutte la storia con Alex? »

« Se è quello che volevi. » Quando parli con Lacy, è certo

pure che ti sosterrà sempre e comunque. Anche se questo è un po' disorientante.

« Non voglio mandare tutto all'aria con Alex! »

« Allora perché hai invitato Gideon? »

« Perché è divertente. E mi fa ridere. E mi piace stare con lui. E, quando stiamo insieme, non mi sento come se fossi costantemente giudicata. Con lui posso essere me stessa. Ecco perché è il ragazzo sbagliato per me. »

« Mi pare sensato », commenta Lacy. Zoe non sa se sia sarcastica o assolutamente sincera.

« Mi capisci, vero? Con Gideon, sono semplicemente io. Io e basta. E chi diavolo ha bisogno di me? »

« Uhm... aspetta che provo a indovinare... Gideon? »

« Alla mia famiglia Alex piace davvero », dice Zoe, desiderando che sia la verità: semplificherebbe molto le cose.

« Pensavo avessi detto che a loro piace anche Gideon. »

« È stato molto carino con Deda », ammette Zoe. « Ma non ha importanza. Non lo accetterebbero mai. »

« E allora? » chiede Lacy, la ragazza americana celebrata dai suoi genitori sin da quand'era nel grembo materno, passo dopo passo. « L'unica cosa che conta è come ti senti. »

Così dannatamente americana.

« Ti ho già detto come mi sento. Alex è il ragazzo con cui dovrei stare. Non troverò mai nessuno migliore di lui, per me. »

« E Gideon è... »

« Gideon è... » Sono passati ormai anni da quando Zoe ha smesso di torcersi le dita quand'è nervosa. Ma è proprio quello che sta facendo adesso. « Il ragazzo che porterò alla festa di anniversario di Baba e Deda. »

La scelta dell'abito per la festa sfocia in una piccola crisi. Zoe soppesa i requisiti formali per un momento di aggregazione a Brighton Beach, tenendo conto del suo disgusto per tutto ciò che la gente considera alla moda, del giudizio negativo di sua madre (che l'accuserà di essere irrispettosa) e dell'idea che Gideon possa pensare che si è vestita in un certo modo per lui, o che possa sentirsi inadeguato al confronto. Che è la scusa risolutiva che la spinge a ritenere accettabili un paio di pantaloni eleganti neri e un maglione color acquamarina che non sbrilluccica in maniera esagerata. Indossa anche gli orecchini d'oro a cerchio che Baba le ha comprato per il sedicesimo compleanno. Le aveva augurato di essere così fortunata da spezzare la tradizione familiare e riuscire a tenerseli.

Zoe è pronta a difendersi da quella che prevede essere la mortificazione della sua famiglia di fronte all'abbigliamento eccessivamente casual di Gideon (come se il gusto di Gideon in fatto di vestiti possa essere il loro cruccio più consistente), quando questi fa la sua comparsa, giusto in tempo. E, nonostante tutto, sempre più adatto di lei alla cornice di Brighton.

Non che si presenti con una tuta da corsa di velours rosso con le strisce bianche, un'imitazione fluorescente di *Miami Vice* o un costume rifiutato da un rifacimento teatrale delle superiori di *Bulli e pupe*. Gideon indossa un paio di pantaloni beige, una camicia a fiori elegante, con le maniche appena arrotolate, e una cravatta di una tonalità un po' più scura. Ha con sé un pacchetto sottile avvolto da una carta argentata con un fiocco abbinato.

«Stai benissimo!» esclama Zoe.

«Grazie.» Gideon non si sogna nemmeno di controbattere, in perfetto stile Brighton, che, no, non sta affatto bene. Così facendo, lascia Zoe senza un modello di conversazione tradizionale da seguire.

« Hai portato un regalo », dice perciò lei, sottolineando l'ovvio, sbalordita e commossa.

« Se non lo avessi fatto, mia nonna mi avrebbe ripudiato. »

« Mia nonna non mi ripudierebbe mai », replica Zoe. « Altrimenti chi le resterebbe da criticare? »

Mentre camminano dal treno verso il ristorante sul lungomare, Zoe presenta a Gideon una panoramica del suo albero genealogico, senza dimenticare il pro-prozio in visita da Israele e tutte quelle persone con cui non è davvero imparentata ma che chiama comunque zia o zio - nessun ragazzo o ragazza di lingua russa oserebbe rivolgersi a un anziano solo col nome di battesimo - e i loro figli, con cui era amica da bambina perché la sua famiglia era amica della loro.

« Cugini di gioco. » Ne ha anche lui, di quelli, la informa Gideon prima di chiederle: « I tuoi nonni qui frequentano le stesse persone che frequentavano in Unione Sovietica? »

« No. È piuttosto strano, in realtà. Brighton viene chiamata Little Odessa. Camminando sul lungomare ti capiterà d'imbatterti nella ragazza che ti sedeva accanto in prima elementare. Oppure vai a farti fare le unghie e, ehi, l'estetista un tempo viveva nello stesso cortile di tuo cugino di secondo grado. A quasi tutti piace che sia così. Ed è per questo, principalmente, che si sono riuniti qui. Ma mia nonna lo detesta. Fa di tutto per evitare qualsiasi persona o cosa le ricordi il passato. »

43

La festa è in pieno svolgimento quando Gideon e Zoe fanno il loro ingresso. Zoe ha calcolato i tempi in modo che il posto fosse già pieno di gente e poco illuminato, così da non attirare troppo l'attenzione. All'estremità più lontana della sala affittata dalla mamma c'è un palco. Una band di nome Russian Spirit, composta da pianoforte, basso, batteria e un tamburello, si sta dando da fare, mentre il cantante, un tizio sulla quarantina, suda copiosamente sotto la camicia nera e il Fedora abbinato. A fargli da spalla, tre donne procaci della stessa età, ma vestite come se avessero saccheggiato gli armadi delle loro figlie adolescenti (negli anni '80). Baba non è la sola a rifiutarsi di rinunciare a certe mode.

La pista da ballo è di fronte al palco. Una manciata di coppie, alcune coetanee della mamma, la maggior parte di Baba e Deda, ci dà dentro. I vecchi sfoggiano un movimento d'anca invidiabile. Le donne li accompagnano con scuotimenti selvaggi del capo e con tremori di spalla sfrenati. Quelli spaiati danzano in gruppo, roteando le gambe, facendo schioccare le gonne e agitando le mani sotto la strobosfera, una *hora* d'ispirazione sovietica.

Intorno alla pista da ballo, quattro file di tavoli sono disposte a semicerchio. Su ciascun tavolo, che può ospitare quattro persone, ci sono due bottiglie di vodka. Il buffet, all'angolo, presenta montagne scolpite di barbabietola e insalata di patate, sottaceti, olive, caviale, pane nero, cavolo tritato, uova ripiene piccanti, pasticci di carne, lingua di vitello con un tocco di maionese su ogni fetta e aringhe talmente asciutte che devi sbatterle contro il tavolo (è così che fai per stabilire che sono buone). E, naturalmente, il pezzo forte, un maiale intero arrosto, completo di mela in bocca.

Baba e Deda siedono al tavolo più in vista, che condividono con Balisa e con la mamma. Non stanno ballando. Non nell'area designata, quantomeno. Deda ha girato la sedia per poter stare di fronte al teatro dell'azione e sta scalciando in stile can-can, mentre solleva le braccia e torce i polsi come se stesse avvitando due lampadine. Baba, intanto, fa del suo meglio per ignorarlo.

La stanza tremola di luci stroboscopiche che rimbalzano sulle pareti a specchio e sui bordi dorati dell'arredamento. Ma lo sfarfallio non è così accecante da far passare inosservata la presenza di Gideon. Il quale, infatti, attira le occhiate di tutti. Alcuni lo guardano con discrezione, lanciando una sbirciatina veloce per poi scuotere la testa al ritmo del ballo con aria innocente. Altri fingono di studiare un oggetto proprio accanto a lui, mentre i loro sguardi saettano di nascosto per un'occhiata un po' più approfondita. Altri ancora, infine, rimangono palesemente a bocca aperta.

Zoe si gira verso Gideon e, in una sorta di sussurro urlato allo scopo di sormontare la musica martellante, gli chiede: « Tutto bene? »

« Ci sono abituato », risponde Gideon, rassicurandola.

« Abituato a... questo? » Zoe non può pensare a nessun altro modo per descrivere... tutto questo.

« A me sembra come qualsiasi altra stanza piena di bianchi. »

Giusto. Là dove Zoe vede la cultura irriducibile da cui cerca di prendere le distanze, lui vede soltanto... bianchi. È un po' come quando lei si vede costretta a spiegare a quanti la definirebbero russa che non lo è, che è ebrea. I russi sovietici non consideravano gli ebrei come veri russi, e la sua famiglia non ha mai guardato a se stessa in quel modo... fino a quando gli americani non hanno insistito perché lo facesse. «Ma non siete nati in Russia?» chiedevano. In realtà no, erano nati in Ucraina, a eccezione di coloro che erano passati a forza dalla Siberia. Parlano il russo, però, non l'ucraino, perché era quella la lingua parlata dagli ebrei di Odessa, dal momento che non erano considerati nemmeno ucraini. Tale sfumatura è ancora più difficile da assimilare. Prima, di solito, la risposta standard di Zoe era: «Se fossi nato in Giappone, questo farebbe di te un giapponese?» Ma a un certo punto ci aveva rinunciato e, quando le chiedevano se fosse russa, rispondeva: «Certo», stringendosi nelle spalle.

«Ti va di ballare?» le chiede Gideon.

Zoe è sul punto di riscuotersi e rispondere di sì, quando la musica s'interrompe bruscamente e il cantante, che fa anche da animatore della serata, annuncia che è arrivato il momento dei brindisi degli amici. Un signore col parrucchino annuncia che, in questa gioiosa occasione, si sente ispirato a riflettere su come il matrimonio sia simile ai versi russi:

Alla prima botta in faccia
Piangerai come un dannato.
Poi, suonato e risuonato,
Scoprirai quanto ti piaccia.

I presenti esplodono in un boato.

L'omaggio successivo arriva sotto forma di canzone. Una coppia di anziani condivide un microfono per storpiare una composizione originale che inizia dicendo: «*Il popolo intona un bellissimo canto in tuo onore, saggio e caro...*» Ma loro hanno riscritto il testo della nenia patriottica in modo che, al posto che a Stalin, risulti dedicato alla coppia di festeggiati. Hanno rimpiazzato i punti di riferimento sovietici con quelli di Brighton, e così la « linea delle montagne » è diventata « la linea B della metro » e « il volo delle aquile » si è trasformato nel « volo degli aerei ». Quando arrivano al verso sui soldati che si preparano per l'ultima battaglia, tutti urlano in direzione di Baba e Deda. Lui reagisce bonariamente allo scherzo, scuotendo mestamente la testa per concordare sul fatto che, sì, certo, ci sono state alcune grandi battaglie, tra loro.

Qualcuno ritiene poi di dover recitare un'altra poesia divertente per l'occasione, *Io sono in catene* di Puškin. Temendo che Gideon possa sentirsi un po' in gabbia, circondato da una lingua che non capisce, Zoe cerca di coinvolgerlo, traducendo quanto viene detto: « Sai? Puškin aveva sangue nero: il suo bisnonno fu prelevato dal Camerun e regalato a Pietro il Grande quand'era ancora ragazzo. Pietro prese in simpatia Puškin e lo crebbe nella corte imperiale come suo figlioccio. Lo mandò in Francia a studiare Matematica e Ingegneria e poi gli affidò importanti progetti governativi ».

Gideon inarca un sopracciglio. « Un russo che si serve di un nero per le sue abilità ingegneristiche? Non riesco a immaginare una cosa del genere. »

Zoe non ride fino a quando non lo fa Gideon, che poi le sussurra: « Rilassati, Zoe, sto bene. Mi piace, qui ».

Facile per lui. Si sta divertendo, invece di provare rabbia per quanto sia patetico tutto il contesto. Adulti - anziani! - che si comportano da idioti, pensando di essere intelligenti con le loro rime, coi loro giochi di parole e coi loro riferimenti a canzoni di un tempo e di un luogo di cui a nessuno frega più niente. Zoe osserva la festa attraverso gli occhi di Gideon, e questo rende l'arredamento ancora più squallido, la musica ancora più Eurotrash, il cibo ancora più pasticciato e le persone ancora più dozzinali, pacchiane ed estranee. Si pente di averlo invitato. Se al suo fianco ci fosse stato Alex, insieme avrebbero potuto prendere in giro tutto quel rituale. Avrebbero potuto alzare gli occhi al cielo e mormorare battutine spassose per dimostrare quanto loro fossero al di sopra di tutto, quanto fossero americani. Avrebbero passato una serata misera ma appropriata. A differenza di Gideon, che invece insiste per divertirsi, benché Zoe cerchi faticosamente di spiegargli che non dovrebbe: muove persino la testa seguendo il ritmo di quella musica atroce! Non è giusto. Il fatto che Gideon si diverta la sta disorientando. Non era nei piani.

Così come non era nei piani che Alex si presentasse.

Fa la sua apparizione come se fosse stato invitato (di fatto è così, tecnicamente). Batte le palpebre nel fumo, scrutando la sala. Quando individua Zoe, la saluta. Registra la presenza dell'amico, ma non per questo rallenta il passo. Sapeva di trovarlo là? Zoe non si è presa la briga di chiedere a Gideon se ne avesse fatto parola ad Alex. No. Non gliel'ha chiesto volutamente. Perché era troppo spaventata della possibile risposta. Non voleva sapere se Alex fosse turbato dalla cosa. Oppure nemmeno un po'.

Con lui c'è una donna di qualche anno più grande, bel corpo, vestita con gusto, coi capelli raccolti in un elegante chignon, niente di troppo vistoso. Zoe si chiede se Alex si sia portato una nuova compagna alla festa di anniversario dei suoi nonni.

In effetti, la sta guidando verso Baba e Deda per le presentazioni. Zoe pensa che lei dovrebbe essere parte della conversazione, se non altro per sentirsi bisbigliare dalla mamma « te l'avevo detto » riguardo al fatto che se lo sarebbe lasciato scappare. Gideon la segue.

Ma Alex non si accontenta di presentare la sua nuova, affascinante fiamma in privato. Vuole mostrarla al mondo intero. Si fa strada tra la folla, ignorando quanti sono già in fila per fare i propri auguri ai festeggiati (tutti ex sovietici, per fortuna: infatti si limitano a un cenno discreto). Quindi afferra il microfono e si presenta dal palco. Fa una pausa, in attesa dell'applauso. Tutta quella gente brinda ormai da un'ora buona, quindi sì, alla fine applaude.

« Il quarantacinquesimo di matrimonio è l'anniversario di zaffiro. Non è altrettanto noto come quello d'oro o d'argento ma è ancora più significativo », inizia a recitare Alex. « Lo zaffiro è una pietra sacra, menzionata per la prima volta nella Bibbia, nel libro dell'Esodo. Esodo », ripete. « Che cosa potrebbe esserci di più significativo per noi? »

Prende fiato, suggerendo così di non essere vicino alla conclusione, e poi continua lodando generosamente il coraggio di quei primi immigrati ebrei arrivati dall'Unione Sovietica, quegli audaci rompighiaccio degli anni '70, i primi a compiere un salto di fede prima che la strada venisse segnata, i primi a calarsi nell'abisso del proprio Esodo e a tracciare la rotta seguita poi da migliaia di altre persone che devono loro profonda riconoscenza. Senza quei primi immigrati, uno come lui non avrebbe nulla, adesso.

È un tale carico di stronzate assurde e ipocrite che... Ma Baba sta forse piangendo? Quando a dire le stesse cose era la madre di Lacy, Baba sembrava non stare nella pelle dalla voglia di prenderla in giro per l'ingenua romantica che era. E adesso piange davvero per le parole di Alex?

Gideon, che forse non ha capito cosa va dicendo Alex, ma che ne ha colto comunque il succo dalla reazione dei presenti, si sporge per sussurrare: « Accidenti se è bravo ».

Per quanto sbalordita, Zoe non può che annuire.

« Di tutte le umiliazioni patite dalla nostra gente in Unione Sovietica, qual è stata la più grande? » Alex concede una breve pausa di scena per offrire a chiunque la possibilità d'indovinare, prima di chiarire: « Il matrimonio! Ecco quale: il matrimonio! »

La folla, pronta ad applaudire con convinzione, annuisce collettivamente, come spinta da una saggezza condivisa. Già, il matrimonio. Il matrimonio era stato la più grande umiliazione che avevano patito: proprio quello che stavano per dire, se Alex ne avesse lasciato loro la possibilità.

« Stiamo celebrando i quarantacinque anni di un matrimonio. Ma che tipo di matrimonio è stato? » Ancora una volta, Alex si risponde da solo. « È stato un matrimonio sovietico! »

Se intende una situazione imposta da poteri esterni contro cui inizialmente ti sei battuto, prima di accettarli, sconfitto, per arrancare in una fila di giorni grigi, rassegnati e vuoti, perché tirartene fuori non era un'opzione percorribile, perché, alla fine, quella era la tua unica fonte di cibo e di protezione, allora sì, il matrimonio di Natalia Crystal e Boris Rozengurt è stato dannatamente sovietico.

Ma non è ciò che ha in mente Alex. « È stato un matrimonio approvato dalle autorità sovietiche, perché la sua vera celebrazione, segno dell'approvazione divina, ovvero una cerimonia di nozze ebraica, era vietata. Una simile *shanda*, una simile vergogna, non può protrarsi ulteriormente. Soprattutto non adesso, davanti a un anniversario così importante: l'anniversario di zaffiro, l'anniversario dell'Esodo. »

Wow. Alex avrà consumato Google per quella ricerca.

« Questa è la mia amica Rose. » Alex chiama a sé la donna con cui si è presentato. Alla fine, Zoe la riconosce come una delle consulenti culturali che Alex ha assunto per tradurre le espressioni idiomatiche destinate alla sua app. « Rose è una rabbina. »

Zoe avverte l'impulso di gettarsi sul maiale arrosto. Solo

perché Zoe giudica la sua famiglia non significa che vuole che lo faccia qualcun altro. Baba non merita di essere trattata con condiscendenza – o, peggio, con empatia – da chi le dice che sta vivendo il suo giudaismo in maniera sbagliata. Baba lo sa già da sé. Sa anche di aver sofferto di più per il suo giudaismo di una rabbina americana la cui idea di antisemitismo è collegata a quella volta che al college una ragazza dell'Upper East Side si è permessa di fare una battuta sugli ebrei. Allo stesso modo con cui non è riuscita a trattenersi dall'impartire alla madre una lezione sul suo razzismo, Zoe è assolutamente determinata a battersi per l'onore di Baba. L'aiuterà a placare il proprio senso di colpa.

Alex, intanto, spiega: « Ho portato Rose qui stasera per poter celebrare un autentico matrimonio ebraico, così che i nostri ospiti d'onore possano finalmente sposarsi agli occhi di Dio ».

Ancora una volta, si ferma per incassare il suo applauso.

Ed è proprio in quella pausa che Baba salta su dalla sedia, scuotendo la testa e agitando le braccia, col tovagliolo usato per tamponarsi gli occhi qualche istante prima ancora accartocciato nel palmo della mano.

« No. Non è necessario. No », dice con fermezza.

« Non sia timida », replica Alex.

« Non voglio », ribadisce Baba. Poi, ricordandosi che bisogna essere in due per ballare, fa oscillare la mano in direzione di Deda. « Noi non vogliamo. »

« Ma noi sì! » insiste Alex, includendosi tra la gente che intanto guarda la scena. E poi comincia a intonare: « *Gorka! Gorka!* »

Significa « amaro », ed è tradizione, nei matrimoni, urlarlo quando vuoi che gli sposi si bacino. Per sbarazzarsi dell'amarezza.

Se c'è una cosa in cui una gioventù trascorsa in Unione

Sovietica ha condizionato la gente di questo gruppo, è raccogliere un grido d'incitazione e continuare a ripeterlo con l'unico obiettivo di non essere il primo a fermarsi. Sopraffatto dal fervore dei suoi amici, Deda si alza dalla sedia, sorridendo imbarazzato come se fosse stato sorpreso da una kiss-cam allo stadio durante un appuntamento al buio, e questo non può portare a niente di buono. Afferra tra le sue le mani di Baba, che ancora gesticolano selvaggiamente, stira il collo per cercare di convincerla a guardarlo, urlando qualcosa che si perde nel frastuono generale. Ma lei non vuole saperne di tranquillizzarsi.

All'improvviso, Gideon dice: « Dalle il mio regalo ».

Non aveva ancora avuto modo di posarlo sul tavolo approntato allo scopo. Era troppo affollato di ospiti che si agitavano per assicurarsi che il loro pacchetto fosse bene in vista, con tanto di cartellino del prezzo lasciato casualmente a penzolare. Quindi ci mette un istante a passarlo nelle mani di Zoe. « La calmerà, vedrai. »

Zoe si fida di lui. Non sa spiegare perché, si fida e basta. Si fa strada verso il palco, tra la folla in giubilo. Lo sguardo di Balisa suggerisce che ormai non la sorprende più nulla; la mamma, intanto, cerca di fare da paciera e d'impedire che Baba faccia altre scene.

Zoe posa il pacchetto tra i nonni impegnati a discutere. « Aprite questo. »

« Che cos'è? » domanda Alex, infastidito dall'ennesima interruzione non prevista.

Dal momento che non lo sa nemmeno lei, e che Baba, come sua abitudine, non ha voglia di seguire le istruzioni, Zoe si prende la briga di aprirlo di persona. Dentro c'è un portafotografie in vetro color zaffiro: Alex non è stato l'unico a bazzicare su Google. Al suo interno, un documento redatto su una carta antica e preziosa, incisa con una sequela di svolazzi calligrafici. In lingua ebraica.

« È una *ketubah* », informa la rabbina Rose, felice di scorgere finalmente qualcosa di familiare.

« È la vostra *ketubah* », riesce a spiegare Gideon a Baba. « Dimostra che siete già sposati secondo la legge ebraica, perciò non dovete rifarlo. »

« Dove l'hai trovato? » chiede Alex, ponendo la domanda che tutti hanno in mente.

Il grido « *Gorka!* » si è ormai spento, sostituito da mormorii confusi e dal rumore della vodka che continua a fluire dalle bottiglie ai bicchieri.

« Come hai fatto a procurarti il loro contratto di matrimonio ebraico? » insiste Alex.

« Era nel loro fascicolo dell'ufficio immigrazione », risponde Gideon. « Serviva a dimostrare che erano ebrei e che erano sposati. Sono andato in rete, ho fatto un po' di ricerche, un po' di backdoor e l'ho scaricato... »

Il cipiglio che Baba ha indossato per tutta la sera svanisce, rimpiazzato da un'espressione di stupore. Proprio lei, che ama vantarsi della sua capacità di mantenere il controllo in qualsiasi situazione, sembra all'improvviso impotente, smarrita.

Si gira verso Zoe e sussurra: « Perché lo hai fatto? » Senza aspettare una risposta, proprio lì, davanti a tutti gli ospiti, solleva la cornice sopra la testa.

Poi la scaglia sul pavimento perché vada in mille pezzi.

EPILOGO

« Aspetti! » Gideon si tuffa eroicamente e intercetta la *ketubah* incorniciata appena un attimo prima che Baba la mandi in frantumi. Poi si rimette in piedi e gliela riporge. « È il contratto di matrimonio originale, l'ho solo ritoccato un po'. Ci sono i vostri nomi e la data del matrimonio, 18 luglio 1974. È circa un anno prima che lasciaste l'Unione Sovietica, giusto? »

Baba fissa la *ketubah* come se per lei fosse tutto nuovo. Finché non fa la cosa più sorprendente di tutte. Prende il viso di Gideon tra le mani. Lo bacia, prima una guancia, poi l'altra, e lo attira in un abbraccio. « Grazie, grazie, ragazzo mio! »

Di certo non era questo il modo in cui Zoe si aspettava sarebbe finita la serata. E nemmeno Alex, evidentemente: quello era il suo « grazie, ragazzo mio » che prendeva la strada sbagliata. Zoe non riesce a capire se Alex sia più arrabbiato o confuso. Tutti gli altri sembrano disorientati.

Baba scioglie l'abbraccio per avvicinarsi al microfono, mentre sulla sala cala un rispettoso silenzio.

« La vita non mi ha mai dato quello che volevo. » Inizia così la sua versione del brindisi per l'anniversario.

Qualcuno sorride, aspettandosi la battuta. Deda sposta il peso del corpo da un piede all'altro. Lui conosce già la storia.

« Ma ogni tanto mi ha dato ciò di cui avevo bisogno. »

Deda solleva la testa di botto, gli occhi spalancati. Questa parte è nuova.

Baba guarda Balisa alle sue spalle. « È stato così per tutte le donne della mia famiglia. Mia nonna, Daria. » I presenti ridacchiano, perciò Baba si sente in dovere di spiegare: « Era Dvora, in origine. Sua madre ha insistito per cambiarlo. Pensava che avrebbe fatto la differenza ».

Ora la folla ride di gusto. C'è un'espressione russa che recita: « Non danno un pugno al passaporto, te lo danno in faccia ». Nessun cambio di nome poteva spacciare una Dvora per Daria.

« Baba Daria non voleva finire in Siberia. Ma la Siberia l'ha protetta dalla guerra. Ha lasciato Odessa appena in tempo. Baba Daria ha ottenuto ciò di cui aveva bisogno – e non, forse, ciò che voleva – grazie a due uomini. Mio nonno, Edward Gordon. » Baba lo pronuncia con convinzione, quel nome. Dopo la morte di Stalin e la denuncia della sua macelleria sociale a opera di Chruščëv, Edward Gordon era stato riabilitato. Le registrazioni dei suoi concerti erano di nuovo disponibili e ogni bambino ebreo costretto a sorbirsi lezioni di piano aveva dovuto ascoltarle. « È uno di noi! » lo sponsorizzavano i loro genitori. Il nome di Edward si era visto restituire un posto d'onore al conservatorio dove si era formato; la targhetta di metallo era stata riposizionata sulla parete da cui un piede di porco l'aveva strappata via, la sua data di morte accanto a quella della nascita. Anche la scuola di ballo in cui aveva lavorato aveva apposto una targa. Secondo Baba, Balisa aveva partecipato alla cerimonia perché le era stato chiesto. Ma da allora non aveva più messo piede in quella scuola e le aveva proibito di frequentarne le lezioni.

« La mamma non voleva che il suo caro papà morisse. » Baba parla per conto di Balisa, e le lacrime agli occhi di quest'ultima sembrano confermare tutto. « Però il suo sacrificio le ha salvato la vita. Il sacrificio di Edward Gordon e le scelte del suo patrigno. Che mia madre non voleva di certo. Che mia madre non amava di certo. Ma di cui aveva bisogno. Per non parlare del fatto che è stato proprio questo patrigno a darle il suo amato fratellino! » Baba rivolge un cenno a un uomo anziano che se ne sta in disparte, stringendo la mano della sua infermiera, quella coi parenti chiacchieroni.

Benché abbia ormai ottant'anni, e un po' rinsecchito, è ancora il membro più imponente della famiglia; non già in altezza – Deda è alto, anche se esile – quanto in larghezza. Inoltre, ha ancora una chioma straordinaria. Ormai candida, dicono che in gioventù fosse di un rosso brillante.

Lo zio Igor risponde con un cenno al saluto di Baba. Ma i suoi occhi – per nulla giocosi e, anzi, preoccupati – non sono puntati su di lei. La sua attenzione è focalizzata su Balisa. Quest'ultima sorride tristemente sopra la testa degli invitati, poi indirizza una malinconica scrollata di spalle al fratello, confermando quanto Baba ha appena detto sull'uomo che li aveva portati via da Odessa e sull'uomo che aveva reso possibile la loro partenza. Tutto ciò che Balisa non voleva, benché ne avesse disperatamente bisogno.

« È stato lo stesso per me », prosegue Baba. « Un uomo. » Indica Deda. « Quest'uomo, il mio Boris, mi ha dimostrato che alla fine la vita ti dà quello che pensi di volere. Solo che, forse, non nel modo in cui pensi di volerlo. »

È un complimento? Nessuno può dirlo. Baba non è certo famosa per i complimenti. Zoe sente qualche sussurro, qualche timido battimano. Un paio di bicchieri si leva in aria mentre qualcuno bisbiglia: « Sstt, ascoltate! »

Deda avanza di un passo verso Baba, le sue labbra s'increspano per baciarla, ma non è ancora evidente se sarà sulla bocca, su una guancia o in aria.

Solo che lei non ha ancora finito. Prima che Deda riesca a localizzare il suo obiettivo, Baba si gira bruscamente verso il punto in cui si trova Zoe, tra Alex e Gideon, uno dei quali ha già intuito dove andrà a parare il discorso (e proprio per questo non vede l'ora che sia concluso), l'altro che invece non ha capito nulla, ma che non sembra avere nessuna fretta di scappare.

«Spero che mia nipote impari dal mio esempio. Spero, quando sarà il momento di scegliere l'uomo giusto con cui passare la vita» – perché qualsiasi altra opzione non è un'opzione, ovviamente –, «ottenga ciò che vuole e, insieme, ciò di cui ha bisogno.» Baba esita per così tanto tempo che alcuni, convinti che il discorso sia finito, cominciano a battere le mani. Lei li zittisce scuotendo lievemente il capo. Poi, prima di cambiare idea, si affretta ad aggiungere: «Spero pure che sia coraggiosa. Devi essere coraggiosa. Solo così puoi conoscere la verità su te stessa. E capire la differenza tra ciò che vuoi e ciò di cui hai bisogno, Zojenka mia».

Tutti gli occhi sono puntati su di lei, adesso. E chiedono una risposta. Non può starsene lì, piantata ai bordi del palco, a battere le palpebre in uno stato di confusione. Zoe recupera il proprio decoro. E finalmente capisce perché la mamma e Deda s'impegnino tanto a seguire le regole. Perché rende più semplice prendere una decisione nelle situazioni complicate. Fa ciò che ci si aspetta da lei. Avanza di un passo e bacia prima Baba e poi Deda. La mamma ha un'aria davvero soddisfatta. Alla fine, si direbbe che sia riuscita a combinare qualcosa di giusto.

La band ricomincia a suonare, sollecitata dall'animatore, che sa riconoscere un momento emozionante quando ne percepisce uno. Sulla severa esortazione di Baba, le danze riprendono, più frenetiche di prima. La mamma si alza per unirsi all'abbraccio di gruppo. Sono tutti felici.

Non c'è modo che possa durare.

Zoe approfitta della fugace tregua per districarsi e darsela a gambe, seguita da Alex e Gideon.

I tre si allontanano, risalendo la scalinata di velluto scarlatto per superare le pareti a specchio e dirigersi verso la porta d'ingresso, così da potersi sentire senza urlare, in un ambiente in cui l'inglese non è più una lingua straniera. La rabbina Rose sfreccia loro accanto, salutando a stento Alex e rivolgendo i suoi migliori auguri a Zoe e a Gideon prima di abbordare il lungomare e dirigersi a passi veloci verso Coney Island alla ricerca di un taxi.

« Tua nonna avrebbe potuto mostrare un po' di gratitudine. Mi sono fatto in quattro per portare Rose in questo posto », brontola Alex.

« Nessuno te lo ha chiesto. Baba non voleva un matrimonio ebraico. L'hai presa alla sprovvista. »

« Per favore. Continuava a dire 'no' solo perché gli altri insistessero un po'. »

« Ti sbagli. Forse, invece di parlare costantemente della tua app, dovresti usarla per ascoltare davvero quello che ti dice la gente. Oppure quello che non ti sta dicendo. » Zoe guarda Gideon. Se ne ricorda?

Gideon sorride. Certo che se ne ricorda.

« In ogni caso, che ci fai qui, Alex? »

« Mi hai invitato! »

« Ma tu non hai mai accettato! »

« Non sapevo se mi sarebbe stato possibile. L'ho scoperto solo all'ultimo minuto. »

« Vuoi dire che non sapevi se avresti trovato qualcosa di meglio da fare. »

« Ho provato a farmi perdonare. Perché pensi che mi sia sottoposto a un'assurdità del genere? »

« Per metterti in mostra. »

« E a che cosa servirebbero, se no, queste feste? Cercano tutti di proporre la canzone migliore, i versi migliori. Immaginavo che non avresti preparato nulla - come invece avresti dovuto - e che la tua famiglia ne sarebbe rimasta così delusa che non avrebbe più smesso di darti il tormento. Pensavo di aiutarti. Di fare in modo che tutti dicessero quant'era stata in gamba la nipote dei Rozengurt. Volevo farti guadagnare un sacco di punti. In tutta onestà, anche tu potresti mostrare almeno un po' di riconoscenza. »

Come si può essere così nel giusto - perché Alex ha perfettamente ragione su ogni fronte - e così nel torto allo stesso tempo?

« E di sicuro non mi aspettavo che ti saresti portata un altro. » Così dicendo, Alex indica Gideon. Poi sospira. Non tanto per sé, quanto per Zoe. È triste per lei, per questo suo errore così evitabile: preferire un soggetto tanto improbabile a un candidato ideale come lui. Proprio non si rende conto di tutto quello cui sta per andare incontro? L'isteria della famiglia, i pettegolezzi dei vicini, l'esclusione da parte di coloro con cui è cresciuta, il gelo di un'intera comunità. Sa che presto se ne pentirà. Lui ha cercato di salvarla da se stessa. Ma lei è semplicemente troppo sciocca per ascoltare.

Solo che Zoe sa qualcosa che Alex non sa. Se sua madre è riuscita a sopravvivere, allora lo farà anche lei. Perché è la cosa giusta.

Nel contempo, capisce anche il motivo dell'interesse di Alex nei suoi confronti. Non è il finanziamento. Quello se lo sarebbe potuto procurare in qualsiasi altro modo. È perché uscire con quella che sulla carta era una candidata ideale - come Zoe, appunto - gli avrebbe semplificato la vita. Zoe si chiede quante volte al giorno la madre gli mandi dei messaggi in cui gli ricorda di non lasciarsela scappare.

« Mi dispiace che tu sia venuto fin qui. » È quanto di più simile a una dichiarazione di scuse lei possa concedere.

Alex scrolla le spalle. « Fa niente. »

Zoe gli crede. Alex non porterà rancore. Non verso di lei, e nemmeno verso Gideon. Per provare rancore, bisogna che t'importi qualcosa.

Prima che lui se ne vada, Zoe prende il cellulare di Alex. « Questo è il numero di una mia amica, Lacy. Dovresti chiamarla. Secondo me, andreste d'accordo. » Zoe li immagina sempre ottimisti su tutto. E immagina persino la madre di lei intrattenere i genitori di lui sui mille pregi del socialismo. « Dille che è stata una mia idea. »

Alex la saluta appoggiandosi due dita contro l'attaccatura dei capelli, poi si mescola alla folla dei passanti. Come se ne facesse parte.

Zoe si rende conto che Gideon non ha proferito parola. Si rende conto che si è fidato nel lasciarle gestire Alex. E che non le sta facendo la morale per aver fatto qualcosa di sbagliato. Allora incontra i suoi occhi. « Che cosa è successo là dentro? Perché mia nonna... »

« Usciamo », le intima Gideon.

Sul lungomare, si ritrovano immediatamente circondati da ragazzi a torso nudo che sfrecciano in bici, famiglie poliglotte avvolte in asciugamani con grumi di sabbia attaccati al sedere, coppie che stringono ninnoli a buon mercato vinti a Coney Island, gente che predica in russo distribuendo opuscoli e insistendo sul fatto che Gesù era il Messia ebreo, organi elettrici, chitarre e batterie installati senza permesso per strombazzare composizioni amatoriali ed estorcere qualche monetina ai visitatori dal cuore tenero. E poi da decine di coppie più anziane che passeggiano a braccetto: donne, uomini, coniugi di lunga data e amici di una vita. Alcuni si sono ormai adattati ai costumi del luogo, e nelle uscite serali sfoggiano tute e giacche a vento. Altri si attengono ancora alle vecchie usanze, vestendosi appositamente per andare a passeggio: gonne, calze, sciarpe di seta, capelli acconciati dal parrucchiere sotto i berretti sbarazzini, tacchi e trucco. I bambini pedalano di fianco a loro a bordo di BMW e Mercedes in miniatura, le ragazzine sfoggiano fiocchi enormi tra i capelli, i ragazzi dei cappellini vintage dell'Armata Rossa per guadagnarsi i quali i loro bisnonni sono morti, e che ora si possono acquistare in ogni angolo di Brighton.

Zoe e Gideon si avvicinano alle barriere di metallo che separano la spiaggia dal lungomare. L'aria profuma di salsedine. Ecco perché molti adorano questo posto. « È come Odessa », dice Deda.

Zoe e Gideon si siedono su una panchina di legno, guardando entrambi l'orizzonte e poi voltandosi l'una verso l'altro.

« Mi hai detto che tua nonna non voleva una festa di anniversario. Ha dato qualche spiegazione sul perché? » domanda Gideon.

« Al di là del generico disprezzo per qualsiasi cosa, no. »

« Quarantacinquesimo, giusto? »

« Giusto. Zaffiro, Esodo. Hai sentito Alex. »

« Quando tuo nonno è venuto nel nostro ufficio, abbiamo parlato un po' del linguaggio di programmazione che usava una volta. Il Ratfor. Mi ha detto che ci si cimentava prima di sposarsi. »

« E allora? »

« Il Ratfor ha iniziato a essere utilizzato nel 1975. Quarantaquattro anni fa. »

Zoe intravede il punto cui vuole arrivare, ma... « Non è possibile che abbia semplicemente sbagliato l'anno? »

« Naturalmente. Ma è anche possibile che i tuoi nonni si

siano sposati nell'estate del 1975, non nel 1974. Il che renderebbe tua madre... »

« Illegittima. »

Zoe capisce che dovrebbe sentirsi sconvolta. Ed è così che si sente, infatti. Non in maniera negativa, però. In realtà, è un tantino solleticata dall'immagine di Baba – che pochi minuti prima ha descritto Deda non come qualcosa che voleva ma come qualcosa di cui aveva bisogno – così sopraffatta dalla passione da infrangere il tabù supremo (« I bravi *komsomolniki* non si prestano a questo genere di attività »), e dal fatto che la sua virtuosa mamma fosse il frutto di tale infrazione. Certo, quella di Zoe poteva essere l'ingenuità romantica del momento. La situazione reale avrebbe potuto essere più prosaica. Magari Baba era semplicemente annoiata, o aveva soltanto paura di ritrovarsi come una vecchia zitella alla veneranda età di venti-e-qualcosa anni, oppure c'erano altre ragioni di cui Zoe non sarebbe mai stata messa a conoscenza. Qualunque fossero stati i motivi di Baba, tuttavia, avevano portato a sua madre, che a sua volta aveva portato a lei, seduta su questa panchina. Con Gideon. Come dice Baba: « Ciò che è stato è stato, nessuno può tornare indietro. Che senso ha rivangare il passato? Il tempo non va in quella direzione ».

« Ho pensato che tua nonna non volesse che tua madre venisse a saperlo. Per non parlare del resto di Brighton Beach », ipotizza Gideon.

« Ma è... così... stupido. »

« Per te e per me, certo. Da queste parti, però, sembra una buona ragione per non voler attirare l'attenzione sul proprio anniversario di matrimonio, dico bene? »

« Quindi hai falsificato la *ketubah*. »

« Ho pensato che tua nonna volesse una prova concreta

che confermasse la data su cui ha mentito per quarantaquattro anni.»

Adesso è Zoe che vorrebbe baciarlo sulla guancia e chiamarlo «ragazzo mio».

«L'aspetto più divertente è che io e Alex siamo partiti entrambi per metterci in mostra per te, solo che l'abbiamo fatto in due modi diversi.»

Un casto e materno bacio da ragazzo mio non è più abbastanza. Non per Zoe, non adesso. Si china e lo bacia sulle labbra. Non si aspetta che lui si allontani, questa volta. Spera con tutta se stessa che non lo faccia.

E Gideon non lo fa. La bacia come se fosse il bacio che aspettava da sempre, pazientemente. E come se tutta quell'attesa fosse valsa la pena. La bacia come se non ci fosse nulla di sbagliato in ciò che stanno facendo, come se non potesse nemmeno immaginare che qualcuno trovi qualcosa di sbagliato in ciò che stanno facendo. Bacia Zoe come se non potesse più smettere.

Poi qualcuno dà loro un colpetto sulle spalle.

Appoggiata a Baba, dietro di loro, c'è Balisa. La panchina dista diversi metri dal ristorante, non sarebbe semplice per lei arrivarci. Ma, quando la bisnonna di Zoe ha qualcosa da dire, non c'è nulla che possa fermarla. E Balisa ha un bel po' di cose da dire, a entrambi.

Alla luce delle ultime parole di Alex, e della comprensione del loro significato, Zoe si prepara alla filippica che sta per ricevere, specialmente quando intravede anche la mamma avvicinarsi a grandi passi. Eppure è Baba a parlare per prima.

«Non mi hai mai dato ascolto, Zojenka mia.» Usa l'inglese, così che anche Gideon possa cogliere appieno la sua disapprovazione. Baba esordirà stigmatizzando il comportamento inadeguato della nipote, cioè lasciarsi sorprendere lì, a pomiciare in pubblico con un ragazzo sconosciuto (benché « mio »), o vorrà immediatamente sapere chi (o che cosa) sia esattamente lo sconosciuto in questione? Verrà prima il racconto di come sua madre veniva trattata a scuola da quei teppisti o della volta in cui un *mamzer* aveva strattonato Balisa per strapparle la borsa e fuggire con lo skateboard? Forse Baba la butterà sulla politica. Rivoluzioni africane. Selvaggi, ecco che cosa sono quelle persone. Non tanto per lo spargimento di sangue, ma per il fatto di pensare che il comunismo potrebbe essere la soluzione a qualsiasi cosa. Non soltanto selvaggi: stupidi, proprio. Però forse potrebbe accontentarsi di mettere in evidenza ciò che la gente dirà di lei e... Davvero non le importa di che cosa potrebbe dire la gente?

« Stavolta, però, mi devi ascoltare. Per favore. » Poi indica Gideon. « Questo è davvero un bravo ragazzo. »

Forse Baba ha tenuto conto dell'incidente della *ketubah*, dopotutto. Eppure, come ha spiegato Balisa: *Non esiste l'uomo giusto. Solo l'uomo giusto nel momento giusto.* Zoe suppone che la regola si applichi anche ai ragazzi. E questo non è di certo il momento giusto perché un ragazzo come Gideon si trovi accanto a una ragazza sicuramente perfettibile come lei. Questo è il momento in cui al complimento di Baba dovrebbe seguire un « ma non qui, non ora ».

« Soprattutto quando la vita è così ingiusta », si sforza di spiegare Baba. « Quel ragazzo, Alex, è... è... » Fa un gesto con le mani, come se volesse disegnare un pallone in aria. « È vuoto. Vola alto, vola via. Ha tanti sogni ed è lì che avrà sempre la testa. Questo ragazzo invece... » Dà una pacca sulla spalla a Gideon. « Questo ragazzo rimane a terra. »

In America, il Paese in cui bisogna « dare le ali a un bambino perché possa volare », la sua metafora sarebbe un insulto. Per la famiglia di Zoe, invece, definire qualcuno abbastanza forte da ancorarti a terra così da impedirti di sparire nel cuore della notte a bordo di una limousine è il massimo dei complimenti.

« Il mio Boris è un uomo che non vola via », spiega poi a Gideon. « Lui come te. Vede il problema, risolve. Io non sono abbastanza intelligente. Troppo testarda, troppo orgogliosa per chiedere aiuto, ma lui aggiusta comunque. E alla fine non ti dice: te l'avevo detto. Ci puoi credere? Non una volta che mi dice questo. Così è un vero uomo, sì? »

Zoe si rende conto del fatto che la mamma è l'unica su quel tratto di lungomare ancora ignara del problema che Gideon ha risolto per Baba. E capisce pure che tutti vogliono che rimanga tale.

« Il papà di Zoja. » Baba conosce Gideon giusto da qualche minuto, eppure gli sta raccontando pezzi di storia familiare che Zoe stessa ha scoperto appena un paio di giorni prima. « Se nato in Unione Sovietica, quello che fa coi suoi piccoli inganni sarebbe necessario. Lui come il patrigno di Balisa, uomo che può fare e ottenere favori. In America, non è tempo e luogo per queste cose, non abbiamo bisogno della stessa cosa. Il tempo e il luogo, dice mia madre, decidono quando si tratta di dire quell'uomo è giusto, quell'uomo è sbagliato. Ha ragione, ho messo troppo tempo a capire. »

Zoe dà una sbirciatina alla mamma per vedere come reagisce alla dichiarazione di Baba. Ma Julia mantiene un'espressione neutra. Non è il momento né il luogo adatto, per l'appunto, per insistere.

« Io non ho scelta quando più giovane. Non posso scegliere il lavoro, non posso scegliere l'uomo, non posso scegliere la vita. » Baba rivolge la sua attenzione a Zoe. « Ma, come dice sempre Balisa, a volte nessuna scelta è la scelta migliore. Nessuna scelta mi dà Deda, ed è quello di cui ho bisogno. Tu, Zojenka, non sei come me. Hai molte scelte. Così tante scelte in America. Farai una saggia, sì? »

« Ti fidi di me, del fatto che io possa scegliere in maniera saggia? » Meglio chiedere una seconda volta, per sicurezza. « Da sola? Senza il tuo parere? »

« Ascolta tua nonna, Zo-yay-enka », mi consiglia Gideon.

Quel tentativo di pronunciare il suo nomignolo alla russa fa ridere tutti.

« E sarai coraggiosa, sì? Non guarderai fuori dalla persona. » Baba strofina il braccio di Gideon in segno di apprezzamento. « Guarderai dentro. Anche dentro te stessa. Guarda onestamente, vedi cosa c'è davvero, lì, non cosa desideri di trovare. »

Sentire Baba fare eco alle parole che lei stessa ha balbettato chissà quante volte a Lacy nelle ultime settimane la lascia di sasso. L'idea che Baba condivida pienamente qualcosa che Zoe riteneva la distinguesse da loro le risulta sconcertante. Ripensa al giorno in cui si è accorta per la prima volta che nella sua famiglia poteva esserci qualcosa di più di quanto aveva creduto esserci fino ad allora. Tra la data del matrimonio fittizia e questa nuova consapevolezza, tutto comincia a sembrarle un tantino imbarazzante.

Ma poi Baba continua a impartirle istruzioni su come dovrebbe vivere la sua vita, e Zoe si sente riportare su un terreno familiare. « Devi prestare attenzione che l'altra persona ti darà ciò che hai bisogno davvero. Anche se non sai cosa hai bisogno davvero e chiedi sciocchezze che pensi di volere. Tu capire questo? »

Zoe sorride a Gideon. Poi sorride a Baba. Infine, dice: « Sì, io capire questo ».

« Bene. » Baba si raddrizza, studiandoli entrambi con aria felice. « Sarai migliore di me. Più coraggiosa di me. Più intelligente di me. Migliore, più coraggiosa e più intelligente di tutte noi. » E poi, naturalmente, deve aggiungere: « Non prendere in giro mio inglese. Quando sarai vecchia, sentiremo come parli la lingua che hai imparato da adulta ».

Balisa fa segno a Baba. Un sopracciglio inarcato le ricorda il motivo principale per cui sono uscite. E non era rimproverare Zoe. Baba prende il piatto dalle mani di Balisa e lo porge a Gideon. « Mia madre era preoccupata che tu lasciassi la festa senza mangiare. Perciò ti porta questo. »

Nel piatto c'è una selezione di tutte le pietanze offerte dal buffet.

C'è pure una patata.

RINGRAZIAMENTI

Scrivere questo libro – così come quasi tutti gli altri aspetti della mia vita – non sarebbe stato possibile se i miei genitori, Genrikh e Nelly Sivorinovsky, non avessero deciso di lasciare l'Unione Sovietica nel 1976.

Li ringrazio per avermi portato in America, e per aver capito che volevo diventare una scrittrice e non una programmatrice informatica.

Ringrazio loro e la famiglia Khait per le loro storie, molte delle quali sono finite in questo libro. Eventuali imprecisioni presenti sono imputabili solo alla sottoscritta.

Grazie a mio fratello, Martin, che parla la mia lingua, e a sua moglie Rachel, cui non dispiace quando noi due la usiamo per chiacchierare... per ore.

Grazie ai miei suoceri, che mi hanno mostrato tutta un'altra America.

Grazie alla mia agente, Allison Hunter, che mi ha detto: « È ovvio che tu sappia scrivere. Perciò fatti coraggio e scrivila, questa storia ».

Grazie alla mia editor, Sarah Stein, che ha preso la mia prima stesura e l'ha resa leggibile.

Grazie ai miei figli, Adam, Gregory e Ares, che hanno concentrato le loro emergenze quando non stavo scrivendo.

Grazie a mio marito, Scott, che è la risposta alla domanda: « È possibile per una donna avere tutto? »

Questo libro è stampato col sole

Azienda carbon-free

Fotocomposizione Editype S.r.l.
Agrate Brianza (MB)

Finito di stampare
nel mese di marzo 2021
per conto della Casa Editrice Nord s.u.r.l.
da Grafica Veneta S.p.A. di Trebaseleghe (PD)
Printed in Italy